GORDON TYRIE

TODESSTRÖMUNG

THRILLER

DROEMER

Besuchen Sie uns im Internet:
www.droemer.de

FSC
www.fsc.org
MIX
Papier aus verantwortungsvollen Quellen
FSC® C083411

Originalausgabe März 2018
Droemer Taschenbuch

Ein Imprint der Verlagsgruppe
Droemer Knaur GmbH & Co. KG, München

Redaktion: Greta Frank
Covergestaltung: ZERO Werbeagentur, München
Coverabbildung: robertharding / Alamy Stock Photo
Satz: Adobe InDesign im Verlag
Druck und Bindung: CPI books GmbH, Leck
ISBN 978-3-426-30650-5

2 4 5 3 1

1

Hynch drückte nicht ab. Behutsam nahm er den Finger vom Abzug. Er hatte auf den Punkt zwischen Auge, Ohr und Kiefer gezielt. Von Mallards Kopf wäre wenig mehr übrig geblieben als ein hässlicher Fleck auf einer Backsteinwand.

Sein Atem war flach, der Ruhepuls lag bei fünzig. Etwas hatte Hynch zögern lassen. Ein Gefühl für Entfernungen, für die Verteilung von Masse und Körper im Raum, für Menschen und ihre verborgenen Absichten. Und noch etwas jenseits seines Argwohns, das er nicht benennen konnte. Als sei der Fluss der Zeit angehalten worden, nur für wenige Sekunden, und als habe er, Hynch, einen Blick zurückgeworfen und weit hinter sich Dinge gesehen, die zu vergessen ihm fast geglückt war.

Dann bemerkte er die Motorhaube in der nächstgelegenen Seitenstraße. Langsam schob sie sich zwischen den parkenden Autos hindurch und blockierte einen der Fluchtwege.

Dreiunddreißig Jahre Erfahrung sagten ihm: Weg hier.

Doch sie sagten ihm auch: Eine bessere Gelegenheit kriegst du nicht. Schieß!

Hynch entschied sich dagegen.

»Abbruch«, raunte er Rick zu. »Lass uns verschwinden.«

»Aber –«

»Das Gewehr bleibt hier. Keine Zeit, es zu zerlegen.«

Er spürte, dass er einen folgenschweren Fehler beging. Hynch hatte seine Ausrüstung noch nie zurückgelassen, zu kostspielig, zu verräterisch. Aber um heil aus dieser Sache herauszukommen, musste er den Verlust des Barrett M82 in Kauf nehmen. Die Risiken abwägen.

Rick ließ sein Fernglas sinken. Er hatte gelernt, Hynchs Instinkten zu vertrauen und keine Fragen zu stellen. Sie krochen vom Rand des Hoteldaches weg, durch Taubendreck und Unrat.

»Bullen?«

»Mallards Männer können es nicht sein. Die hätten gar nicht erst zugelassen, dass ihr Boss in Gefahr gerät.«

»Dann muss die Polizei einen Tipp bekommen haben«, meinte Rick. »Oder Mallard steht unter besonderem Schutz.«

»Darüber unterhalten wir uns später.« Hynch ging in die Hocke. »Wer auch immer uns da unten auflauert, kennt unseren Standort noch nicht, sonst hätten wir hier schon längst Besuch. Vorschläge?«

Rick holte sein Krypto-Handy hervor. »Plan B. Ich gebe Winslow Bescheid.«

Sie streiften ihre Handschuhe und die Overalls von der Gebäudereinigungsfirma ab. Darunter trugen sie Businessanzüge, das Bankenviertel lag gleich um die Ecke. Früher hätte Hynch Aktenkoffer für diese Tarnung als ratsam erachtet, doch inzwischen belastete sich kein Manager mehr mit derlei Gepäck. Nachdem sie auch noch andere Schuhe angezogen hatten, packte Hynch das Gewehr mit dem Schalldämpfer, das Fernglas und die Kleidungsstücke in eine große Sporttasche und stopfte sie in den gebogenen Auslass eines Lüftungsschachts. Ein schlechtes Versteck, aber es ging nicht anders.

Sie trugen nichts mehr am Leib, was auf ihren Auftrag hindeutete. Wenn die Polizei im Hotel oder auf der Straße Kontrollen durchführte, waren sie sauber.

Rick öffnete die Tür zur Treppe, die vom Dach zum obersten Geschoss des *Prince Albert* führte, und machte sich auf alles gefasst. Doch kein Sondereinsatzkommando erwartete sie. Der Gang war leer. Den Überwachungskameras des Hotels hatte er ein Standbild in Endlosschleife untergejubelt, die Objektive waren tot. Keine Gefahr, dass sie erkannt wurden.

»Zuerst gehen wir ein paar Stockwerke zu Fuß. Dann nehmen wir den Aufzug in die Lobby. Bereit?«

2

Winslow las die Nachricht und schüttelte den Kopf. »Was krieg ich immer zu hören? Verlier bloß nicht die Nerven! Und jetzt das!« Hastig stopfte er die Reste seines Cheeseburgers in sich hinein, ein verspätetes Frühstück. Was sprach gegen einen Exit mit dem Van? Er hatte ihn eigenhändig umlackiert und die verdammten Aufkleber draufgemacht: *Clyde Cleaning Company*. Scheiß auf Plan B!

Dann fielen ihm die Audis und Fords im Rückspiegel auf, die in der Nähe des Hotels Stellung bezogen. Bullenwagen, Audis für die Chefs, Fords fürs Fußvolk. Eines musste man Rick lassen: er war ein gründlicher Scout. Musste daran liegen, dass er aus Deutschland stammte. Die Krauts zogen sogar die Spülung, *bevor* sie aufs Klo gingen. Sicherheitsfanatiker.

Winslow verließ den Van um 10 Uhr 36, auf den Straßen war wenig los. Einen Block weiter hatte er den metallicgrauen Peugeot geparkt, die Scheiben im Fond waren abgedunkelt. Er durchquerte eine der unscheinbaren, schäbigen Gassen, von denen es in Glasgow so viele gab, schlüpfte im Schutz eines Müllcontainers aus seinem Overall und wurde mithilfe der Mütze auf dem Beifahrersitz des Peugeots zum Chauffeur.

Während er im Wagen wartete, malte er sich aus, was er mit seinem Anteil von 20 000 Pfund machen würde. Erst mal bunkern und den Kopf aus der Schusslinie halten, so lauteten die Regeln.

Er hasste Regeln.

Hynch und Rick machten ein großes Ding daraus. Seit einem knappen Jahr arbeitete Winslow nun schon mit den beiden zusammen. Im Grunde war es das Beste, was ihm passieren konnte. Hynch war ein echter Profi, steinalt, aber ein Ass mit dem Gewehr. Schoss einem Dealer, der die Grenzen seines Reviers nicht kannte, den Geldzähldaumen weg, noch aus einem Kilometer Entfernung, überhaupt kein Thema. Angeblich ein Ex-Marine, er hatte schon die Argentinier auf den Falklands aufgemischt, danach war er im Nahen Osten tätig gewesen, Libanon, Iran, alles undercover. Für so einen gab es in Schottland immer Bedarf, vor allem in Glasgow, wo das Verbrechen quasi erfunden worden war. Und Rick bildete mit Hynch schon seit Jahren ein Gespann, verstand sich auf Computer und Internet, beschaffte das Material, spähte die Hitpoints aus. Die beiden galten als die besten Killer, die man nördlich von Birmingham kriegen konnte. Und sie standen in Diensten von Mister Crime himself, Black Eyed Bruce, der Nummer eins der schottischen Unterwelt.

Winslow war nur ein Gehilfe. Fluchtwagenfahrer. Doch damit konnte er leben. Zur vereinbarten Zeit hielt er vor dem Hintereingang des *Prince Albert*. Ein Feueralarm ging los, den musste Rick in einem angrenzenden Bürogebäude per Fernsteuerung ausgelöst haben. Der Bastard verstand sein Geschäft.

Rick riss die Tür auf, er und Hynch sprangen in den Fond. Winslow gab Gas. Er fuhr eine extra für diesen Fall abgesprochene Route, stieß auf keine Straßensperre. Machte einen weiten Bogen ums Bankenviertel, mied die großen Ausfallstraßen. Nach einiger Zeit verließen sie die City und gelangten in die Vororte im Westen der Stadt. Niemand folgte ihnen.

»Wir tauchen unter«, sagte Hynch. »Und zwar komplett. Die Flughäfen sind tabu, auch das Farmhaus am Loch Lomond, wo wir ursprünglich hinwollten.«

»Bleibt noch die Wohnung in Edinburgh«, sagte Rick.

»Kein Versteck, das wir schon einmal benutzt haben. Wir müssen vollständig vom Radar verschwinden und herausfinden, was da heute gelaufen ist.«

»Wie wär's mit den Hebriden?«, schlug Rick vor. »In Inveraray wechseln wir den Wagen und alles andere, dann weiter nach Kennacraig und mit der Fähre nach Islay.«

»Islay, die Whiskyinsel? Ist da nicht zu viel los?«

»Und von dort nach Jura. Im Vergleich mit Islay ist es da viel ruhiger – hab ich mir schon seit Längerem für den Notfall aufgespart. Die Westküste ist unbesiedelt, wir verzichten auf Hotels oder B&Bs, um keine Spuren zu hinterlassen. Lasst uns Touristen spielen, Naturfreunde. Kontrastprogramm.«

Von der Isle of Jura wusste Winslow so gut wie nichts. Außerdem wunderte er sich, dass Hynch nicht die große Sporttasche mit dem Gewehr dabeihatte. Kein Gewehr, kein Schuss. Kein Schuss, keine Kohle.

Irgendetwas war gewaltig schiefgegangen.

3

Ideale Wellen. Nicht zu hoch, nicht zu niedrig, ausreichend lang, ein endloser, nie versiegender Strom, mit genau der richtigen Periode für die *Seeschlange*. Gracie kontrollierte den langen Driftkörper und nahm ein paar zusätzliche Messungen vor. Später würde sie alle Daten ins Notebook übertragen, akribisch, das war ihr Job.

Sie richtete sich in dem kleinen Motorboot auf. Die Mündung des Loch Tarbert, eines Meeresarms, war im Februar menschenleer. Selbst im Sommer sah man an der Westküste von Jura nur wenige Segler, Kajakfahrer und Wanderer. Dagegen war die Ostseite geschützter, die Unbilden des Nordatlantiks ferner. So ging das seit Jahrhunderten: hier Wildnis und Freiheit, dort menschliche Besiedlung.

Gracie liebte die spröde Schönheit der Hebriden, das Wechselspiel zwischen Gewitterschauern, Nieselregen und Sonnenschein. Banalitäten, gewiss, doch wenn man sich den ganzen Tag im Freien aufhielt wie sie, gewann der Rhythmus des Wetters zwangsläufig an Bedeutung.

Auf Jura fühlte sie sich besonders wohl. Als ob diese Insel nur auf eine junge, sportliche Ozeanologin aus Liverpool gewartet hätte, geduldig, gleichmütig, in der Gewissheit, irgendwann werde schon jemand kommen, der eine Auszeit von der Welt da draußen brauchte. Manchmal ließ sie solch romantische Anwandlungen zu.

Es begann zu regnen, langsam und stetig. Über den bleischweren Himmel zogen Wolkenbänke.

Seit fünf Monaten untersuchte sie die Gewässer um Jura. Erneuerbare Energien waren Schottlands Zukunft. Die Mehrheit des Parlaments sah das so, obwohl die Öllobby immer noch stark war, viel stärker, als öffentliche Verlautbarungen es glauben machten. Bohrinseln in der Nordsee sollten noch den letzten Tropfen aus dem Meeresgrund herausquetschen. Allerdings gingen die Fördermengen seit Jahren zurück.

Die Ölvorkommen befanden sich östlich von Schottland. Doch im Norden und Westen lagen jene Gebiete, die sich gut für Wellen- und Strömungskraftwerke eigneten. An der verwinkelten Küstenlinie fiel die Seeschlange kaum auf und bildete kein Hindernis für die Schifffahrt. Sie bestand aus mehreren Stahlrohrsegmenten, gekoppelt über Gelenke, an denen hydraulische Pumpen befestigt waren, die ihrerseits einen Generator antrieben. Die Energieanlage hing an einer Ankerkette, deshalb ließ sich ihr Standort jederzeit wechseln. Eingriffe in die Natur wie der Bau eines Fundaments oder dergleichen waren nicht vonnöten. Nach neuesten Erkenntnissen konnte der Stahl der Rohrsegmente durch ein gummiartiges Material ersetzen werden, das erhöhte den Auftrieb.

Gracie streifte sich Handschuhe und Haube ihres dicken Neoprenanzugs über. Sie setzte die Taucherbrille auf und ließ sich ins Wasser fallen. Für einen kurzen Routinecheck brauchte sie kein Atemgerät mit Druckluftflaschen.

Der Kälteschock. Sie war ihn gewohnt. Ließ sich hinabsinken.

Der Algenbewuchs hielt sich in Grenzen. Die Seeschlange schien einwandfrei zu funktionieren, alles in bester Ordnung. Auch Benoît hatte so gedacht, als er vor den Orkneys getaucht war, um die Turbinen auf dem Grund des Pentland Firths zu überprüfen. Er war nie zurückgekehrt. Nicht einmal seine Leiche hatte man nach einem überraschend aufgezogenen Sturm gefunden.

Der Pentland Firth war eine völlig andere Größenordnung als Loch Tarbert. Wegen des intensiven und deshalb besonders energiereichen Gezeitenstroms galt die Meerenge als extrem schwieriges Seegebiet. MeyGen entstand hier, ein Strömungskraftwerk. Es machte sich die hohe Durchflussmenge zwischen den Orkneyinseln und dem schottischen Festland zunutze und zählte zu den ambitioniertesten seiner Art. In der Testphase des Projekts waren vier Turbinen auf dem Meeresboden installiert worden. Gracie und Benoît hatten dem Forschungsteam angehört, das ständig an Verbesserungen arbeitete, zum Beispiel was Form, Anzahl und Größe der Rotorblätter betraf, das Material, aus dem die Rotoren hergestellt waren, dessen Anfälligkeit für Umwelteinflüsse und vieles mehr. Es war geplant, im Lauf der Jahre insgesamt fast 270 Turbinen einzusetzen. Dadurch würde MeyGen noch nie da gewesene Dimensionen erreichen. Die Technologie stand kurz vor dem Durchbruch. Noch waren die Maschinen nicht serienreif und die Kosten zu hoch für eine kommerzielle Nutzung in Form riesiger unterseeischer Energieparks.

Nach Benoîts Unfall war Gracie aus ihrem Vertrag bei MeyGen ausgestiegen und zu ScottishPower Renewables gewechselt. Ihre Aufgabe bestand darin, die Seeschlange zu warten und alles, was mit der Versuchsanlage zusammenhing, zu dokumentieren. Darüber hinaus sollte sie untersuchen, welches Potenzial zur Energiegewinnung die Gewässer rund um Jura besaßen. Dazu gehörten kleinere Wellenkraftwerke, die auf dem Wasser schwammen, aber auch Strömungskraftwerke wie das MeyGen. Denn im Norden der Insel befand sich der Corryvreckan, ein gewaltiger Strudel, der durch die starke Tide verursacht wurde. Gracie hütete sich, dem Corryvreckan zu nahe zu kommen, sei es mit dem Boot oder erst recht bei einem Tauchgang. Nur bei bestimmten Gelegenheiten, etwa bei Ebbe oder in der kurzen Zeit, bevor die Flut einsetzte und die Gezeitenströme sich nahezu ausglichen, wagte sie es, vor Ort Messungen vorzunehmen. Bei Flut, vor allem wenn starker Wind aus Westen blies, mied sie den Corryvreckan oder achtete darauf, in Begleitung zu sein. Dann bat sie Calum, einen befreundeten Farmer, um Unterstützung.

An der Mündung des Loch Tarbert war es jedoch ruhig. In gewisser Weise nahm sie auf Jura eine Art bezahltes Sabbatical.

Ein wenig Feldforschung, mehr wurde nicht von ihr verlangt. Kein Teamwork.

Nachdem Gracie aufgetaucht war und tief Luft geholt hatte, ließ sie sich erneut sinken. Vorbei an der Seeschlange, zum Meeresgrund. Langsam nahm das Licht im trüben, nährstoffreichen Atlantikwasser ab und der Druck zu. Was hatte Benoît zu seinem verhängnisvollen Tauchgang getrieben? Schiere Abenteuerlust? Das hatte sie ihm unterstellt, während er in die schwere Ausrüstung gestiegen war. Dass er den Helden spielen wollte, unerschrockener Ingenieur im Kampf mit den Elementen, noch dazu im Dienste einer höheren Sache. Der Geist, der unter den Mitarbeitern von MeyGen herrschte, hatte tatsächlich etwas Pionierhaftes, auf eine bessere Zukunft Gerichtetes, das steckte an. Und es machte manchmal unvorsichtig, leichtsinnig. Deshalb hatten sie sich gestritten: weil Benoît Gracies Einwände bewusst ignoriert und seinen Kopf durchgesetzt hatte. Sie war so wütend auf ihn gewesen, dass sie gedroht hatte, ihre Beziehung zu lösen. »Wenn du jetzt gehst, brauchst du gar nicht erst zurückzukommen«, hatte sie ihm nachgerufen, als er mit zwei Technikern in den Pentland Firth hinausgefahren war.

Es war das Letzte, was er von ihr gehört hatte.

Es machte ihr furchtbar zu schaffen.

Wenn sie den Meeresboden berührte und spürte, wie die Luft knapp wurde, stellte sie sich sein Gesicht vor. Immer war es hinter einer Tauchmaske verborgen. Sie konnte keine Einzelheiten erkennen.

4

Die fensterlose Lagerhalle wurde von ein paar Neonröhren erhellt. Es roch nach Pappbecherkaffee.

»Was soll das werden?«

»Das ziehst du jetzt an.« Rick hielt Winslow eine wetterfeste Jacke aus Funktionsstoff hin. Das Ding war dunkelblau mit grauen Einsätzen an den Seiten, Größe XXL.

»Damit seh ich aus wie mein Opa. Ich will 'ne schwarze Jacke. So eine wie Hynch sie hat.«

Gegen dreizehn Uhr hatten sie bei anhaltendem Regen Inveraray erreicht, eine Ortschaft am Loch Fyne. Im Sommer quoll sie vor Touristen über, die das berühmte Castle besichtigen wollten. Doch jetzt waren nur ein paar Einheimische auf den Straßen und erledigten ihre täglichen Besorgungen.

Von hier aus konnten sie schnell nach Oban im Norden gelangen. Oder sie wandten sich nach Süden zur Halbinsel Kintyre, wo der Fährhafen Kennacraig lag. Ein guter Platz für ein Depot. Zu diesem Zweck hatte Rick schon vor Jahren eine kleine Lagerhalle angemietet. Darin stand ein alter, schwarzer Land Rover, ein häufiger Fahrzeugtyp in ländlichen Gebieten, er wurde regelmäßig in Schuss gehalten. Sie beabsichtigten, den grauen Peugeot gegen ihn auszutauschen. Auf diese Weise verschwand der Wagen von der Straße.

In dem Rover lag Outdoor-Bedarf für drei: Funktionskleidung, Wanderschuhe, allerlei Campingartikel und ein Zelt. Rick und Hynch hatten ungefähr die gleiche Größe, sie waren schlank, Hynch maß knapp 1,90 Meter, Rick war etwas kleiner und muskulöser. Sie entledigten sich ihrer Businessanzüge und sahen im Handumdrehen wie zwei Männer auf einem Jagd- oder Angelausflug aus, vielleicht wie Vater und Sohn, denn

Hynch hatte schon siebenundfünfzig Jahre auf dem Buckel, Rick war erst Mitte dreißig. Allerdings hatte Derek, ihr letzter Fahrer, eine völlig andere Statur als Winslow besessen.

Dumm, was mit Derek passiert war. Hätte besser hören sollen, wie Hynch immer sagte.

Winslow war zwar noch jung, zweiundzwanzig, wie er behauptete, aber er glich einem Kühlschrank auf zwei Beinen, einem von diesen verbeulten Schrottteilen, mit denen die Kinder in Abrisshäusern spielten. Er hatte kurze rote Stoppelhaare und eine bleiche, von Sommersprossen übersäte Haut, die nur selten Sonne abbekam. Und über Weihnachten hatte er noch einmal deutlich an Gewicht zugelegt.

Deshalb war Rick in einen Laden an der Main Street gegangen und hatte entsprechende Klamotten gegen Barzahlung gekauft. Das Zeug passte Winslow. Aber es gefiel ihm nicht.

»Warum hab ich mir meine Jacke nicht selbst aussuchen dürfen?«, protestierte er.

»Du fällst zu sehr auf.« Rick checkte den Ölstand des Rovers. »Ich meine, schau dich an! Die Leute halten dich für Moby Dick auf Landgang.«

»Bisher war das für euch kein Problem.« Winslow klang beleidigt.

»Bisher hatten wir auch keinen Ärger mit den Bullen. Bei den Jobs, die wir zusammen mit dir durchgezogen haben, musstest du nur auf deinem Arsch sitzen bleiben und die Karre aus der Gefahrenzone bringen. Jetzt –«

»Ihr habt euch nie beklagt.« Winslow sah Hilfe suchend zum Kopf des Trios. »Hynch sagt, ich bin gut.«

»Bist du auch, Junge, auf deinem Gebiet.« Hynch verteilte ungern Streicheleinheiten, er wollte nur das Gemaule beenden. »Für Außenkontakte ist Rick zuständig, das weißt du doch. Solange dieser Auftrag noch läuft, zeigen du und ich uns so wenig wie möglich. Ende der Diskussion. Kommst du mit dem Rover zurecht? Der hat eine Differentialsperre fürs Gelände.«

Widerstrebend zog Winslow die Jacke an. »Ich bin auf 'ner Farm aufgewachsen. Klar kann ich einen Rover fahren.«

»Hoffentlich«, sagte Rick.

»Was soll das heißen, unser Auftrag läuft noch? Ich dachte, wir wären fast aufgeflogen. Ist die Sache nicht durch?«

»Kann immer passieren, dass etwas dazwischenkommt. Wir ziehen uns zurück und warten ab, bis wir verständigt werden. Wir brauchen Informationen. Vielleicht gibt es neue Order. So lange halten wir Funkstille.« Hynch setzte in sein Smartphone eine neue SIM-Karte ein, die ebenso wie die alte nicht auf ihn registriert war. Er befahl Winslow, dessen eigenes Gerät abzuschalten. Dadurch waren sie garantiert nicht zu orten. Künftig sollte die Kommunikation mit der Außenwelt ausschließlich über Ricks Krypto-Handy laufen.

Dann öffnete Hynch eine Werkzeugkiste, die mit einem massiven Bügelschloss gesichert war, und entnahm ihr mehrere Geldbörsen, drei Pistolen, Gürtelholster aus Nylon, Reservemagazine und mehrere Packungen Munition. Methodisch überprüfte er die Waffen und vergewisserte sich, dass sie geladen und funktionsbereit waren. Beretta 92 in Standardausführung, aus US-Army-Beständen, zuverlässig, praktisch. Eine Pistole behielt er für sich und schnallte sie samt Holster an. Die beiden anderen schlug er in ein Silikontuch und legte sie in einen Kasten zwischen Fahrer- und Beifahrersitz, ebenso die Patronen.

Rick schaute ihn zweifelnd an. »Die möchte ich lieber nicht benutzen.«

»Wird wahrscheinlich nicht nötig sein.« Hynch zuckte mit den Schultern. »Wir müssen uns verteidigen können, das ist alles.« Ganz unten in der Werkzeugkiste fand er noch ein Stiefelmesser samt Scheide und Futteral. Er befestigte es an seinem Unterschenkel.

»Und was ist mit mir?«, fragte Winslow.

»Was soll mit dir sein? Du fährst.«

»Aber bis ich die Kanone aus dem Kasten rausgefummelt hab –«

»Du fährst, das ist deine einzige Aufgabe«, beharrte Hynch. »Für den Rest sind Rick und ich zuständig. Lass die Finger von den Waffen.«

»Von mir aus.«

»Zu viel Beiwerk ist ein Fehler. David Hume. Schon mal von ihm gehört?«

»Von wem?«

»Schraub die Kennzeichen von dem Peugeot ab«, wies Rick ihn an. »Und dann breitest du die Abdeckung drüber. Lass es möglichst vergammelt aussehen.«

Murrend ging Winslow an die Arbeit.

5

Hynch war kein Zielfernrohrjunkie wie so manche Irakkriegrückkehrer, denen schon einer abging, wenn sie lange genug durch das Visier blickten und ihre Ziele beobachteten. Die konnten nicht mehr unter Leute gehen, ohne alles und jeden nach Scharfschützenkriterien zu scannen. Er dagegen hatte zum operativen Teil seines Berufs kein spezielles Verhältnis, auch nicht zu Waffen. Hynch tat, was erforderlich war, möglichst effizient und schnörkellos, er musste niemandem etwas beweisen. Seit er für Bruce arbeitete, hatte er noch nie einen Unschuldigen umgebracht. Seine Zielpersonen hatten alle Dreck am Stecken, mehr oder weniger. Das hielt er sich zugute, wenn er allein in seiner Dachwohnung in Paisley saß, die startenden und landenden Flugzeuge des Glasgow International Airport beobachtete und überlegte, wann er sich zur Ruhe setzen sollte.

Er konnte Schottland nicht leiden. Weder die Städte noch die Natur. Und die Menschen schon gar nicht. Heimat war für ihn da, wo er die Füße hochlegen konnte mit einem Drink in der Hand und Blick aufs türkisfarbene Meer. Ohne dass jemand hinter ihn trat und eine alte Rechnung begleichen wollte. Und ohne diesen nasskalten Regen, der ihm in die Knochen kroch wie ein Kindheitstrauma. Die Azoren hatte er wieder verworfen, ebenso die Karibik. Zu viel los, zu leicht erreichbar. Inzwischen peilte er Rodrigues an. Das war eine Insel, die zu Mauritius gehörte, 600 Kilometer weiter westlich im Indischen Ozean. Hübsch abgelegen, angenehmes Klima. Für ein Häuschen an der Baie aux Huîtres hatte er bereits eine Anzahlung geleistet, obwohl er nie dort gewesen war. Die Fotos im Internet wirkten ansprechend, das reichte ihm. Auf Rodrigues gab es gerade mal drei Taxis. Unter den knapp 36 000 Bewohnern befand sich niemand, den er umbringen musste. Beste Voraussetzungen.

»Glaubst du, das war eine Falle?«, fragte Rick. »Wir sind da glatt rausgekommen, zu glatt für meinen Geschmack. Anscheinend haben die das Gebiet nicht vollständig abriegelt.«

Hynch schreckte hoch. »Wie?«

»In letzter Zeit bist du oft in Gedanken. Alles in Ordnung?«

»Klar. Ich …«

»Du denkst wieder ans Aussteigen?«

Rick wusste immer ganz genau, was in ihm vorging. Deshalb bildeten sie ein erfolgreiches Team, sie verstanden sich blind. Dennoch war es Hynch unheimlich, dass jemand in ihm lesen konnte wie in einem Buch. »Man muss den richtigen Zeitpunkt erwischen. Keine Sorge, wenn etwas spruchreif ist, bist du der Erste, der es erfährt.«

»Ich wollte nicht indiskret sein.«

»Übertreib's nicht mit der Höflichkeit«, gab Hynch zurück.

»Das gefällt dir doch. Unterscheidet uns von dem kriminellen Pöbel. Wie lange kennen wir uns schon? Starke Sprüche überlasse ich Winslow, der braucht das, um seine Unsicherheit zu überspielen.« Dass Rick beim Umsteigen auf den Peugeot eine seiner neuen Pillen eingeworfen hatte, musste er Hynch ja nicht unbedingt verraten. Der Stoff euphorisierte wie Koks, hielt ihn auf einem konstanten Konzentrationslevel und sorgte zugleich dafür, nicht die Beherrschung zu verlieren. Perfekt ausbalanciert. »Also, was geht in deinem Dickkopf vor?«

»Schmiedest du etwa keine Pläne? Mit einem neuen Partner würdest du weiter im Geschäft bleiben. Du hast einen ausgezeichneten Ruf.«

»Zehn Jahre sind genug. Hab mir überlegt, in die Sicherheitsbranche zu wechseln.«

»Wirklich?«

»Man muss an die Zukunft denken. Warum nicht ehrlich werden?«

»In Schottland?« Hynch zog eine Grimasse, als hätte Rick ihm vorgeschlagen, bei den Anonymen Alkoholikern einzutreten. »Hier kannst du das vergessen.«

»Ein Freund von mir arbeitet in der Golfregion, Personenschutz. Die brauchen da dringend qualifizierte Leute, am besten ohne militärischen Hintergrund. Laufen ja schon genug durchgeknallte Ex-Soldaten herum. Ich besorge mir eine neue Identität und gehe dahin, wo das große Geld sitzt.«

»Nein danke, da war ich schon.«

»Vor einer halben Ewigkeit! Inzwischen haben sich die Zeiten geändert.«

»So richtig ändern die sich nie.«

»Ich bin nicht wie du, Hynch. Ich war noch nie länger im Ausland, zumindest nicht beruflich.«

»Du meinst, du willst noch etwas machen aus deinem Leben.«

»So würde ich das nicht sagen …«

»Da unten kannst du keinem trauen.«

»Hier auch nicht.«

Hynch seufzte. »Hat keinen Sinn, sich den Kopf über ungelegte Eier zu zerbrechen, nicht solange Mallard noch im Spiel ist. Wenn er herausfindet, dass wir auf ihn angesetzt sind, ist er gewarnt. Dann fangen die Probleme überhaupt erst an.«

»Wie soll er das denn rauskriegen? Ist doch gar nichts passiert. Wo kein Schaden …«

»Wird sich zeigen.«

Rick musterte seinen Partner. Trotz seiner Größe hielt sich Hynch stets kerzengerade, was vermutlich der Militärzeit bei den Royal Marines geschuldet war. Er hatte ein hageres, leicht gebräuntes Gesicht und trotz seines Alters und der Geheimratsecken relativ langes, mittelblondes Haar. Auf den ersten Blick wirkte er wie ein Pensionär, der auf dem Golfplatz seine Runden zog, wären da nicht die tiefen Furchen an seinen Mundwinkeln und die schlecht verwachsene Narbe am Kinn. Normalerweise trug er gut geschnittene Anzüge, und was andere als dünnes, wissendes Lächeln interpretierten, war in Wirklichkeit sein illusionsloser Kommentar zu einer Welt, in der sich fast alles, nicht zuletzt er selbst, als käuflich erwiesen hatte. Mit dem Unterschied, dass er seine Käuflichkeit für weniger durchschaubar hielt als die der meisten anderen. Weniger durchschaubar, aber de facto unkomplizierter, direkter, mit klar definierten Grenzen.

Diese Auffassung von Professionalität hatte sich Rick schon früh zu eigen gemacht. Er fühlte sich davon angezogen, sie bildete das unsichtbare Band zwischen ihnen. Was zählte, waren nur die Aufträge und ein gewisser Zusammenhalt untereinander.

Doch im Lauf der Jahre war Hynch vorsichtiger geworden. Zunehmend sicherte er sich nach allen Seiten ab, tarnte seine Jobs als terroristische Anschläge oder Taten psychisch gestörter Einzeltäter – was Rick immer mehr abverlangte. Dabei war Bandenkriminalität noch nie so einfach gewesen wie heute. Kein Mensch interessierte sich mehr für das jähe Ableben eines Drogenbarons oder eines Waffenhändlers. Derlei Revolvergeschichten wurden höchstens von Lokalblättchen aufgegriffen und heruntererzählt wie ein schlechter Fernsehkrimi. Die Glasgower Medien waren es auch gewesen, die den Spitznamen »Black Eyed Bruce« erfunden hatten für einen Mann, der zwar alte Schule war, aber weder auf den Namen »Bruce« hörte noch schwarze Augen oder eine Augenklappe besaß. In Wahrheit hieß er Brewster Wright. So viel zu Spitznamen.

Nur bei Mallard hatte ihr Auftraggeber auf dem klassischen Muster bestanden: ein Headshot bei helllichtem Tage. Damit all die kleinen und großen Rivalen merkten, dass Bruce keine Götter neben sich duldete. Das Honorar konnte sich sehen lassen: hundert Riesen für Hynch, fünfzig für Rick und zwanzig für Winslow, weil er noch nicht so lange dabei war. Alles weit über dem üblichen Satz.

Ein hübsches Sümmchen, Startkapital für die Emirate. Rick wollte ungern darauf verzichten.

»Warum hast du nicht geschossen?«, fragte er. »Das bisschen Polizei – aus welchem Grund auch immer die da waren, unangekündigter Besuch des Finanzministers, ein fetter Geldtransport ... Wir haben schon kniffligere Situationen überlebt, ohne erwischt zu werden.«

»Wäre eng geworden«, sagte Hynch.

»Wir hatten zig Exitstrategien! Über die Dächer. Der Versicherungskongress im Nebengebäude. Ich hatte sogar einen Heli in der Hinterhand mit BBC-Aufdruck. Wäre ein spektakulärer Abgang geworden.«

»Ich hatte so ein Gefühl.«

»Seit wann hast du Gefühle?«

»Ich dachte, wenn ich abdrücke, zieht sich das Netz blitzartig zusammen.«

»Welches Netz? Da war kein Netz, Hynch, ich hab das doppelt und dreifach gecheckt. Unsere Informanten sind hundertpro zuverlässig.«

Hynch schwieg. Er setzte eine Miene auf, die keinen weiteren Widerspruch zuließ. Trank von seinem Kaffee.

Winslow war mit seiner Arbeit fertig und gesellte sich hinzu. »Hynch hatte bestimmt seine Gründe, den Auftrag zu canceln.«

»Misch dich da nicht ein!«, entfuhr es Rick.

»Ich gehöre zum Team. Klar mische ich mich ein.«

Hynch warf seinen leeren Kaffeebecher in einen Mülleimer. »Schluss jetzt. Wir rücken ab.«

Rick verharrte einen Augenblick. Kein Troubleshooting? Er fragte sich, ob Hynch nicht doch zu alt wurde für den Job. Im Alter ließ die Kritikfähigkeit nach. Dann machte er eine wegwerfende Geste und öffnete die Lagerhalle. Winslow fuhr den Rover nach draußen, Rick stieg ein. Hynch sperrte ab und überprüfte die Umgebung.

Zwei Spaziergänger im Regen, unter einem Schirm vereint. Älteres Paar, eng untergehakt. Sie unterhielten sich, schauten gar nicht in seine Richtung. Ansonsten war die Straße menschenleer.

Er tastete nach der Pistole. Was hatten die hier verloren? Waren es Spitzel von Mallard, der von dem Depot in Inveraray wusste? Sollte er die beiden gleich an Ort und Stelle beseitigen, im Vorbeifahren? Oder sie erst in die Lagerhalle locken? Nein, das würde zu viel Krach machen ohne Schalldämpfer.

Die Outdoor-Tarnung musste genügen.

Hynch erschrak über sich selbst. Das Paar war doch harmlos. Seit wann zog er in Erwägung, auf Passanten zu schießen? Wenn sein Leben nach dem Kriegseinsatz anders verlaufen wäre, geordneter, mit einer Festanstellung beim Militär oder den Behörden, hätte er vor Jahrzehnten geheiratet, glücklich oder unglücklich sei dahingestellt, und jetzt würde er allmählich seinem Ruhestand entgegendämmern. Dann könnte *er* der Mann dort unter dem Regenschirm sein. Schottlands Westküste war zwar nicht die Côte d'Azur, aber zumindest friedlich.

Diese Mallard-Geschichte machte ihn auf eine Weise nervös, die er gar nicht an sich mochte.

Plötzlich hob der Mann den Blick.

Hynch nickte ihm zu. Ja, das Wetter war mies. Und wurde bestimmt nicht besser. Dann stieg auch er in den Wagen. »Los! Schön langsam.«

Winslow tat wie geheißen. Er bugsierte den Rover an dem Pärchen vorbei zur Ortsmitte und nahm die Landstraße in den Süden. Sie verließen Inveraray auf der A 83, den Loch Fyne zur Linken, der wie ein nasses Tuch aussah, das man mehrmals ausgewrungen hatte. Nach der Ortsgrenze drückte Winslow aufs Gas, damit sie die Fähre in Kennacraig rechtzeitig erreichten.

Ricks Krypto-Handy klingelte. Er stellte auf Lautsprecher.

Es war die Stimme von Chief Inspector Crawford.

Warum Crawford?

»Wo sind Sie?«

»Mussten den Auftrag leider abbrechen«, antwortete Rick.

Pause.

»Spezifizieren Sie *abbrechen.*«

»Exit fraglich, kein Zugriff. Haben umdisponiert, brauchen Unterstützung. Der Van muss abgeholt werden.«

»Kam der nicht zum Einsatz?«, wunderte sich Crawford.

»Nein. Und wir benötigen ein liegen gebliebenes Paket von der Gebäudereinigung. Offenbar wurde es am vereinbarten Standort vergessen.«

Crawford stand auf der Lohnliste von Black Eyed Bruce, er war ein korrupter Bulle im Innendienst, dicht an den Schaltstellen der Staatsmacht. Schon oft hatte er wertvolle Tipps gegeben und Hynch davor bewahrt, nach einem erfolgreichen Hit einer ahnungslosen Polizeistreife oder einer Spezialeinheit in die Arme zu laufen, die aus irgendwelchen Gründen an der Zielperson dran gewesen war. Aber er gehörte definitiv nicht zum Führungsstab ihres Auftraggebers. Crawford war so etwas wie ein externer Berater, gut vernetzt nach allen Seiten. In der Verwaltung der Strathclyde Police hatte er sich zum Abteilungsleiter hochgeboxt. Während der schottischen Polizeireform, als Organisationstalente für den Stellenabbau gebraucht wurden, war er auf seinen gegenwärtigen Posten gelangt. Beamte seines Ranges befehligten normalerweise ein mittelgroßes Polizeirevier. Doch echte Ermittlungsarbeit leistete Crawford im Innendienst nicht. Er wertete aus, stufte ein, gab Empfehlungen, ein Typ, mit dem sich jedermann gutstellen wollte – und für Bruce ein willfähriger Bote, dem nach einer kostspieligen Scheidung auf die Füße geholfen werden musste. Er stank nach billigem Rasierwasser, das war sogar über Satellit zu riechen.

»Wissen Sie überhaupt, was los ist?«, fragte er.

»Nein, erbitten Aufklärung.« Ricks Handy brauchte eine Weile für die Datenübertragung. Kurz darauf stand die Verbindung wieder. »Keine Angst, das Gespräch kann nicht abgehört werden.«

Kurzes Zögern. »Ihr seid tot. Ihr verdammten Mistkerle seid tot.«

6

Gracie stemmte sich am Dollbord hoch und kletterte über das Heck ins Boot. Sie streifte die Flossen ab, startete den Motor und fuhr zurück zur Anlegestelle am östlichen Ende des Loch Tarbert. Das dauerte eine Weile, sie musste mindestens fünf Kilometer zurücklegen auf einer gewundenen Strecke, die von zahlreichen winzigen Inseln und Riffen gesäumt war. Es machte ihr nichts aus, im Gegenteil: je gewundener, desto besser.

Benoît fehlte ihr. Sie trauerte um ihn. Jedenfalls fühlte es sich so an, die anfängliche Lähmung, der Trennungsschmerz, das Rekapitulieren der letzten gemeinsamen Stunden, ihre Niedergeschlagenheit. Doch zu spüren, wie Stille und Alleinsein sie allmählich ausfüllten, hatte auch etwas Tröstliches. Jahrelang war sie zum Essen in Mensen und Kantinen gegangen, hatte ihr Leben in Gesellschaft von Kollegen und Freunden verbracht. Und mit Benoît. Er hatte den Ton angegeben, und sie hatte sich gefügt, erleichtert, dass ihr all die kleinen Entscheidungen einer Beziehung abgenommen wurden. Bevor sie sich bei einer Tagung in Caen kennengelernt hatten, war sie mit ihrem brachliegenden Universitätswissen durchs Leben geirrt, hatte Bewerbungen geschrieben ohne viel Hoffnung auf Erfolg. Hier und da ein Vortrag, Stipendien, die sie keinen Schritt weiter brachten, befristete Kleinprojekte in Frankreich und Spanien.

Und dann, als hätte jemand den Schalter umgelegt – in Wahrheit war es die schottische Politik –, wurden sie ein Teil von MeyGen, noch dazu als Paar. Die Mühen der Forschung hatten sich ausgezahlt, qualifizierte Wissenschaftler wie Gracie und Benoît waren plötzlich gefragt.

Es erschien ihr wie die Wahrwerdung einer Utopie. Ja, Energie aus dem Meer war möglich, nicht nur in den Gehirnen von Theoretikern und Idealisten, sondern ganz konkret, man musste nur entsprechende Anlagen bauen, ganze Turbinenfelder in großem Stil. Schon heute bezog Schottland über die Hälfte seines Stroms aus Wind- und Wasserkraft, die letzten Kernkraftwerke waren vor Kurzem abgeschaltet worden – im Gegensatz zu England, dessen konservative Regierung den Ausbau der Atomenergie sogar noch förderte.

Gracie hatte den Arbeitsumfang unterschätzt. Vor MeyGen waren sie froh gewesen, das Geld für die Miete zusammenkratzen zu können. Die Reisen zu Kongressen hatten sie aus eigener Tasche bezahlt, vor allem von Benoîts Ersparnissen. Wenigstens konnten sie hin und wieder ausgehen oder einfach nur zusammen sein, auf die Stadt hinunterschauen, die Nähe des anderen fühlen. Damals hatten sie in Edinburgh gelebt, im Wartestand, wenn man so wollte. Sie hatten diese Zeit genossen in der Annahme, es ginge ewig so weiter: von der Hand in den Mund leben, abgelehnte Bewerbungen zerreißen, im Pub einen drauf trinken und sich danach lieben, bis sich die Nachbarn über den Lärm beschwerten.

MeyGen hatte alles verändert. Kaserniert in einer Forschungseinrichtung auf den Orkneyinseln, keine größere Stadt weit und breit, Kirkwall als der Hauptort hatte gerade einmal 7000 Einwohner. Doch plötzlich landeten Summen auf ihrem gemeinsamen Konto, die sie sich immer nur ausgemalt hatten. Allein von den Zuschlägen für die Wochenenden hätten sie zuvor einen ganzen Monat gut leben können. Beide waren wie elektrisiert gewesen von den fachlichen Problemen, die man ihnen zu lösen auftrug, eingebunden in einen engen Terminplan. Sie hatten sich wie Rennpferde gefühlt, die unnütz im Stall gestanden hatten und von heute auf morgen Derbysieger werden mussten. Und sie hatten sich voll ins Zeug gelegt.

Doch das Ganze war eine Nummer zu groß gewesen, zumindest für Gracie. Sie beide hatten nur noch isoliert für sich gearbeitet und gelebt in dem Versuch, den Erwartungen des European Marine Energy Centre gerecht zu werden. *Daran* waren sie letztlich gescheitert, nicht an einem Sturm oder Benoîts Leichtsinn, sondern an ihrer Blindheit für das, was ihnen verloren gegangen war.

Sie hätten sich nie auf MeyGen einlassen sollen.

Gracie machte das Boot an einer Mooring fest, deckte es mit einer Persenning gegen Spritz- und Regenwasser ab, schulterte ihren Rucksack und watete zur eigentlichen Anlegestelle. Das Wasser war so dunkel und unbestimmt wie ihre Gefühle. Ein Otter tauchte ein paar Meter neben ihr auf und schaute neugierig in ihre Richtung.

Die Tiere hier waren nicht besonders scheu. An der Küste begegnete sie häufig Robben, an Land kreuzten Hirsche oder wilde Ziegen ihren Weg. Es gab sogar Adler, die über den drei großen Bergen der Insel, den Paps of Jura, ihre Kreise zogen. Gracie war ein Stadtkind, mit Wildtieren kam sie erst in Berührung, seit sie als Ozeanologin arbeitete. Jedes Mal musste sie zunächst den Schreck der plötzlichen Begegnung überwinden, die Unmittelbarkeit, die solchen Situationen anhaftete. Stets hatte sie dabei den Eindruck, eine Grenze überschritten zu haben und gedankenlos in fremdes Territorium eingedrungen zu sein, in eine Welt, deren wahre Natur ihr immer verborgen bleiben würde, obwohl sie sich auf Jura viel in freier Wildbahn bewegte und sich anzupassen versuchte, so weit das trotz ihrer technischen Ausrüstung möglich war. Wenn Gracie einen Otter sah oder auch nur einen Kuckuck hörte, fühlte sie sich von etwas komplett Unberechenbarem gestreift. Und doch kam es ihr seltsam vertraut vor, als fände ein Teil von ihr es ganz normal, meilenweit das einzige menschliche Wesen zu sein.

Der Otter verschwand.

Bei ihrem silbernen Suzuki angelangt, schälte sie sich aus den Tauchsachen samt Lycraunterzeug, trocknete sich ab und zog ihre normale Kleidung wieder an. Sie stieg in den Geländewagen und wärmte sich mit Tee aus der Thermoskanne auf. Ein heißes Gebräu war besser als Erinnerungen.

Dann stellte sie das Radio an.

Breaking News. In Glasgow sei es zu einer Schießerei zwischen Polizisten und Gangmitgliedern gekommen. Dabei habe ein bekannter Bandenchef namens Brewster Wright den Kugelhagel nicht überlebt.

Gracie drehte die Lautstärke auf. Der Kommentator des Privatsenders schlug einen sensationsheischenden Tonfall an.

Wir reden hier von einem Massaker! Brewster Wright, den die Unterwelt nur als Black Eyed Bruce kennt, Nummer eins im Glasgower Drogengeschäft, wurde regelrecht exekutiert. Beim derzeitigen Stand der Ermittlungen schließt die Police Scotland nicht aus, dass ein Auftragskiller für diesen Mord – und noch weitere – verantwortlich ist. Neben der Tatwaffe, einem professionellen Scharfschützengewehr, und anderen Ausrüstungsgegenständen, wurde ein als Lieferwagen getarntes Fluchtfahrzeug sichergestellt.

Der Ladenbesitzer Kiran Solanki beschreibt die Bluttat wie folgt: »Plötzlich hat es furchtbar geknallt. Ich hab durchs Schaufenster nach draußen geschaut, und da hab ich gesehen, wie der Kopf von Mister Wright explodiert ist wie eine reife Melone.«

Danke Kiran, das war bestimmt schockierend. Doch nicht nur Wright musste dran glauben, sondern auch sein sogenannter »Führungsstab«. Ernie McClure, Kenneth Hadley und John Dickinson starben ebenfalls per Kopfschuss. Es ging in Sekundenschnelle. Als die Polizei eintraf, konnte sie nur noch Beweismittel sichern.

Nun stellt sich die Frage: Wer hat die tödlichen Schüsse abgegeben? Wurde Black Eyed Bruce von seinen eigenen Auftragskillern umgebracht? Hat da jemand die Seiten gewechselt? Stehen wir gar vor einem Bandenkrieg? Was ist los auf den Straßen von Glasgow? Eines steht schon jetzt fest: Wir sind unseres Lebens nicht mehr sicher.

7

Nach den Nachrichten kam Musik. Rick stellte das Autoradio leiser. »Sieht schlimmer aus, als ich dachte.«

»Wir sind in einen Riesenhaufen Scheiße reingeschlittert! Meinst du das?« Winslow hämmerte gegen das Lenkrad. Er konnte nicht fassen, was da verbreitet wurde.

»Hat dir jemand gesagt, dass du ausflippen sollst? Nein? Dann lass es.«

»Leck mich!«

Rick drehte sich zu Hynch um. »War ein Fehler, den Frischling ins Team zu holen. Ruft nach seiner Mama, wenn's nicht so läuft, wie er sich das vorstellt.«

»Wenn du meine Mutter kennen würdest ...«, sagte Winslow. »Die willst du nicht rufen.«

Hynch schwieg.

Nach einem kurzen Aufenthalt in Port Askaig auf Islay waren sie schließlich auf Jura gelandet. Sie fuhren mit dem Rover von der Fährstation, die nur aus einem Slipway und einem Wartehäuschen bestand, Richtung Craighouse, einmal von West nach Ost. In der Ortschaft lebte ein Großteil der Inselbewohner, rund 150 Menschen. Hinzu kamen vereinzelte Gehöfte, die über das ganze Eiland verteilt waren. Laut Internet maß Jura knapp 45 Kilometer in der Länge und zwölf in der Breite. Seit sie Islay verlassen hatten, wurde der Handyempfang immer schlechter.

Die Straße war schmal, aber ganz gut in Schuss. Zur Rechten lag in ein paar Hundert Metern Entfernung das Meer, zur Linken stieg das eintönige Gelände sanft an.

Seit Stunden verfolgten sie die Berichterstattung im Radio. Zuerst waren es nur Kurzmeldungen gewesen. Nach und nach wurden immer mehr Einzelheiten bekannt gegeben. Inzwischen schlug die Stunde der sogenannten »Experten«, die mit allerlei Einschätzungen und Kommentaren die Stimmung anheizten.

Langsam begriffen sie, was Crawford gemeint hatte.

»Bruce ist tot«, sagte Winslow. »Und ausgerechnet uns wollen sie es anhängen?«

»*Mir*«, korrigierte Hynch vom Rücksitz aus. »Ihr seid wahrscheinlich außen vor.«

»Kannst du vergessen.« Rick drehte sich um. »Wir stecken da alle mit drin. Ein einziger Sündenbock wird denen nicht reichen.«

Hynch versuchte, die Tragweite der Ereignisse zu erfassen. »Wer sind ›die‹? Mallard? Die Polizei? Der Geheimdienst?«

»Bin ich im falschen Film?«, fragte Winslow mit seinem weichen Ayrshire-Akzent. »Wir sollten Mallard im Auftrag von Bruce ausschalten – und plötzlich trifft es Bruce selber? Das ist doch seltsam.«

Hynch nickte. »Es war eine Falle, richtig, aber sie war nur dazu gedacht, dass ich das verdammte Gewehr zurücklasse. Ich kann es mir dadurch erklären, dass Mallard den Spieß umgedreht hat. Er wusste, dass wir auf ihn angesetzt waren. Also ist er zum Gegenangriff übergegangen. Er hat unseren Anschlag nicht nur abgewehrt, sondern ihn dazu benutzt, seinen Konkurrenten auszuschalten. Bruce hat ihn sträflich unterschätzt.«

»Crawford ist völlig neben der Spur«, meinte Rick.

»Wahrscheinlich denkt der, dass es ihm als Nächstem an den Kragen geht und jetzt der gesamte Polizeiapparat gesäubert wird«, erwiderte Hynch. »Von dem ist keine Hilfe zu erwarten. Crawford sitzt in seinem miefigen Büro und klappert mit den Zähnen. Ihr habt es doch gehört, die Organisation wurde quasi enthauptet. McClure, Hadley und Dickinson hat es ebenfalls erwischt, das war so etwas wie ein schottischer Valentinstag. Es gibt niemanden mehr, von dem Crawford seine Befehle empfängt. Wir sind auf uns allein gestellt.«

»Und wenn *wir* den Laden übernähmen?«, schlug Rick vor. »Nur so ins Blaue gedacht …«

»Wie stellst du dir das vor? Selbst wenn ich solche Ambitionen hätte – dafür braucht man jede Menge Manpower, eine Gefolgschaft, Angestellte.«

»Die meisten von Bruce' Leuten sind bestimmt noch da draußen und fragen sich, wie es weitergeht. Mallard wird ihnen wohl kaum Jobangebote machen. Ich könnte mal die Fühler ausstrecken, wer sich auf unsere Seite schlägt.«

»Nein, am besten ist es, wir halten eine Zeit lang die Füße still und warten, bis sich der Rauch verzogen hat. Was wissen wir denn? Zu wenig. Auf das Geplapper der Medien gebe ich nichts, und Crawford ist übernervös. Schauen wir, wie sich die Dinge entwickeln.« Hynch beobachtete, wie die Regentropfen an dem Wagenfenster abperlten und sich verflüchtigten. Die Sonne brach durch – oder das, was man in Schottland dafür halten konnte, eine schmutzige, schlierige Scheibe.

Ein bisschen tat es ihm leid um Brewster Wright. Sie waren beide vom alten Schlag gewesen, gelegentlich hatten sie sich in einem Pub in Motherwell getroffen, wo sich die Tapeten von den Wänden lösten und das Mobiliar so abgenutzt war wie die überwiegend grauhaarigen Gäste, zuletzt vor einer Woche. Bruce hatte wie immer gewirkt, einnehmend, einen Hauch großspurig, aber so down-to-earth, dass man ihn für den Besitzer der Kneipe halten konnte – was er inoffiziell auch war, die alte Allie hinter der Theke führte nur den Laden und passte mit ihren Söhnen auf, dass keine ungebetenen Gäste hereinkamen. Bruce hatte Hynch an einem Nischentisch den Auftrag dargelegt und ihm alles über Mallard erzählt, was seine Leute in Erfahrung gebracht hatten. Nichts davon war verfälscht oder übertrieben gewesen. Bruce hatte Hynch gegenüber mit offenen Karten gespielt wie sonst auch. Das hatte Rick, der zur Sicherheit eigene Nachforschungen anstellte, später bestätigt. Abgesehen davon musste man Hynch wenig über die Verhältnisse in Glasgow erzählen. Die kannte er genau. Er hatte dazu einen nicht unerheblichen Beitrag geleistet.

Bruce blickte auf eine Laufbahn zurück, die man skrupellos nennen mochte – doch nur, wenn man Kriminelle generell für schwer integrierbare Elemente hielt und den Politikern Glauben schenkte, all jenen Heuchlern, die der bürgerlichen Mitte weismachten, es gebe so etwas wie einen zivilen Kern der Gesellschaft. Bruce war der Albtraum der Anständigen, der Bogeyman der Aufsteiger, der Brunnenvergifter der Gutmenschen – und der Reinemachmann für all jene ehrbaren und weniger ehrbaren Gestalten, die in der Stadt wirklich das Sagen hatten: Er brachte den Müll nach unten.

In den 1980er- und 1990er-Jahren sammelte er gewissermaßen nur die Brotkrumen auf. Was im strukturschwachen Schottland so nebenbei abfiel. Vor allem versorgte er all jene perspektivlosen Typen, die vom Thatcherismus und vom Niedergang der Schwerindustrie in die Arbeitslosigkeit getrieben worden waren, mit Drogen. Prostitution und Glücksspiel erfüllten den gleichen Zweck. Bruce verteilte hier ein Stück Selbstbestätigung, dort ein Gramm Hoffnung. Er brachte seine Segnungen zu fairen Preisen und in einer annehmbaren Qualität unters Volk, und Hynch hielt ihm »Mitbewerber« vom Hals, von denen es etliche gab, ein Armutsgewinnler nach dem anderen. Wenn ein Land vor sich hin krebste, herrschte kein Mangel an Profiteuren, die alles noch schlimmer machten. Da brauchte es auch ein paar halbwegs gerechte Arschlöcher, solche, die sich mit einem kleinen Anteil vom Elend zufriedengaben, keine Abzocker, die all die armen Schweine ausweideten und die Kadaver dann liegen ließen.

Nach dem Millenium drehte sich der Wind. Schottland bekam wieder Boden unter den Füßen, was auch der schrittweisen Autonomie geschuldet war. Das Nordseeöl sprudelte nach wie vor, aber es blieb mehr hängen, vor allem in Aberdeen. Glasgow mauserte sich vom maroden Dinosaurier zum Finanzplatz des

Nordens. Diese Entwicklung zog auch dicke Fische wie Mallard an, die dem Parlament nahestanden und überall ihre Finger drinhatten – oder haben wollten – und die alles daran setzten, Fossilien à la Bruce zu verdrängen. Wahrscheinlich war das der Gang der Zeit. Doch Hynch fragte sich, ob das wirklich so sein musste. Ob es manchmal nicht besser war, wenn die alte Garde am Ruder blieb.

Deshalb hatte er Bruce die Treue gehalten. Der hatte sich nie an halbseidenen Grundstücksspekulationen beteiligt und die Leute aus ihren Mietskasernen rausgeekelt, um alles platt zu machen und stattdessen Luxuslofts hochzuziehen. Er hatte keine Versicherungsagenten durch die Gorbals tigern lassen, die tatterigen Rentnern das Ersparte abschwatzten. Er hatte nicht mehr Stücke vom Kuchen genommen, als einem abgebrühten Mobster zustanden. Himmel noch eins, Bruce hatte seine beiden Töchter sogar auf schottische Unis geschickt, wo keine Studiengebühren verlangt wurden im Gegensatz zu den englischen, nicht aus Nationalstolz oder Sparsamkeit, sondern aus Prinzip.

Bruce war ein notwendiges Übel, keine Landplage wie Mallard. So sah Hynch das, und wenn er das Gefühl bekam, einer Lebenslüge aufzusitzen, erinnerte er sich daran, dass sie beide seinerzeit keine große Wahl gehabt hatten, ein Ex-Werftarbeiter und ein Ex-Soldat, Abfallprodukte eines untergegangenen Reiches, das ein paar Unverbesserliche mit einer halben Flasche Fusel intus »Empire« nannten.

Winslow steuerte den Rover die abschüssige Straße hinunter. Sie erreichten Craighouse am frühen Abend. Inzwischen ging die Sonne unter.

»Ich krieg einfach kein Signal.« Rick tippte auf seinem Handy herum.

»Was hältst du von dem Ganzen, Winslow?«, fragte Hynch. »Die Chancen stehen ziemlich schlecht, dass du deinen Anteil kassierst. Ich meine, wer bezahlt uns, wenn wir Mallard doch noch erledigen würden? Niemand. Das wäre dann etwas rein Persönliches zwischen ihm und mir. Was mich betrifft, könntest du also jederzeit aussteigen.«

»Weiß nicht.« Winslow ließ einen Minibus vorbei, eines der wenigen Fahrzeuge, denen sie auf Jura bislang begegnet waren.

Direkt dahinter kam ein großer dunkelblauer Pick-up mit der Aufschrift *Security* auf dem Dach oberhalb der Frontscheibe. Der Fahrer, ein kräftig gebauter Mann mit Glatze, hob zwei Finger zum Gruß. Neben ihm saß sein Kollege auf dem Beifahrersitz. Er trug die unvermeidliche Schirmmütze und musterte Winslow unverhohlen.

»Ein privater Sicherheitsdienst?«, wunderte sich Hynch. »Was bewachen die denn hier?«

»Vielleicht die Whiskydestillerie?« Rick lachte und wies nach draußen. Mehrere weiß gestrichene Gebäude schmiegten sich an den Hang, ein langer Schornstein ragte in den Abendhimmel. »Oder die bringen die Löhne. Auf Jura gibt's keine Bank, nicht mal einen Geldautomaten.«

»Wahrscheinlich bezahlen die Leute hier in Naturalien. Wir hätten Glasperlen für die Ureinwohner mitnehmen sollen.« Hynch blickte dem Pick-up hinterher. Vermutlich war der Wagen auf dem Weg zur Fähre nach Islay. Im Grunde hatte er nichts gegen Sicherheitsdienste. Viele Ex-Militärs, die er kannte, arbeiteten für solche Firmen, auch Ex-Polizisten. Sie verdingten sich als Wachmänner, Geldboten, sogar als Türsteher oder Schlägertrupps. Der Übergang zwischen Berufsständen, die Gewalt anwandten, war fließend. Hynch und Rick hatten daraus schon oft Nutzen gezogen. Man musste immer mehrgleisig fahren.

Sie passierten die Destillerie und parkten vor dem einzigen Hotel der Insel, sinnigerweise hieß es *Jura Hotel*. Es lag an einer lang gestreckten Bucht, die sich fast in gerader Linie nach Norden erstreckte und von eingeschossigen Häusern gesäumt wurde. Auf einer großen Rasenfläche mit Sitzbänken, die im Sommer sicher einladend wirkten, wuchsen zu Hynchs Erstaunen Palmen. In der Ferne waren kuppelförmige Berge zu erkennen, relativ hoch, geradezu monumental.

Sie stiegen aus.

Letzte Sonnenstrahlen leckten über die Bucht und verwandelten die See in poliertes Silber. Dann erloschen die Farben. Blau- und Grüntöne wichen den scharfen Kontrasten einer Schwarz-Weiß-Fotografie. Wolken, gen Osten wandernd und durchbrochen von Lichtstreifen, schienen die Grenzen des Himmels schier zu sprengen. Es war überraschend mild, über zehn Grad, und so still, dass man sich fragte, ob die Zeit auf Jura nicht einem anderen, völlig fremden Maß folgte.

Winslow stand wie versteinert. »Scheiße, ist das schön!«

»Warst du noch nie auf den Inseln?«, fragte Rick. »Oder zumindest auf Arran?«

»Nee. Nie.«

»Gab's bei euch keine Schulausflüge oder so was?«

»Wir sind mal nach Newcastle gefahren. Aber das hier … einfach überwältigend.«

Hynch verdrehte die Augen. »Krieg dich mal wieder ein. Ich dachte, du stammst vom Land.«

»Wenn's einen Preis für das hässlichste Dorf Schottlands gäbe, wären wir drauf abonniert. Da, wo ich herkomme, schaut alles wie stehen und liegen gelassen aus, sogar die Äcker und die Hügel ringsum.«

»Könntet ihr's euch nicht ein bisschen schöner machen?«

»Kann man einen Misthaufen schöner machen?«

»Gehen wir einen Happen essen«, sagte Rick. »Besser wir verabschieden uns nicht sofort ins Outback, das würde verdächtig wirken. Es lässt sich zwar keiner blicken, aber die Leute hier registrieren sicher jedes einzelne Auto.«

Sie betraten das Hotel und wurden von einer jungen Frau empfangen, ausgesprochen herzlich, das Mädel freute sich wirklich, sie zu sehen. Sie hatte ein Baby auf dem Arm, das ihr sogar ein wenig ähnlich sah.

Nein, Zimmer bräuchten sie nicht, wehrte Rick ab, sie seien Hillwalkers und hätten ein Zelt dabei. Kein Problem, hieß es, sie könnten auf dem Ufergelände campieren. Heute gebe es frisches Wildbret. Ob sie Hunger mitgebracht hätten?

Rick lächelte. »Auch das.«

8

Vom Restaurant hatte man einen beeindruckenden Ausblick. Allmählich wurde die Bucht von der Dunkelheit verschluckt.

Sie nahmen einen Tisch abseits der bereits besetzten Fensterplätze. Klassische Musik vom Band verlieh der einfachen, familiären Atmosphäre einen Hauch Stil. Nebenan lag der Pub. Er gehörte ebenfalls zum Hotel und war über einen schmalen Durchgang zu erreichen.

»Wollen wir echt im Freien schlafen?«, wunderte sich Winslow. Er versuchte, leise zu sprechen. »Ist das nicht zu viel des Guten?«

»Richtige Outdoor-Freaks machen das so. Außerdem wollen wir vermeiden, dass wir im Hotelcomputer auftauchen, selbst mit gefälschten Ausweisen.« Rick studierte die Speisekarte. »Letztes Jahr hab ich eine Tour auf der Isle of Mull gemacht. Im Pub essen und im Zelt übernachten ist weitverbreitet.«

»Im Februar?«

»Wandersaison ist hier das ganze Jahr über. Natürlich kommen im Sommer deutlich mehr Leute. Aber eine Schönwettergarantie gibt es für keine Jahreszeit. Du wirst nicht glauben, wer auf den Hebriden alles durch den Regen stapft und auch noch Spaß dabei hat.«

»Bescheuerte Typen wie du?«

»Versuch's mal mit Bewegung.«

»Wenn ich tot bin.« Winslow wartete auf eine Replik, doch Rick ließ den Widerspruch so stehen. Deutsche hatten echt keinen Humor.

Sie waren nicht die einzigen Gäste. Eine ältere Dame blätterte gedankenverloren in einem Buch. Vier junge Kerle feierten irgendetwas, sie lachten lautstark, erzählten Witze. Ein mittelaltes Paar unterhielt sich über eine Landkarte gebeugt, vermutlich planten sie ihren nächsten Urlaubstag. Hynch hatte den gesamten Raum im Blick, wachsam wie immer. Er fragte sich, ob er das je ablegen würde. Gewohnheiten, die großen Führer im Leben.

Einen Haggis-Burger später war Winslow in bester Stimmung. Er und Rick tranken Bier, Hynch hielt sich an Bitter Lemon. Er hatte ein Steak gegessen, gar nicht mal schlecht.

»Ob ich weiter mitmache?« Winslow nahm den Gesprächsfaden von vorhin wieder auf. »Na klar. Ich steh auf Abenteuer.«

»Weil du nicht weißt, was du sonst machen sollst«, sagte Hynch mit gedämpfter Stimme. »Weil du niemanden hast außer uns.«

»Stimmt doch gar nicht.« Er klang verletzt. »Wenn ihr es Mallard heimzahlen wollt, bin ich dabei. Das ist 'ne Frage der Loyalität, oder nicht?«

Zeit für eine kleine Rede. Hynch lehnte sich nach vorn. Er schaute Winslow an, als sei er ein Ortspfarrer, der seinen Schäflein die sieben Todsünden beibog. »Wir haben dich auf Herz und Nieren überprüft, Junge, vor einem Jahr, als wir dich von der Straße gekratzt haben. Und vor diesem wichtigen Auftrag noch einmal für den Fall, dass sich etwas an deiner … Situation geändert hat. Du bist ein Einzelgänger. Keiner gibt einen Penny darauf, ob du am Leben bist oder ob du im Knast sitzt, ob du mit uns hier die Freuden der schottischen Küche genießt oder ob du von Mallards Männern geblendet und kastriert wirst, damit du ihnen verrätst, wo Rick und ich sind und was wir vorhaben. Deine Mutter säuft sich ins Nirwana, eure Farm wird demnächst gepfändet. Deine Schwestern sind beide mit den falschen Typen zusammen, die ältere verstößt gegen ihre Bewährungsauflagen, indem sie Crack vertickt, und die andere findet bei irgendeiner Kirche der allerletzten Tage gerade ihre innere Mitte. Bei dir ist keine Freundin in Sicht. Du hast noch nicht mal einen guten Kumpel.«

Winslow sah sich unbehaglich um, als könnte jemand mitbekommen, wie Hynch ihn runtermachte. »Warum bist du plötzlich so eklig?«

»Du musst eines begreifen: Bisher ging alles glatt. Wir hatten ein paar gemeinsame Jobs, in Glasgow, in London, einmal sogar in Carlisle, man kann sich's ja nicht aussuchen. Du hast dich gut angestellt und hast dabei deinen Schnitt gemacht. Aber jetzt ist alles anders. Wir sind auf der Flucht vor dem Mann, der die Macht übernommen hat, unwiderruflich. Mallard wird nicht eher ruhen, bis die Köpfe der drei Idioten, die ihn töten sollten, an seiner Trophäenwand hängen. Du hast jetzt zwei Möglichkeiten: Du steigst aus, was ich dir wärmstens empfehle. Aussteigen heißt: Du setzt dich mit dem nächsten Flugzeug in ein weit entferntes Land ab, für das sich nicht mal die UN interessieren. Ich spendier dir sogar das Ticket.«

»Und Möglichkeit zwei?« Winslow war kreidebleich.

»Du bleibst bei uns und tust weiter, was man dir sagt. Das Risiko dabei: Mallard erwischt uns, und wenn er mit uns fertig ist, verteilt er unsere Köpfe und Gliedmaßen über ganz Schottland, als unmissverständliche Botschaft.«

»Aber das lässt du dir doch nicht gefallen. Wir können uns wehren. Die Waffen im Rover …«

»Falls wir je in eine Situation kommen sollten, in der du eine dieser Pistolen brauchst – erschieß dich lieber selbst. Setz die Mündung auf die Stelle hier.« Hynch berührte mit seinem Zeigefinger den Übergang vom Hals zum Kiefer. »Dann drückst du ab. Das wird dir viel Kummer ersparen.«

Rick machte ein abfälliges Geräusch und grinste schief.

Winslow verharrte regungslos, bis Hynch den Finger wegnahm. Er starrte auf seinen leeren Teller. Eine zusammengeknüllte Serviette lag darauf und aufgerissene Ketchuptütchen.

Er nickte. »Bauen wir jetzt das Zelt auf?«

Hynch schaute ihn überrascht an. »Kleiner Anfall von Beharrlichkeit? Der willensstarke und entschlossene Mensch behält dauernd jene entfernten Ziele im Auge, durch die er zugleich sein Glück und seine Ehre sicherstellt.«

»Von wem ist das nun wieder?«

»Ich muss dir mal das Lesen beibringen.«

9

Gracie duschte heiß und wusch sich das Salzwasser aus den langen, dunklen Haaren. Sie wohnte in einem kleinen Cottage zur Miete, einem ehemaligen Schafstall, direkt über der Lussa Bay an der spärlich besiedelten Nordostküste. Das Häuschen war schlicht eingerichtet, wie es in Schottland und vor allem auf den Inseln üblich war. Vermutlich lag das daran, dass man jedes Möbelstück vom Festland umständlich herüberschaffen musste. Immerhin gab es fließend Wasser und einen offenen Kamin mit Sims, auf dem sie ein paar Bilderrahmen aufgestellt hatte. Die Fotos zeigten Benoît und sie, Benoît allein, einige Jugenderinnerungen und ihre Familie, die zum Teil noch in Liverpool lebte.

Sie ging zum Gutshaus hinüber, zu den McGlynns, ein paar Hundert Meter über einen Feldweg. Calum und Laoise[1] hatten sie zum Abendessen eingeladen. Die beiden waren vorbildliche Gastgeber und hatten sie wie eine nahe Verwandte aufgenommen. Schon an ihrem ersten Tag auf Jura waren sie Freunde geworden. Gracie hatte nicht gewusst, wie sie an dem Rinderbullen vorbeikam, der mitten auf der Straße stand und über seine Herde wachte. Bis Calum mit einer langen Stange aufgetaucht war und das störrische Vieh verscheucht hatte. Landwirtschaft war ihr so fremd wie ein unerforschter Planet.

Doch inzwischen hatte sie sich an die Nutztiere gewöhnt, frei umherlaufende Kühe und Hühner, die bevorzugt immer dort grasten oder pickten, wo Gracie gerade langwollte. Der Hofhund, ein Border Collie namens Chip, beäugte sie immer noch misstrauisch. Bei ihrem ersten Besuch hatte sie ihn mit einer Scheibe Käse geködert. Er hatte sie angeknurrt. Gut erzogen – und eine Erinnerung daran, dass sie selbst nach dem Leckerbissen geschnappt hätte, schon aus Reflex.

1 sprich: Lisha

Gracie kam an Calums Traktor vorbei, aus der Nähe betrachtet eine unförmige, geradezu übermenschliche Maschine. Das grobe Reifenprofil der Riesenräder erweckte den Eindruck, als könne nichts ihnen widerstehen oder auch nur wagen, sich diesen ungeschlachten Kräften entgegenzustellen. Der Mensch – ein Wurm, außer man saß in der Führerkabine. Seit sie auf Jura angekommen war, fragte sie sich, wie das wohl wäre: eine Existenz als Farmer. Ausweg oder Fron? Wie es Städter eben taten, die sich mit dem Landleben konfrontiert sahen.

So viele unnütze Gedanken. Weitergehen.

Gutshaus und Cottage lagen etwa eine halbe Meile von einer Häuseransammlung entfernt, die Inverlussa genannt wurde, im nördlichen Teil der Insel, wo auf weit verstreuten Gehöften nicht mehr als etwa zwanzig, höchstens dreißig Menschen lebten. Für den Minibus, der zweimal am Tag fuhr, morgens und abends wegen einer Handvoll Schulkinder, war Inverlussa Endstation. Wer weiter nordwärts wollte, kam zunächst an dem Landsitz Ardlussa vorbei, ein Anwesen, das irgendein Lord schon in den 1840ern hatte erbauen lassen. Es wurde von den Nachkommen bewirtschaftet und teilweise an Urlauber und Freunde der Familie vermietet. Bei Ardlussa hörte die geteerte Straße auf und wurde von einer holprigen Piste abgelöst, über die noch abgelegenere Farmhäuser zu erreichen waren, Lealt, Barnhill und das fünfzehn Kilometer entfernte Kinuachdrachd. Dort endete der Weg.

Anfang Herbst, kurz nachdem Gracie auf Jura angekommen war, hatte sie sich Calums Mountainbike geliehen und war die Strecke gefahren. Die Landschaft war immer abstrakter geworden, zeitenthoben, kahle steinige Höhenzüge unter einem sich ständig verändernden Himmel, der Grasteppich hellbraun, wüstengleich. Es war, als durchquerte sie eine Ödnis vor jeglicher Besiedlung, vor der Ankunft von Tier und Mensch, vor jeder erzählten Geschichte, als erhielte sie endlose Ausblicke auf Berge, die sie nie besteigen, und Küsten, die sie niemals erreichen würde. Oft ließ sie das Fahrrad am Wegesrand liegen und folgte ein Stück weit dem Lauf eines geräuschlosen Baches, zu den Bergen hin oder zum Meer. Ihre Stiefel suchten nach Halt, ihre Hände griffen in den seifigen Bewuchs. Und mit jedem Schritt, der sie von dem beschwerlichen Pfad wegführte, kam es ihr vor, als nähme auf dem weichen Untergrund und vor dem unbestimmten Horizont die Stille noch zu, als hüllte eine allumfassende Abwesenheit sie ein, die weder Stimmen noch deren Widerhall kannte und gleichgültig war gegen alles Lebende, Fühlende, Vorstellbare. Sie verstand George Orwell, der sich 1946, am Ende seines Lebens, für zwei Jahre in Barnhill niedergelassen hatte, um den Roman »1984« zu verfassen, an einem Ort, den er als »unhinkommbar« bezeichnet und jedem anderen vorgezogen hatte, der seine Tuberkulose verschlimmert und ihn doch Dinge zu sehen veranlasst hatte, welche sich seit seinem Tod Stück für Stück bewahrheiteten. Bis heute.

Bei Kinuachdrachd hatte sie das Rad schließlich abgestellt und war zu einer Erhebung gewandert, von der aus sie den Corryvreckan sehen konnte, den großen sagenumwobenen Meeresstrudel, eine aufgewühlte Wassermasse am Ende der Welt – oder am Beginn? Doch auf den ersten Blick hatte der Strudel wenig spektakulär ausgesehen, bewegte Wellen, mehr nicht. Später musste Gracie diesen Eindruck korrigieren, als sie mit dem Boot in die Nähe des Corryvreckan geraten war. Der Motor hätte es fast nicht geschafft, sie außer Reichweite zu bringen. Eine unsichtbare Kraft zog sie an, die Gezeitenströme, wie sie wusste, beschleunigt und in Drehung versetzt durch eine unterseeische Felsnadel. Zum Glück hatte sie sich befreien können, eher durch Zufall als durch geschickte Navigation oder Motorkraft.

Sie warf einen Blick zurück zu ihrem Cottage. Das dunkle Ding, das in ihr schlief und mit dem Leben ebenso haderte wie mit dem Tod, regte sich. Aber nur ganz kurz. Dann klopfte sie an.

»Komme gleich!«, rief Calum von irgendwoher. Seine Frau Laoise öffnete die Tür, lächelte dazu und wartete in ihrem Rollstuhl, bis der Gast über die Schwelle getreten war. Dann forderte sie Gracie auf, in die geräumige Küche zu gehen.

Die Möbel waren selbst gezimmert und ziemlich alt. Sie stammten noch von Calums Eltern und Großeltern, solide Stücke, doch hie und da verzogen von der allgegenwärtigen Feuchtigkeit der Inseln. Eine Tellervitrine, eine Anrichte, ein Spülstein aus Granit, grobe Holzbänke, ergänzt durch moderne Küchengeräte wie eine Geschirrspülmaschine. Über dem langen massiven Tisch hing eine Petroleumlampe aus Messing, mit einem Schirm aus Rauchglas, umgebaut auf Elektrik. Im Schein dieser Lampe hatte Gracie schon viele gute Gespräche geführt.

Laoise trug eine karierte Bluse mit hochgekrempelten Ärmeln. Sie war strohblond, ihr Kurzhaarschnitt passte gut zu einem scharf geschnittenen Gesicht, in dem ein unruhiges Augenpaar ständig nach Reaktionen ihres Gegenübers suchte. Obwohl in Gracies Alter Anfang dreißig, war sie viel kleiner und zerbrechlicher. Ihre Handgelenke ließen sich mit Daumen und Zeigefinger umfassen. Die Haut wirkte blass und blau geädert, weil sie sich selten im Freien aufhielt – während Gracie eine natürliche Bräune besaß, Erbe der jamaikanischen Vorfahren ihres Vaters, und vom Tauchen und Umherstreifen hatte sie mehr Muskeln bekommen, als ihr lieb war.

Laoise schien ihre neue Freundin stets mit gemischten Gefühlen zu taxieren. Sie war von den Hüften abwärts gelähmt, seit ein Mann der Stromgesellschaft sie missbraucht und gegen die Viehtränke geschleudert hatte wie einen verdreckten Scheuerlappen. Irreparable Schäden des Rückenmarks, die Ärzte waren machtlos gewesen. Irgendwann hatte sie es aufgegeben, von sich aus physiotherapeutische Übungen zu machen. Wenn Calum sie nicht mit sanfter Gewalt dazu zwänge, ihre Beine zu trainieren, und wenn sie dabei nicht seinen Whiskyatem röche, der ihr klarmachte, dass er immer noch nicht darüber hinweggekommen war, hätte sie sich schon längst gehen lassen. All das hatte Gracie Stück für Stück erfahren und sich bei dem unschönen Gedanken ertappt, wie tröstlich das Leid anderer Leute sein konnte, wenn man mit dem eigenen beschäftigt war.

Sie begaben sich an den langen Küchentisch. Dort standen schon eine große Schüssel Karottensalat, eine Wasserkaraffe und ein paar Flaschen Bier bereit. Gracie nahm sich eine und öffnete sie mit ihrem Schlüsselbund.

»Kommst du voran?«, fragte Laoise.

»Immer das Gleiche. Die Seeschlange wäre perfekt für Jura, jede Messung bestätigt das. Wir kriegen hier nicht die volle Wucht des Atlantiks ab, im Gegensatz zu Islay. Man könnte sagen, wir liegen im Windschatten. Aber die Bewegungsenergie der Wellen reicht trotzdem aus für eine kontinuierliche, in größerem Umfang betriebene –«

»Du weißt ja, wie ich darüber denke.«

»Dass wir über das Versuchsstadium nicht hinauskommen? Das hängt von den Forschungsergebnissen ab, die ich an Scottish-Power Renewables weitergebe.«

»Was ist mit den Umweltverbänden? Verschandelung der Natur und so weiter? Auch die Fährgesellschaft wird Protest anmelden wegen Beeinträchtigung der Seewege.«

»Hatten wir das nicht alles schon? Wir brauchen Wellenkraftwerke, besser heute als morgen. Windkraft reicht nicht aus, obwohl damit schon ein bedeutender Teil des schottischen Energiebedarfs gedeckt wird. Für die Region Aberdeen schnürt die Regierung gerade ein Hilfspaket, die haben den gesunkenen Ölpreis voll zu spüren bekommen. Wir müssen in die Zukunft denken. Uns weiterentwickeln!« Gracie blickte unwillkürlich auf den Rollstuhl. Und schämte sich. Wir müssen uns weiterentwickeln. In Laoises Situation klangen dieses Worte wohl wie Hohn, waren doch Einschränkungen aller Art ihre ständigen Begleiter. Als wäre sie auf einer Insel fernab aller Schifffahrtsrouten gestrandet.

»Lass gut sein. Ich habe nur den Advocatus Diaboli gespielt.« Laoise besaß ein Sensorium für das Unbehagen anderer Menschen, obwohl sie selten darauf Rücksicht nahm. »Trink dein Bier.« Geschickt fuhr sie zum Backofen, öffnete die Klappe und nahm mithilfe eines Geschirrtuchs eine dampfende Form heraus.

Gracie wusste, dass sie sich dabei nicht helfen lassen wollte. Also wartete sie, bis Laoise den Nudelauflauf auf den Tisch gestellt hatte. Der Geruch nach geschmortem Hackfleisch und geschmolzenem Käse war überwältigend, vor allem für jemanden, der tagsüber nur ein paar Sandwiches gegessen hatte.

Calum kam durch die Hintertür herein. Man hörte, wie er seine Wellingtons abstreifte und an der Garderobe zugange war. Dann betrat er die Küche, beugte sich über seine Frau und küsste sie leidenschaftlich.

Gracie schaute weg. Diese Begrüßung kannte sie schon. Dennoch riss es jedes Mal Wunden auf, wenn Calum und Laoise Zärtlichkeiten austauschten.

»Heya«, sagte Calum und trank einen großen Schluck von seinem Bier. Ein hochgewachsener Mann, breitschultrig, raumgreifend, doch er hatte früh seine Haare verloren. Zurück war ein sorgenreicher Kranz geblieben. Ständig zogen sich die rotblonden Augenbrauen zu einem Stirnrunzeln zusammen.

»Heya«, erwiderte Gracie seinen Gruß, viele jüngere Schotten machten das so.

Sie aßen, schweigend zunächst, um den ersten Hunger zu stillen. Laoise hielt sich vor allem an den Salat. Es war ein friedliches Bild auf Kosten des Ungesagten, wie es allen Idyllen zu eigen ist, dachte Gracie, jenen kleinen Reservaten, die man sich schafft in den Weiten des Scheiterns und Nichtgenügens, wo wir uns alle früher oder später wiederfinden und uns fragen, an welchem Punkt genau wir auf eine ungewollte Bahn gerieten und was wir daran hätten ändern können, und ob wir diese Gedanken nicht besser eintauschen sollten gegen die schiere Wahrnehmung des Augenblicks. Ein Nudelauflauf wirkte da Wunder, fand sie.

10

Habt ihr das aus Glasgow gehört?«, fragte Gracie schließlich.

»Der Bandenkrieg?« Calum war bereits im Bilde. Auf dem Traktor hörte er oft Radio. »Wie in den Neunzigern. Da konntest du nicht in die Stadt fahren, ohne an jeder Straßenecke ausgeraubt zu werden. Heißes Pflaster damals.«

»Da warst du doch noch ein Kind«, widersprach Laoise.

»Egal. Meinen Eltern haben sie das Auto zerkratzt. Danach haben wir Glasgow gemieden und sind für irgendwelche Besorgungen nach Oban oder rüber nach Stirling gefahren.«

»Und seither beziehst du deine Informationen aus Thrillern?«

Im Wohnzimmer stand eine Sammlung zerfledderter Taschenbücher – Calum war ein Krimifan, während seine Frau eher anspruchsvolle Sachen las. Einen Fernseher gab es bei den McGlynns nicht, dafür Internet via Satellit, das mehr schlecht als recht funktionierte. Laoise stammte aus Glasgow, aus einem der Vororte. Sie hasste die Stadt und alles, was damit zusammenhing, unter anderem die Stromgesellschaft.

»Klingt jedenfalls wie ein Thriller«, meinte Gracie. »Dieser Mobster wurde gekillt …«

»Brewster Wright.« Calum nahm sich von dem Auflauf nach. »Eine ganz große Nummer. Und seine Gefolgsmänner mussten auch dran glauben. Da hat jemand Nägel mit Köpfen gemacht.«

»Mit einem Scharfschützengewehr, hieß es.« Gracie fand Gefallen an der Unterhaltung. Mal was anderes als Strömungsamplituden.

»Sicher so eine High-End-Knarre, wie sie beim Militär verwendet wird.« Calum war bei einem seiner Lieblingsthemen. »Kinderleicht. Aber mit meiner Büchse treffe ich einen Hirsch sogar noch auf fünfhundert Yards. Wenn man seine Waffe kennt und genügend Erfahrung hat …«

»Auf Menschen schießen?« Laoise schaute ihn zweifelnd an. »Könntest du nie.«

»Ach ja? Ist auch kein großer Unterschied.«

»Sag das nicht.«

»Seit wann bist du zartbesaitet?«

»Wenn du auf der Jagd warst und so ein armes Vieh mit nach Hause bringst, geht das dir jedes Mal an die Nieren. Dann darf ich mich um die Kadaver kümmern. Aufbrechen, häuten, zerlegen – eine Sauerei ist das …«

»Ich dachte, es macht dir nichts aus. Den Hühnern drehst du doch auch den Hals um.«

Laoise lächelte spöttisch. »Mir war schon klar, worauf ich mich einließ, als ich einen Bauern von den Inseln geheiratet habe. Sorry, *Rinderzüchter*. Der zum Schlachten immer Nigel aus Craighouse kommen lässt, weil er's nicht übers Herz bringt, das Bolzenschussgerät anzusetzen.«

»Das ist was anderes«, verteidigte sich Calum schwach. »Die Tiere gehören zur Familie.«

»In Glasgow wurden heute vier Menschen getötet, per Kopfschuss. Du glaubst gar nicht, wie froh ich bin, dass du dazu nicht imstande bist.«

»Wärst *du* es denn?«

»Ich habe nie Schießen gelernt – auch darüber bin ich froh.« Laoise tätschelte ihren gefühllosen Oberschenkel. »Sonst hätte ich dem Kerl, nachdem das passiert war, eine Ladung verpasst, die nicht mehr als Notwehr durchgegangen wäre. Ein paar Ladungen, immer auf dieselbe Stelle. Dann säße ich jetzt im Knast – und die Hühner kämen nie in den Kochtopf.«

»Mit einer Flinte kannst du aber inzwischen umgehen«, sagte Calum.

»Ich weiß mich zu wehren. Oder soll ich den nächsten zudringlichen Typen mit dem Rollstuhl überfahren?«

Gracie nahm einen letzten Bissen und schob den Teller von sich weg. Es war immer interessant, die kleinen Tänzchen der beiden zu verfolgen. Sie zankten sich ziemlich oft, ohne ein Blatt vor den Mund zu nehmen. Seltsam. Mit Benoît hatte Gracie fast nie gestritten, weder über alltägliche Belanglosigkeiten noch über die großen Fragen einer Beziehung: Liebst du mich bedingungslos? Wie weit würdest du für mich gehen? Was würdest du mir verzeihen? Stets waren sie einer Meinung gewesen über das, was sie voneinander erwarteten. Ein Blick des stummen Einverständnisses hatte genügt, gemischt mit Stolz und Amüsierheit, weil sie sich so gut verstanden. Ausgenommen die letzten Tagen vor seinem Tod.

»Anscheinend haben es dieser Wright und seine Leute verdient«, sagte sie schließlich. »Ich meine, vier Kriminelle weniger, exekutiert von ihresgleichen. Da ist kein großer Schaden entstanden, oder?«

»Glaubst du, was die im Radio erzählen?«, fragte Laoise.

»Klar«, gab Gracie zurück. »Warum sollten die lügen?«

»Die bekommen ihre Informationen von der Polizei und bereiten sie entsprechend auf. Selbst recherchiert haben die so gut wie gar nichts, da bin ich mir sicher. In der Kürze der Zeit ist das auch gar nicht möglich. Man nimmt, was man auf die Schnelle kriegen kann, und schustert daraus eine Story zusammen.«

»Und der Zeuge? Dieser Ladenbesitzer?«

»Der hat nur gesehen, wie jemand erschossen wurde. Wie man das interpretiert, ist Auslegungssache.«

Gracie begriff. Laoise war eine ausgebildete Journalistin, aus ihr sprach jahrelange Erfahrung. Inzwischen betätigte sie sich nur noch als Webmaster der Jura-Homepage, eines Informationsportals für Einheimische und Touristen, eher ein Hobby oder ein Ehrenamt. Früher hatte Laoise für eine große schottische Zeitung gearbeitet, den *Scotsman*. Doch irgendwann war ihr das Vertrauen in die Medien abhandengekommen. Vielleicht hatte man sie auch einfach gefeuert, das würde den Zynismus erklären, den sie mit ihrem ehemaligen Beruf verband. Oder sie hatte den Journalismus nur deswegen aufgegeben, um mit Calum zusammenzuleben und gemeinsam mit ihm die Farm zu betreiben. Laoise hüllte sich über ihre Vergangenheit in Schweigen. Aber sie hinterfragte immer alle Nachrichten, die von außen kamen.

»Was hältst *du* denn von diesen … Morden?«, fragte Gracie.

Laoise schloss die Augen und überlegte eine Weile. »Black Eyed Bruce, na ja, der war gar nicht so verkehrt. Inszenierte sich als Freund der Arbeiterklasse, als der Begriff schon Staub angesetzt hatte. Ich meine, natürlich war er ein Schwein und hat überall nur seinen Vorteil gesucht, für sich und seine Leute. Aber ich denke, ein bisschen war schon dran an seinem Working-Class-Getue. Dass er in den Werften geschuftet habe. So was steckt einem in den Knochen, das schüttelt man nicht so einfach ab. Und die Polizei hielt ihn für kontrollierbar. Deshalb ließ sie ihn gewähren.«

»Woher willst du das alles wissen?«, fragte Calum.

»Ich habe ein Interview mit ihm geführt«, sagte sie knapp.

»Wirklich?«

»Er machte einen auf väterlicher Freund. Leicht durchschaubar. Dürfte schon zehn Jahre her sein.«

»So nah warst du an der Unterwelt dran?«, fragte Gracie.

»Diese Typen sind genau so publicitygeil wie jemand, der auf Facebook Selfies mit Prominenten postet. Na ja, ein bisschen weniger. Bruce dachte, er könne steuern, was über ihn berichtet wird. Als das Interview gedruckt wurde, habe ich ihn natürlich nicht besonders gut wegkommen lassen. Aber das hat ihn nicht gestört. Er rief mich an und sagte: ›Sie machen einen hervorragenden Job. Trotzdem danke.‹ Hat mir eine Flasche Champagner geschickt. Die hat echt geschmeckt.«

»Jetzt ist er tot.«

»Ja. Und ich kann mir einfach nicht vorstellen, dass es seine eigenen Leute gewesen sind. Da gab es diesen Killer, der in

Bruce' Diensten stand. Niemand kannte seinen Namen, denn wenn du ihn kanntest, hast du nicht mehr lange gelebt. Old School war der, *das Gespenst,* angeblich ein alter Freund von Bruce. Saß nie ein, wurde nie erwischt, und zwar über Jahrzehnte – eine echte Seltenheit in der Branche. Wahrscheinlich ist er in Rente gegangen, hat das Land verlassen. Oder er ist an irgendwas Stinknormalem gestorben, Krebs zum Beispiel, sonst wäre sein Boss nicht so leicht abserviert worden. In einem ernsthaften Bandenkrieg hätte dieser Typ Bruce beschützt, auf Gedeih und Verderb. So was passiert ja nicht über Nacht, das zeichnet sich im Voraus ab und zieht sich eine Zeit lang hin. Jede Seite sammelt ihre Truppen wie in den 1960ern, als es so richtig abging in Glasgow, und dann beharken sie sich, bis eine Seite die Oberhand behält.«

»Aber wie es aussieht, war das ein Überraschungsangriff, das muss ganz schnell gegangen sein«, meinte Gracie, »eine konzertierte Aktion. Vielleicht war dieser Killer nur abgelenkt oder anderweitig beschäftigt.«

»Alles denkbar.«

»Wenn er es nicht war, der Bruce verraten hat – wer soll es sonst gewesen sein?«

»Ein noch größeres Schwein.« Laoise stieß die Luft aus. »So ist es immer. Das Unheil hat viele Namen. Und die stehen nicht unbedingt in der Verbrecherkartei.«

»Angenommen, der Killer ist noch irgendwo da draußen und überlegt sich, was er tun soll. Würde er seinen Boss rächen?«

»Könnte man ihm nicht verdenken.«

»Dann gibt es bald noch mehr Leichen.«

Calum räusperte sich. »Hört sich so an, als hättet ihr Mitleid mit diesem Bruce, Brewster … oder wie zum Teufel der Kerl hieß.«

»Irgendwie schon«, sagte Laoise.

»Weil du ihn persönlich kanntest?«

»Mag sein.«

»Du bist parteiisch.«

»Bin ja auch keine Journalistin mehr. Für mich ist das wie ein Spiel, das man aus der Ferne verfolgt: Man verteilt seine Sympathien und ist gespannt darauf, wer gewinnt. Auf Jura betrifft uns das ja nicht. Sollen die sich in Glasgow ruhig die Köpfe einschlagen.«

»Stimmt, sollen sie.« Calum hatte sichtlich genug von den Spekulationen über Gangsterbosse, Mord und Totschlag. Er wechselte das Thema. »Gibt's was Neues über den Kanadier?«

Sie unterhielten sich noch eine Weile über ein Bauprojekt, das auf Jura derzeit die Gemüter erregte. Ein Milliardär aus Toronto wollte im Süden der Insel ein Fünfsternehotel inklusive Golfplatz hochziehen. Das Projekt stieß überwiegend auf Ablehnung, obwohl angeblich neue Arbeitsplätze entstehen sollten. Die Leute mochten keine Veränderungen. Vor allem sträubten sie sich dagegen, dass Jura vom Festland aus leichter zu erreichen war, etwa über eine direkte Fährverbindung oder gar per Flugzeug wie auf anderen Hebrideninseln. So ein piekfeines Hotel, das am Ende auch noch über ein eigenes Hubschrauberlandefeld verfügte, würde den Abstand zur hektischen Welt verringern, mit unvorhersehbaren Folgen.

Gracies langer Tag auf dem Wasser forderte seinen Tribut. Als sie bemerkte, dass ihr immer wieder die Augen zufielen, verabschiedete sie sich von Laoise und Calum und ging zu ihrem Cottage hinüber. In der Dunkelheit fand sie den Weg auch ohne Taschenlampe, inzwischen kannte sie sich ganz gut aus.

Sie warf noch einen langen Blick auf den Sternenhimmel. Er war klar und grenzenlos, ein besticktes Gewölbe, das den gesamten Sehkreis einnahm und einen förmlich hinauszog in die Weite der Nacht. Anfangs hatte sie sich davon erschlagen gefühlt. Es war ungewohnt, eine vollkommen neue Erfahrung, die sich in der Nähe von beleuchteten Dörfern und Städten nicht machen ließ. Nach den ersten Wochen auf Jura hatte sie jedoch gelernt, die »Dark Skies« zu genießen – wenn nicht gerade Wolken den

Himmel bedeckten. In der Wetterküche des Pentland Firth, als sie mit Benoît an MeyGen gearbeitet hatte, war die Sicht fast immer schlecht gewesen. Damals hatten sie jedes Nordlicht mit Sekt gefeiert.

Wieder einmal wünschte sie sich, dass er neben ihr stand. Dass er den Kopf in den Nacken legte und emporsah zu diesem unfassbar alten, sich ständig verändernden Wunder, dem Kosmos in seiner unerreichbaren Pracht. Oder dass er ein Stück vorausging, weil er immer schneller, ungeduldiger als sie gewesen war.

Dieser Eindruck beschlich sie häufig: Wenn sie mit ihrem Boot anlandete, wartete Benoît am Ufer und zog den Bug auf den Strand. Wenn sie in den Suzuki einstieg, saß er auf dem Beifahrersitz, studierte die Landkarte und wies den Weg. Stets war er schon da. Nur beim Tauchen entglitt er ihr, ein verschwommener Schemen.

Gracie ging ins Haus. Der nächste Tag versprach, sonnig zu werden. Falls das Wetter nicht umschlug.

11

Eine furchtbare Nacht war vorüber. Ihm tat alles weh, Nacken, Schultern, Wirbelsäule. Verfluchte Isomatten! Die Dinger waren nicht mal dazu geeignet, einen aufgesetzten Schuss zu dämpfen. Dafür brauchte man ein dickes Kissen, das neben dem Schall auch Knochensplitter, Gehirnmasse und Blut schluckte, am besten mit Daunenfüllung. Schaumstoff taugte wenig, flockte aus. Nicht ausreichend saugfähig.

In wie vielen Hotelzimmern war er so vorgegangen? Das fragte sich Hynch, während er beobachtete, wie die Wand des Innenzelts sich aufgrund seines Atems blähte und zusammenfiel. Er hatte seine Hits nie gezählt, das machten andere, es wäre ihm makaber vorgekommen. Er war kein Kriegsheld, der eine Kerbe für jeden Abschuss machte, und kein Serienmörder, der Zeitungsausschnitte über seine Untaten sammelte wie ein perverser Buchhalter.

Er tötete. Mehr nicht. Keine Pflicht trieb ihn, auch keine psychische Störung, dergleichen man gerne für das Unerklärliche hernahm – für das, was nicht den üblichen Deutungsmustern entsprach. Während wir handeln sind wir zugleich ein Bewirktes. Ein kluger Satz, fand er. Traf beinahe in jedem Zusammenhang zu. Ursache, Wirkung. Das war Physik. Unumstößlich.

Hynch las nicht viel. Keine Romane, da ihm Fiktionen im Vergleich mit der Wirklichkeit lächerlich erschienen. Nein, vor ein paar Jahren war ihm der Sinn nach etwas Gehaltvollem gestanden, nach Deutung in einer ihm immer unverständlicheren Welt. Als Mann von geringer Bildung, aber mit viel Zeit zwischen seinen Aufträgen, hatte er sich an einem verregneten Septembertag für die Werke des Philosophen David Hume entschieden. Auf den Namen war er in einem Kreuzworträtsel gestoßen. Rick hatte ihm dann die wichtigsten Werke besorgt. Seite für Seite war er in das »Traktat über die menschliche Natur« vorgedrungen, jeden Tag eine halbe Stunde. Er hatte sich dazu gezwungen, bis ihm die Lektüre zur Gewohnheit geworden war. Und obwohl er längst nicht alles verstand, stieß er immer wieder auf den einen oder anderen Satz, mit dem er etwas anfangen konnte.

Hynch drehte sich in seinem Schlafsack, die kalte Luft im Zelt hielt ihn davon ab, die wärmende Hülle zu verlassen. Wie damals auf den Falklands, da war es auch verdammt kalt gewesen. Er genoss es sogar ein wenig, eingemummelt dazuliegen. Solange er sich nicht bewegte, tat ihm auch nichts weh.

Menschen, die im Bett unter einer Decke lagen, waren verletztlich und gaben sich der Illusion hin, geschützt und in Sicherheit zu sein. Sie hielten still. Wenn Hynch seine Opfer schlafend vorfand, machte es ihm kaum etwas aus, sie umzubringen. Dann waren sie dem Tod ohnehin schon relativ nahe. Manche leisteten nur geringen Widerstand, und diejenigen, die sich heftiger wehrten, schlugen nur wortlos um sich wie von ihren Häschern überraschte Tiere. Sie wussten, dass sie es nicht ändern konnten. Hynch war nicht so durchtrainiert wie Rick, aber »ein kerniger Typ«, wie ihm sein Ausbildungssergeant seinerzeit bescheinigt hatte, und das war er geblieben, ohne übermäßig viel für seine Fitness zu tun. Hin und wieder stemmte er zu Hause Gewichte und stellte sich an den Sandsack. Eine Stunde auf dem Laufband und etwas Gymnastik, um nicht einzurosten, das war's. Wenn es die Situation erforderte, konnte er einem Drogendealer, der seine besten Kundinnen ohne Bruce' Einverständnis auf den Strich schickte und die Kohle für sich behielt, immer noch ein Bein brechen. Oder das Genick, wenn der Mann ernsthaft Schwierigkeiten machte und es wagte, ihn zu bedrohen.

In den letzten Jahren hatte Hynch jedoch das Gewehr vorgezogen. Bei einem Infight konnte man nur verlieren, seine Reflexe ließen nach, Distanz war das oberste Gebot. Also Kopfschuss.

Beim Militär galt das zwar als unprofessionell wegen der geringen Trefferfläche, aber in seinem Beruf kam es häufig auf die abschreckende Wirkung an. Außerdem konnte man nie sicher sein, ob Leute wie Mallard eine Kevlarweste trugen. Es hatte auch Nachteile: Man sah die Augen der Zielperson, vor allem wenn sie zufällig in die Richtung des Schützen blickten. Ein instinktives Erkennen der Gefahr in den Sekundenbruchteilen vor dem Schuss – manchmal passierte dergleichen, oder Hynch erschien es zumindest so. Sympathie mit den Opfern? So weit kam es noch, zumal seine »Opfer« im Lauf der Zeit immer brutaler vorgingen und mittlerweile ein ganzes Waffenarsenal samt Leibwächtern mit sich herumschleppten, um gegen Leute wie ihn gewappnet zu sein. Höchste Zeit für die Rente.

Widerstrebend schälte er sich aus dem Schlafsack und schlüpfte mit steifen Gliedmaßen in Wanderkleidung. Thermounterwäsche, Fleecepulli, eine Hose mit allerlei aufgenähten Taschen, robuste Schnürstiefel. Wieder die Erinnerung an den Krieg im Südatlantik. Einen vergessenen, letztlich unbedeutenden Krieg in einem derart abgelegenen Teil der Welt, dass manche Leute dessen Existenz sogar bezweifelt hatten. Andauernd kam das jetzt hoch, und mit den vagen physischen Eindrücken von Kälte, Schnee und Dreck sah er auch wieder die Kameraden seiner Einheit vor sich. Wie sie sich vor dem ersten Einsatz hohläugig anstarrten, einen markigen Spruch auf den Lippen, bei manchen war es ein stummes Gebet oder ein gemurmelter Name, mit den Fotos ihrer Liebchen in der Brusttasche, die zu Hause auf sie warteten oder es nur vorgaben und ihre Freunde und Ehemänner, die das irgendwie spürten, längst nach Strich und Faden betrogen. Wie sie an einem öden, windgepeitschten Strand landeten, der dem von Jura gar nicht so unähnlich war. Wie sie sich anschickten, ohne Fernaufklärung in Stellung zu gehen und plötzlich Feindkontakt mit den Argentiniern hatten. Die ersten Toten bei der Einnahme einer kleinen Anhöhe, zerfetzt von MG-Feuer. Ihr neu zugeteilter Lieutenant, kaum älter als sie selbst, verbissen und ehrgeizig, trieb sie mit kratziger Stimme weiter. Wie hieß er noch gleich? Busser, richtig, und er, Hynch, schaffte es als Erster bis ganz nach oben, auf einen namenlosen Steinhaufen. Er warf eine Handgranate in den Unterstand und gab eine Salve aus seinem Sturmgewehr ab und dann noch eine. Und als die überlebenden Argies herauskamen, mit erhobenen Händen und schmutzigen, von der Angst merkwürdig geglätteten Gesichtern, waren die Kameraden schon bei ihm, ein Befehl wurde gebrüllt, und Hynch rebellierte zum ersten und einzigen Mal. Er hätte dem Lieutenant sogar mit dem Gewehrkolben eins übergezogen und ihm die hochrote Fresse poliert, wenn ihn der Petty Officer nicht im letzten Moment weggezerrt hätte.

Die Argies wurden niedergemäht, ausnahmslos. Busser bekam am Ende das Distinguished Service Cross. Hynch durfte Latrinen schrubben, bis zum nächsten Einsatz. Dann war er wieder nach vorn geschickt worden, bei jedem Angriff hatte er die Vorhut bilden müssen. Kein Ehrenzeichen für ihn.

Was sollte er mit einem Orden auch anfangen? Er musste mehr in der Gegenwart leben. Hieß es nicht so im Frühstücksfernsehen?

Hynch legte das Gürtelholster mit der Pistole an und kroch aus dem Zelt. Vorsichtig richtete er sich auf. Bloß keine Probleme mit dem Rücken. Ein Hexenschuss würde ihm gerade noch fehlen. Was hatte sich Rick bei dieser Outdoor-Nummer bloß gedacht?

12

Rick stand am Ufer und warf Steine ins Meer. Er trug Jogging-klamotten, hautenges Multifunktionszeugs. Wahrscheinlich war er schon kilometerweit durch die Gegend gerannt und hatte die Eichhörnchen erschreckt. Die Luft war wie Quellwasser.

»Morgen!«, rief Rick fröhlich. »Gut geschlafen?«

»Eine Bitte …« Hynch versuchte, sich nicht anmerken zu lassen, wie gerädert er sich fühlte. »Sei weniger deutsch.«

»Mit dem falschen Fuß aufgestanden? Ich weiß, in so einem Zelt kann es scheußlich sein, wenn man das nicht gewohnt ist. Wir könnten uns Decken und Kissen vom Hotel leihen, wenn du magst. Oder wie steigen in einem verschwiegenen B&B ab, das nicht ans Meldesystem angeschlossen ist, vielleicht auf einer Farm im Nirgendwo, wo man sich was dazuverdienen will. Unter Umständen –«

»Hör auf, mich zu bemuttern. Gib mir lieber einen Lagebericht.«

Rick zuckte mit den Schultern und zog sein Krypto-Handy aus der Trainingsjacke. Hynch fand die Benutzung der Dinger fragwürdig, hundertprozentige Sicherheit gewährleistete die Technik letztlich nicht. Er selbst telefonierte so gut wie nie, und wenn doch, wechselte er nach jedem Anruf die SIM-Karte. Er hatte immer mehrere greifbar, die auf Leute registiert waren, die es nicht mehr gab. Mobilfunkanbieter interessierten sich für vieles, aber der Tod eines ihrer Kunden war ihnen herzlich egal. Hauptsache, die Rechnungen wurden weiter bezahlt.

»Jede Menge Kurzmitteilungen. Crawford versucht verzweifelt zu erfahren, wo wir abgeblieben sind«, sagte Rick. »Dem geht der Arsch auf Grundeis.«

»Und weiter?«

»Ich ignoriere ihn.«

»Gut.«

»Das ist nicht so einfach. Er will eine Vergeltungsaktion.«

»Ach ja? Und wie stellt er sich das vor? Sollen wir Mallards Stadtvilla mit einer Cruise Missile dem Erdboden gleichmachen?«

»Tut mir leid, zur CIA habe ich keine Kontakte«, witzelte Rick.

»Mallard wartet doch nur darauf, dass wir unsere Deckung verlassen. Nein, wir unternehmen gar nichts. Ist mir schon klar, dass sich Crawford exponiert fühlt. Er wünscht sich eine Art Gegenschlag. Aber dazu lassen wir uns nicht hinreißen.«

Rick setzte sein Ich-hab-was-in-petto-Gesicht auf. »Na ja …«

Manchmal war er ein schrecklicher Klugscheißer. Eigentlich immer. Musste daran liegen, dass er ein paar Semester Informatik studiert hatte. Oder er nahm wieder Aufputschmittel und dachte, keiner würde es merken. »Was?«, fragte Hynch unwirsch.

»Wir könnten reagieren. Wenn wir wollten.«

»Ich gehe hier nicht weg.« Hynch heftete seinen Blick aufs Meer und die vorgelagerten Inseln. Im Morgenlicht strahlten sie Ruhe und Reinheit aus. »Jura gefällt mir. Camping gefällt mir. Man liegt ein bisschen hart, aber die Gedanken kommen in Schwung.«

»Du bräuchtest gar nicht wegzugehen. Mallard hat eine Motorjacht in Troon liegen, am Firth of Clyde. Ich rufe Leute in England an, die uns noch was schuldig sind, und im Laufe der nächsten Tage explodiert eine Bombe auf dem Schiffchen.«

»Das ist kein Schiffchen, sondern ein Dreißig-Meter-Pott. Und mit ›Leuten‹ meinst du wohl die Kurden, die du mit ausgemustertem Armeematerial versorgt hast?«

»Die verstehen ihr Geschäft. Ein kleines Zeichen zu setzen wäre vielleicht nicht verkehrt.«

»Ein Zeichen …« Hynch dachte nach. Die Kriege im Nahen

Osten schwemmten jede Menge Söldner nach Europa. Teilweise waren sie hervorragend ausgebildet durch Militärberater aus den USA, Kanada, Deutschland, Italien und nicht zuletzt Großbritannien, von Nationen, die sich da unten nicht mehr die Hände schmutzig machen wollten. Die schickten eine Handvoll hochbezahlter Veteranen in die Krisengebiete, mit Waffen, die gerade mal dazu taugten, einen altersschwachen Panzer zu knacken, falls überhaupt. Und wenn so ein Peschmerga-Soldat über mehr Verstand als Patriotismus verfügte, setzte er sich von der Truppe ab und zog zusammen mit Gleichgesinnten seinen eigenen Laden auf, am besten im Westen mit einem Mitarbeiter eines privaten Militärunternehmens als Strohmann – oder gleich einem bestechlichen NATO-Offizier. Die Mietgaragen in London waren voller kleiner Kommandozentralen, die nur auf Anrufe von Leuten wie Rick warteten. Kurden, Iraker, Usbeken, Pakistanis, Libyer und wie sie alle hießen – die Nationalitäten wechselten schneller, als man schauen konnte, Armeenreste, die wieder eigene Armeen bildeten nach dem Prinzip der Zellteilung. Der Krieg pflanzte sich nach simplen biologischen Gesetzen fort, wie er es schon immer getan hatte.

Auch Hynch hatte vor Jahrzehnten auf staubigen, sonnendurchglühten Übungsplätzen gestanden und enthusiastischen jungen Männern die Handhabung einer Stinger-Luftabwehrrakete erklärt, die man von der Schulter abfeuern konnte. Das war, bevor er sich in Schottland endgültig selbstständig gemacht und sich von der irrigen Hoffnung verabschiedet hatte, wenn schon nicht beim Militär, so doch wenigstens bei der Polizei etwas zu werden. Ein alter Bekannter hatte ihm damals beides verbaut.

Hynch schüttelte den Kopf. »Keine Bombe. Etwas übereilt, die Kampfzone schon jetzt auszuweiten. Wollen wir wirklich etwas Großes daraus machen?«

»Es ist schon groß. Bruce und seine Stellvertreter sind tot, die

Organisation ist führerlos. Wir haben unseren wichtigsten Auftraggeber verloren. Irgendwann müssen wir reagieren, Druck aufbauen, Stärke zeigen. Mallard verdeutlichen, dass noch mit uns zu rechnen ist.«

Wir sind ein Bewirktes, klang es in Hynchs Ohr. Richtig. »Oder wir verhandeln über einen Waffenstillstand. Würde das Crawford beruhigen?«

»Ist das dein Ernst?« Rick starrte ihn ungläubig an.

»Was haben wir noch zu gewinnen? Möglicherweise ist dein Krieg schon vorbei, bevor er richtig angefangen hat. Ich kämpfe nicht auf verlorenem Posten.«

»Aber ... das kann es doch nicht gewesen sein!«

»Möchtest du Bruce rächen? Warum? Ist er dir ans Herz gewachsen, weil er immer pünktlich gezahlt hat?«, spottete Hynch.

»Und was ist mit dir? Du hast dich blendend mit ihm verstanden. Wart ihr nicht so was wie Buddys?«

»Er ist tot, Rick. Das tut mir leid, wahrscheinlich mehr, als du dir vorstellen kannst. Aber das war's auch schon.«

»Du schaltest ziemlich schnell aufs Geschäft um ...«

»Wäre das nicht dein Part? Du bist in diese Sache doch viel weniger involviert als ich. Für dich war Bruce nur ein Boss, eine Art Kommandeur.«

»All die kleinen und großen Lichter dort draußen denken jetzt doch, wir hätten ihn verraten. Und wenn wir ihn nicht verraten haben, denken die, dass wir ihn nicht beschützen konnten. Das ist fast genauso schlimm. Haben wir keinen Ruf zu verlieren? Soll das dein Abgang aus der Branche sein? Gestern hast du Winslow noch was von Ehre erzählt. Was für ein verlogener Scheiß!«

Hynch wollte ihm eine Hand auf die Schulter legen, doch Rick machte sich los. Er ging zur Uferlinie und stapfte fluchend in der schwachen Brandung umher. Hynch hatte ihn noch nie so emotional erlebt. Der gescheiterte Anschlag auf Mallard hatte seine Zukunftspläne wohl aus der Bahn geworfen. Wer heuerte schon einen Killer an, der es zuließ, dass sein Boss am helllichten Tag ausgeknipst wurde?

Er folgte Rick. »Hat doch keinen Sinn, Mallards Jacht einfach so in die Luft zu jagen«, sagte er versöhnlich. »Wir brauchen eine Strategie.«

Das Meer leckte über die Kiesel auf dem Strand. Aus der Ferne waren wieder die Paps of Jura zu sehen, wolkenlose Gipfel, die zu einer Besteigung geradezu einluden.

»Die Polizei.« Rick drehte sich um. »Irgendetwas lief da, so wie die uns am *Prince Albert* eingekreist haben. Das war ein ganz schönes Aufgebot, nicht nur ein oder zwei Streifenwagen. Mallard muss eine ganze Menge Fäden gezogen haben.«

»Er ging ein hohes Risiko ein. Fast hätte ich abgedrückt.«

»Es verschaffte ihm ein Alibi für die Öffentlichkeit. Das gehörte zu seinem Plan. Die Drecksarbeit mit Bruce und den anderen erledigten bezahlte Killer für ihn. Dich wollte er auf dem Dach des *Prince Albert* festnageln. Und nicht nur das: Er hat darauf spekuliert, dass du den Braten riechst.«

»Ich hätte ihn schon viel früher gerochen, wenn ich nicht von Quasselstrippen umgeben wäre«, sagte Hynch.

»Gib nicht mir die Schuld.« Rick schnappte nach Luft. »Ohne mich wären wir weder so reibungslos aus Glasgow rausgekommen noch hierhergelangt.«

»Hab wohl was übersehen«, räumte Hynch ein. »Aber … hat Mallard wirklich unseren Rückzieher geahnt und sich absichtlich in Gefahr begeben? Warum? Was wollte er damit beweisen? Und wem? Ein Alibi konnte er sich auch auf andere Weise beschaffen. Ging es einzig und allein darum, uns den Mord an Bruce anzuhängen? Dafür brauchte er doch nicht selbst den Lockvogel zu spielen.«

»Es war verdammt knapp«, stimmte Rick ihm zu. »Wenn du nicht gezögert hättest …«

»Eben. Und deswegen glaube ich, dass Mallard gar nicht

wusste, wie knapp es war. Er dachte, wir werden von der Polizei schon viel früher erwischt.«

»Wurden wir aber nicht.«

Hynch nickte. »Da lief etwas schief. Aber nicht bei uns, sondern bei denen.« Er stupste Rick an. »Ich finde, das bringt uns ein ganzes Stück weiter.«

»Crawford ist der Schlüssel. Über ihn müssen wir in Erfahrung bringen, was dahintersteckt.«

»Der Mann ist ein Informant, kein Spion. Es ist ein erheblicher Unterschied, aus dem Sessel heraus Einsatzpläne an uns weiterzuleiten wie bisher – oder selbst tätig zu werden und Aktionen zu provozieren, aus denen wir dann Rückschlüsse ziehen. *So* geht ein Spion vor.«

»Benutzen wir ihn als Boten, aber in die andere Richtung. Wir geben ihm etwas, das für ein hohes Tier der Police Scotland interessant ist, für jemanden, der mit Mallard im Bunde stehen könnte.«

»Zum Beispiel?«

»Die Bombe auf Mallards Boot.«

»Vergiss es.«

»Nur als Bluff. Ich sage Crawford, dass wir für die nächsten Tage diesen Sprengstoffanschlag planen, und er soll dann ausgewählten Leuten einen Tipp geben, schön der Reihe nach, damit er merkt, wie sie darauf reagieren. Das müsste er hinkriegen. Und es brächte uns zurück ins Spiel.«

Hynch begriff. Etwas Altes erwachte in ihm, Jagdfieber und ein gewisser Sinn für ausgleichende Gerechtigkeit. »Wenn Mallards Boot plötzlich in See sticht oder Polizeischutz bekommt, wissen wir, dass jemand aus den oberen Etagen mit ihm zusammenarbeitet.« Er wog den Vorschlag ab. »Könnte funktionieren.«

»Einen Versuch ist es wert.«

»Absolut.« Rick hatte recht, dachte Hynch. Mit Bruce verband ihn tatsächlich mehr, als er sich eingestand, etwas, das er fast vergessen hatte, eine Gefälligkeit, die Jahrzehnte zurücklag und für die er ihm damals überaus dankbar gewesen war, obwohl sie seinem Leben eine unumkehrbare Wendung gegeben hatte. Er ballte die Hände zu Fäusten.

»Soll ich die Kurden trotzdem verständigen?«, fragte Rick.

»Ruf sie an. Damit es glaubwürdiger wirkt. Im letzten Moment pfeifst du sie dann zurück.«

»Und wenn sie von Mallards Leuten erwischt werden?«

»Berufsrisiko. Aber sei vorsichtig. Keine allzu langen Gespräche, nichts, was sich zurückverfolgen lässt.«

»Das Krypto-Handy ist abhörsicher.«

»Trotzdem.«

Rick lächelte gequält. »Das wird uns einiges kosten. Und ich verbrenne dabei gute Kontakte.«

Hynch lächelte nicht. »Deine Kontakte nützen dir gar nichts, wenn wir nicht mehr nach Glasgow zurückkehren können. Es geht hier nicht nur um Mallard und seine Ambitionen. Ich will wissen, wer dafür verantwortlich ist, dass wir uns auf dieser Insel verkriechen müssen wie Deserteure. Ich will wissen, wer Bruce und die anderen umgebracht hat, ob das allein auf Mallards Konto geht oder ob da noch jemand anderes den Todesengel gespielt hat. Und wenn ich es weiß, blase ich ihm den Schädel weg und sehe dabei zu, wie das Blut in den Gully läuft und sich mit dem Abwasser vermischt.«

»Klingt schon besser«, sagte Rick, obwohl er über den Ausbruch seines Partners erschrak. Eigentlich klang das gar nicht nach dem Hynch, den er kannte, besonnen, schwer erregbar. Da war ein Funkeln in seinen sonst so matten Augen, das Rick noch nie an ihm gesehen hatte, selbst wenn es hart auf hart gekommen war. »Und an wen soll Crawford das mit der Bombe weiterleiten?«

»Der Polizeichef scheidet aus, der ist ehrlicher als sein Pferd, völlig integer. Bleiben seine beiden Stellvertreter, Preston und Wale. Die hätten genug Macht und Einfluss, um Mallard von Nutzen zu sein.«

Er überlegte. Um das Personalkarussell bei der Glasgower beziehungsweise der schottischen Polizei kümmerte er sich schon seit Längerem nicht mehr. Vor allem seit der Restrukturierung 2013 wurden viele Stellen neu besetzt, manche Karrieren waren vorzeitig beendet worden, andere hatten Fahrt aufgenommen. Hynch kannte keinen der infrage kommenden Kandidaten mehr aus persönlicher Erfahrung – im Gegensatz zu früher, als er noch genau gewusst hatte, welche Bullen ihm verzweifelt auf die Spur zu kommen versuchten und er über jeden ihrer Schritte bestens unterrichtet gewesen war. Keiner hatte es geschafft, ihn ernsthaft in Bedrängnis zu bringen oder auch nur Bruchstücke seiner Identität herauszufinden.

»Vielleicht noch der eine oder andere Assistant Chief Constable«, setzte er hinzu, »Harwood oder Livings, je nach Zuständigkeit.«

»Mit diesen Namen lässt sich arbeiten.«

»Also los. Gib Crawford Bescheid, damit er nicht denkt, wir hätten seine Sorgen und Nöte vergessen. Danach treffen wir uns zum Frühstück im Hotel.« Hynch sah sich um. »Wo ist eigentlich Winslow?«

»Im Wagen. Hat es sich auf der Rückbank des Rovers gemütlich gemacht.« Rick seufzte und verkniff sich einen Kommentar.

Durch die beschlagenen Scheiben konnte Hynch ihren Fahrer kaum erkennen. Aber hören. Winslow schnarchte so laut, dass die Karosserie vibrierte. Und hielt er nicht etwas in der Hand, einen Gegenstand, so wie Kinder ihr Knuddeltier im Schlaf umarmen?

Es gelang Hynch, die Wagentür nahezu geräuschlos zu öffnen. Er entwand Winslow die Pistole und legte sie in den Kasten zwischen Fahrer- und Beifahrersitz zurück. Erst dann weckte er ihn.

13

Eine kurze Standpauke musste reichen. »Lass die Finger von den Waffen, sonst schwimmst du zum Festland zurück!« Es hörte sich so an, als verlöre er langsam die Geduld. In Wahrheit war Hynch froh, zusammen mit Rick die Weichen gestellt zu haben, ohne dass ihnen der Junge hineinredete. Von ihm aus konnte er schnarchen, so viel er wollte. Und auf die Idee, im Auto zu übernachten, wäre er selbst gern gekommen.

Winslow gab ein erbärmliches Bild ab, als er aus dem Wagen stieg und seine Hose hochzog, während Hynch ihm dabei zusah. Gar nicht gut fürs Selbstwertgefühl.

»Ist schon in Ordnung.« Hynch dirigierte ihn die Straße hoch zum *Jura Hotel*. Es war kurz nach sieben. Sie hatten einen langen Tag vor sich.

Eine große Kanne Kaffee hob die Laune. Sie bestellten ein Scottish Breakfast mit allem Drum und Dran. Als Rick ihnen mit einem zufriedenen Nicken Gesellschaft leistete, kamen gerade Teller voller Eier, Speck, Tomaten, Pilzen, Blutwurst und Räucherfisch.

»Lass es dir schmecken«, sagte Hynch zu Winslow. »Heute fahren wir in die Wildnis. Da gibt's nur noch aufgewärmte Bohnen.«

»Die mag ich.«

»Vielleicht müssen wir den Rover stehen lassen und ein Stück wandern. Dann wird es kuschelig im Zelt.«

Winslow sprach beim Kauen. »Tut mir leid, aber ich hab mir gedacht, im Auto ist ja noch Platz, und weil ich gern allein schlafe …«

»Stell dich nicht so an. Ich hab schon in Zelten übernachtet, die waren kleiner als deine Jacke«, sagte Rick.

»Wirklich?«, fragte Hynch. »Und ich hab noch keinen Deutschen kennengelernt, der nicht damit prahlt, was für ein toller Naturbursche er ist.«

»Das war nur eine Feststellung.«

»Schön, dann stelle *ich* mal fest, dass wir hier keinen Wettbewerb veranstalten, wem der Schwanz als Erstes einschrumpelt. Wir machen uns ein paar nette Tage auf Jura, genießen die Natur und warten ab, was sich auf dem Festland so ergibt.«

»Und wo fahren wir hin?«, fragte Winslow.

»In den Norden.« Hynch hatte *Jura – A Guide for Walkers* vor sich liegen, ein fotokopiertes Heft, das er an der Rezeption gekauft hatte. »Wer weiß, vielleicht finden wir einen abgelegenen Fleck, an dem ich dir das Schießen beibringen kann. Wäre das was?«

»Bin dabei.«

»Hier wird viel gejagt. Ein bisschen Rumgeballere fällt da gar nicht auf.«

»Mit einer Pistole kann ich eigentlich schon umgehen. Auf der Farm hatten wir eine, Kleinkaliber.« Winslow versuchte, cool zu wirken.

»Die Dinger wurden doch vor zwanzig Jahren verboten.«

»Mein Dad war Sportschütze. Hat die Knarre einfach als gestohlen gemeldet und behalten.« Er grinste. »Genauso wie sein Gewehr, das durfte ich auch benutzen, für Krähen und all so was.«

»Wirklich?«

»Er hat gesagt, je früher ich mich damit umbringe, desto besser.« Winslow ließ es wie einen Witz klingen. »War auch nur so eine Spielzeugwaffe, 22er.«

Wenn Winslow wüsste, was man mit einer 22er von einem guten Hersteller alles anstellen konnte, dachte Hynch. Die bleistiftdünnen Geschosse besaßen nur eine geringe Mannstoppwirkung, aber eine hohe Rasanz. Für präzise Schüsse im Kopfbereich durchaus geeignet. Allerdings waren viele Schrottwaffen auf dem Markt.

»Du steckst ja voller Überraschungen«, sagte er. »Warum hast du das nicht schon früher gesagt?«

»Ich bin doch nur der Fahrer. Deine Worte. Fahrer schießen nicht, oder?«

Hynch schaute sich um. So früh am Morgen waren sie noch die einzigen Gäste im Speisesaal. Die Bedienung war in der Küche verschwunden, um neuen Kaffee zu holen. In einer fließenden Bewegung zog er die Waffe aus dem Holster, entsicherte sie, beugte sich vor und bohrte Winslow den Lauf in den Bauch. »Eins, zwei, drei – tot.«

Es war so schnell gegangen, wie Winslow brauchte, die Gabel vom Teller zum Mund zu führen. Ein Stück Rührei löste sich von den Zinken und fiel herunter. Dem Jungen blieb der Mund offen stehen.

Hynch steckte die Pistole wieder weg und nahm einen Schluck Kaffee. »Zielen ist gut, treffen ist besser. Am besten ist es, den Gegner zu überraschen.«

»Damit es dir nicht so ergeht wie Derek«, sagte Rick.

»Wer ist Derek?«, fragte Winslow

»Dein Vorgänger. Unser letzter Fahrer. Hat nie Probleme gemacht. Na ja, fast.«

»Was ist passiert?«

Rick schaute zu Hynch. Hynch nickte. »Derek wollte mitmischen. Stieg aus dem Auto und platzte in eine Unterredung rein, die wir gerade mit Leuten aus Edinburgh hatten, irgendwas mit illegalen Wetten. Das ist ein Riesengeschäft, und deswegen waren alle etwas angespannt. Die dachten, wir wären gekommen, um Köpfe rollen zu lassen oder ein Exempel zu statuieren, was auch immer. Vor solchen Verhandlungen muss man eine gewisse Drohkulisse aufbauen, wenn du verstehst, was ich meine, jemandem die Kniescheiben wegschießen, etwas in der Art. Hatten wir alles zur Zufriedenheit erledigt, und die Edins waren froh, dass wir nur reden wollten. Als wir sie endlich so weit hatten, Bruce' Bedingungen zu akzeptieren, ging die Tür auf und Derek stand da mit einer 45er im Anschlag. Eine 45er macht richtig große Löcher, und sie sieht auch so aus. Derek hatte das gute Stück aus unseren Beständen gemopst.«

»Ich hab das nicht gemerkt«, warf Hynch ein. »War mein Fehler.«

»Jedenfalls eskalierte das Ganze. Derek wurde sofort zur lebenden Zielscheibe, er konnte nicht einen einzigen Schuss abgeben, zuckte herum wie ein Clown auf einem Kindergeburtstag, wegen der Kugeln, die ihn trafen. Die Kerle haben sich auf ihn konzentriert, weil er die unmittelbarste Bedrohung darstellte. Amateure, obwohl sie das sicher nicht gerne gehört hätten.«

»Und?« Winslow starrte Rick an.

»Am Ende erhielt Bruce sämtliche Wetteinnahmen aus drei Edinburgher Distrikten – ursprünglich hatten wir nur die Hälfte gefordert.«

»Wie viele hattet ihr gegen euch?«

»Vier«, sagte Rick. »Die waren in der Überzahl.«

»Und wie seid ihr davongekommen? Unverletzt?«

»Hast du doch gerade gesehen. Hynch schießt, das ist sein Job. Manchmal schießt er so schnell, wie er kann. Manchmal überlegt er sich's anders.«

»Hat er es sich bei Mallard auch überlegt?«, fragte Winslow. »Ein bisschen zu lang?«

Hynch widmete sich wieder seinem Teller. Es schmeckte überraschend gut. Sorgfältig aß er auf und legte das Besteck ordentlich ab. »Kann schon sein«, sagte er schließlich. »Um ehrlich zu sein, überlege ich noch immer.«

Nach dem Frühstück ging Rick die Straße hinunter und kaufte in dem einzigen Laden auf Jura Lebensmittel ein. Auch ein paar Snacks für den ewig hungrigen Winslow, damit er ihm nicht mehr auf die Nerven ging als ohnehin schon. An den Gipfeln der Paps hatten sich Wolken gebildet. Im Osten war der Himmel inzwischen bedeckt. Ein Motorboot lag am Pier vor

Anker. Das musste die Fähre für Fußgänger sein, für die im Hotel per Aushang geworben wurde.

Während Hynch mit Winslow am Rover wartete, fiel ihm etwas auf, das er zuvor nicht bemerkt hatte. Etwas fehlte.

Nirgendwo konnte er Werbung entdecken. Keine Plakatwände, keine Aufsteller oder bunten Fahnen, noch nicht einmal Aufdrucke auf den beiden Lieferwagen, die in der Nähe des Hotels geparkt waren. Es fühlte sich merkwürdig an, jetzt da er es bemerkt hatte. Farblos. Der Blick, von keiner Reklame gelenkt, richtete sich wie von selbst auf das schmale Band der nach Norden führenden Straße, auf die Konturen der Berge und die Küstenlinie.

So war es Hynch als Kind gegangen, wenn er mit den Eltern von einem Ausflug nach Glasgow in seinen kleinen Heimatort zurückgekehrt war. Und als Soldat beim Sondieren des Terrains.

14

Der Wetterbericht meldete starke Windböen und Regenschauer für den Nachmittag. Dann würde es auf dem Wasser ganz schön ungemütlich werden. Gracie beschloss, das Motorboot in der geschützten Bucht zu lassen, einen Observationstag einzulegen und eine Kamera aufzustellen, zumindest für ein paar Stunden, um den Wirkungsgrad der Seeschlange sowie Beeinträchtigungen durch hohen Wellengang visuell zu dokumentieren. Außerdem beobachtete sie regelmäßig, welchen Einfluss die Energieanlage auf die Tierwelt hatte, zum Beispiel auf Robben. Das hieß, bis zur Spitze des Loch Tarbert zu fahren. Luftlinie waren das nur zehn Kilometer, einmal vom Osten der Insel an die Westküste, wo ein paar verfallene Hütten von früherer Besiedlung kündeten. Doch nachdem man die Straße verlassen hatte, ging es im Schneckentempo durch schwieriges, für den Wagen fast unpassierbares Gelände. Nicht gerade eine Spritztour. Einfach dauerte die Fahrt mehrere Stunden.

Anstelle des Suzukis nahm Gracie den Argo, ein leichtes Amphibienfahrzeug mit acht kleinen, dicken Rädern, die das Gewicht auf dem sumpfigen Untergrund gut verteilten, weitverbreitet in den Highlands und auf den Inseln. ScottishPower Renewables hatte ihr das seltsame Gefährt, das ein bisschen wie ein Mondfahrzeug aussah, ohne Weiteres bewilligt. Man kannte die schwierigen Bedingungen auf den Hebriden.

Sie packte Proviant für mehrere Tage ein. In diesem Teil der Insel wäre sie aufgeschmissen, wenn der Argo Probleme machte oder irgendetwas Unvorhersehbares dazwischenkam. Im Winter hielten die Stürme oft tagelang an. Mit schneller Hilfe war da kaum zu rechnen.

Bei Laoise trank sie noch eine Tasse Tee. Sie saßen am Küchentisch beisammen. Calum war schon auf dem Weg nach Craighouse. Er wollte ein Ersatzteil für den Traktor abholen und am Abend wieder zurück sein.

»Oder er spielt mit seinen Kumpels Dart und besäuft sich. Dann übernachtet er bei Nigel und kommt erst morgen wieder.« Laoise hatte ihr Notebook neben sich liegen und gab hin und wieder etwas ein. Sie war in einer düsteren Stimmung.

»Wie schlimm ist es denn momentan?«, fragte Gracie.

»Die Tage sind kurz, mit dem Vieh und auf den Weiden lässt sich wenig anfangen. Eine halbe Flasche, würde ich sagen.«

»Er ist nicht ausgelastet.«

»Manchmal stapft er stundenlang durch die Gegend. Schreitet den Besitz ab, wie er das nennt. Ich weiß nicht … Seit drei Jahren sind wir jetzt zusammen, verheiratet seit zwei.« Laoise klickte den Bildschirm an und rief ein Fotoalbum auf. Noch ein Klick und ein Hochzeitsbild der beiden erschien. »Schau mal. Calum trägt mich im Brautkleid über die Schwelle – ohne zu ahnen, dass er mich bald für immer tragen muss.«

Für einen Moment schloss sie die Augen und erinnerte sich an jenen Tag, an dem der Reis flog, Toasts ausgebracht wurden und die Welt noch dreidimensional gewesen war. Ehe sie zusammenschrumpfte auf ebenerdige Wohn- und Schlafräume und einen gestampften Weg zu den Ställen, der sich bei Regen in Morast verwandelte und mit dem Rollstuhl nicht mehr zu bewältigen war. Calum legte dann Bretter aus, damit Laoise wenigstens ihr Pony versorgen konnte, wenn er nicht da war. Die Rinder fraßen aus einem schienengeführten Futterwagen, der im Stall automatisch auf und ab fuhr – den EU-Zuschüssen sei Dank.

»Er hat sich das bestimmt anders vorgestellt. Dass ich ihn begleite, durchs Hochmoor, an Wasserfällen vorbei, zumindest hin und wieder. Eine Zeit lang haben wir das ja auch getan. Wir sind sogar die Paps hochgestiegen, alle drei nacheinander, Beinn an Òir, Beinn Shiantaidh und Beinn a' Chaolais. Du kannst dir nicht vorstellen, wie es da oben ist. Etwas … ergreift dich, trägt dich weit weg über Land und See und im selben Atemzug wieder zurück. Deine Beine tun weh, aber du weißt, sie werden dich wieder runterbringen.«

»Niemand konnte ahnen, was geschehen würde.«

»Wenn ich Kinder kriegen könnte – das wäre etwas anderes, vor allem für ihn. Neue Aufgaben, Ziele. Aber so … Vielleicht benötigt er einfach mehr Zeit. Ich meine, es ist seine Heimat, er stammt von hier, Calum ist ein Mann von den Inseln. Diese Leute ticken anders als wir. Sie sind langsam, unendlich langsam aus unserer Sicht. Nichts scheint sie über Gebühr aufzuregen. Aber irgendwann bricht sich etwas Bahn und will heraus, und dann explodieren sie förmlich. Davor habe ich Angst. Und deswegen trinkt er, glaube ich. Um das zu unterdrücken.«

Gracie schwieg wie so oft, wenn das Gespräch auf dieses Thema kam. Tröstende Worte waren Laoise ein Gräuel. Sie brauchte eine Zuhörerin, keine Pastorin.

»Ich bin aus freien Stücken auf Jura«, fuhr Laoise fort. »Wegen Calum natürlich, aber auch, weil ich genug hatte von den großen Städten.« Sie lachte. »Und von den kleinen erst recht. Es war eine bewusste Entscheidung, mich hier niederzulassen, für lange Zeit, vielleicht bis zu meinem Lebensende. Die Insel gefällt mir, die Einheimischen sind furchtbar nett, zumindest die meisten, der Gemeinschaftssinn ist stark ausgeprägt. Im Grunde bin ich eine Immigrantin. Calum dagegen war schon immer hier, seit seiner Geburt. Er ist ein Nachkomme von Leuten, die nicht ausgewandert sind.«

»Inwiefern?«

»Vor etwas mehr als hundert Jahren war das Leben auf den Hebriden kein Zuckerschlecken. Die meisten Menschen waren an Pachtverhältnisse gebunden, sie durften kein eigenes Land erwerben und so weiter. Es reichte kaum für den Lebensunterhalt.«

»Wie im Mittelalter.«

»Aber wir reden von den 1860ern, 1870ern. Wenn die Crofter

aufmuckten, wurden sie von den Grundbesitzern zwangsumgesiedelt oder vertrieben, manchmal auch nur, um Platz für die Schafzucht zu machen. Sie hatten keine Perspektiven. Deshalb sind viele ausgewandert, nach Amerika oder Australien. Und diejenigen, die blieben, na ja, die ergaben sich ihrem Schicksal. Sie schlugen sich irgendwie durch, bis die Zustände per Gesetz erträglicher wurden.«

»Glaubst du wirkich, das prägt Calum bis heute?«, fragte Gracie.

»Klar, das steckt tief in ihm drin, dieses Verwurzeltsein mit dem Land und allem, was sich darauf befindet. Er führt eine Tradition fort, darauf legt er großen Wert. Er fühlt sich dazu verpflichtet. Allerdings kann das zu einer Last werden.«

»Was ist eigentlich mit seinen Eltern?«

»Nachdem sie ihm den Hof überschrieben hatten, sind sie in den ersten Flieger nach Spanien gestiegen.«

»Wirklich? Das heißt ja, auch sie sind am Ende ausgewandert.«

»Sie haben an der Costa Brava eine Wohnung – nicht mal ein Häuschen, weil das zu viel Arbeit macht. Ab einem gewissen Alter wird das Leben auf der Insel immer schwieriger. Das ist hier nach wie vor ein Thema. Ein Teil der Leute geht in den Süden, wenn das irgendwie möglich ist, aber die meisten harren aus, schon aus Prinzip, oder aus Stolz. Oder weil es an Geld fehlt. Und dann gibt es noch die vom Festland Hinzugezogenen wie mich, die Jura ein bisschen idealisieren.«

Gracie fand, dass Laoise die Dinge ziemlich objektiv betrachtete. Sie hatte sich eingehend mit ihrer neuen Heimat auseinandergesetzt. Sesshaft werden, das Leben lange im Voraus planen – mit Benoît wäre so etwas nicht möglich gewesen.

»Dieser Milliardär aus Kanada, von dem ihr gestern gesprochen habt … Ist er auch ein Neuling? Oder hat er irgendeinen Bezug zu Jura?«

»Thorpe? Ich glaube, seine Großeltern stammen von hier.

Calum hat sich mit ihm an der Bar in Craighouse unterhalten. Dadurch erfuhren wir überhaupt erst von seinen Plänen, ein Luxushotel zu bauen, unten an der Südspitze. Thorpe muss sich ziemlich aufgespielt und den ganzen Pub gegen sich aufgebracht haben.«

»Ist ein zusätzliches Hotel wirklich so schlimm?«, fragte Gracie. »Ein paar Touristen mehr oder weniger kann die Insel bestimmt verkraften. Mit denen würdet ihr doch kaum in Berührung kommen.«

»Calum geht es total gegen den Strich. Er denkt, das wäre der Anfang vom Ende – und da ist er nicht der Einzige. Die Leute haben Angst, dass aus Jura eine Art Freiluftpark für Superreiche wird. Heute eine Runde Golf, morgen ein Segeltörn oder ein Jagdausflug wie bei einer Safari, dazwischen Wellness im hoteleigenen Spa. Und ab und zu spaziert einer dieser Bonzen über die Insel und macht Handyaufnahmen von den drolligen Eingeborenen. Wenn uns dieser Kanadier wenigstens gefragt hätte.«

»Wie denn? Soll er von Tür zu Tür gehen?«

»Er hätte das Projekt ja bei der Gemeindeversammlung vorstellen und um Zustimmung werben können. Aber nein, Thorpe hat einfach das alte Herrenhaus bei Ardfin mit jeder Menge Land drumherum gekauft und für die Öffentlichkeit geschlossen, zuvor war das Anwesen nämlich noch zu besichtigen. Dann hat er die dazugehörigen Gardens gesperrt. Und bei Kneipengesprächen sickerte dann durch, was er eigentlich vorhat. Vollendete Tatsachen schaffen nennt man das.«

»Ziemlich unsensibel.«

»Wir wollen mitbestimmen. In den 1990ern wurde zweimal per Referendum über eine direkte Fährverbindung zum Festland abgestimmt. Beide Male war die Mehrheit dagegen. Ergo: keine Fähre, keine Tankstelle und so weiter. Manchen Diurachs ist sogar die Straßenbeleuchtung ein Dorn im Auge.«

»Diese paar Funzeln?« Gracie dachte an die vereinzelten

Energiesparlaternen, die in den bewohnten Gebieten von Jura standen. »Die sind doch nicht der Rede wert.«

»Man könne das Sternenlicht nicht mehr richtig sehen, hieß es. Stimmt ja auch. Es geht darum, unsere Lebensweise zu verteidigen – für die sich viele hier bewusst entschieden haben.« Laoise wies Richtung Wohnzimmer, in dem sich der Gewehrschrank befand. »Da drüben bewahrt Calum seine Waffen auf. Er hat doch was von seiner Büchse gefaselt, als wir uns über die Morde in Glasgow unterhalten haben. Dass er sie notfalls auf Menschen richten würde. Das war kein leeres Gerede.«

»Du bist ihm ja gleich über den Mund gefahren. Er hat klein beigegeben.«

»Schön wär's. Wenn Calum diesen Thorpe auf seinem Land erwischt, bei der Jagd oder so, dann weiß ich nicht, was passieren würde.«

»Meintest du das mit ›explodieren‹?«

»Genau. Und ich würde Calum dafür nicht mal verurteilen. Man muss Leuten wie Thorpe Grenzen setzen, wenn nötig mit Gewalt, eine andere Sprache verstehen die nicht – außer die des Geldes, und da kann unsereins nicht mithalten. Der bräuchte einen Schuss vor den Bug, buchstäblich.«

»Ist nicht dein Ernst?«

»Doch. Wie man hört, ist Thorpe gerade auf Jura. Traf vor ein paar Tagen ein, um den Fortschritt der Baumaßnahmen zu überwachen, auf *seiner* Insel, behauptet er. Das weiß ich von Dave, dem Taxifahrer. Zum Kotzen.« Laoise beugte sich wieder über ihr Notebook.

Gracie kam das alles archaisch vor: die Inselgemeinde gegen den Outsider. In welcher Zeit lebten die Leute hier? Aber dann fiel ihr ein, dass der ehemalige Laird, der feudale Landherr von Jura, einst auf Ardfin residiert hatte. Und dass er von den Diurachs, wie sich die Inselbewohner nannten, nicht gerade freundlich verabschiedet worden war vor fast hundert Jahren, als er seinen Herrensitz aufgegeben hatte. Man hatte ihn sogar regelrecht davongejagt. So stand es in einer Broschüre, die sie im *Jura Hotel* bei ihrer Ankunft gelesen hatte. Anscheinend befürchteten die Diurachs, dass die alten Verhältnisse in gewandelter Form wiederkehrten. Anstellte des alten Landadels gab der Hedgefonds-Geldadel den Ton an, mit zweifelhaften, undemokratischen Methoden. Das galt es abzuwehren, was in einer geschlossenen Inselgemeinschaft vielleicht leichter zu bewerkstelligen war als auf dem Festland. Utopien gab es in vielen Ausprägungen.

»Übrigens könnte es durchaus sein, dass Thorpe etwas gegen deine Seeschlange hat«, sagte Laoise, während sie auf den Bildschirm starrte und die Tastatur bearbeitete.

»So?«

»Behinderung der Schifffahrt. Wenn er mit seinem Segelboot um die Insel schippert, stört es ihn vielleicht, einen Bogen um die Anlage machen zu müssen. Und wenn er mitkriegt, dass eventuell mehrere Seeschlangen in den Gewässern um Jura installiert werden sollen, lässt er seinen Einfluss spielen, und das Projekt wird abgeblasen, bevor es überhaupt richtig angefangen hat.«

»Das soll er mal versuchen. Ich glaube nicht, dass sich Scottish-Power Renewables davon beeindrucken lässt. Oder die Regierung.«

»Alles hängt irgendwie zusammen. Ein Geben und Nehmen.«

»Was tust du da eigentlich?«, fragte Gracie.

»Recherchieren.« Laoise betätigte die Computermaus. »Hab mich ins Journalistenarchiv des Scotsman eingeloggt.«

»Warum? Schreibst du wieder einen Artikel über Jura für die Website?«

»Ich möchte mehr über die Vorfälle in Glasgow herausfinden.«

»Das hat dich gepackt, oder?«

»Ein Name ist mir schon aufgefallen. Sir Geoffrey Mallard.

Er hat ein Interview gegeben, in dem er diese Morde scharf verurteilt und den Einsatz der Polizei lobt, weil dadurch größerer Schaden verhindert werden konnte.«

»Wer ist dieser Mallard?«

»Immobilienunternehmer mit Kontakten in die Ölindustrie. IT-Geschäfte. Setzt sich für Steuersenkungen ein. Spekuliert auf einen Sitz im schottischen Parlament.«

»Ein Freund des Volkes?«, fragte Gracie ironisch.

»Der hat mehr Anhänger, als man glauben möchte, aus allen sozialen Schichten. Ein Populist. Schau dir all die positiven Reaktionen zu dem Interview an und die Hasskommentare gegen seine Kritiker. Entweder sind die gekauft, oder Mallard kann bald seine eigene Partei gründen. Eine Bewegung ist es jetzt schon, »Better for Scotland«. Dass sich hier die Rechten breitmachen wie in England und Frankreich fehlte gerade noch.«

»Kennst du ihn noch von deiner Zeit beim Scotsman?«

»Nein«, sagte Laoise, »und das finde ich seltsam. Der Mann ist erst in den letzten paar Jahren hochgekommen. Ein neues Gesicht. Würde mich nicht wundern, wenn wir bald mehr von dem hören.«

15

Auf dem Weg nach Norden fuhren sie an der Bucht der Kleinen Inseln entlang. Die Uferstraße war anfangs von ehemaligen Fischerhäusern gesäumt. Nach und nach wurde der Abstand zwischen den Gebäuden größer. Es folgten moderne Einfamilienhäuser und ein paar eingerüstete Rohbauten. Die Inselgemeinde schien zu wachsen, wenn auch nur in bescheidenem Umfang.

»Könntest du dir vorstellen, hier zu leben?«, fragte Rick.

Hynch saß auf der Rückbank. »Machst du Witze?«

»Man hat seine Ruhe. Das ist doch schon was.« Rick sah auf die Wanderkarte, die er sich im Laden besorgt hatte. »Und einen Strand gibt es auch.« Er wies nach rechts. Ein breiter, hellgrauer Sandstreifen erstreckte sich über zwei Kilometer bis zu einer Landspitze. »Das sind die Corran Sands. Von hier aus schifften sich früher die Auswanderer ein.«

»Vermutlich das Beste, was sie tun konnten.«

»Was ist, Winslow? Lust auf ein Bad im Meer?« Rick gab ihm einen Stupser in die Seite. »Das Wasser müsste genau die richtige Temperatur haben.«

Winslow verzog keine Miene. Seit Hynchs kleiner Demonstration beim Frühstück und dem, was er über Derek erfahren hatte, war er einsilbig geworden.

Hynch tat es ein wenig leid, ihn so eingeschüchtert zu haben, vermutlich, weil Winslow ihn an den erinnerte, der er selbst vor dem Falklandkrieg gewesen war und der von dem Gefühl, jemanden zu töten, weder etwas gewusst noch geahnt hatte. Stattdessen hatte er einen bleibenden Eindruck davon bekommen, getötet zu werden, und wenn nicht getötet, so zumindest verletzt.

Er dachte daran, wie es gewesen war, als kleiner Junge mit

den anderen Kindern zu spielen, im Hinterhof des Waisenhauses, wo unter ein paar kränklichen Bäumen eine verbeulte, rostige Rutsche gestanden hatte und mehr nicht. Hynch war von den Größeren fast täglich zusammengeschlagen worden, und es hatte Monate gedauert, bis er sich effektiv wehren und schließlich behaupten konnte. In dieser Eingewöhnungsphase war es am wichtigsten gewesen, die Blessuren vor den Erziehern zu verbergen. Denn Jungs, die wiederholt auf der Krankenstation landeten, waren gnadenhalber in die Obhut von Pflegefamilien gegeben worden. Bei diesen Pflegefamilien hatten sie aber noch weniger zu lachen gehabt als im Waisenhaus, keiner wollte da hin. Besser von einem Muskelprotz verdroschen zu werden, als in einem Alkoholikerhaushalt Sklave, Fußabstreifer und Schlimmeres zu sein. Typen wie Winslow wären in den 1970ern sofort unter die Räder gekommen. Das Pummelchen hätte nicht lange überlebt, egal wo, auch in der Schule nicht, die nur einen Fortsatz des Waisenhauses darstellte.

Es hieß, bei der Armee würden Hierarchien das Individuum auslöschen. Hynch war anderer Meinung. Hierarchien bestanden, so oder so, ohne sie kam der Mensch nicht zurecht. Das war überall so, beruflich, privat, irgendeine Hackordnung gab es immer.

Bei den Marines war er aber zum ersten Mal für etwas »belobigt« worden. Nicht »gelobt«, das war etwas anderes. *Gelobt* wurde, wer dem Lehrer in den Arsch kroch, in Gemeinschaftskunde oder irgendeinem anderen Fach, von dem man nicht wusste, warum es überhaupt erfunden worden war. *Belobigt* wurde dagegen, wer zum Beispiel herausragende Schießergebnisse erzielte. Das war eine faire Angelegenheit, es ließ sich zweifelsfrei feststellen, die Zielscheibe log nicht. Sicher, man konnte an einen sadistischen Ausbilder geraten, der einen auf dem Kieker hatte. Doch am Ende gab den Ausschlag, wie gut man darin war, jemanden zu töten oder es zumindest realitätsnah einzustudieren in Arbroath auf dem Übungsgelände des 45 Commando, Hynchs ehemaligem Bataillon.

Natürlich war der Militärdienst nicht jedermanns Sache. Blindes Einhalten der Befehlskette, der dauernde Druck und die Launen von oben, psychotische Kameraden. Den Platz eines Rädchens einnehmen in einem hungrigen, niemals still stehenden Getriebe, für das die Regierung in Westminster immer neue und zweifelhaftere Verwendungen fand – bestimmt würde Winslow darin versagen. Aber einfach nur Soldat sein, das würde ihm keiner nehmen können, fand Hynch. Sein eigener Soldat, in ganz anderen Kriegen als denen, die als solche galten. Darin wollte er Winslow unterweisen.

Das Waisenhaus war irgendwann niedergebrannt, bis auf die Grundmauern. Hynch selbst hatte das Gas in der Küche aufgedreht, ein Feuer gelegt – und rechtzeitig Alarm geschlagen, damit keine Unschuldigen zu Schaden kamen und der Verdacht nicht auf ihn fiel. Fünfzehn war er damals gewesen, ein bisschen zu jung, um von den Bullen richtig in die Mangel genommen zu werden. Alle hatten es ins Freie geschafft. Na ja, fast alle, ein paar Verletzte hatte es gegeben, und der schlimmste Schläger war in der Toilette eingesperrt gewesen. Hynch hatte die Türklinke der fensterlosen Kabine mit einem Stück Wasserrohr von außen blockiert. Irgendwann war der alte Kasten in die Luft geflogen, berstende Fensterscheiben, nachgebende Mauern, herausgeschleuderte Trümmer, Bitternis aus Jahrzehnten, Jahrhunderten, Flammenzungen waren in alle Richtungen geschlagen und weit in den ewig grauen Himmel hinauf wie ausgestreckte, um Hilfe flehende Arme. Doch Hilfe war nie gekommen, auch diesmal nicht, zumindest nicht rechtzeitig. Danach wurde das Waisenhaus nicht wieder aufgebaut. Die ehemaligen Insassen waren auf verschiedene Einrichtungen oder wie Hynch auf Pflegefamilien verteilt worden.

Sie erreichten die Three Arch Bridge. Die Brücke bestand aus drei steinernen Bögen und überspannte den Corran River, der eher ein Bach als ein Fluss war.

»Halt an«, sagte Hynch.

Winslow brachte den Rover am Straßenrand zum Stehen.

Hynch stieg aus und ging ein paar Schritte. Kaum hatte er die Straße verlassen, wurde der Boden matschig. Die Paps waren jetzt ganz nah, teils in Wolken gehüllt. Er atmete tief ein.

Rick trat neben ihn. »Wenn ich allein unterwegs wäre, würde ich da jetzt raufsteigen.«

»Ich sehe nur unwegsames Gelände.«

»Weißt du, dass dort einmal im Jahr eine Horde Verrückter hochjoggt? Von Gipfel zu Gipfel. Fell Race nennen die das. Manche fahren sogar mit dem Mountainbike hoch. Für die ist die Natur eine Art Fitnessgerät.«

»Was ist bloß mit den Leuten los? Dieser ewige Bewegungsdrang. Wo wollen die alle hin?«

»Muss was mit dem Leben in der Steinzeit zu tun haben. Jagen, sammeln, neue Reviere erschließen. Wer zu lange rastet, verhungert.«

»Hat sich ja nicht viel geändert.«

Rick schwieg eine Weile. Er hatte den Eindruck, dass Hynch trotz seiner abweisenden Art Gefallen an ihrem kleinen Inseltrip fand. Es war, als beträte er nach Jahrzehnten des Stadtlebens Neuland und käme aus dem Staunen nicht mehr heraus, das war nicht zu übersehen. Rick fand das gut. Er selbst wollte seine Outdoor-Aktivitäten nicht missen und zog große Befriedigung daraus, die Natur aus verschiedenen Perspektiven zu erleben, von hoch oben auf einem Felsenkamm oder auf Meeresspiegelniveau, in engen Schluchten oder an lang gezogenen, sanft geschwungenen Hängen. Auf diese Weise wurde er ein Teil der Topografie des Landes, durch das er sich bewegte, über bloße Betrachtung ging das weit hinaus. Dass Hynch dafür bislang keinen Sinn besaß, hatte Rick immer bedauert. Was hatte der Mann überhaupt für einen Ausgleich zu ihrem nicht gerade einfachen Gewerbe? War da denn gar nichts, was ihn fesselte, faszinierte? Außer vielleicht die Lektüre von David Hume, die letztlich nur ein spätes Eingeständnis darstellte, dass ihm etwas fehlte, ein wenig Halt, Orientierung, auch Rechtfertigung – Begriffe, mit denen wiederum Rick nichts anfangen konnte. Als gäbe es irgendein vergessenes philosophisches Konstrukt, um sich das, was sie für Bruce getan hatten, schönzureden oder wenigstens in einen größeren Zusammenhang zu stellen. Rick hielt diese Suche für vergeblich. Gib's auf, Hynch, dachte er, Mord bleibt Mord, auch wenn man nur auf Weisung von jemandem handelt. Gerade dann.

Rick war der geborene zweite Mann. Scout, Spotter, Quartiermeister, Back-up – für seinen Part gab es zahllose Bezeichnungen, viel mehr als für einen Berufskiller. Handlanger des Todes zu sein reichte ihm vollauf. Er sorgte dafür, dass der Abzug unter denkbar günstigen Bedingungen und mit hochwertigem Material betätigt wurde. Aber den Abzug, den zog ein anderer, da hielt er sich raus. Meistens.

So hatte er Hynch auch kennengelernt, bei einem Verkaufsgespräch für ein neues Scharfschützengewehr. Hynch hatte damals Bedarf für einen vielseitigen Partner gehabt, und Rick war der Richtige gewesen. Er empfahl sich mit seinen Kontakten zu Waffenhändlern, seinem technischen Wissen und seinen Computerkenntnissen. Bei »Erfahrungen im Feld« schummelte er und gab vor, mit der Bundeswehr in Afghanistan gewesen zu sein, Operation Anaconda, und dann noch mal mit dem Eurokorps. Schon bei ihrem ersten gemeinsamen Auftrag durchschaute ihn Hynch. Aber ein sekundenschneller Hack der Alarmanlage eines Knastkrankenhauses überzeugte Hynch, den Tastenzauberer zu behalten. Rick lernte dazu und stellte sich schnell auf das ein, was von ihm verlangt wurde, mehr noch, er zeigte sich geschickt und wortgewandt bei Verhandlungen mit all den grobschlächtigen Mobsters, die nicht wussten, wo ihr Platz war in Bruce' Reich. Er machte sich unentbehrlich. Und aus einem Zweckbündnis hatte sich im Lauf von zehn Jahren etwas entwickelt, das man Freundschaft nennen konnte. Freunde, die zusammen töteten und sich darauf akribisch vorbereiteten. Die gelegentlich ein Pint im Pub leerten, aber nur eines. Die tagelang in einem Versteck ausharrten, bis sich die Gelegenheit zu einem Hit ergab. Die sich auf einen Kaffee trafen, um über den nächsten Auftrag zu plaudern. Die sich in Edinburgh nach Dereks Tod das Blut von den imprägnierten Anzügen gewischt hatten.

Rick fragte sich, wie lang es noch halten würde. Ein paar Wochen, schätzte er, konnten sie auf Jura untertauchen, eher nur ein paar Tage. Irgendwann mussten sie ihre Deckung verlassen. Und spätestens nach der Bombe auf der Jacht, falls sie je hochginge, würde Mallard ernst machen und alles daransetzen, sie aufzuspüren, unterstützt von seinen geschmierten Bullen. Der Ausflug auf die Insel stellte nur einen Aufschub dar, das hatte Rick inzwischen begriffen. Es würde zu einer Entscheidung kommen, zwangsläufig, wo auch immer. Und im Zweifelsfall würde sich Mallard eventuell mit Hynchs Exekution zufriedengeben, mehr Aufwand lohnte doch nicht. Rick musste es nur schaffen, zu diesem Zeitpunkt in einem Flugzeug nach Dubai zu sitzen. Oder nach Beirut. Oder nach Bagdad. Seine Dienste waren für viele Auftraggeber von Nutzen.

Hynch dagegen würde Schottland nie verlassen, da konnte er von einem Alterssitz auf der Südhalbkugel träumen, so viel er wollte. Vielleicht lieferte er noch einen letzten Kampf, einen verlustreichen, da war sich Rick sicher. Ihr Gespräch vor dem Frühstück hatte gezeigt, dass Hynch noch das alte Feuer besaß und nicht sang- und klanglos von der Bühne abtreten wollte. Er wirkte wie wachgerüttelt, aber auf eine Weise, die Rick gar nicht gefiel.

16

Fragst du dich auch, was werden wird?« Hynch war ein wenig herumgelaufen. Im Corran River hatte er schließlich die Hände ins eiskalte Wasser getaucht. »Könnten wir doch alles abwaschen und vergessen, wer wir sind. Was wir sind.«

»Wirst du jetzt sentimental?«

Hynch schaute auf seine nassen Hände und dann zu den Paps hoch. »Die Schönheit der Dinge lebt in der Seele dessen, der sie betrachtet.«

»Hume?«

»Ja. Von sich aus ist gar nichts schön.«

»Ein Sinneswandel. Liegt das an deinem Alter?«

»Ich checke nur die Begebenheiten. Von da oben hätten wir ein fantastisches Schussfeld nach allen Seiten.«

»Wir haben kein Gewehr«, wandte Rick ein. »Und wir säßen in der Falle. Man würde uns einkreisen.«

»Es gibt eine Menge Abstiegsmöglichkeiten, in verschiedene Richtungen. Der Boden ist schwer, viel Moor. Da bräuchte es mindestens eine Hundertschaft, um das Gelände komplett abzuriegeln. Zwei Hundertschaften! Siehst du den Sattel dort oben?«

»Zwischen den beiden höchsten Bergen?«

»Perfekt für eine Shooter-Stellung. Wenn ich mir das Schlachtfeld für ein Begegnung mit Mallards Leuten aussuchen könnte, würde ich dieses hier wählen. Falls sie den Fehler begehen, uns auf Jura anzugreifen.« Hynch musterte Rick skeptisch. »Und seit wann hast du Probleme, eine geeignete Waffe zu besorgen? Können wir uns nicht eine kommen lassen, zum Beispiel auf dem Seeweg? Ein Segelboot macht in einer dieser kleinen Buchten fest und versorgt uns mit Artillerie.«

»Dadurch steigt aber das Risiko, dass wir hier entdeckt werden. Momentan weiß noch keiner, wo wir sind.«

»Außerdem kann ich mir nicht vorstellen, dass es auf dieser Insel kein gutes Gewehr mit Zielfernrohr gibt. Müssen wir halt eines beschlagnahmen.«

»Gleiche Antwort. *Du* wolltest doch, dass wir uns ruhig verhalten und keine Aufmerksamkeit auf uns ziehen.« Rick wies auf Winslow, der im Auto sitzen geblieben war und den Motor einfach laufen ließ. »Und was deinen Vorschlag betrifft, vom Bergsattel aus ein zweites Alamo aufzuziehen: Wie kriegen wir *das Ding* da hoch?«

»Der Junge könnte mit dem Wagen an einer verborgenen Stelle warten. Vielleicht getarnt in dem kleinen Wald dort drüben. Wenn wir fertig sind, stoßen wir zu ihm.«

»Schlechte Exitstrategie.« Rick seufzte. »Übrigens, willst du ihm wirklich das Schießen beibringen? Der ist jetzt schon eine Gefahr für sich selbst – und für andere.«

»Wir haben Winslow in diese Situation gebracht. Er muss imstande sein, sich zur Wehr zu setzen. Ich finde das nur fair.«

»Mir hast du das nie angeboten.«

»Du hast nie Wert darauf gelegt. Was soll das, Rick? Bist du etwa eifersüchtig?« Hynch lachte leise. »Du hast zwar nicht gedient, aber du kannst mit Waffen umgehen. Dir brauche ich doch nicht zu zeigen, wie das geht.«

»Ganz ehrlich …?« Rick zögerte. »Anstatt ihn anzulernen, würde ich Winslow lieber loswerden. Hier draußen stellt er nur ein Handicap dar. Dann fahre *ich* eben den Rover, ist ja weiter nichts dabei.«

Verdutzt trat Hynch einen Schritt zurück. »Ihn loswerden? Was meinst du damit?«

»Nichts Drastisches«, wiegelte Rick ab. »Wir suchen ihm eine nette Unterkunft und fahren ohne ihn weiter. In ein paar Tagen kann er den Bus nach Islay nehmen und die Whiskydestillen besichtigen. Urlaub machen, sich den Bauch vollschlagen. Ich gebe ihm ein paar Hundert Pfund aus der Spesenkasse. Die soll er von mir aus verbraten.«

»Kommt gar nicht infrage. Davon will ich nichts hören.« Hynch schickte sich an, Rick den Kopf zurechtzurücken. Nickeligkeiten untereinander konnten sie momentan gar nicht gebrauchen.

Ein Motorengeräusch ließ ihn innehalten. Von Norden näherte sich ein bulliger, dunkelgrüner Geländewagen. Bisher war der Verkehr auf der Landstraße gegen null gegangen, es war das erste Fahrzeug, das ihnen entgegenkam. Es überquerte die Three Arch Bridge und blieb neben ihnen stehen.

»Morgen!« Ein großer Mann in Farmerkleidung saß am Steuer und lächelte freundlich. »Alles in Ordnung, Leute? Habt ihr 'ne Panne?« Er roch nach Alkohol.

Die fangen hier ja früh an mit der Sauferei, dachte Rick. Oder der Typ hatte noch einen Hangover vom Vortag. »Danke der Nachfrage, Sir. Wir haben nur angehalten, um die Aussicht zu bewundern.«

»Wollt Ihr auf die Paps? Da gibt's keine Wanderwege oder so was, nicht mal Schilder. Und um diese Jahreszeit wird das 'ne feuchte Angelegenheit, überall Morast.«

»Na ja, reizen würde es uns schon«, sagte Rick. Gegen eine kleine Plauderei war ja nichts einzuwenden, fand er. Hynch hielt sich ein wenig abseits und gab vor, das Gelände nach einer guten Aufstiegsmöglichkeit abzusuchen.

»Vergesst die Route, die am Corran River entlangführt, die ist zu matschig. Am besten nehmt ihr den Evans Walk, der ist trockener. Das sind noch zwei Meilen die Straße hoch. Dann lasst ihr den Wagen stehen. Haltet euch erst mal nördlich, dann geht's in einem großen Bogen rauf auf den ersten Pap, den Beinn Shiantaidh von hier aus gesehen. Ist aber ziemlich steil, viel Geröll. Ihr habt doch 'ne Karte?«

»Sicher, Sir. Evans Walk, das ist ein guter Tipp.«

»Nicht so förmlich.« Der Blick des Mannes veränderte sich. Seine anfängliche Freundlichkeit war wie weggeblasen. »Habt ihr zufällig was mit Thorpe zu tun?«

»Thorpe?«, fragte Rick überrascht. »Wer soll das sein?«

»Wollt ihr das Gelände auskundschaften, damit sich dieser kanadische Geldsack noch mehr Grundstücke unter den Nagel reißt?«

Mehr Misstrauen. Offenbar gab es auf dem Naturparadies Jura die gleichen Verteilungskämpfe wie in den Metropolen. Aufgebrachte Einheimische gegen den bösen Investor, das alte Lied. Rick musste sich es verkneifen, mit den Augen zu rollen. Wenn dieser Bauer einen Arsch in der Hose hätte, würde er sich mit ein paar Kumpels zusammentun und den Geldsack zum Teufel schicken oder ihn zumindest dermaßen einschüchtern, dass er es sich zweimal überlegte, einen auf Großgrundbesitzer zu machen.

»Keine Ahnung, von wem Sie da reden«, sagte er schließlich und setzte ein unschuldiges Lächeln auf, darin war er gut. »Wir machen nur eine Campingtour über die Insel, für eine Woche oder so. In der Hauptsaison kann ja jeder auf die Hebriden fahren.«

»Wo kommt ihr her?«

»Edinburgh«, log Rick. Jetzt konnte er die Whiskyflasche sehen, die in der Mittelkonsole klemmte. Halb leer. »Sie haben wohl Schwierigkeiten mit diesem … Thorpe?«

»Kann man wohl sagen.«

»Es ist eine Schande, wie rücksichtslos ausländische Geschäftemacher vorgehen. Die glauben, ihnen gehört die ganze Welt. Kaum wedeln sie mit den Dollarscheinen, schon soll ihnen jedermann die Füße küssen.«

Die Miene des Mannes hellte sich auf. Betrunkene fassten schnell Vertrauen. »Ja, genau! Aber eins kann ich Ihnen sagen …, wenn der mir blöd kommt, oder wenn er sich nur auf meinem Grund und Boden zeigt, dann verpasse ich ihm eins mit meiner Tikka.«

Rick horchte auf. »Tikka? Finnische Firma. Die bauen hervorragende Gewehre.«

»Die besten. Hab 'ne feine Repetierbüchse, die neue T3x, mit

Zieloptik und allem Drum und Dran. Ideal für Hirsche. Kennst du dich damit aus?«

Fast hätte Rick geantwortet: Klar, das bringt der Beruf so mit sich. Stattdessen sagte er: »Ein bisschen, was man in Jägerkreisen so aufschnappt. Entweder man liebt Waffen, oder man hasst sie, oder? Ich persönlich kann einem solide geschmiedeten Stahl durchaus etwas abgewinnen.«

»Meine Rede.«

Inzwischen wurde der Mann geradezu leutselig. Rick hatte bemerkt, dass auch Hynch das Stichwort vernommen hatte und sich unauffällig näherte. Er beschloss, noch einen Schritt weiter zu gehen. »Haben Sie das gute Stück gerade griffbereit? Eine Tikka würde ich mir gern mal näher anschauen. Das Gewicht, die Verarbeitung …«

»Bin nicht auf der Jagd, tut mir leid. Außerdem ist ja noch Schonzeit auf Hirsche und Böcke. Man könnte höchstens auf Schnepfen oder Wildenten gehen, mit der Flinte, aber das ist nicht so mein Fall.« In der Stimme schwang echtes Bedauern mit. »Hört mal, ich muss weiter nach Craighouse. Brauch 'ne neue Wasserpumpe für meinen Traktor. Kann 'ne Weile dauern, bis ich alles erledigt hab. Aber wenn ihr in den nächsten Tagen mal in die Nähe von Inverlussa kommt, stattet mir einen Besuch ab. Dann können wir uns ausgiebig unterhalten. McGlynn, Calum.« Er streckte die Hand aus dem Wagenfenster.

Rick ergriff sie. »Norman. Das ist ein großzügiges Angebot, danke. Vielleicht werden wir darauf zurückkommen.«

»Viel Glück mit den Paps.« Calum grüßte zum Abschied und fuhr weiter.

Hynch schlenderte herbei.

»Hast du alles mitgekriegt?«, fragte Rick. »Eine Tikka. Und bestimmt hat der noch Flinten und einiges mehr, der reine Selbstbedienungsladen.«

»Eine Option ist es auf jeden Fall. Gut gemacht.«

»Wer hat hier Probleme, eine Waffe zu besorgen?«

17

Gracie schaute durch den Sucher und richtete das Objektiv der Filmkamera auf die Seeschlange aus. Sie hatte die Mündung des Loch Tarbert ohne größere Probleme erreicht. Die Fahrt war mühsam und langwierig gewesen wie immer, doch der Argo hatte ihr erneut gute Dienste geleistet und jedes Hindernis überwunden. Jetzt machte sie sich daran, den Einfluss des Driftkörpers auf die Umwelt mittels Videoaufnahmen zu dokumentieren.

Es war nicht viel dabei. Wenn die Kamera samt Stativ einmal aufgebaut und eingeschaltet war, blieb kaum noch etwas zu tun. Gracie beobachtete mit einem Fernglas, was sich an der Seeschlange tat. Manchmal tauchten Seehunde oder Kegelrobben auf. Die Tiere waren neugierig wie junge Katzen. Sie umkreisten die Energieanlage, die entfernt an einen Wal erinnerte, glitten spielerisch über sie hinweg, stupsten die Rohrsegmente mit der Schnauze an oder versuchten unter Zuhilfenahme ihrer Vorderflossen draufzuklettern. Es konnte eine ganze Zeit dauern, bis sie das Interesse verloren und weiterschwammen.

Gracie befand sich auf dem erhöhten Punkt einer Landzunge, die ein Stück in die Mündung des Loch Tarbert hineinragte und in einer Art Kap endete, dem Rubh' an t-Sáilein. Sie und die Filmkamera standen auf solidem Quarzitgestein, doch der Untergrund wurde zum Meer morastig. Im Süden, auf der anderen Seite des Lochs, lagen die Paps of Jura, im Südwesten war Islay zu erkennen, im Westen die Insel Colonsay und weit im Norden die Isle of Mull.

Eine irgendwie magische Stelle, ein Kreuzungspunkt mit Sicht in alle Richtungen. Allein anhand der Farbe des Meeres ließen sich die verschiedenen Strömungen unterscheiden, auch an der Art der Wellen, als läge eine Seekarte vor ihr ausgebreitet einschließlich Markierungen für die Wassertiefe.

Gracie musste an den Tag denken, als sie die Liebe entdeckt hatte, ihre Liebe zum Meer – und zu Benoît. Sie hatten beide an einer Tagung über Hydrodynamik teilgenommen, an der Universität von Caen in der Normandie. Nachdem die angereisten Forscher den Vortragsmarathon absolviert hatten, war eine Besichtigung des Gezeitenkraftwerks bei Saint-Malo auf dem Programm gestanden. Das Kraftwerk war eine beeindruckende Anlage, ein Großprojekt, Meisterleistung der Ingenieurskunst und so weiter, schon 1967 eröffnet. Von außen war es in seinen wahren Ausmaßen nicht zu erkennen, weil sich die Technik unter der Oberfläche befand, in riesigen, endlos langen Hallen, die Gracie zweifeln ließen, ob es tatsächlich Menschen gewesen waren, die das geplant und errichtet hatten, oder nicht bloß zum Leben erweckte Maschinen.

Doch noch beeindruckender war der nahebei gelegene Mont Saint-Michel.

»Wollen Sie das Meer sehen?«, hatte Benoît gefragt. »In all seiner Pracht?«

Gracie hielt das für eine typisch französische Übertreibung. Sie kannte das Meer, schließlich war sie in Liverpool aufgewachsen, an der rauen Irischen See. Aber Liverpool war vor allem ein Hafen, eine Stadt, die *vom* Meer lebte und nicht *mit* ihm.

»Na gut, zeigen Sie mir Ihr Meer.«

Sie hatten sich von der Tagungsgruppe abgesetzt und waren mit Benoîts klapprigem Renault zum Mont Saint-Michel gefahren, gegen Mittag, als der Touristenandrang sie fast zu erdrücken drohte, doch genau zur richtigen Zeit, wie sich herausstellte.

Benoît kannte ein paar Schleichwege, um auf die Spitze des Klosterbergs zu gelangen. Dort lag die berühmte Abtei. Und von einer Terrasse, die etwas unterhalb lag, hatte man den besten Blick auf die Bucht.

»Europaweit herrscht hier der stärkste Tidenhub«, erklärte er. »Der Wasserpegel zwischen Ebbe und Flut schwankt bis zu vierzehn Metern.«

Sie befanden sich auf einer Insel, einem Felssporn, umgeben von Watt. Noch schien das Meer weit draußen zu liegen. Der feuchte Sand ringsum glitzerte in der Sonne. Von der Ebbe zurückgelassene Priele bildeten geschwungene, vielfach verzweigte Muster. Schon jetzt war es wunderschön, fand Gracie.

Dann kam die Flut, »mit der Schnelligkeit eines Pferdes im Galopp«, murmelte Benoît. »Das hat Victor Hugo mal geschrieben.«

Es war ein Naturschauspiel, wie das Meer vom Land Besitz nahm, wie es in Sekundenschnelle das Watt bedeckte, es schier wegwusch und nichts als eine plane Wasserfläche hinterließ.

Für jemanden, der Angst vor dem Klimawandel und der Überflutung der Küstenstädte hatte, konnte die Tide am Mont Saint-Michel ein Vorbote künftiger Katastrophen sein, eine Vorführung dessen, was der Menschheit bevorstand.

Für Gracie war es eine Erfahrung, die ihr Leben für immer veränderte. Sie fühlte und begriff, welche Macht das Meer auszuüben imstande war. Und dass sie Teil dieser Macht werden wollte, einer günstigen Macht, die man bewundern und sich zugleich zunutze machen konnte.

Und während Benoît ihr darlegte, aus welchen hydrodynamischen und geophysischen Gründen er Gracie hergebracht hatte und welchen Dichtern ergreifende Worte über Wogen, Wellen, Strömungen eingefallen waren, griff Gracie in seine schwarzen, widerspenstigen Locken und zerrte ihn an sich.

»Ich mag dein Meer.«

»Das ist nicht *mein* Meer. Es gehört uns beiden.«

Damit hatte es angefangen.

Und jetzt? Gracie schreckte hoch. Eine Schar Wildgänse flog über sie hinweg. Die Vögel machten jede Menge Lärm. Ursprünglich aus Kanada kommend, überwinterten sie auf Islay und Jura. Im Gegenzug zogen viele Seevögel wie Austernfischer oder Basstölpel für den Winter gen Süden.

Benoît war tot. Vielleicht wurde sein Leichnam irgendwann in Norwegen angeschwemmt. Vielleicht trieb er auch bis zum Ende der Zeiten in der Nordsee umher.

Doch das Meer gehörte ihnen beiden, noch immer.

18

Sie ließen die Paps links liegen. Winslow wollte wissen, ob sie von dem Mann mit dem dunkelgrünen Geländewagen, einem Nissan Patrol, irgendetwas Wichtiges erfahren hätten. Es habe ganz danach ausgesehen.

»Warum bist du nicht ausgestiegen?«, bohrte Rick. »Dann bräuchtest du nicht zu fragen.«

»Lass mal«, sagte Hynch. »Ist doch bestens gelaufen.«

Mehr redeten sie nicht. Winslow schmollte, oder es war ihm egal. Rick beugte sich über die Landkarte. Und Hynch dachte sich seinen Teil. Inverlussa. Hatte McGlynn Familie? Ganz allein lebte er wohl nicht auf seinem Hof. Aber wer konnte das bei diesen Insulanern schon wissen? Unter denen gab es jede Menge Eigenbrötler, die stur ihr Ding durchzogen. Was für eine Frau hielt es mit so einem schon länger aus?

Das konnte er auch sich selbst fragen, fand Hynch und strich über seine Bartstoppeln. Er und Frauen. Ein ziemlich kurzes Kapitel in seinem Leben, kurz und verkorkst.

Auf der Hoteltoilette hatte er sich nur ein wenig frisch machen können. Er hasste es, unrasiert zu sein. Eine hatte es einst gegeben. Eine wie keine. Die hatte es erst recht nicht gemocht, wenn er sein Äußeres vernachlässigte. Wie lange war das her? Auf den Falklands hatte er ihr Bild dabeigehabt. Später, kurz nach seiner Rückkehr, hatte er es zerrissen. Ein Ende mit Schrecken. Warum fiel ihm das jetzt wieder ein?

Die Straße erstreckte sich schnurgerade nach Nordosten, ein schmales welliges Asphaltband, aus dem an einigen Stellen Grasbüschel hervorbrachen. Zur Rechten sahen sie den Jura-Sund und die Halbinsel Kintyre, zum Greifen nah. Sie erreichten Lagg, wie Rick verkündete, eine kleine Bucht mit zwei Gehöften, so weit das zu erkennen war. Dann durchquerten sie ein längeres Waldstück. Hier hatte vor Kurzem ein Sturm gewütet. Entwurzelte oder wie Streichhölzer abgeknickte Nadelbäume bedeckten die Hänge bis hoch zum Hügelkamm. Auf den ersten Blick hatte Hynch den Eindruck, als sei es eine Laune des Menschen gewesen und nicht der Natur. Eine großflächige Rodung, nach der die Stämme nicht weggeschafft worden waren. Es sah aus wie in einem Katastrophengebiet.

Die nächste Bucht hieß Tarbert Bay. Sie fuhren über ein Viehgitter. Mitten auf der angrenzenden Wiese erhob sich ein Standing Stone, der wegen seiner Spitze einem Obelisken ähnelte. Die ganze Insel war von solchen vorzeitlichen Relikten übersät, schon beim *Jura Hotel* hatten sie einen dieser Brocken bemerkt. Sie kamen allein stehend vor, in Reihen-, Fächer- oder Kreisform. Mal waren sie gut erhalten, wenn sie an einer geschützten Stelle standen oder aus solidem, wetterabweisendem Material bestanden. Dann wieder hatte die Erosion nur Stümpfe übrig gelassen.

»Ich tippe auf Jungsteinzeit«, sagte Rick. »Was würde ich drum geben, zu erfahren, warum man diese Steine einst errichtet hat.«

»Zu Kultzwecken?«, fragte Hynch.

»Auch. Aber nicht nur.«

Hynch kannte Ricks Steckenpferd. Seit einigen Jahren war Vor- und Frühgeschichte in Schottland wieder ein beliebtes Thema. Hatte etwas mit neuen Ausgrabungsstätten und den politischen Unabhängigkeitsbestrebungen zu tun. Man wollte sich nicht ausschließlich über das jahrhundertelange Hickhack mit England definieren, sondern weiter zurückschauen, auf eine eigenständige, friedlichere Vergangenheit, die schon weit vor der Zeitenwende eindrückliche Spuren hinterlassen hatte. Rick fand das alles faszinierend.

»Stonehenge wird für einen riesigen Kalender gehalten, aber das ist etwas anderes, viel komplexer. Ich denke mal, die Standing Stones dienten als Orientierungspunkte, als Landmarken.

Aber wem?« Ricks Begeisterung war nicht mehr zu bremsen, bei seinen Wanderungen war er schon oft auf derlei Steinsetzungen gestoßen. »Man muss sich das mal vorstellen: Als die frühen Hochkulturen in Mesopotamien, also dem heutigen Orient, erstmals erblühten, waren die Leutchen hier schon fast genauso weit. Die hatten nur keine Schriftkultur, die sich hätte überliefern können. Und für bleibende Monumentalbauten fehlten ihnen geeignete Materialien und Manpower. Damals soll es auf den schottischen Inseln viel wärmer gewesen sein. Und wärmer hieß zivilisierter.«

»Meinst du, die Wiege der Menschheit stand im Norden?« Hynch wunderte sich. »Das würde den neuen Nazis gefallen.«

»Vielleicht gab es viele Wiegen. Ist doch auch heute noch so, dass man an verschiedenen Orten gleichzeitig auf bahnbrechende Ideen kommt. Das war schon vor der Globalisierung so – und vielleicht schon viel früher, vor ... den alten Ägyptern.«

Winslow fuhr links ran. Von der Straße zweigten mehrere Feldwege ab. Er wusste nicht, welchen er nehmen sollte. Irgendwo in dieser Gegend planten sie, ihr Zelt aufzuschlagen. Ganz in der Nähe befanden sich ein paar weiße Steinhäuser mit Schornsteinen an beiden Enden. Eines davon schien ein Guesthouse für Touristen zu sein. »War's das jetzt vom History Channel?«

»Der Mann hat studiert, Junge. Was man von mir nicht behaupten kann. Und von dir erst recht nicht, du Leuchte.« Hynch lehnte sich von der Rückbank nach vorn und tippte Winslow leicht an. »Hör lieber zu.«

»Ich will euch ja nicht eure Geschichte erklären«, sagte Rick. »Aber in Schottland gibt's jede Menge Inseln. Und Inseln sind Isolate, schwer erreichbar, wenn man erst mal dort hingelangt ist. Kann doch sein, dass sich dort vor fünftausend Jahren, quasi ungestört, etwas entwickelt hat, das weit über das hinausgeht, was wir mit dieser Zeit verbinden. Schaut euch die Orkneys an, Skara Brae, den Ring of Brodgar. Das ist ganz großes Kino. Und auf

Jura, bei Glenbatrick, wurden bearbeitete Steinsplitter entdeckt, die als Werkzeuge dienten, vor mehr als zehntausend Jahren.«

»Okay«, sagte Winslow, »nehmen wir mal an, auf diesen gottverlassenen Inseln kamen ein paar Schlaumeier, Typen wie du, auf die glorreiche Idee, Steine aufzustellen. Weil's cool aussah, weil sie sich wichtig machen wollten, keine Ahnung. Warum haben die nicht irgendwas in die Standing Stones eingeritzt?«

»Winslow was here?«, schlug Rick süffisant vor.

»Klar. Warum haben die's nicht gemacht, wie's die Leute heute machen? Waren die einfach zu blöd, sich Buchstaben auszudenken?«

Rick machte eine Geste, als gäbe er es auf, Winslow etwas beizubringen.

Hynch überlegte. »Die Frage ist doch: Warum erfindet man überhaupt Schriftzeichen?«

»Kommunikation, die über das gesprochene Wort hinausgeht«, sagte Rick. »Dauerhaft, unverfälscht. Um bleibende Botschaften zu hinterlassen. Eine Inschrift auf einem Stein oder irgendeinem anderen Gegenstand kann jeder lesen, der in der Lage ist, die Zeichen zu entziffern. Das spielte erst eine Rolle, als die Menschheit begann, sesshaft zu werden und Handel zu treiben. So war das zumindest am Mittelmeer und im Zweistromland.«

»Dann waren sie hier wohl noch nicht so weit«, stichelte Winslow.

»Und wenn doch? Vieles deutet darauf hin, dass auf den schottischen Inseln zur Zeit der Standing Stones eine florierende Kultur existiert hat, eine, die nicht schlechter oder besser war als woanders. Vielleicht gab es einfach keinen Bedarf an einer Schrift. Handel lässt sich ja auch treiben, indem man Dinge eintauscht, deren Wert man eben immer neu festlegt. Oder die Leute haben nichts als so wichtig erachtet, dass es lohnte, aufgezeichnet zu werden. Keine Königsnamen, keine Beschwörungssprüche, um Götter anzurufen, keine Listen, wie viel Getreide die Ernte eingebracht hat. Ich finde das sympathisch.«

Hynch lachte. »Möglich wär's. Ich schreibe ja auch nichts auf. Beruflich wäre das fatal, und privat ... Interessiert doch niemanden, was ich denke. Früher hab ich mich mal an Briefen versucht. Ist nicht viel dabei rausgekommen. Ich hatte den Eindruck, dass sich das, worauf es wirklich ankommt, gar nicht richtig beschreiben lässt. Starke Gefühle, Erfahrungen – wie soll man das alles in Worte fassen, ohne dass es lächerlich wirkt? Und dass man es versteht?«

»Einfach ist es nicht. Aber man kann's ja versuchen.«

»Und wenn sie Angst hatten?« Winslow wandte sich Rick zu. »Deine Ureinwohner. Die hatten Angst, etwas Unwahres in Stein zu meißeln. Vielleicht wollten die keine Lügen in die Welt setzen.«

Für einen Moment herrschte Stille. Rick betrachtete den Standing Stone, der die Grenze zwischen dem nördlichen und dem südlichen Teil Juras zu markieren schien. »Interessanter Gedanke«, rang er sich schließlich ab.

Winslow startete den Motor. »Wo müssen wir lang?«

Rick zog wieder die Karte zurate. Sie verließen die Straße und nahmen den nächsten Feldweg. An der erhöht gelegenen Einmündung konnten sie einen Blick auf Loch Tarbert werfen. Er erstreckte sich meilenweit nach Westen und sah aus wie ein von Sümpfen umgebener Fjord. Ganz in der Nähe war ein einsames Motorboot, wie es Küstenfischer benutzten, an einer Mooring vertäut. Wohnhäuser gab es weit und breit keine.

Der Weg wurde immer schlechter. Er beschrieb einen weiten Bogen um den Loch, der zum Meer hin offen war. Es ging nur noch mit Schrittgeschwindigkeit voran. Sie blieben oft stecken im weichen Untergrund, die Räder drehten durch, oder das Fahrwerk verkeilte sich zwischen verborgenen Steinbrocken. Rick und Hynch mussten häufig aussteigen und mit aller Kraft schieben. Manchmal drohte der ganze Wagen zu versinken.

Doch Winslow dosierte behutsam das Gas und wusste genau, wie die Differentialsperre einzusetzen war. Einmal übernahm Rick das Steuer und versuchte, sie aus dem torfigen Schmodder zu befreien. Aber er ließ die Kupplung fast durchbrennen, woraufhin ein stechender Geruch den Innenraum erfüllte. Sie waren gezwungen, das gesamte Gepäck auszuladen, damit der Rover leichter wurde. Mit Müh und Not schaffte es Winslow, wieder festen Boden zu gewinnen. Die Seilwinde, die unter dem Kühler angebracht war, nutzte ihnen dabei nichts, weil es keinen Baum oder sonst etwas gab, an dem man das Stahlseil hätte befestigen können. Stunden später erreichten sie ihr Ziel, eine Schutzhütte namens Cruib Lodge, direkt am Ufer des Loch Tarbert, doch noch weit entfernt vom offenen Meer.

Es war früher Nachmittag, wie gerädert entstiegen sie dem Rover. Jeder hatte über und über Torfspritzer abgekriegt, sie sahen aus wie Kohlenarbeiter. Notdürftig säuberten sie sich und ihre Kleidung. Rick warf den Gaskocher an, um Eintopf aus der Dose warm zu machen. Winslow und Hynch trugen die Schlafsäcke nach drinnen. Die Einrichtung war spartanisch, aber es gab zwei Schlafplätze und einen weiteren auf dem ehemaligen Heuboden der Lodge, den Hynch für sich reservierte, um ungestört zu sein. Über dem offenen Kamin im Erdgeschoss war sogar ein Bücherbord angebracht, bestückt mit zerlesenen Paperbacks. Die Innenwände des Natursteinhauses waren geweißelt. Es sähe ganz annehmbar aus, meinte Rick, die Mountain Bothies Association habe die Schutzhütte vor ein paar Jahren renoviert. Er habe auf seinen Touren schon in ganz anderen Bruchbuden übernachten müssen.

Es gab keinen Handyempfang. Das hatte zwar den Nachteil, dass sie von der Außenwelt abgeschnitten waren. Dafür konnten sie keinesfalls geortet werden, zumal ja nur das Krypto-Handy eingeschaltet war. Zwei Tage, nahmen sie sich vor, wollten sie zunächst in der Lodge ausharren und dann zurück nach Craighouse fahren, um wieder Kontakt zu Crawford aufzunehmen und in Erfahrung zu bringen, was sich in der Zwischenzeit getan hatte. Radiosender kamen auch nur verstümmelt und unter ständigem Rauschen herein.

Wenigstens hatten sie Glück mit dem Wetter gehabt. Im Grunde war es ein nahezu perfekter Ausflug.

Nahezu.

Im Westen zog ein Gewitter auf. Und Winslow begann, sich über Ricks beschissene Fahrkünste auszulassen. Der Rover habe einiges abgekriegt. Mit einem durchgeschmorten Kupplungsbelag sei nicht zu spaßen. Rick hielt das nur für halb so wild, der Wagen müsse das abkönnen.

Nach dem Essen brach Hynch zu einem kleinen Streifzug durch die Umgebung auf. Er hörte die beiden immer noch streiten, als er die Anhöhe hinter der Schutzhütte erklomm.

Wenigstens hatten sie ein Dach über dem Kopf.

19

Schwarz wie die Nacht. Solch dunkle Wolken hatte Gracie selten gesehen. Über dem gesamten Horizont schienen sie sich aufzutürmen und die Sonne zu verdunkeln, Schattenwurf zahlloser unsichtbarer Hände. Ein Unwetter braute sich zusammen.

Rasch packte sie die Kamera ein. Ihr waren gute Aufnahmen gelungen. Um die Seeschlange machte sie sich keine Sorgen, die hatte schon Stürme mit Orkanstärke überstanden. Musste sie auch, wenn sie im Dauerbetrieb funktionieren sollte. Es war noch nie vorgekommen, dass die Ankerkette riss. Sogar, als im Herbst das Sturmtief »Abigail« über Schottland hinweggefegt und der Fährverkehr eingestellt worden war, hatte die Kette gehalten.

Gracie stieg in den Argo und trat die Rückfahrt an, widerstrebend, denn die kahle, flache Gegend um die Mündung des Loch Tarbert gehörte zu ihren Lieblingsplätzen auf Jura. Sie war zwar ziemlich exponiert, aber der Rundumblick entschädigte dafür, Wind und Wetter ausgeliefert zu sein. Hier, auf der dem Atlantik zugewandten Seite Juras, konnte man fast vergessen, dass Glasgow nur wenig mehr als hundert Kilometer Luftlinie entfernt war.

Glasgow. Sie musste wieder an diese Bandenmorde denken. In was für einer Welt lebten Leute, die der organisierten Kriminalität zuzurechnen waren, eigentlich? Während es in Europa politisch drunter und drüber ging und man bei einem Blick auf die USA nur den Kopf schütteln konnte, während im Mittleren Osten und sonstwo Krieg zum Dauerzustand wurde und Geflüchtete millionenfach Schutz und eine neue Heimat suchten, brachten sich irgendwelche Mobster gegenseitig um, in einem Machtkampf, wie er vermutlich seit Urzeiten ausgetragen wurde. Absurd. Als existierten neben den großen Strudeln der Gewalt und ihren Verwirbelungen zahlreiche kleinere, unabhängige, die ganz eigene Zerstörungskräfte entwickelten. Als Ozeanologin wusste sie natürlich, dass alles irgendwie zusammenhing, vorherrschende Meeresströmungen, die Gezeiten, das Klima, Wetterlagen. Jede Menge Faktoren mit unterschiedlichen Einflüssen, Schmetterlingseffekt. Politik und Kriminalität waren oft ähnlich verflochten und bildeten keine voneinander getrennten Sphären. Doch es gab ja auch Monsterwellen, die spontan entstanden und den Gesetzen der Physik hohnsprachen. War so etwas in Glasgow passiert? Eine spontane Entladung der Gewalt aufgrund einer Verkettung unvorhersehbarer Umstände?

Oder verhielt es sich mit Gewalt vollkommen anders? Stellte das, was man an Krieg und Verbrechen so mitbekam, nur die Oberfläche dar, das Sichtbare, eine Art Ölfilm, der auf dem Wasser schwamm und sich bisweilen entzündete? Darunter lag dann das, was tagtäglich passierte, der eigentliche, abgrundtiefe Ozean, all die individuellen Gemeinheiten und Widerwärtigkeiten, die Menschen einander antaten. Laoises Vergewaltigung zum Beispiel, die gar nicht erst zur Anzeige gekommen war, weil der Täter auf dem Rückweg zum Festland von der Fähre gefallen und ertrunken war, »unter nicht näher geklärten Umständen«, wie Calum sich ausgedrückt hatte an einem düsteren Abend nach Weihnachten, als der Starkregen nicht hatte enden wollen. Gab es nicht in jeder Familiengeschichte solche Vorfälle, gut gehütete Geheimnisse, die aber nichtsdestotrotz geschahen, Misshandlungen, Unterdrückung, Demütigungen, Betrügereien, Erbschleicherei, Lügen und nochmals Lügen mit ihren zahllosen Gesichtern? Und das waren nur die üblichen Mikrodramen, für die sich kaum jemand interessierte, weil sie so weitverbreitet waren.

Gracie erreichte eine Senke. Mit dem Argo holte sie ein wenig Schwung, durchquerte einen kleinen Bach und fuhr die Böschung auf der anderen Seite hoch.

Warum kreisten ihre Gedanken um derlei Dinge? Wann war sie je von körperlicher Gewalt betroffen gewesen? Niemals, oder? Nach Benoîts Tod war sie für eine Weile zu ihrer Mutter nach Liverpool gefahren. Lang hatte sie es in der Heimat nicht ausgehalten. Ihre Mom war gerade umgezogen, in eine kleinere Wohnung, wo sie sich andauernd in die Quere kamen und Handwerker noch Ausbesserungsarbeiten vornahmen. Es war bei Umarmungen und Bedauern geblieben. Doch Trost erfordert Zuwendung, sonst stellt er sich nicht ein. Hinzu kam, dass Gracies Mutter Benoît kaum gekannt hatte, nur von ein paar Besuchen in Edinburgh, Austausch von Höflichkeiten, die zugeknöpfte Misses Dimmock und der endlos gesprächige Monsieur Saint-Yves. Sie hatten sich nicht einmal mit Vornamen angesprochen. Wie viele Komplexe passten in eine Mom hinein, die das Wort »Depression« für sich ausschlachtete wie eine Regierung das Wort »Finanzkrise«?

Mit ihrem Dad hatte Gracie nur kurz vor der Trauerfeier telefoniert. Er konnte aus London nicht weg, drehte gerade einen Werbefilm für die Regierung – war aber »geistig« bei seiner Tochter und ihrem Verlust. Floskeln. Seit Jahren, Jahrzehnten, immer schon. Eigentlich hatte sie gar keinen Vater.

So lief das in ihrer Rumpffamilie: Jeder blieb für sich.

Wenn wenigstens die Leiche gefunden worden wäre. Doch die starke Strömung am Pentland Firth hatte Benoît in die Nordsee hinausgetragen. Die Bleigewichte im Taucheranzug verhinderten, dass der Körper an die Oberfläche stieg und von einem Fischtrawler oder einem anderen Schiff entdeckt wurde. Er verschwand einfach, nachdem die Sicherungsleine und die Versorgungsschläuche gerissen waren.

Statt eines Sarges oder einer Urne hatten die Kollegen später ein Foto aufgestellt, begleitet von einer Diashow, die an die Wand geworfen wurde. Eine Handvoll Bilder. Nichts, wovon Gracie Abschied nehmen konnte.

Sie musste nach vorn schauen. Überlegen, was sie nach der

Seeschlangen-Studie anfangen sollte, falls ScottishPower Renewables das Projekt nicht weiterverfolgte. Bewerbungen schreiben, alte Kontakte anzapfen, neue knüpfen. In Frankreich oder Spanien liefen vielversprechende Forschungsvorhaben, aber diese Länder hatten ihre eigenen, bestens ausgebildeten Experten. Und sie gehörten zur EU. Nach dem Brexit wäre es nicht so einfach, dort eine Anstellung zu finden. Neuerdings sollten sogar in China Strömungskraftwerke entstehen. China. Denen ging es bestimmt nur um den Technologietransfer und nicht ernsthaft um eine Energiewende. Ihre Kohlekraftwerke ließen die munter weiterrauchen, obwohl dort in letzter Zeit ein Umdenken einsetzte wegen des Smogs in den Großstädten. Die Geschichte lehrt dauernd, aber sie findet keine Schüler, hatte mal jemand gesagt.

Am liebsten würde sie gar nicht von Jura weggehen. Das Cottage zu ihrem Zuhause machen, Calum und Laoise hätten bestimmt nichts dagegen. Dann musste aus einer ersten Studie aber ein richtiges Projekt werden. Die Daten, die Gracie gesammelt hatte, sprachen dafür. ScottishPower Renewables musste mehrere Seeschlangen vor der Küste installieren und sie als technische Leiterin einsetzen. Der gewonnene Strom konnte Jura von äußerer Energieversorgung völlig unabhängig machen, vielleicht sprangen sogar Überschüsse für Islay heraus.

Gracie gefiel dieser Gedanke. Jede Lampe, die auf Jura brannte, jeder Kühlschrank, jeder Herd, jede Waschmaschine würde mit Seeschlangenstrom laufen. Jede ein- und auslaufende Welle lieferte ein paar Watt, die über die hydraulischen Pumpen des Systems nutzbar gemacht wurden. Die Kraft des Meeres, umweltschonend angezapft. Zum Wohle aller. Billiger als Strom vom Festland war es bestimmt auch noch. Und keine Windräder auf den Paps.

Das war keine Utopie, kein Monsterunternehmen wie MeyGen, sondern eine dezentrale, überschaubare Fast-Realität. Und es hätte den Vorteil, dass Gracie auf Jura Wurzeln schlagen konnte. Danach sehnte sie sich vielleicht am meisten.

Sie drosselte die Geschwindigkeit, Cruib Lodge kam in Sicht, unten am Ufer des Loch Tarbert. Daneben stand ein Geländewagen und … zwei Männer – was machten die da? Hampelten die herum? Offenbar war die Schutzhütte bewohnt. Seltsam, fand sie, um diese Jahreszeit verschlug es kaum einen Wanderer hierher. Vielleicht waren es Leute von der Mountain Bothies Association, die das Gebäude instand setzten? Aber es war erst vor Kurzem von Grund auf renoviert und wetterfest gemacht worden. Das wusste sie, weil sie schon mehrmals in der Hütte Unterschlupf gesucht hatte.

Gracie hielt an und stieg aus. Sie nahm ihr Fernglas vom Beifahrersitz und ging zum Rand des Abhangs. Dort legte sie sich auf den Bauch und spähte hinunter.

Sie hörte einen Schuss.

Was sie für Herumgealbere gehalten hatte, erwies sich als etwas ganz anderes. Offenbar erklärte der eine Mann seinem dicken Freund, wie man mit einer Pistole umging. Er gestikulierte und machte mit den Armen Bewegungen, als hielte er eine Waffe in der Hand. Auf einem nahe gelegenen Felsen hatten sie ein paar Coladosen aufgestellt, die als Ziele dienten. Der Dicke schoss erneut – und verfehlte. Dann nahm ihm der andere die Pistole ab und versuchte es selbst, mit deutlich mehr Erfolg.

Kaum zu fassen. Diese Kerle veranstalteten eine Schießübung. Jäger? Nein, die ballerten normalerweise nicht sinnlos in der Gegend herum. Vielleicht Amateure, die sich unbeobachtet wähnten? Doch was trieb sie im Februar nach Jura? Gracie begab sich zurück zum Argo und holte die Kamera samt Stativ heraus. Das musste sie aufnehmen. Möglicherweise kannte Calum die beiden, und alles war halb so schlimm. Falls nicht …

Sie brachte die Filmausrüstung in Position und schraubte am Objektiv, um die Eindringlinge aufs Bild zu bekommen. Drückte den Aufnahmeknopf.

»Guten Abend.«

Sie fuhr herum. Ein älterer Mann stand neben dem Argo, in Wanderkleidung, eine Hand lässig in der Hosentasche.

»Was –? Verdammt, haben Sie mich erschreckt!«

Er lächelte, nur ein wenig, als wollte er höflich bleiben, ohne wirklich in Stimmung dafür zu sein. Die Augen waren das Auffälligste an ihm. Gracie fühlte sich wie entlarvt unter seinem hellen, spröden Blick, der alles genau zu registrieren schien und sich an sie heftete, als habe sie etwas Verbotenes getan.

Der Wind des herannahenden Gewitters fuhr ihr kalt in die Glieder.

»Beobachten Sie Vögel?«, fragte er.

»Wie?«

»Wegen Ihrem Fernglas. Und der Kamera.«

»Ach so. Nein, die ist für … Ich bin Wissenschaftlerin. Ozeanologin. Ich erforsche Meeresströmungen.« Sie strich sich die Haare aus dem Gesicht. »Im Auftrag eines Energiekonzerns«, setzte sie hinzu, um ihren Worten mehr Gewicht zu verleihen. »Bin seit Monaten auf der ganzen Insel unterwegs, das ist mein Job. Und ich erstatte regelmäßig Bericht.« Letzteres stimmte zwar nicht, doch es hörte sich offiziell an, damit der Mann sie nicht für eine Naturliebhaberin hielt, die Jura nur aus Eigeninteresse durchstreifte.

»Momentan haben sie das Meer aber nicht im Visier«, sagte er. »Ich hab Schüsse gehört. Gehören Sie zu den beiden Meisterschützen da unten?«

»Das war sicher ein Versehen. Norman und Bobby können wahre Kindsköpfe sein, wenn man sie unbeaufsichtigt lässt.« Falsche Namen gingen Hynch leicht von den Lippen, davon hatte er stets eine Menge parat. »Mein Name ist Desmond Stokes«, sagte er und ging ein paar Schritte auf sie zu. »Wir sind auf einem Jagdausflug.« Sich gesittet vorzustellen, schaffte Vertrauen.

»Gracie Dimmock«, sagte sie widerstrebend. »Da haben Sie sich aber keine gute Jahreszeit ausgesucht.«

»Schonzeit, ich weiß. Wir sind auf keine großen Abschüsse aus, Rehe, Kaninchen, um in Übung zu bleiben. Eigentlich suchen wir nur ein paar Tage Ruhe und Abgeschiedenheit, mal raus aus dem Büro. Kennen Sie Calum McGlynn?«

Gracie hielt verdutzt inne. »Ihm gehört das Land, auf dem wir stehen. Haben Sie seine Erlaubnis, hier zu jagen?«

»Natürlich. Er hat uns sogar zu sich nach Hause eingeladen.«

»Davon weiß ich gar nichts.«

»Wir haben uns erst heute Morgen getroffen. Netter Kerl. Unkompliziert.«

Pause. Sie musterten sich gegenseitig, wussten nicht, was sie voneinander halten sollten. Übereifrige Forscherin und harmloser Jagdtourist – stimmte das? Inzwischen pfiff der Wind scharf über den Strandhafer, die struppigen Halme bogen sich, erste Tropfen fielen.

»Läuft die Kamera noch?«, fragte Hynch.

»Ich glaube, ich hab sie gar nicht eingeschaltet«, log Gracie und machte eine abwiegelnde Handbewegung. Zugleich wunderte sie sich, warum der Mann das so genau wissen wollte. Befürchtete er, dass sie seine Freunde bei der Polizei oder der Jagdaufsicht anzeigte wegen fahrlässigen Umgangs mit der Waffe oder dergleichen?

»Da blinkt aber ein roter Punkt«, sagte er. Seine Körperhaltung verriet weder Besorgnis noch Verlegenheit. Er wirkte völlig entspannt, wie ein Nachbar, der auf einen Plausch vorbeischaut. Beruflich kam ihm das sicher zugute. Sie stellte ihn sich als gleichmütigen, aber harten Verhandlungspartner vor. Vielleicht ein Anwalt, der für einen Versicherungskonzern arbeitete?

Irgendetwas an der Art, wie er redete, kam Gracie vertraut vor. Sie kannte diesen Akzent. Von Laoise. Von einem Kollegen bei MeyGen. Von schottischen Politikern, die sie im Fernsehen gesehen hatte. Das war unverwechselbar – Glasgow.

Gracie erstarrte. Glasgow, wo die Bandenmorde geschehen

waren. Die Täter waren noch nicht gefasst, hatten sich vermutlich abgesetzt. Wohin? Und seit wann ballerten Jäger mit Pistolen herum? Die benutzten doch nur Flinten und Gewehre.

Hynch hatte im Lauf der Jahrzehnte viel über das Verhalten der Menschen gelernt. Er spürte, wenn jemand die Unwahrheit sagte. Er sah die Unsicherheit, die einer Lüge folgte, und die Angst, dabei ertappt zu werden. Und die noch größere Angst dahinter: dass es plötzlich um Leben und Tod gehen konnte.

Gracie erfüllte alle Kriterien. Und sie hatte Verdacht geschöpft. Er durfte sie nicht laufen lassen.

Schade. Die Frau war ihm sympathisch. Hochgewachsen, sportlich, der Teint leicht karibisch. Es gefiel ihm, wie sie sich bewegte, zielstrebig, ökonomisch. Anscheinend war sie wirklich eine Feldforscherin, die sich viel im Freien aufhielt und häufig auf sich selbst gestellt war. Ihr Verhalten passte dazu: gesundes Selbstbewusstsein, Beharrlichkeit, auch Unerschrockenheit. Doch irgendetwas stimmte nicht. Ein Schleier lag ihr auf der Seele, hüllte sie ein wie ein lose gewordener Verband. Hynch kannte das von Soldaten, die einen Fehler gemacht hatten, den sie sich nicht verzeihen konnten. Die aus Versehen Kameraden unter Beschuss genommen hatten, Friendly Fire. Gracie war von etwas erschüttert worden, das ihr erst kürzlich widerfahren war und woran sie sich die Schuld zuschrieb. Möglicherweise ein Todesfall. Sowohl die moralische wie die natürliche Schönheit wird mehr gefühlt als begriffen, hieß es bei Hume. Verstand brachte einen in solchen Fragen nicht weiter. Nur Gefühl.

Er ging zur Kamera und schaltete sie aus.

»Hey, was soll das?« Gracie protestierte nur schwach.

Er zog seine Pistole hinten aus dem Gürtel. Ein kurzer Blick zur Schutzhütte: Rick und Winslow bemerkten noch gar nicht, was sich hier oben abspielte.

Er lud durch. »Tut mir leid«, fing er an und verfluchte sogleich die dürre Floskel. Es tat ihm wirklich leid. So leid wie lange nicht mehr. Es widersprach seinen Prinzipien, Unschuldige nach Möglichkeit zu verschonen. Und er würde nie erfahren, was genau in Gracie vorging und einen Teil von ihr in Dunkelheit hüllte. Eine andere, tiefere Dunkelheit würde sie in sich aufnehmen ohne Aussicht auf Wiederkehr, ein Land, das er bestens zu kennen meinte, ohne es je betreten zu haben, das ihm so vertraut erschien, als würde er dort täglich ein und aus gehen. Er befand sich gleichsam auf der Schwelle dorthin.

Etwas traf ihn an der Schläfe. Er kam ins Taumeln.

Das Fernglas. Sie hatte es die ganze Zeit umgehängt gehabt und in ihrer Verzweiflung nach ihm geworfen.

Hynch brauchte einen Moment, um wieder zu sich zu kommen. Verzweiflung war gut, gestand er Gracie zu, ein starker Antrieb, machte die Dinge einfacher, direkter.

Sie saß schon hinter dem Steuer des Argo, panisch, gab zu viel Gas. Die Reifen drehten durch und fraßen sich im weichen Untergrund fest.

Er hob die Pistole, sah aber nur verschwommen. Ihn schwindelte.

Dann brach das Gewitter los, von einem Augenblick auf den anderen, eine Naturgewalt. Schwer klatschte ihm der Regen ins Gesicht. Mit vorgehaltener Waffe bestieg er den Argo. Gracie war auf der anderen Seite schon herausgesprungen und stolperte den Weg zurück, den sie gekommen war. Es ging bergab, in eine Senke. Hynch folgte ihr.

Es war ein ausgewachsener Wolkenbruch. Wassermassen ergossen sich über den Jäger und sein Opfer und trafen sie mit der Wucht von Schlagstöcken. Sie glitten aus, rappelten sich wieder hoch, zunehmend bedeckt von schwärzlichem Moor, das der Regen gleich wieder wegwusch. Gracie sprang über einen kleinen Bach. Oberhalb, auf einem Felsvorsprung hielt Hynch inne. Er legte an, um ihr in den Rücken zu schießen, zielte auf den Punkt zwischen den Schulterblättern. Ins Mark und von hinten durch den Brustkorb. Sichere Sache. Bei sicherem Stand.

Plötzlich verlor er den Halt. Er drehte sich um die eigene Achse und fiel, überschlug sich, prallte gegen … einen Stein?

Wasser in der Nase, er bekam keine Luft mehr. War irgendwie eingeklemmt zwischen den Felsen. Er kam nicht mehr hoch.

Nur Wasser. Unter Wasser. Torfig, das konnte er schmecken.

Hynch versuchte zu atmen.

Fehler.

20

Schwärze.

Eine Berührung. An seinem Mund. Lippen, die sich lösten? Dann etwas *in* seinem Mund. Der Geschmack nach Pulver und Metall. Die Mündung einer Pistole.

Nicht, dass man ihm jemals eine zwischen die Zähne gesteckt hätte. Das war ihm schon selbst eingefallen, in den finsteren Stunden nach Mitternacht, die er manchmal durchmaß.

»Hoch! Auf die Beine mit Ihnen!«

Der Stimme nach musste das Gracie sein.

»Sind Sie okay?«

Er nickte und hielt die Augen noch für ein paar Sekunden geschlossen, wie er es gern tat in seinem Appartement in Paisley nach einem Auftrag. Dann saß er da, allein ohne Licht, und horchte in sich hinein. Stets hoffte er, einen Widerhall zu vernehmen, irgendetwas, das als Hinweis auf das gelten mochte, was man als Ich oder Bewusstsein bezeichnet, als fühlenden Kern einer Existenz. Doch da war nichts, nichts Hörbares zumindest, nur der Klang einer leeren Hülle. Luft strömte hinein und hinaus, mit jedem Atemzug. Es klang hohl und manchmal wie aus weiter Entfernung.

Eine Ohrfeige. Auch, um wach zu werden.

»Na los! Wir müssen hier weg!« Gracie richtete die Pistole auf sein Gesicht. Sie war völlig durchnässt. Ihre Regenjacke klebte an ihr wie eine zweite Haut.

Er lag neben dem Bach, in den er wohl gestürzt war. Sie musste ihn rausgezogen haben. Langsam bekam er's wieder zusammen. War er ausgerutscht? Wie hatte das passieren können?

Mühsam richtete er sich auf. Seine Hände waren hinter dem Rücken gefesselt, mit dem Trageriemen des Fernglases. Sie hielt Abstand, um ihm nicht zu nahe zu kommen.

»Wir gehen jetzt ganz langsam zum Argo«, sagte sie mit brüchiger Stimme. Sie zitterte am ganzen Leib. »Zu dem Amphibienfahrzeug. Sie steigen auf den Beifahrersitz. Verstanden?«

Sie hatte ihm das Leben gerettet.

Obwohl er ihres bedroht hatte.

War das Mund-zu-Mund-Beatmung gewesen? Wie lange funktionierte das Gehirn ohne Sauerstoff, bevor es irreparablen Schaden nahm? Ein paar Minuten. Vier? Fünf? Man musste sich beeilen. Wenig Zeit, sich zu überwinden, jemanden vor dem Tod zu bewahren, der einen kurz zuvor noch erschießen wollte.

»Verstanden«, antwortete Hynch. »Passen Sie auf, die Waffe ist entsichert.«

»Das will ich auch hoffen!«

Er setzte sich in Bewegung. Auf wackligen Beinen stapfte er zum Argo zurück, vollauf damit beschäftigt, das Gleichgewicht zu halten.

Schießen würde sie nicht, vermutete er, höchstens aus Nervosität oder wenn er es provozierte. Doch an Widerstand oder Flucht war in seinem derzeitigen Zustand nicht zu denken. Erst musste er wieder einen klaren Kopf kriegen. In solchen Situationen hieß es, sich kooperativ zu zeigen und auf eine günstige Gelegenheit zu warten.

An Gracies Stelle würde er alles versuchen, ihn von seinen Freunden zu trennen. Genau das schien sie auch vorzuhaben. Er rechnete ohnehin nicht mit Hilfe von Rick und Winslow. Die beiden hatten sich bestimmt in der Hütte verkrochen und nahmen an, dass Hynch in dem Sturm alleine zurechtkam und bald wieder auftauchen würde. Also schob er sich umständlich auf den Sitz des Argo.

Gracie brachte ein Verdeck an, das nur wenig Schutz vor dem Regen gewährte. Die Seiten des Gefährts waren offen. Auf der Ladefläche lagen ein Rucksack und das Stativ der Filmausrüstung.

»Keine falsche Bewegung!« Sie steckte die Pistole griffbereit zwischen ihren rechten Oberschenkel und den Fahrersitz. »Achtung! Kann ein bisschen rau werden.« Ruckartig fuhr sie los. Der Argo machte einen Satz und sprang förmlich aus den Kuhlen, die von den Reifen in den Untergrund gefräst worden waren. Sie wusste mit dem Ding umzugehen.

Hynch staunte, wie leicht sie den Bach überquerten und die gegenüberliegende Böschung erklommen. Das Gelände um den Wasserlauf war sumpfig, dort wäre der Rover sofort eingesunken. Doch für die knubbeligen Räder des Argo war das kein Problem. Sie kamen rasch voran. Gracie bugsierte das Vehikel wie einen Golfcart durch die Wildnis. Nach etwa fünf Minuten hielt sie an und überprüfte Hynchs Fesseln.

»Keine Angst, ich lauf nicht weg.«

Sie kramte in einer Alukiste, die fest auf der Ladefläche installiert war, fand mehrere Kabelbinder und laschte ihn damit am Beifahrersitz fest.

»Ist das wirklich nötig? Und wenn wir mit dieser Karre umfallen?«

»Wäre dann Pech für Sie.«

»Sie haben leicht reden.«

»Halten Sie die Klappe. Wir fallen nicht um.«

Es stimmte. Gracie steuerte sie viel schneller durch die zerklüftete, von Mooren durchsetzte Landschaft, als Winslow das hingekriegt hätte. Sie nahm keine Rücksicht darauf, dass Hynch heftig durchgerüttelt wurde und die Unebenheiten nicht so ausgleichen konnte wie sie. An ein Gespräch war nicht zu denken.

Nach einer Ewigkeit erreichten sie eine Straße. Es hatte sich eingeregnet. In Schottland hieß das: Wasser von allen Seiten.

Gracie hielt in der Nähe des Standing Stone, den Hynch und die anderen am Vormittag passiert hatten. Auf der östlichen Seite Juras gab es wieder Handyempfang. Doch sie machte keinerlei Anstalten, die Polizei zu rufen. Langsam wurde es dunkel.

»Wohin bringen Sie mich?«

»Ins Trockene.« Zum ersten Mal seit ihrem Aufbruch drehte

sie sich zu ihm und sprach ihn direkt an. »Wollen Sie mich immer noch umbringen?«

»Das war nur ein Reflex«, beeilte er sich zu versichern. »Alte Angewohnheit von den Marines. Ich war Soldat. Tut mir wirklich sehr leid, das hier ist alles ein furchtbares Missverständnis. Ich würde nie –«

»Sie sind einer der Killer von Glasgow. Und Sie reden nur, wenn ich es erlaube, kapiert?«

»Aber –«

»Jetzt schweigen Sie.«

Sie fuhr an einem Gutshaus vorbei, zu dem eine Reihe von Stallungen gehörte. Im Erdgeschoss brannte Licht. Konnte das Gehöft von diesem McGlynn sein.

Kurz darauf gelangten sie zu einem Cottage, etwas abseits von der Straße. Gracie stellte den Argo neben einem Suzuki-Geländewagen ab – so, dass er ein wenig verdeckt war, wenn man von der Straße herübersah – und ging ins Haus. Anscheinend wollte sie noch Vorbereitungen treffen.

Hynch harrte aus, der Regen wurde wieder stärker. Inzwischen fühlte er sich deutlich besser und dachte an das Stiefelmesser, das er schon in Inveraray an den Unterschenkel geschnallt hatte.

Sie kam mit einer Zange zurück. »Ich mache Sie jetzt vom Sitz los.«

»Nur zu. Kann's kaum erwarten.«

»Was hab ich vorhin gesagt?«

»Bin ja schon still.«

Mit der Zange durchtrennte sie die Kabelbinder. Dann half sie ihm vom Argo herunter. Seine Hände waren nach wie vor hinter dem Rücken gefesselt.

Gracie dirigierte ihn zum Cottage. Im Inneren ließ sie ihn auf einem Stuhl neben dem offenen Kamin Platz nehmen und wiederholte die Prozedur, gründlicher als zuvor. Diesmal machte sie auch seine Beine fest, indem sie Kabelbinder um Hynchs Knöchel und die Stuhlbeine schlang. Als sie fertig war, konnte er sich kaum rühren. Sie schloss die Haustür und packte an der Küchentheke ihren Rucksack aus. Ein Notebook in einer wasserdichten Schutztasche, auf das sie besonders achtgab, ihr Handy, das Fernglas, die Kamera. Nachdem sie ihre Jacke und die Trekkingstiefel ausgezogen hatte, ging sie ins Badezimmer.

Ein paar Minuten später hörte er die Dusche. Hynch sah sich um. Ozeanologin stimmte wirklich. An der Wand hingen allerlei Diagramme, Tabellen und technische Zeichnungen, Fachliteratur lag herum. »Renewable Energy – World's Future«, »Energy from the Sea«. Die Frau war Wissenschaftlerin mit Leib und Seele. Na ja, wer fuhr schon zum Vergnügen im Februar auf Jura herum?

Und wer machte so einen Job am Ende der Welt?

Ein hoffnungsloser Freak, der nur sein Fachgebiet kannte und sonst nichts. Oder jemand, dem die Welt gleichgültig geworden war. Der vielleicht etwas getan hatte, wofür er sich hasste, fortwährend, jeden Tag und jede Stunde, etwas Irreversibles, das einen von Grund auf veränderte und zu einem anderen Menschen machte, zu jemandem, der sich in Gesellschaft unwohl fühlte.

Da hatten sie schon mal eine Gemeinsamkeit.

Und daran änderten auch die Familienfotos auf dem Kaminsims nichts, da war er sich sicher. Gracie hatte vor irgendetwas den Rückzug angetreten. Dieser Typ, mit dem sie posierte, als wären sie verheiratet. Von ihm gab es auffällig viele Bilder. Zu viele. War er noch aktuell? Oder schon über alle Berge?

Im Auftrag von Black Eyed Bruce hatte Hynch so manchem korrupten, unzuverlässig gewordenen Lokalpolitiker oder einem Kredithai, der übers Ziel hinausgeschossen und dem Falschen auf die Füße getreten war, einen Besuch abgestattet. Nicht, um den Kerlen das Licht auszublasen – die Drohung in Form seiner Anwesenheit reichte für gewöhnlich aus. Und immer war es das Gleiche gewesen: Je mehr Fotos auf Sideboards oder nie bespielten Flügeln herumstanden, desto weniger reale Kontakte pflegten die Fotoaufsteller. Die Bilder waren nur Staffage. Oder Zeichen dafür, dass soziale Bindungen brüchig geworden waren und eventuell gar nicht mehr existierten.

Hynch besaß keinen Kaminsims, doch mit Fotos konnte auch er dienen, sorgsam fabrizierten Erinnerungsimitationen von Eltern, die er nie hatte – sein Chief Petty Officer in Arbroath und dessen Frau –, von alten Freunden, die ausnahmslos tot oder im Gefängnis waren, und von Pubbekanntschaften, verzweifelten Mittvierzigerinnen, die es nie länger mit ihm aushielten als ein paar alkoholisierte Nächte, die einzigen Gelegenheiten, zu denen er trank oder zumindest so tat. In den letzten Jahren waren ein paar passable Eroberungen dabei gewesen, eine Krankenschwester, eine Steuerfachgehilfin, sogar eine Anwältin, die hatte Gin in sich reingeschüttet, als gäbe es kein Morgen. Ihre Namen hatte er sofort wieder vergessen, das war den Frauen vermutlich genauso recht gewesen wie ihm selbst. In den Bilderrahmen auf den Regalbrettern neben seinen Büchern machten sich ihre Gesichter aber ganz gut. Sie sahen aus wie jüngere Schwestern oder Cousinen, die im Ausland lebten. Eine pflegeleichte Familie.

Diejenige, die ihm wirklich etwas bedeutet hatte und schon lange tot war, stand da nicht. Er hatte alle Fotos verbrannt, kurz nachdem er aus seinem ersten Krieg zurückgekehrt war. Seinem einzigen Krieg, wenn man es genau nahm. Danach hatte er nur noch Einsätze oder Jobs gehabt, in Krisengebieten.

Gracie verließ das Badezimmer, ein großes Handtuch um den Körper gewickelt. Sie sah umwerfend aus mit ihren nassen, anliegenden Haaren. Ein Schimmer lag auf ihrer Haut, anscheinend hatte sie Body Lotion aufgetragen. Er bekam den Eindruck, dass sie es ein bisschen genoss, vor ihm herumzustolzieren und seine Ohnmacht zu spüren.

Er schloss die Augen. Eine Tochter zu haben, das wäre was gewesen – in erster Linie wohl ein schlechter Witz, wie er sich eingestehen musste. Er wusste gar nicht mehr, wie die Mädchen heute so tickten. Von jüngeren Frauen ließ er im Pub lieber die Finger. Sie waren vorlaut, fragten ihn aus. Er hatte immer Angst, dass er sich dabei verriet und sie eine Ahnung bekamen, wer er wirklich war.

Sie schaltete den Wasserkocher neben der Spüle ein. Dann ging sie in einen Nebenraum, offenbar ihr Schlafzimmer.

Wieder warten. Sie kam in einem weiten Jogginganzug zurück, an den Füßen dicke Socken. »University of Liverpool« stand auf dem Hoodie, außerdem war das Wappen abgebildet, drei Vögel, die aussahen wie Pelikane, und ein Buch, auf dessen aufgeschlagenen Seiten der Schriftzug »Fiat Lux« zu erkennen war.

»Was bedeutet das?«, fragte Hynch. »Fiat Lux?«

»Es werde Licht.« Ein spöttisches Lachen. »Aber für mich ist es nur ein Spruch. Hab mich so durchgeboxt an der Uni.«

»Bedeutet Ihre Antwort, dass ich wieder sprechen darf?«

»Solange es mir nicht zu viel wird. Ihnen sollte aber klar sein, dass ich hier die Fragen stelle. Ihre Small-Talk-Versuche machen mich nicht weich. Sie bleiben schön, wo Sie sind.«

»Kunststück. Und wenn ich mal auf Toilette muss?«

Gracie stutzte. An das Einfachste hatte sie nicht gedacht. »Dann finden wir schon einen Weg. Wasserkaraffe?« Sie lachte, um ihre Unsicherheit zu überspielen. »Besser, Sie verkneifen es sich einfach.«

Hynch zuckte mit den Schultern. Mit Geiselnahmen hatte sie garantiert keine Erfahrung. Er schon. »Ein Glück, dass ich mich rundum wohlfühle.« Es war noch nicht an der Zeit, Druck auf sie auszuüben.

21

Winslow spähte durchs Fenster der Schutzhütte nach draußen. Dieser Regen machte ihn fertig. In der Stadt spielte das Wetter keine Rolle. Er bekam dort kaum mit, ob es stürmte oder die Sonne schien. Wenn er trotzdem seine leicht schäbige, aber ganz passable Souterrainwohnung mit der Playstation und seiner kleinen Whiskysammlung verließ, wusste er, dass er bald wieder im Trockenen war, auf den Himmel achtete er kaum. Aber hier? Was da im Freien abging, gab Material für einen Katastrophenfilm in 3D ab. Moses' schlimmster Albtraum. Oder Noahs?

Wo, zum Teufel, blieb Hynch?

Rick tat so, als wäre ihm der Wolkenbruch gleichgültig. Beim Schießen hatte er sich wieder als echtes Arschloch gezeigt. Diese Deutschen! Der Brexit ging Winslows Ansicht nach völlig in Ordnung, am liebsten wäre ihm auch noch die schottische Unabhängigkeit von Westminster. Er fand, dass sein Land allein am besten klarkam. Ohne Europa, wo die Krauts den Ton angaben, und natürlich ohne die Engländer, schwer zu sagen, wer die größeren Nervensägen waren. Take back control, das traf auf vieles zu.

Leider auch auf Winslows Leben. Inzwischen neigte er zu der Annahme, dass er sich schön in die Scheiße geritten hatte. Hynch und Rick standen auf Mallards Todesliste, sie hatten den Job versaut. Und wer kutschierte dieses Loserduo durch die Gegend? Winslow, der größte Loser von allen. Wenn er eine Superheldenfähigkeit besaß, dann die, sich mit den falschen Leuten einzulassen. Dafür hatte er einen Riecher. Schon seit seiner Geburt.

In der Hütte gab es kein Feuerholz. Es war so kalt wie die Titten der Nutte, bei der er vorige Woche gewesen war, um Dampf abzulassen. War dann nicht ganz so gelaufen, wie er sich das vorgestellt hatte. Deprimierender.

Er hatte schon wieder Hunger. Kein Handyempfang. Winslow, der Verdammte.

Na ja, gegen den Hunger half eine Minisalami aus ihrem Vorrat. Er hatte mehrere in der Hosentasche, einzeln verpackt.

Nach zwei Stunden warf Rick eine Pille ein, um in Fahrt zu kommen. Er dachte immer, die anderen würden das nicht merken, aber das dachten Junkies immer, auch Edeljunkies.

»Komm, machen wir uns auf die Suche. Ich glaube, der Regen lässt nach.«

»Hynch hat sich vor dem Wetter irgendwo in Sicherheit gebracht«, sagte Winslow.

»Wo denn, Mister Brain?«

»Unter einem Felsvorsprung oder Überhang, der kann auf sich selbst aufpassen.«

»Hier gibt's nichts dergleichen. Vielleicht ist ihm was passiert. Umgeknickt, gebrochenes Bein. Weit kann er jedenfalls nicht gekommen sein.«

Also durchstreiften sie bei strömendem Regen die Umgebung. Wenigstens blieben sie zusammen und trennten sich nicht, denn Winslow verlor schon bald die Orientierung. Immer wieder versank er knietief im Morast, Wasser lief in seine Stiefel. Seine durchweichten Füße fühlten sich an wie feuchtes Brot, das sich nach und nach auflöste.

Sie stießen auf Reifenspuren. »Amphibienfahrzeug«, meinte Rick, der von Uranpatronen bis zum Panzer alles vertickte, was eine ordentliche Gewinnspanne versprach. »Manchmal stehen solche Kisten herrenlos in der Landschaft herum, auf den Inseln wird eh nichts geklaut. Hynch hat es sich vielleicht unter den Nagel gerissen.«

»Und warum ist er damit nicht zurück zur Hütte gefahren? Wäre doch nur ein Katzensprung.«

»Keine Ahnung.«

»Und was machen wir jetzt?«, fragte Winslow.

»Wir nehmen den Rover und folgen dieser Spur. Mehr haben wir ja nicht.«

»Das wird heftig, bei dem matschigen Boden.«

»Schaffst du das? Es wird langsam dunkel.«

»Werden wir schon sehen, oder?« Winslow zuckte mit den Schultern. Alles war besser, als eine Nacht allein mit Rick in Cruib Lodge zu verbringen. Schlimm genug, dass der Typ ein schleimiger Schönling war mit seiner Hundert-Pfund-Frisur und dem durchtrainierten Körper. Aber diese dauernde Besserwisserei brachte Winslow schier um den Verstand.

Rick legte die beiden Pistolen, die er nach dem Schießen gesäubert und nachgeladen hatte, in den Kasten zwischen Fahrer- und Beifahrersitz. Dann fuhren sie los.

Die Dämmerung kam schnell. Glücklicherweise schien das Amphibienfahrzeug die gleiche Route zurück zur Straße genommen zu haben, die sie auf dem Hinweg benutzt hatten. Laut Landkarte gab es auch keine andere, und in dieser Gegend querfeldein zu fahren, wäre selbst für ein geländegängigeres Vehikel als den Rover eine Herausforderung. Winslow schlug sich erneut ganz gut. Inzwischen hatte er den Bogen trotz der schlechter werdenden Sichtverhältnisse raus. An ein paar haarigen Stellen musste Rick aussteigen und den Wagen im Scheinwerferlicht über den tückischen Untergrund lotsen. Das dauerte länger als bei Tag, aber sie kamen unbeschadet durch. Die Kupplung machte keine Mucken.

Winslow pflügte durch den Schlamm. Er kam sich wie ein Schwein vor, das sich mit dem Rüssel durch Berge von Scheiße wühlte. Auf ihrer Farm hatten sie einst Schweine gehalten. Die waren das Einzige, was unter den Händen seines Dads einigermaßen gedieh. Hin und wieder hatte Winslow ihnen ein Festmahl aus Küchenabfällen gekocht, in einem beheizbaren Bottich, der noch aus Vorkriegszeiten stammte. Mit Wonne hatte er beobachtet, wie die Viecher darüber herfielen und einander

Konkurrenz machten. Sie waren schlau und gemein, allesamt, bissen um sich mit ihren scharfen Zähnen und ernährten sich normalerweise von Ratten, Würmern und Nacktschnecken, wenn sie nicht Fischmehl gefüttert bekamen, das war am billigsten. Trotzdem mochte Winslow Schweine. Sie machten das Beste aus ihrer Situation. Und sie waren ihm gegenüber zutraulich. Bis sein Dad mit einem großen Vorschlaghammer kam und dem jeweils fettesten von ihnen den Garaus machte.

Rick mochte bestimmt keine Schweine. Und Hynch? Der mochte niemanden, auch wenn er sich am Morgen überraschend väterlich gezeigt hatte. Winslow wusste das zu schätzen, doch er hatte schon zu viele Enttäuschungen erlebt, um solch halbherzigen Anbiederungsversuchen auf den Leim zu gehen.

Und wieder rein in eine Senke, deren Beschaffenheit gerade so zu erahnen war. Winslow stellte sich vor, ein Keiler zu sein, ein Monsterschwein. Oder der starke, unverwüstliche Zuchteber, der bis zum Ende vor dem Schlachthof verschont blieb.

Rick hielt sich krampfhaft am Türgriff und am Sitz fest, damit er nicht herumhüpfte wie ein Pingpongball. »Du hast richtig Spaß, wie?«

»Geht so«, schwindelte Winslow.

Wiederholt überlegten sie, was Hynch zugestoßen sein mochte. Anscheinend hatte er jemanden getroffen, aber wen, hier draußen in der Einöde? Einen Farmer wie diesen McGlynn? Einen Fischer? Vielleicht war Hynch verletzt und wurde von seinem Schutzengel gerade zurück in die Zivilisation gebracht.

»Eins kann ich dir schon jetzt sagen, Rick. Auf diese Insel zu fliehen, noch dazu in den hinterletzten Winkel, war die bescheuertste Idee, die du je hattest. Das konnte ja nur schiefgehen. Wenn wir Hynch finden, wirst du dir einiges anhören müssen.«

Rick überging die Vorwürfe. »In letzter Zeit kommt er mir etwas seltsam vor.«

»Hynch? Was soll mit ihm sein?«

»Einerseits wirkt er erschöpft, ausgebrannt, als hätte bei ihm jemand den Stecker gezogen. Der Tod von Black Eyed Bruce nimmt ihn ganz schön mit.«

»Wirklich?«

»Er zeigt das nicht offen, aber ich kenne ihn. Er denkt, jetzt geht etwas ein für allemal zu Ende. Und ein bisschen wundert er sich, dass er immer noch da ist, während die Big Shots um ihn herum die Grätsche machen.«

»Wir haben Glück, davongekommen zu sein. Das war nicht selbstverständlich.«

»Es war eine Demütigung. So sieht er das. Er fühlt sich vorgeführt. Aber schlimmer ist, dass er nicht weiß, was er als Nächstes tun soll. Er hofft, Crawford würde irgendwas rauskriegen. Da kannst du gleich bei der Serviceline der Police Scotland anrufen und dich nach den korruptesten Mitarbeitern erkundigen. ›Nett, dass Sie fragen‹, wird es dann heißen, ›wir senden Ihnen gern ein aktuelles Ranking der Bestechungsgelder und ihrer Empfänger.‹ Nee, Crawford ist eine Sackgasse. So habe ich Hynch noch nie erlebt. Er reagiert nur noch.«

»Ist halt eine schwierige Situation.«

»Für jemanden wie dich vielleicht«, sagte Rick abfällig. »Aber wir reden hier von Hynch. Der wartet normalerweise nicht darauf, bis die Gegenseite was ausbrütet. Der zieht los, und dann gibt es Tote. Nicht zu knapp, das kann ich dir versichern, und es trifft selten die Falschen.« Rick seufzte. »Und jetzt? Er zögert, während aus Glasgow eine Hiobsbotschaft nach der anderen eintrifft. Wenn er mich nur machen ließe! Ein Anruf, dann käme Mallard ins Schwitzen und nicht wir.«

»Und?«, fragte Winslow. »Ist dir noch etwas an Hynch aufgefallen?«

»Ja, und das finde ich sogar beunruhigender. Als wir uns über Mallards Kontakte unterhalten haben, über hochrangige Polizeioffiziere, die Führungsebene, da hab ich was rausgehört, was ich an ihm bisher überhaupt nicht kannte. Ich glaube, es gibt jemanden, den Hynch mit einer alten Geschichte verbindet, etwas von ganz früher, über das er nie geredet hat, zumindest nicht mit mir. Das Desaster in Glasgow hat diese Wunde wieder aufgerissen, verstehst du? Hynch sieht sich gezwungen, zu seinen Anfängen zurückzukehren, und das bringt ihn völlig durcheinander.«

»So ähnlich wie ein Hund, der dich mal gebissen hat und dem du nach Jahren wieder über den Weg läufst?«

»Genau. Aber es ist mehr, was Tiefgreifendes. Für einen Moment verlor Hynch heute Morgen die Beherrschung, er wurde ausfällig.«

»Passt gar nicht zu ihm.«

»Rachegedanken sind sonderbar, Winslow. Manchmal gelingt es uns, sie für lange Zeit zu unterdrücken, wegzuschließen, zum Schutz vor uns selbst, damit wir normal weiterleben können, ohne uns dauernd auszumalen, wie es wäre, Vergeltung zu üben. Und dann, angetriggert durch ein bestimmtes Ereignis oder auch nur durch ein winziges Detail, ist plötzlich alles wieder da, die Wut in den Augen, die geballten Fäuste, tausendmal durchgespielte Pläne und Abläufe, das Adrenalin, das dich puscht, über die Grenzen der Vernunft hinaus. Im Grunde sind wir alle Schläfer. Es kommt nur darauf an, ob jemand den richtigen Knopf drückt.«

»Vielleicht passiert das ja noch«, meinte Winslow.

»Was?«

»Dass Hynch anfängt, die Probleme aus seiner Vergangenheit mit der Waffe zu regeln. Dann sollten wir ihm nicht ihm Weg stehen, oder? Wäre dann … seine Sache.«

Rick nickte. Rache passte nicht in sein Geschäftsmodell, höchstens zu Demonstrationszwecken. Ein paar Sekunden herrschte Schweigen, man hörte nur noch das Motorengeräusch. Ein alter Rover lief und lief, solange ihm sich kein unüberwindbares Hindernis entgegenstellte. Unverwüstlich.

»Vielleicht lässt sich alles ein wenig beschleunigen.«

22

Das Tageslicht draußen schwand. Als der Tee fertig war, nahm Gracie einen großen Schluck. Dann schenkte sie eine Tasse für ihn ein, gab Milch hinzu und näherte sich dem Stuhl von hinten. »Hier. Zum Aufwärmen.«

»Wollen Sie mir das jetzt einflößen?«, fragte Hynch.

»Warum nicht? Ich kümmere mich um meine Gäste. Weil ich kein gewissenloser Mörder bin, der durch die Gegend zieht, Leute umbringt und sich nach Jura absetzt, um dort unschuldigen Frauen aufzulauern, die ihm gefährlich werden könnten.«

Der Versuch, eine vertraute Situation herzustellen, verbunden mit einer naheliegenden Anklage. Offenbar hatte Gracie von dem Massaker in Glasgow erfahren und entsprechende Schlüsse gezogen. Wie viele Informationen waren von der Polizei oder den Politikern inzwischen öffentlich lanciert worden? War er schon zur Fahndung ausgeschrieben? Für ein Verbrechen, das er gar nicht begangen hatte?

Hynch nickte. »Tee wäre wundervoll.« Ein Schritt in ihre Komfortzone.

Sie hielt ihm die Tasse an den Mund. Er nippte an der heißen Plörre. Das Zeug hätte Tote in hyperaktive Zombies verwandelt, stark und bitter. »Das tut gut.« Er hasste Tee.

Gracie ließ ihn noch ein paarmal trinken. Dann war ihrem Helfersyndrom offenbar Genüge getan. »Sie haben eine hübsche Beule, wo ich Sie mit dem Fernglas getroffen habe. Geschieht Ihnen recht.« Sie schob ihren Lesesessel etwas näher heran und setzte sich Hynch gegenüber, in einer Entfernung von gut drei Metern. Falls ihm einfiele, samt seinem Stuhl nach vorn zu kippen und sich irgendwie auf sie zu werfen, käme er nicht an sie heran. Die Pistole legte sie auf ein Beistelltischchen neben sich, der Lauf zeigte in seine Richtung.

»Kommt jetzt der harte Teil? Das Verhör? Sie hätten allen Grund dazu.« Er ging in die Offensive, genau zu dem Zeitpunkt, als sie sich ihre Fragen zurechtgelegt hatte und loslegen wollte. Mal sehen, wie sie mit der etwas gestrafften Wahrheit zurechtkam. »Ja, ich werde gesucht – wegen mehrfachen Mordes, wie es heißt. Angeblich bin ich ein Auftragskiller. Und ja, ich habe Sie im Zuge einer Überreaktion bedroht. Und bestimmt werden Sie kein Wort glauben von dem, was ich Ihnen jetzt sage. Aber, nein, definitiv nein, ich habe Brewster Wright, auch bekannt als Black Eyed Bruce, nicht erschossen. Ich kannte ihn gut – nun ja, wer in der Branche kannte ihn nicht? Nichts läge mir ferner, als die Waffe auf ihn zu richten. Ich habe gestern in Glasgow *niemanden* erschossen. Leider sehen das die offiziellen Organe nicht so, offizielle Organe, die mit dem wahren Drahtzieher unter einer Decke stecken, wie ich leider annehmen muss. Und deshalb bin ich jetzt auf Jura. Weil ich keinen Ort habe, wo ich sonst hinkann.«

Er hatte ruhig und überzeugend geklungen, wie er es in brenzligen Situationen meistens tat. Nur weil er Leute umbrachte, musste er noch lange nicht den ruppigen Umgangston eines Asozialen anschlagen. Früher hatte auch er viel geflucht, bevor er Hume für sich entdeckt hatte. Inzwischen war die Öffentlichkeit voll von schmutziger, ausfallender Sprache, vor allem das Internet. Die Leute ahmten Gangsterslang aus Filmen nach, vor allem Spießer, die ein Getto noch nie von innen gesehen hatten und die das bisschen Bildung, das ihnen geblieben war, gedankenlos über Bord warfen. Das missfiel ihm zunehmend. Und Gracie würde so ein verbales Dominanzgebaren nur verstören.

»Eine interessante Geschichte«, sagte sie langsam.

»Keine Geschichte. Die Männer, die vor der Schutzhütte ihre Waffen ausprobiert haben, das sind Norman und Bobby, meine Gehilfen.« Er streute noch ein wenig Zucker über die Wahrheit, das war viel besser als eine komplette Erfindung. »Wir sind im privaten Sicherheitsdienst tätig und sollten eigentlich dafür sorgen, dass Mister Wright nichts passiert. Aber das ist uns nicht gelungen. Also haben uns die bösen Jungs zu Sündenböcken erklärt.«

»Wie heißen Sie noch mal?«

»Desmond. Desmond Stokes.«

»*Jetzt* lügen Sie ganz bestimmt.« Gracie lächelte wissend. »So was merke ich.«

»Ich wünschte, ich könnte Ihnen beweisen, dass ich –«

»Wissen Sie, was mich an Ihrem Märchen zweifeln lässt?

»Das ist kein Märchen, sondern die Realität.«

»Sie sind ein alter Knacker, *Desmond.* Niemand würde Sie für einen Auftragskiller halten. Vielleicht für einen Vertreter kurz vor dem Ruhestand, einen Manager oder Unternehmensberater, weil Sie sich so gut ausdrücken. Wenn Sie nicht so schnell mit der Waffe bei der Hand wären … Privater Sicherheitsdienst? Würde ein bisschen was erklären, aber noch lange nicht alles. Haben Sie einen Ausweis?«

»Sicher. In meiner Brusttasche.«

Sie schaute zweifelnd. Dann zuckte sie mit dem Schultern. »Gut, sehen wir nach.«

Wieder ging sie in weitem Bogen um den Stuhl herum, trat hinter ihn, zog am Reißverschluss seiner regenfeuchten Jacke und griff hinein. Da war tatsächlich eine Geldbörse. Und ein kleines Smartphone mit zersplittertem Display.

»Ihr Handy ist hinüber«, sagte Gracie. »Muss bei dem Sturz passiert sein.«

»Macht nichts.« An das Mobiltelefon hatte Hynch gar nicht mehr gedacht. »Ich hol mir bei Gelegenheit ein neues.«

»Manchmal funktionieren die Dinger noch, obwohl sie schrottreif aussehen. Aber wenn Wasser eingedrungen ist …«

»Lassen Sie.« Gut, dass es nicht mehr zu gebrauchen war, dachte er. Es waren zwar keine verfänglichen Daten darauf wegen der neuen SIM-Karte, die er eingesetzt hatte. Im Grunde enthielt es überhaupt keine persönlichen Daten, es war blütenrein. Aber je weniger Gracie über ihn herausfand, desto besser.

Sie steckte das Handy zurück in die Reißverschlusstasche, behielt die Geldbörse, kehrte zu ihrem Sessel zurück und untersuchte den Inhalt. Ein wenig Bargeld, eine Bankkarte, verschiedene Mitgliedskarten, beispielsweise vom National Trust – und ein Ausweis von Strathclyde Safe & Protect Ltd., mit Passfoto. Alles war auf den Namen Desmond Stokes ausgestellt.

Hynch lächelte selbstsicher. Seine richtigen Papiere trug er nie mit sich herum. Sie lagen bei ihm zu Hause in einem Versteck unter den Parkettdielen, wo sich auch Geld in verschiedenen Währungen, weitere Pässe und eine Waffe befanden. Die Werkzeugkiste in Inveraray hatte sich bislang als wahre Wundertüte erwiesen – im positiven Sinn. Rick hatte an alles gedacht. Gefälschte Identitäten waren für ihn ein Kinderspiel.

»Darf ich offen zu ihnen sein?«, fragte er.

»Ich bin ganz Ohr.«

»Vorhin, in der Wildnis, da habe ich Sie für jemand anderen gehalten, nicht für eine Wissenschaftlerin. Wie gesagt, meine Männer und ich sind in Glasgow in ernste Schwierigkeiten geraten. Mister Wright ist ermordet worden, und wir mussten leider feststellen, dass uns das jemand anhängen will. Da haben wir uns nach Jura abgesetzt, um fernab des Geschehens zu beratschlagen, wie wir weiter vorgehen. Und plötzlich, mitten in der Wildnis, tauchten *Sie* auf, quasi aus dem Nichts, mit einem Fahrzeug, das ich eher vom Militär kenne und das ideal dafür ist, jemanden hier draußen aufzuspüren. Dann machten Sie auch noch Videoaufnahmen von uns – vielleicht, um Sie Ihrem Auftraggeber zu schicken und mit unseren Personenbeschreibungen abzugleichen? Mein erster Gedanke war, dass Sie uns observieren.«

Eine andere Erklärung wollte ihm nicht einfallen. Zu einem gewissen Grad traf sie sogar zu. Wichtig war, einfach weiterzureden, solange Gracie ihn ließ, die Initiative behalten. Ihm war zwar klar, dass Geschichtenerzählen selten Probleme löste, zumindest keines der Probleme, mit denen *er* in der Regel betraut war. Aber man konnte Zweifel überbrücken und die nächsten Schritte vorbereiten.

Sie dachte nach, mit vielen Fragezeichen in ihrem Kopf. Das war schon mal gut. Es gefiel ihm, wie sie das Kinn auf der Faust abstützte und dabei die Stirn in Falten legte, eine Wissenschaftlergeste.

Zeit für Hynch, Abbitte zu leisten. »Ich befürchte, meine Nerven lagen blank, vorhin auf der Anhöhe, mitten im Regen. Es tut mit wirklich sehr leid, dass ich … Ihnen so zugesetzt habe. Wenn ich gewusst hätte, mit wem ich es zu tun habe … Das liegt wohl an dem Verfolgungswahn, den man in meinem Beruf entwickelt.«

»Mein Auftraggeber?«, fragte Gracie und konnte ihre Neugier nicht verhehlen. »Für wen sollte ich denn Ihrer Meinung nach arbeiten?«

Gespieltes Zögern. »Das darf ich Ihnen, glaube ich, nicht verraten. Ich möchte Sie in diese unerfreuliche Angelegenheit nicht hineinziehen.«

»Das haben Sie schon!«, widersprach sie. »Schauen Sie uns beide an! Wir unterhalten uns hier nicht über Strömungsgeschwindigkeit und Wellenperioden.«

»Nein, das tun wir nicht. Was ich übrigens sehr bedaure. Erneuerbare Energien haben mich schon immer –«

»Sparen Sie sich Ihre Schmeicheleien. Sie hören sich an, als wären sie früher beim Geheimdienst gewesen, nicht einfach nur beim Militär.«

»Kein großer Unterschied.«

»Warum?«

»Man setzt sein Leben ein und weiß nicht so recht, wofür.« Er ließ diese persönliche Mitteilung sacken. »Aber um Ihre Frage zu beantworten: Der Auftraggeber, mit dem ich Sie in Verbindung gebracht habe, heißt Sir Geoffrey Mallard. Ich bin der Ansicht, dass er hinter dem Anschlag auf Mister Wright steckt.«

»Mallard?«, entfuhr es Gracie. »Der Geschäftemacher, der in die Politik will?«

»Kennen Sie ihn?«

»Hab mich erst heute Morgen mit einer Bekannten über ihn unterhalten.« Offenbar wunderte sie sich, dass der Name schon wieder fiel und dass Hynch ihn erwähnte. »Und Sie meinen, Mallard hängt da mit drin? In diesen Mafiamorden? Könnte das alles Teil einer rechten Verschwörung sein?«

»Vorerst ist es nur eine Theorie«, sagte Hynch unbestimmt und verbuchte einen Glaubwürdigkeitsbonus. Dass Gracie so auf den Namen Mallard ansprang, hätte er nicht zu hoffen gewagt.

»Politisch würde der Kerl von dem Mord an Wright bestimmt profitieren« fuhr sie fort. »Black Eyed Bruce war ja eher ein Linker, einflussreich, wenn auch hochkriminell. Gesetzt den Fall, dass jemand eine rechtspopulistische Partei in Schottland etablieren will, müsste man Leute wie Wright als Erstes ins Abseits drängen.«

»Oder gleich ausschalten, samt Stellvertretern«, setzte Hynch hinzu.

»Wollen Sie noch Tee?«, bot Gracie an und ging Richtung Wasserkocher. »Ich brauche jetzt noch einen.«

So viel zu der Frage, ob sie ihn von seinen Fesseln befreien könne. Mit den nächsten Schritten musste er noch warten.

23

Gracie spürte es selbst. Tee. Was für ein jämmerlicher Versuch, um Zeit zu gewinnen! Um das Zittern ihrer Hände unter Kontrolle zu bringen und das verängstigte, hypernervöse Tier in ihr zu bändigen, das sich am liebsten auf und davon machen wollte. Wie eine Kegelrobbe bei Gefahr.

Stattdessen saß sie hier, in ihrem Cottage, mit diesem … Schwer zu sagen, was er war. Ein Sicherheitsexperte, der über Insiderinformationen verfügte, das auf jeden Fall. Und so ein Experte, noch dazu ein Ex-Militär, konnte doch nicht von Grund auf böse sein, oder? Er redete ununterbrochen, versuchte zu kaschieren, dass er sie mit der Pistole bedroht hatte.

Nun, reden konnte sie auch, zum Beispiel über diesen Mallard. Oder über Energiepolitik, das war für sie vertrauteres Terrain. Vielleicht fand sie auf diese Weise mehr über ihr Gegenüber heraus.

Er klagte über Kopfschmerzen wegen des Fernglastreffers. Widerstrebend brachte sie ihm einen Coolpack aus dem Eisfach, mit dem sie sonst ihre Muskeln nach längeren Wanderungen kühlte, und befestigte ihn mit einem Gummiband an seinem Schädel.

»Danke, Sie sind wirklich sehr freundlich.« Ein wenig Mitleid zu heischen war nie verkehrt, dachte Hynch.

»Keine Ursache.«

»Um auf Mallard zurückzukommen …«, begann er erneut.

Ausführlich sprachen sie über dessen Verstrickungen in die Wirtschaft, insbesondere in die Erdölförderung, Lebensader Schottlands, eine Art zweischneidiges Schwert: Einerseits hingen zahlreiche Arbeitsplätze daran, andererseits drohte der Rohstoff in absehbarer Zeit zu versiegen, die Ölproduktion der Nordsee ging immer weiter zurück. Fossile Brennstoffe hatten keine Zukunft, auch deshalb speiste sich Schottlands Energiebedarf zu sechzig Prozent aus Renewables, schon in naher Zukunft sollten hundert Prozent erreicht werden. Deshalb fand Gracie ihren Job so wichtig. Die Regierung hatte die Zeichen der Zeit erkannt. MeyGen in vollem Ausbaustadium würde zumindest den Energiebedarf im Norden des Festlands decken. Hinzu kamen mobile Wellenkraftwerke wie die Seeschlange – oder fest installierte, in Dänemark sollte so eine Anlage demnächst den Betrieb aufnehmen. Und natürlich Windenergie. Trotzdem gab es noch jede Menge Befürworter der Ölförderung, Leute, die meinten, man müsse die Erschließung neuer Öl- und Gasfelder in größeren Wassertiefen vorantreiben. Mallard gehörte zu ihnen. Laut Hynch war er skrupellos genug, um seine Ziele mit allen Mitteln durchsetzen.

Doch Gracies Misstrauen blieb bestehen, das war für Hynch an jeder ihrer Gesten abzulesen. Er konnte sie nicht milde stimmen, auch wenn er es vermied, sie ausdrücklich darum zu bitten, ihn von den Kabelbindern zu befreien. Allerdings wirkte sie deutlich entspannter als noch vor einer halben Stunde. Sie machte sich mit ein paar großen Eierbriketts am Kamin zu schaffen und entzündete ein Kohlefeuer, wobei sie sich bemühte, Hynch stets im Blick zu behalten. Aus dem Zunder schlugen Flammen hoch. Schon bald spürte Hynch wohlige Wärme. Glücklicherweise trocknete die Outdoor-Hose schnell, seine Schuhe waren wasserfest.

Er wechselte das Thema, versuchte es wieder auf die provokante Tour. »Warum haben Sie mich gerettet, als ich in dem Bach lag?«

»Warum hilft man Menschen? Was soll die Frage?« Sie saß wieder in ihrem Sessel und legte die Füße über die gepolsterte Lehne.

»Es war ein Risiko, mich von den Toten zu erwecken. Ich hätte meine Verletzung ja vortäuschen können.«

»Glauben Sie mir, Mister Stokes, Sie sahen ziemlich hinüber aus, mit dem Kopf unter Wasser. Völlig hilflos. Sie wären ersoffen.«

»Diese Waffe …« Hynch schaute zu der Pistole, die nach wie vor geladen und entsichert auf dem Beistelltischchen lag, unerreichbar. »Das ist mein Handwerkszeug. Ich bin darauf trainiert, sie zu benutzen. Ich wünschte, es wäre nicht so.«

»Wir alle wünschen uns manchmal, etwas anders gemacht zu haben im Leben.«

»Und Sie? Warum haben Sie sich auf Jura verkrochen? Ausschließlich im Dienste der Wissenschaft?«

»Geht Sie das irgendwas an?«

»Natürlich nicht, entschuldigen Sie.« Er neigte den Kopf, kleine Unterwerfungsgeste. »Ich habe mich nur gefragt, wer der Mann auf den Fotos ist.« Mit den Augen wies er zu den Bildern auf dem Kaminsims.

Gracie versteifte sich. »Vielleicht sollte ich Ihnen einen härteren Schlag versetzen und Ihre Leiche im Hochmoor versenken. Ich kenne da ein paar vielsprechende Orte, da kommt kein Mensch hin, nicht in hundert Jahren. Wenn Sie Glück haben, buddelt man Sie schon früher aus.«

»Verlockender Gedanke. Dann brauche ich mich wenigstens nicht vor der Altersdemenz zu fürchten.«

»Sie haben wohl immer eine Antwort.«

»Ich weiß, was ich *nicht* habe: das Foto eines geliebten Menschen auf dem Kaminsims.«

»Sie Armer!«, konterte Gracie ironisch.

»Ist wirklich so. Es gibt niemanden. Schon lange nicht mehr.«

Sie schaute ihn ungläubig an, schwankend, ob sie zu weit gegangen war. »Soll ich Sie etwa bemitleiden?«

Er schwieg. Drehte sich ein wenig weg, die Kabelbinder gaben keinen Millimeter nach. In so einer Diskussion war es nicht verkehrt, auch etwas von sich selbst preiszugeben.

»Okay, das geht *mich* nichts an. Unentschieden.« Sie zog den Kapuzenpulli ihres Jogginganzugs aus wegen der Hitzewellen von den Kohlebriketts. Darunter trug sie ein weißes Trägertop, das ihre cappuccinofarbene Haut gut zur Geltung brachte. Offenbar war es ihr egal, wie das auf Hynch wirkte. Sie schien mit ihren Erinnerungen beschäftigt zu sein, blickte hierhin, dorthin, vermied Augenkontakt. Schließlich rang sie sich durch. »Das ist Benoît. Er ist ertrunken.«

»Wann?«, fragte Hynch.

»Letzten Sommer«, sagte sie mit erstickter Stimme. »Bei einem Tauchgang vor den Orkneys.«

»Sie konnten ihn nicht retten, stimmt's? Im Gegensatz zu mir.«

»Keine Chance.«

»Haben Sie's versucht?«

»Sicher! Wenn du jetzt gehst, brauchst du gar nicht erst zurückzukommen! Meine letzten Worte, dauernd spuken sie mir im Kopf herum. Ich habe ihn beschworen, nicht rauszugehen!«

»Manchmal können wir nicht eingreifen. Oder wir kommen zu spät. Ich weiß, wovon ich rede. Wir wünschen uns, es wäre anders, aber das Schicksal streift uns ab wie lästige Bittsteller.«

Gracie nickte. Dann verfinsterte sich ihre Miene. »Was fällt Ihnen ein, mich auf Benoît anzusprechen?«

»Aber Sie haben doch selbst –«

»Gar nichts habe ich! Sie versuchen mich zu manipulieren. Ein Mann, der wahrscheinlich zig Menschen auf dem Gewissen hat, in welcher Funktion auch immer, lullt mich ein und macht mir Schuldgefühle!« Sie nahm den Schürhaken und stocherte wild in dem Kohlefeuer herum. Ein paar Briketts zerbrachen.

Sie verhielt sich impulsiv. Das war gut. »Möchten Sie die Polizei rufen?«, fragte Hynch. »Wäre vielleicht das Beste. Klare Verhältnisse, verstehen Sie?«

»Wissen Sie, wie lang die Cops brauchen, um nach Jura zu kommen?«

»Mit dem Hubschrauber ginge das ziemlich schnell.«

Sie betrachtete ihn argwöhnisch. »Bestimmt haben Sie Kontakte zur Polizei. Deswegen schlagen Sie es vor.« Sie überlegte. »Und wenn Ihre Kumpels hier eintreffen, steht Aussage gegen Aussage. Am Ende fühlen Sie sich von mir bedroht, und ich gelte als hysterische Schnepfe, die den Tod ihres Freundes nicht verwinden kann und deshalb ausrastet.«

Er lächelte. »Sie haben vergessen, dass mir die Polizei nicht gerade wohlgesonnen ist. Die denken, ich hätte dieses Massaker in Glasgow veranstaltet.«

»Haben Sie es?«

»Nein.«

»Und das soll ich Ihnen glauben?«

»Ja. Es war Mallard, da bin ich mir sicher. Er hat diese Mordserie inszeniert. Ich wurde in eine Falle gelockt.«

»Eine Falle?«

»Ich hätte Mister Wright beschützen sollen. Stattdessen wurde ich von ihm abgezogen zu einem Zeitpunkt, als er mich am nötigsten gebraucht hat. Ich habe es nicht rechtzeitig bemerkt. Damit muss *ich* jetzt leben.«

»Sie sollten diesen Mobster beschützen?«

»Macht mich das selbst zu einem Kriminellen? So einfach läuft das nicht. Meine Firma bekam einen Auftrag, wir suchen uns das nicht aus. Und ich war einfach zur falschen Zeit am falschen Ort.«

»Sie konnten ihm nicht helfen?«

»Das ist mir zum ersten Mal passiert.« Hynch stemmte sich unwillkürlich gegen seine Fesseln. Er schwitzte. »Und es wird nie wieder passieren, das versichere ich Ihnen. Nächstes Mal folge ich meinem Gefühl.«

»Wenn das so einfach wäre.« Gracie legte sich ihren Kapuzenpulli um die Schultern, als fiele ihr erst jetzt auf, dass sie sich etwas freizügig gezeigt hatte. Sie nahm die Pistole von dem Tischchen und wog sie in der Hand. »Was ist das für eine Waffe?«

»Eine Beretta 92, Kaliber neun Millimeter.«

»Haben Sie damit schon jemanden getötet?«

»Nein.« Das war keine Lüge. »Vielleicht ist Ihnen aufgefallen, dass die Pistole nagelneu aussieht. Das liegt daran, dass ich sie noch nie benutzen musste.«

Rick hatte das Ding im Dutzend auf dem Schwarzmarkt gekauft, für ihre diversen Verstecke. Berettas waren die Standardwaffen der amerikanischen Armee und der Polizei, sie galten als zuverlässig, günstig und leicht zu bekommen. Da die USA häufig Waffen in Krisengebiete exportierte, kamen Teile der Lieferungen schon mal abhanden.

»Mit dem kleinen Flügelschieber oben am Verschluss lässt sie sich wieder sichern«, sagte er hoffnungsvoll.

»Ach ja?« Gracie probierte es aus. »Verstehe.« Sie richtete den Lauf zu Boden und versuchte abzudrücken. Es ging nicht. Dann schob sie den Mechanismus wieder in die Entsicherungsposition und zielte auf Hynch, den Finger am Abzug. »Hätten Sie denn auf mich geschossen?«

Er schaute in die Mündung. Gracie hielt die Pistole am ausgestreckten Arm, bemerkenswert ruhig. Seltsamerweise machte ihn das nervöser, als wenn sie gezittert hätte.

»Lassen Sie das. Was wollen Sie damit bezwecken?«

»Hätten Sie auf mich geschossen?«, wiederholte sie. »Die Waffe hätte es. Sie haben sie schussbereit gemacht.«

»Na ja, es gibt vielerlei Arten, jemandem Angst einzujagen«, begann er und leckte sich über die trockenen Lippen. »Ich will ehrlich zu Ihnen sein. *Er*schossen hätte ich Sie natürlich nicht. Höchstens angeschossen, an einer unbedenklichen Stelle, am Oberarm zum Beispiel, außen läuft keine Arterie entlang.«

»Wie beruhigend.«

»Ein Streifschuss klingt schlimmer, als er ist, verursacht nur Fleischwunden, die verheilen schnell. Aber wenn möglich, hätte ich einfach ein bisschen über den Kopf gehalten. Wenn man spürt, wie einem die Kugeln um die Ohren zischen, ist das alles andere als angenehm.«

»Ist es das?« Eine Idee huschte über ihr Gesicht.

»Ich wusste ja nicht, ob Sie Widerstand leisten und vielleicht selbst eine Waffe hatten. Mallard hätte Sie geschickt haben können –«

»Blödsinn!«

»Ich stand unter Strom«, verteidigte er sich.

»Haben Sie schon mal gesagt. Die Nerven.«

Der Schweiß brach ihm aus und lief ihm an den Schläfen herunter, tropfte an der Nase herab. Hynch fragte sich, warum er plötzlich nicht mehr so abgeklärt war wie sonst. Er hatte schon aussichtslosere Situationen überstanden. Lag es an den Kopfschmerzen, die unbarmherzig in seinem Schädel wüteten? Er konnte den Blick nicht von dem Pistolenlauf lassen. Gracie nahm die linke Hand zu Hilfe und zielte weiter auf ihn. Wenn sie ihn nun aus Versehen erschoss? Wahrscheinlich hatte er es verdient. Doch er wollte sich weiter mit ihr unterhalten, auch wenn seine Arme langsam taub wurden. Er wollte mehr über diesen Benoît erfahren, dessen Tod ihr so sehr zu schaffen machte. Wenn es sein musste die ganze Nacht.

»Ich bin keiner von den Bösen«, beteuerte er. »Mag sein, dass ich nicht den besten Charakter habe, das bringen die Jahre so mit sich. Aber böse? Der Philosoph David Hume fragte einmal: Will Gott Böses verhindern, kann es aber nicht? Dann ist er machtlos. Kann er es, aber will er es nicht? Dann ist er bösartig. Kann und will er es? Was ist dann böse?«

»Sie argumentieren mit Hume?«, wunderte sie sich.

»Der Mensch neigt zur Selbstüberbietung. Unter den bösen Jungs gibt es immer noch bösere. Wenn es mit den guten nur genauso wäre.«

»Das ist jetzt von Ihnen, wie?« Sie lächelte.

»Man macht sich so seine Gedanken.«

»Gehört das auch zu Ihrem Beruf?«

»Bezahlt werde ich dafür nicht«, gab er verdrossen zurück. »Ich lese. Hin und wieder.«

»Um sich Ihre Privatmoral zusammenzuschustern?«

»Machen Sie sich über mich lustig?«

Der Pistolenlauf wackelte. »Sie sagen, Sie hätten über meinen Kopf gehalten. Können Sie so genau schießen?«

»Ja.«

»Auch aus größerer Entfernung? Mit einem Gewehr?«

»Wenn's sein muss.«

Gracie sicherte die Pistole und legte sie auf das Beistelltischchen zurück. »Dann hätte ich einen Job für Sie.«

24

Als sie die Straße erreichten, atmeten sie tief durch. Winslow hielt an. Aufgrund des starken Regens, den die Scheibenwischer nur mit Mühe bewältigten, war die Sicht stark eingeschränkt. Die Scheinwerfer glitten über den Standing Stone, den sie am Vormittag gesehen hatten. Das Ding wirkte gespenstisch, wie ein Wächter einer untergegangenen Welt, bis zur Unkenntlichkeit verwittert und geschliffen von den Elementen und der Zeit, deren stetem Strom nichts und niemand entkam.

»Das wäre geschafft«, sagte Rick. Er hatte wieder Empfang und versuchte, Hynch über sein Krypto-Handy zu erreichen. Die Mailbox ging ran. Das konnte alles und nichts bedeuten.

Dann rief er die Kurden an. Einen Anschlag auf Mallards Motorjacht hatte er wieder verworfen – zu subtil. Man musste direkter vorgehen. Mallards Limousine war ein besseres Ziel, die protzige Scheußlichkeit, in der er sich durch Glasgow und Edinburgh chauffieren ließ, um den Sozialhilfeempfängern – seinen künftigen Wählern – zu zeigen, wo der Hammer hing. Mit Erfolg, denn gerade die Habenichtse und Frustrierten, die seine Luxuskarosse früher mit Steinen beworfen hätten, waren empfänglich für prahlerisches Gebaren. Nicht mit Neid betrachteten sie, was sie an Wohlstand nie erreichen würden, sondern mit kindlichem Staunen und einem Respekt, den sie ihresgleichen nicht erwiesen. Die Zeit der Könige war zwar vorüber, aber in jeder Generation wurden massenhaft neue Untertanen geboren.

Außerdem: Warum sollten sie Mallard lediglich ärgern, wenn man ihn ganz aus dem Verkehr ziehen konnte? Ziehen lassen. Auftragskiller bestellten einen Auftragskill. Warum eigentlich nicht? Rick hielt das für die beste Lösung. Es wäre auch ein Zeichen für Mallards Verbündete bei der Polizei oder wo auch immer, sie in Ruhe zu lassen – nach dem Trubel, den der plötzliche

Tod des Immobilienunternehmers zweifellos auslösen würde, zumindest anfänglich, Terrorismusspekulationen, Verschwörungstheorien, das volle Programm. Aber derlei legte sich wieder, wenn Mallards illegale Grundstücksdeals durchsickerten, Bestechung von Insolvenzrichtern und Mitarbeitern der staatlichen Baubehörde etc. Dafür würde Rick schon sorgen. Mallard würde in den gleichen Topf wie Bruce geschmissen werden: ein Krimineller, der es nicht besser verdient hatte, Opfer seiner ebenso kriminellen Konkurrenten.

Die Kurden stellten sich erst ein bisschen an. Dann forderten sie eine astronomische Summe für die Autobombe, weil an die Limousine im Gegensatz zu Mallards Jacht schwer ranzukommen war. Der Schlitten stand ja nicht unbewacht auf einem öffentlichen Parkplatz herum. Um einen Sprengsatz anzubringen, musste man eine günstige Gelegenheit abpassen. Einfacher wäre eine Bombe am Straßenrand, die genau in dem Moment gezündet wurde, in dem das Auto vorbeifuhr, vielleicht an der Stadtautobahn in der Nähe des Flughafens, da gab es unbesiedelte Abschnitte, sodass zivile Opfer weitgehend ausgeschlossen werden konnten. Auf Letzteres legte Rick Wert, er war ja kein Monster. Und es musste schnell gehen. Da die Kurden Mallard bereits unter Beobachtung hatten, schlugen sie vor, gleich am nächsten Morgen tätig zu werden. Da wollte Mallard nach London fliegen, um sich dort mit ein paar wichtigen Leuten aus der Finanzwelt zu zeigen.

Rick war einverstanden und handelte mit fünfzig Riesen einen Preis aus, der zwar einen Großteil ihrer Rücklagen auffraß, aber schließlich ging es hier um einen respektablen Abgang aus Schottland, da durfte man nicht am falschen Ende sparen. Außerdem wären fünfzigtausend sein Anteil an dem Mallard-Job gewesen, er hielt das für ein gutes Geschäft. Er überwies die Hälfte des Geldes online, von ihrem Geschäftskonto, das als Treuhandgesellschaft getarnt war, auf das Depot einer Flüchtlingshilfsorganisation, unter der die Kurden firmierten, von einer Bank auf der Kanalinsel Jersey zur anderen. Eine gute Investition, die ihm seinen weiteren Weg ebnen konnte. Er musste nur rechtzeitig den Absprung schaffen.

»Fertig«, sagte er zufrieden. »Alles in die Wege geleitet.«

Winslow hatte das Gespräch verblüfft mitverfolgt. »So einfach geht das? Ein Anruf und Ende Gelände?«

»Wenn man nicht darauf erpicht ist, alles selbst zu machen, und das nötige Kleingeld hat.«

»Meinst du, das wäre in Hynchs Sinne?«

»Er ist nicht da. Wir müssen unsere eigenen Entscheidungen treffen.«

»Hört sich vernünftig an.« Winslow war ein wenig beruhigt. Anscheinend war er doch nicht auf der Verliererseite. Bei den Jobs, die sie vor der Mallard-Sache gemeinsam durchgezogen hatten, war schließlich alles glattgelaufen. Wie hieß es so schön: Sie hatten zwar eine Schlacht verloren, aber den Krieg noch lange nicht.

Er schaltete Motor und Scheinwerfer aus, damit sie in der Dunkelheit mehr erkennen konnten.

In etwa hundert Metern Entfernung befand sich das Guesthouse, das sie auf dem Hinweg gesehen hatten, einige Fenster waren erleuchtet. Ein handgemaltes Schild mit der Aufschrift »B & B – Vacancy« hatte darauf hingewiesen. Eigentlich war es mehr ein Gutshaus mit mehreren Farmgebäuden. Hier stiegen im Sommer wohl Gelegenheitsgäste ab. Möglicherweise gehörte es diesem McGlynn, der sie zu sich nach Hause eingeladen hatte, vermutete Rick. Ein Stück abseits von der Straße stand ein weiteres Haus, eher ein Cottage. Es war ebenfalls bewohnt. Licht drang aus zwei Fenstern, der Geruch eines Kohlefeuers lag in der Luft. Die Umrisse eines kleinen Geländewagens, der davor abgestellt war, verschmolzen mit der Dunkelheit. Kein Amphibienfahrzeug. Die Straße mit einer Taschenlampe nach Reifenspuren abzusuchen brachte nichts bei dem Wetter, der Regen wusch alles weg.

Sie entschieden sich für das Gutshaus. Winslow fuhr an einer schummrigen Straßenlaterne vorbei und stellte den Rover vor der Toreinfahrt ab, mit dem Heck zur Farm – immer so parken, dass die Pferde gesattelt bereitstanden. Sie steckten die Pistolen in den Hosenbund und gingen über den Hof zur Eingangstür. Auf dem Weg waren Granitplatten verlegt, akkurat, nahezu fugenlos, eine glatte Fläche ohne Stufen.

Ein Hund schlug an.

»War ja klar, dass die irgendeine Töle haben«, seufzte Rick. »Das kommt von innen. Klopfen wir mal an.«

Sie mussten tatsächlich anklopfen, keine Klingel. Es dauerte eine Weile, bis sich im Haus etwas regte. Geräusche waren zu vernehmen, jemand beruhigte den Hund mit einem knappen Befehl. Dann öffnete sich die massive Holztür.

Eine Frau. Klein, zerbrechlich, Anfang dreißig. Kurze, blonde Haare. Im Rollstuhl.

»Hallo, Gra –« Sie erstarrte, als sie die beiden Männer sah. »Hallo?«

Ein Border Collie nahm zwischen ihnen Aufstellung und knurrte die Fremden an.

Rick trat einen halben Schritt zurück, symbolisch. War sicher ungewöhnlich, dass hier jemand an einem stürmischen Winterabend um Einlass bat. »Entschuldigen Sie die späte Störung. Keine Angst, wir sind Hillwalker, wurden von dem Unwetter überrascht. Ich bin Norman, das ist Bobby.« Er deutete auf Winslow. »Verdammt ungemütlich da draußen. Dürfen wir … eintreten?«

Ein Schritt nach vorn. Der Hund knurrte lauter und fletschte die Zähne. Ein echter Wachhund. Mit dem war nicht zu spaßen.

»Schon gut, Chip.« Die Frau fuhr über seinen Rücken. »Was wollen Sie?«, fragte sie kurz angebunden. »Um diese Jahreszeit haben wir selten Gäste.«

»Eigentlich sind wir auf der Suche nach einem Freund. Hat sich wohl verirrt im Regen.«

»Sie sind also zu dritt?« Die Frau maß die beiden mit einem Röntgenblick. »Was hat Sie denn nach Jura verschlagen? Und noch dazu so weit in den Norden?«

»Wir wollten eine Tour an der Westküste machen. Aber die fällt wohl ins Wasser. Ging ganz schön runter vorhin.« Rick machte eine raumgreifende Geste und versuchte es mit seinem unwiderstehlichen Lächeln. »Heißen Sie zufällig McGlynn?«

»Wen geht es etwas an, wie ich heiße?«

Ihr Argwohn war greifbar. »Nun ja, wir haben Calum getroffen. Er hat uns eingeladen, bei ihm zu Hause vorbeizuschauen.«

Die Miene der Frau entspannte sich. Doch nur ein wenig. Wahrscheinlich verfluchte sie die Großzügigkeit ihres Mannes, weil er so leichtfertig Freundschaft schloss. »Tatsächlich? Wo haben Sie Calum getroffen. Im Pub?«

»Nein, auf der Straße, bei der Three Arch Bridge. Wir haben uns nett unterhalten. Ich glaube, er wollte nach Craighouse.«

»Eigentlich sollte er schon wieder zurück sein«, log sie. »Aber um auf Ihren Freund zurückzukommen – tut mir leid, ich weiß von nichts. Er hat sich verirrt, sagen Sie? Wo?«

»In der Nähe der Schutzhütte am Loch Tarbert.«

»Die liegt doch meilenweit weg. Wann war das?«

»Vor ein paar Stunden.«

»Bis hierher kann er es in dieser Zeit kaum geschafft haben. Nicht zu Fuß.« Sie runzelte die Stirn. »Ich fürchte, ich kann Ihnen nicht helfen.«

Sie war misstrauisch, zu Recht, dachte Rick. Besonders vertraueneinflößend wirkten er und Winslow wahrscheinlich nicht, zwei Fremde mit einer nicht gerade alltäglichen Geschichte. Anscheinend war die Frau allein, abgesehen von dem Hund, der kein echtes Problem darstellte, wenn man ihn schnell genug erschoss oder ihm mit dem Lauf der Pistole eins überzog, bevor er einen zu fassen bekam.

»Könnten wir denn ein Zimmer bei Ihnen kriegen?«, fragte er. »Dann setzen wir die Suche morgen fort.«

Die Frau schüttelte den Kopf. »Momentan sind wir nicht auf Gäste eingestellt. Ich weise Sie ungern ab, aber Sie haben sicher ein Zelt dabei, als Hillwalker.« Jetzt war sie mit dem Lächeln dran. »Sie können es auf jeder Wiese aufschlagen, das stört niemanden. Oder Sie übernachten in dem Auto, das ich vorhin gehört habe.«

»Schade.«

»Wenn Sie möchten, gebe ich eine Suchmeldung raus. Wir haben eine Telefonkette. Ich verständige die Nachbarn, und morgen stehen die Leute hier Gewehr bei Fuß. Kommt nicht zum ersten Mal vor, dass jemand verloren geht. Wir halten zusammen auf Jura.«

Eine unmissverständliche Drohung. »Nicht nötig«, wehrte Rick ab. »Unser Freund ist der erfahrenste von uns dreien. Eine Nacht im Freien kann er locker überstehen.«

»Na dann …«

»Besitzt einer Ihrer Nachbarn ein Amphibienfahrzeug? Sie wissen schon, kleine dicke Räder, perfekt für matschigen Untergrund?«

Die Frau zögerte. Einen entscheidenden Moment. Und sie tastete nach dem Border Collie, der sich an sie schmiegte, ohne Rick und Winslow aus den Augen zu lassen. »Nein.«

»Wäre eine Hilfe in dem schwierigen Gelände.«

»Tut mir leid. Wir haben einen Traktor. Den wirft mein Mann sicher an, wenn er wieder da ist – und Ihr Freund bis dahin nicht auftaucht.«

Sie fuhr mit dem Rollstuhl ein wenig zurück, um zu signalisieren, dass dieses Gespräch für ihren Teil beendet war. Ihre Bewegungen waren fahrig, unsicher. Sie war nervös.

Rick wollte sich schon umdrehen, aber Winslow kniete sich plötzlich hin und förderte aus seiner Hosentasche eine Minisalami zutage. Er riss die Verpackung auf und hielt sie dem Köter hin. »Schau mal, was ich für dich habe, Chip!«

»Was soll das?«, fragte Rick unwirsch. »Misses McGlynn möchte, dass wir gehen.«

»Ich mag Hunde, *Norman.*«

»Tatsächlich, *Bobby?*«

»Kleines Abschiedsgeschenk. Bevor wir uns die Nacht um die Ohren schlagen.«

Chip leckte sich erwartungsvoll übers Maul. Offenbar waren Minisalamis für ihn das Größte.

»Darf ich ihm was geben?«, fragte Winslow die gehbehinderte Frau. »Wir hatten so einen auf unserer Farm. Das sind echt liebe Kerle.«

Ihr Lächeln wirkte diesmal echt. »Nur zu. Schaden wird's ihm sicher nicht.« Sie gab Chip ein Kommando, worauf er auf Winslow losstürmte, der sich einen Spaß daraus machte, den Hund mit der Salami zu locken. Dabei drehte er sich in der Hocke um die eigene Achse. Doch Chip war schneller als der freundliche dicke Mann, der eine Leckerei für ihn hatte. Beim ersten Versuch, nach der Salami zu schnappen, hatte er sie schon erwischt und vertilgte sie geräuschvoll.

»Guter Hund!«, sagte Winslow und wollte ihm den Nacken kraulen. Ein tiefes Knurren hielt ihn davon ab. Das Vieh war wirklich gut erzogen.

Rick machte einen letzten Versuch. »Wer wohnt da drüben?« Er deutete auf das Cottage. »Vielleicht wissen diese Leute etwas?«

Die Frau erbleichte. Das war sogar in dem Licht der beiden Laternen zu erkennen, die neben der Eingangstür funzelten. »Chip! Hierher!«, befahl sie barsch.

Der Hund schnüffelte kurz in der Hoffnung auf weitere Salamis.

»Zu mir!«, wiederholte sie.

Mit einem Satz war er neben ihr.

»Da drüben wohnt nur ein altes Ehepaar.« Sie räusperte sich. »Ich muss Sie jetzt bitten zu gehen. Alles Gute!«

Während sie ihren Rollstuhl auf der Stelle wendete, um die Tür zu schließen, bemerkte Rick den Grund für ihren Stimmungswandel. Winslows Jacke war beim Spielen mit dem Hund hochgerutscht. Zwischen den Speckwülsten an seinem Steißbein war ein Pistolengriff zu sehen. Ganz deutlich, wie ein Ausrufezeichen.

Rick mochte keine Waffen. Er kaufte und verkaufte sie. Er hielt sie in Schuss für Hynch. Aber er verstand damit umzugehen, wenn es nicht zu vermeiden war. Und er hatte sehr gute Reflexe.

Chip kam zu spät. Die Kugel durchschlug den Hundeschädel noch im Sprung. Sein Körper prallte gegen Ricks Beine, er trat ihn weg. Mit ein paar Schritten war er bei der Frau und hielt ihr den heißen Lauf an die Stirn. Sie kreischte wie eine Wahnsinnige. Er versetzte ihr einen harten Hieb aufs Nasenbein, worauf sie in sich zusammensank.

»Scheiße!«, rief Winslow. »War das wirklich nötig?«

»Noch eine blöde Frage und du bist der nächste.«

Rick schob die Frau samt Rollstuhl nach drinnen. Winslow schluckte eine Entgegnung herunter, kam hinterher und schloss die Tür.

Sie überprüften die Räume. Ein Wohnzimmer ohne Fernseher, mehrere Schlafzimmer im ersten Stock. Der rückwärtige Teil des Gebäudes ging auf einen Hinterhof, die Stallungen lagen im Dunkeln. In der geräumigen Küche schienen sich die McGlynns bevorzugt aufzuhalten. Es stimmte, niemand war zu Hause außer ihrer bewusstlosen Gastgeberin, der das Blut übers Gesicht lief. Sie legten sie auf eine grob gezimmerte Sitzbank an der Wand. Winslow achtete darauf, dass sie es einigermaßen bequem hatte. Mit Papiertaschentüchern stillte er die Blutung ein wenig.

»Warum hast du das getan?«, fuhr er Rick an.

Rick holte aus und verpasste ihm eine schallende Ohrfeige. »Dein Fehler, du fettes Stück Scheiße!«

»Aber …«

»Sie hat deine Pistole bemerkt. Da blieb mir keine Wahl.«

Winslow hielt sich die Backe. »Irgendwann … wacht sie wieder auf«, sagte er kleinlaut. »Was dann?«

»Deswegen bleibst du hier. Pass auf sie auf. Knebel sie von mir aus. Freunde dich mit ihr an.« Er lachte höhnisch. »Weglaufen kann sie ja nicht.«

»Du hast überreagiert.« Winslow wurde wieder wütend.

»So? Irgendwas stimmt hier nicht. Natürlich weiß sie, wem das Amphibienfahrzeug gehört. Wäre auch ein Wunder, wenn nicht, hier kennt doch jeder jeden. Sie hat es uns verschwiegen. Warum? Möchte sie jemanden vor uns schützen? Oder hat sie uns hingehalten, weil Hynch aufgeflogen ist und die nur darauf gewartet haben, bis wir hier auftauchen, damit sie uns alle erwischen?«

»Und wer sind *die?*«

»Einheimische? Eine Bürgerwehr? Jedenfalls haben die eine Telefonkette, um sich im Notfall untereinander zu verständigen. Vielleicht ist längst ein landesweiter Fahndungsaufruf mit unseren Personenbeschreibungen rausgegangen, von Mallard initiiert.«

»Vielleicht nimmst du einfach die falschen Drogen.«

»Vorsicht, Dickerchen. Du bewegst dich auf dünnem Eis.«

»Mir doch egal.«

Rick ignorierte ihn und kontrollierte seine Pistole. Vierzehn Patronen waren noch im Magazin. Er lud durch. Dreizehn Patronen plus eine in der Kammer. Mehr als genug. Mit einer längeren Schießerei rechnete er nicht. »Ich gehe jetzt rüber zu diesem Cottage. Altes Ehepaar – dass ich nicht lache! Da drüben wohnt möglichweise ein Highland Ranger. Oder ein Jagdaufseher. Hynch ist mit Sicherheit dort.«

»Dann gehen wir gemeinsam rüber.«

»Bist du schwer von Begriff? Ich mach das allein. Hör Nachrichten im Radio, damit wir auf dem Laufenden bleiben. Kümmere dich um die Frau. Und komm mir bloß nicht in die Quere.«

Er verließ das Haus. Die Hundleiche warf er in ein Gebüsch

neben der Einfahrt und achtete darauf, dass er dabei kein Blut abbekam. Verdammt! Er hatte nichts gegen Hunde, eigentlich mochte er die Viecher, aber er hatte keinen anderen Ausweg gesehen. Nur weil Winslow so dämlich gewesen war.

Keine Zeit, sich darüber den Kopf zu zerbrechen. Der Regen hatte nachgelassen. Als er die Straße überquerte und sich langsam dem Cottage näherte, fühlte er sich in seiner Annahme bestätigt. Hinter dem kleinen Geländewagen stand ein Amphibienfahrzeug. Zuvor war es verdeckt gewesen, doch jetzt, aus einem anderen Winkel, konnte er es im Schein der beiden erleuchteten Fenster deutlich erkennen.

Klopfen würde er dieses Mal nicht. Mit der Pistole im Anschlag rückte er vor.

25

Gracie zögerte. Sie war sich alles andere als sicher, ob sie das Richtige tat.

»Sagt Ihnen der Name Thorpe etwas?«

»Nein.« Hynch überlegte. »Warten Sie …« Bei seinen Recherchen über Mallard, die er vor dem fehlgeschlagenen Job angestellt hatte, etwas oberfächlich, wie er inzwischen zugeben musste, war ihm der Name Thorpe schon einmal untergekommen. Ein alter Schulfreund von Mallard aus dessen Zeit in Cambridge. Jetzt fiel es ihm wieder ein. Ein Pressetermin mit Investoren aus Übersee, den Mallard dazu benutzt hatte, mit seinen internationalen Kontakten zu prahlen – und der sich als Treffen ehemaliger Eliteunistudenten entpuppt hatte, die sich von früher kannten und Networking betrieben. Was kaum jemandem negativ aufgefallen war. So lief es eben. Die Kreise der Macht waren überschaubar.

»Kennen Sie ihn oder nicht?«, fragte Gracie.

»Hab mal von ihm gehört. Gleiche Preisklasse wie Mallard.« Dann erinnerte er sich an das Gespräch, das Rick morgens mit diesem Farmer geführt hatte. Da war von einem Thorpe die Rede gewesen, der auf Jura Probleme machte. Typ Heuschrecke. Kaufte Grundstücke auf, drängte die Einheimischen raus. Langsam begriff er, warum Gracie die Pistole weggelegt und von einem Job geredet hatte. Sieh an. Auf einmal besaßen sie ähnliche Interessen.

»Was stört Sie denn an Thorpe?«, fühlte er vor.

Sie erzählte ihm, was sie von Laoise erfahren hatte. Dass Thorpe ein übler Geschäftemacher sei und so weiter, die ganze Arie, das Hotelprojekt, seine rigide Vorgehensweise, seine umfassenden Pläne für Jura.

»Das ist nicht kriminell«, wandte Hynch ein. »Laut Gesetz –«

»Klar, das Gesetz ist auf seiner Seite. Leider. Auf juristischem Wege kriegen wir den hier nicht weg.«

Anscheinend identifizierte sich Gracie schon mit den Insulanern, ergriff deren Partei, dachte er. Eine Kämpferin, aber keine, die nur unter ihresgleichen das große Wort führte. Sie tat etwas, setzte sich ein. Für erneuerbare Energien. Gegen Kerle wie Thorpe, der bestimmt Vorbehalte anmelden würde, wenn an der Küste von Jura Wellenkraftwerke entstanden. Und der mit Mallard einen Verbündeten besaß, der politischen Druck gegen umweltfreundliche Projekte wie die Seeschlange aufbauen konnte.

»Welchen Weg schlagen Sie vor?« Er lächelte. »Ich bin kein Killer. Das habe ich schon gesagt, oder?«

»Aber Sie können jemandem Angst einjagen.«

»Ich beschütze Menschen. Oder Dinge. Das ist etwas anderes.«

»Zwei Seiten ein und derselben Medaille«, gab sie angriffslustig zurück. »Schutz und Angst. Sie arbeiten bei einem Sicherheitsdienst. Wenn Sie zum Beispiel einen Geldtransport eskortieren, muss jeder, der Sie überfallen will, damit rechnen, von Ihnen erschossen zu werden. Das ist doch so?«

»Wir sind dazu angehalten, die Waffe nur im äußersten Notfall einzusetzen. Und wenn, zielen wir nur auf die Beine.« Er machte einen auf zimperlich. Schon allein, um seine Glaubwürdigkeit zu stärken.

»Zwischendurch hab ich Sie für einen harten Burschen gehalten. Aber Sie haben einen weichen Kern.« Sie beobachtete, wie Hynch reagierte. Er starrte nur mit versteinerter Miene zurück. »Lieber wäre mir allerdings, wenn Sie wieder der Kerl wären, der mir da draußen im Regen eine Heidenangst eingejagt hat. Gehen Sie zu Thorpe nach Ardfin und treten Sie ihm gehörig in den Arsch! Von mir aus schießen Sie ihn an. Auf die alte Tour. Diese Nachricht müsste er verstehen. Und sich von Jura verpissen.«

Sie schien zu bemerken, dass sie in Slang verfallen war, was bei ihr unnatürlich klang. Sie wollte, dass Hynch sie für voll nahm. »Na ja, Sie wissen, was ich meine«, schob sie einschränkend nach.

»Das könnte mich in Schwierigkeiten bringen«, sagte er.

»In denen stecken Sie so oder so.«

Gracie brauchte ihn gar nicht zu überreden. Er würde jedem noch so verrückten Vorhaben zustimmen, wenn sie ihn nur von den Kabelbindern losmachte. »Sie bieten mir also einen Deal an?«

»Kann man so sagen.«

»Ich muss mal aufs Klo.«

»Wirkt sich das beschleunigend auf Ihre Urteilsfindung aus?«, fragte sie gedehnt. »Hoffen Sie auf ein Zeichen meines guten Willens?«

»Der Ruf der Natur. Und ein paar Minuten Bedenkzeit.«

»Also gut. Ich schneide ihre Fesseln durch. Aber kommen Sie mir bloß nicht zu nahe.«

Sie griff nach der Pistole und hielt sie ihm vor die Nase, eher spielerisch jetzt. Offenbar ging sie bereits davon aus, dass sich die Situation in Wohlgefallen auflöste. Unglaublich, dachte er. Sie hatte sein Geschwätz geschluckt. Beredsamkeit auf ihrer Höhe wendet sich ganz an die Fantasie und die Affekte, nimmt die gutwilligen Zuhörer gefangen und überwältigt ihren Verstand. David Hume. Aber so waren »gutwillige Zuhörer« eben. Der unwiderstehliche Drang, vom Außergewöhnlichen zur Normalität zurückzukehren und andere als gleichgestellt zu behandeln, ließ sie unvorsichtig werden.

»Würden Sie zuvor noch den Coolpack entfernen?«, bat Hynch.

»Sonst noch Wünsche?« Sie nahm ihm die Gelpackung ab, die ihre kühlende Wirkung inzwischen verloren hatte. »Die Schwellung ist zurückgegangen«, sagte sie stolz. »Obwohl Sie das nicht verdient haben.« Dann suchte sie in der Küchenzeile nach einem Messer, um die Kabelbinder zu durchschneiden. Mit der linken Hand. In der rechten hielt sie immer noch die Pistole. Anscheinend verlieh ihr das die Illusion von Kontrolle.

Mit einer Schere kam sie zurück. Nacheinander entfernte sie die Fesseln.

Hynch rieb sich im Sitzen die Gliedmaßen, das regte die Durchblutung an. Im Augenblick konnte er gar nichts versuchen, dafür fühlte er sich viel zu steif. Aber das war auch nicht nötig. Noch nicht.

»Hier entlang.« Gracie wies ihm den Weg zur Toilette und öffnete die Tür.

»Brauchen Sie die noch?«, fragte er mit Blick auf die Beretta.

»Die behalte ich erst mal, sicher ist sicher.« Sie grinste, hielt das wohl für einen Spaß. »Sobald Sie fertig sind, gehen wir rüber zu Laoise. Ich bin gespannt, was sie sagt, wenn ich Sie anschleppe.«

Er richtete sich auf, dehnte und streckte sich. Schwerfällig schlurfte er zu dem kleinen Raum und gab sich Mühe, möglichst wenig bedrohlich zu wirken. Ein älterer Mann, der nach einem langen, anstrengenden Tag seinen Bedürfnissen folgte.

Hynch schloss die Tür hinter sich.

Der Raum war wie erwartet fensterlos, gerade mal so groß, dass die Toilettenschüssel darin Platz hatte, keine Fluchtmöglichkeit. An der Wand war ein Luftreiniger angebracht, einer dieser schmalen grauen Kästen mit Schlitzen an den Seiten wie in alten Häusern oder Hotelzimmern.

Ob es an dem Ort lag oder an dem verdammten Tee, er musste tatsächlich dringend pinkeln. Die Geräusche, die er dabei erzeugte, waren bestimmt von draußen zu hören. Gut so.

Im Sitzen krempelte er das rechte Hosenbein hoch und zog das Stiefelmesser aus dem Funktionsstofffutteral, das an seinem Unterschenkel befestigt war. Der Griff bestand aus leichtem, gummiartigem Kunststoff und endete in einem harten Metallknauf. Die Klinge war aus mattiertem Edelstahl mit einer Länge von etwa fünfzehn Zentimetern. Nicht lang genug, um einen tödlichen Stich anzubringen, der den Brustraum durchdrang, aber nadelspitz, doppelseitig geschliffen, unbenutzt. Eine ganze Menge Argies waren mit solchen Messern auf den Falklands massakriert worden, auch und vor allem, nachdem sie sich ergeben hatten. Kein Angehöriger der Royal Marines war je dafür belangt worden, wie damals nach der Einnahme der ersten Anhöhe, als ihn Lieutenant Busser angebrüllt hatte, endlich abzudrücken, mit diesem feuerroten, von alten Brandwunden entstellten Gesicht, das ihm bei der Truppe unverdienten Respekt eingetragen hatte. Sein zur Standardausrüstung gehörendes Armeemesser war von Busser jedoch nur zum Dosenöffnen benutzt worden. Und selbst dabei hatte er sich ungeschickt angestellt. Er hatte lieber Befehle gegeben.

Hynch dagegen konnte mit Klingen umgehen. So etwas vergaß man nicht. Nahkampfausbildung. In seiner Laufbahn nach dem Militär hatte er hin und wieder mit Messern arbeiten müssen. Zuhälter, die ihre Mädchen unnötig malträtierten, waren durch blanken Stahl oftmals schneller zur Vernunft zu bringen als mit Blei. Weil man mit Blei nichts durchbohren oder abschneiden konnte.

Er fuhr über die Klinge. Rasiermesserscharf.

Plötzlich ertönte ein Schuss. Hynch schreckte hoch. Entfernung ein paar Hundert Meter, aber deutlich vernehmbar in der geräuschlosen Nacht. Handfeuerwaffe, wie er sofort registrierte.

»Haben Sie das gehört?«, fragte Gracie von draußen.

»Ja. Wer kann das sein?«

»Calum vielleicht. Mein Nachbar.«

»Calum McGlynn ist Ihr Nachbar?«

»Das Gutshaus auf der anderen Seite der Straße. Er hat wohl einen Fuchs erwischt.«

Hynch horchte. Kein weiterer Schuss. Es blieb bei dem einen.

Dass Rick und Winslow ihm gefolgt waren, hielt er für unwahrscheinlich. Die rührten sich bei diesem Wetter bestimmt nicht vom Fleck, bis er wieder zur Schutzhütte zurückkehrte. Obwohl der Regen vor Kurzem schwächer geworden war. Aber Rick würde niemals eigenmächtig vorgehen, sie sprachen sich grundsätzlich untereinander ab.

Er legte das Messer auf den Spülkasten der Toilette, stand auf und zog seine Hose hoch. »Kommt das öfter vor?«, fragte er laut durch die Tür.

»Dauernd«, kam es von Gracie zurück.

Sie konnte den Klang von Schusswaffen bestimmt nicht unterscheiden. Für einen Fuchs hätte Calum eine Flinte benutzt, die machte bedeutend mehr Lärm. Hynch griff wieder nach dem Messer. Er dachte nach. Hatte er sich getäuscht? War es ein leichtes Jagdgewehr gewesen? Rehe kamen auf Jura manchmal nah an die Fahrbahn heran, sie hatten kaum natürliche Scheu. Dann konnte Calum oder ein anderer Einheimischer der Schütze gewesen sein.

Oder war Mallard ihm auf die Spur gekommen? Das Ehepaar in Inveraray unter dem Regenschirm? Anfang einer langen Reihe von Informanten, zuverlässiger als Handyortungen in einer Zeit, da viele Menschen gleich mehrere von diesen Spielzeugen besaßen, Verträge, Anbieter und Rufnummern wechselten. Mallard hatte überall in Schottland Augen, auch ganz normale Anhänger seiner politischen Bewegung »Better for Scotland«. Vor allem die Alten waren unzufrieden und liefen Extremisten aller Couleur hinterher. Wenn Hynch bis nach Jura verfolgt worden war …

Nein, er wurde wohl schon paranoid. Der Schuss war von dem Farmhaus gekommen, dort konnte man aus allen möglichen Gründen eine Waffe benutzen. Schädlingsbekämpfung, was auch immer. Es änderte nichts daran, dass er jetzt handeln musste.

»Wie lang dauert das noch?«, fragte Gracie.

»Eine Minute, okay?«

Er steckte das Messer in den linken Jackenärmel und ging den

Plan, den er bereits im Lauf ihres Gesprächs geschmiedet hatte, noch einmal durch. Bei der ersten Gelegenheit, am besten wenn sie das Cottage verließen oder schon zuvor, würde er das Messer ziehen. Dann würde er Gracies linken Arm packen, sich hinter sie schieben und ihr die Klinge mit der rechten Hand an die Kehle halten. In einem einzigen Bewegungsablauf. Die Pistole war inzwischen gesichert, die konnte sie höchstens für einen reflexhaften Hieb gebrauchen, bevor er ihr lautstark klarmachte, das Ding fallen zu lassen – oder seinen Kommandos mit dem Messer Nachdruck verlieh, wenn es unbedingt nötig war. Er musste auf ihre Ellenbogen aufpassen, damit konnte sie sich gegen eine solche Attacke am effektivsten wehren. Aber er nahm an, dass ihr der Schreck in die Glieder fuhr und sie seinen Anweisungen widerstandslos Folge leistete – so war das meistens bei ungeübten, eingeschüchterten Gegnern.

Und dann? Die Situation würde sich umkehren. Er würde sie gefesselt und geknebelt in dem Cottage zurücklassen, ihr Handy an sich nehmen, in den kleinen Geländewagen steigen und schleunigst verschwinden. Als Nächstes musste er irgendwie mit Rick und Winslow Kontakt aufnehmen. Vielleicht wartete er bis zum Morgengrauen und brach erst dann zur Schutzhütte auf, vielleicht wagte er es noch in der Nacht, je nach den Sichtverhältnissen. Falls er Rick trotz des schlechten Empfangs in der Wildnis zuvor über Handy erreichte – umso besser, das würde alles abkürzen. Gracies Wagen konnte er am Loch Tarbert oder sonstwo stehen lassen. Mit dem Rover würden sie gemeinsam zurück in den Süden der Insel fahren, die erste Fähre nach Islay nehmen und aufs Festland übersetzen. Möglicherweise mussten sie den Wagen schon früher loswerden.

Irgendwann ein anonymer Anruf bei Calum McGlynn. Dessen Nummer war bestimmt in Gracies Handy gespeichert. Dann konnte der Mann seine Nachbarin befreien und die Polizei verständigen. Zu diesem Zeitpunkt hoffte Hynch, die Hebriden längst verlassen zu haben und sich auf dem Rückweg nach Glasgow zu befinden. Dort wartete eine Menge Arbeit auf ihn. Mallard zur Rechenschaft zu ziehen stand ganz oben auf der Liste. Aber das war nur der Anfang.

Er kniete sich hin und spähte durchs Schlüsselloch. Gracie stand neben dem Kamin, die Pistole in der Hand, ihr Arm hing locker herab.

Bislang hatte sie sich wacker geschlagen. Kaum Fehler begangen, wenn man von dem Umstand absah, dass sie ihn auf Waffen hätte durchsuchen müssen. Und dass sie anfing, ihm zu vertrauen.

Töten wollte er Gracie nicht. Obwohl es vieles einfacher machen würde. Sehr vieles.

Er richtete sich auf.

Das Geräusch von zersplitterndem Glas, gefolgt von Schüssen, kurz hintereinander, in unmittelbarer Nähe.

Schritte im Cottage, jemand stolperte.

Er löschte die Beleuchtung in der Toilette. Dann öffnete er leise die Tür, einen Spaltbreit.

26

Das Deckenlicht war aus. Nur die Glut des Kaminfeuers warf einen schwachen rötlichen Schein. Hynch konnte kaum etwas erkennen. Seine Augen brauchten einige Sekunden, um sich an die Dunkelheit zu gewöhnen.

Die Haustür stand offen, kalte Luft drang herein.

Stille.

Dann hörte er etwas, stoßweises Atmen. Viel zu laut. Gracie hatte sich hinter dem Sessel verkrochen. Sie lag auf dem Boden, in einer Entfernung von drei bis vier Metern. Zusammengerollt, wie er vermutete, Schutz suchend. Verletzt?

Es war, als verlangsamte sich die Zeit um ihn herum und fror ein, während sein fieberhaft arbeitendes Gehirn ihm ein Bild eingab. Unvermittelt stand es vor ihm, jetzt erst, in Gefahr und Bedrängnis, brach es in längst vergessen geglaubter Deutlichkeit über ihn herein: eine andere Frau, eher noch ein Mädchen. In ähnlicher Pose. Auf der Seite liegend, Fötushaltung, mit schmutziger Unterwäsche, Flecken an den Gliedmaßen, klebrigem Haar, abgekauten Fingernägeln, Hautausschlag. Ohne die Armbanduhr, die ihnen so wichtig geworden war. Eine wie keine. Sie hatte auf ihn warten wollen, bis er vom Ende der Welt zurückkehrte. 1982. Doch er war zu spät gekommen. Eine Überdosis. Er hatte es nicht verhindern können. Hatte danach den Dealer umgebracht, der ihr den Stoff besorgt hatte. Und einen neuen Weg eingeschlagen, weil ihm der Verbleib beim Militär und der Eintritt in den Polizeidienst verbaut gewesen waren. »Geborener Killer« hatte es in der psychiatrischen Beurteilung geheißen, »schwer steuerbar, undiszipliniert«. So wurde es ihm aus seiner Akte vorgelesen, ohne Quellenangabe, Nachfrage zwecklos. Mit dem Dealer hatte das nichts zu tun gehabt, um dessen Tod hatte sich kein Schwein geschert. Der Akteneintrag reichte weiter zurück, das war Hynch klar gewesen. Daraufhin hatte er sich entschieden. Statt Töten im Dienst der Regierung Töten auf eigene Rechnung. Ein großer Unterschied.

Erinnerungen konnten ein mächtiger Antrieb sein. Adrenalin fuhr in seine Glieder, verdrängte die Jahre und das Alter. Für einen Siebenundfünfzigjährigen war er immer noch erstaunlich fit, wenn es drauf ankam, fitter als viele Vierzigjährige, trotz der üblichen Malaisen. Der alte Automatismus erwachte in ihm. Hynch zog sein Messer.

Eine Gestalt zeichnete sich in der Haustür ab. Das Knirschen von Glassplittern unter Stiefelsohlen, näher kommend.

Er machte sich bereit.

Der Angreifer hielt inne. Wenn er Gracie bemerkte, ihr Keuchen oder eine Bewegung im schwachen Feuerschein, würde der nächste Schuss fallen, das stand fest.

Hynch spannte die Muskeln an. Sie hatte ihm am Loch Tarbert das Leben gerettet. Auch das.

Möglichst geräuschvoll stieß er die Toilettentür auf und sprang dabei nach draußen. Er kam auf dem Boden auf, duckte sich.

Zwei Schüsse, zu hoch, wie es viele machten, die vor Aufregung den Rückstoß nicht einkalkulierten. Mit Handfeuerwaffen war es im Nahkampf so eine Sache. Schon auf ein paar Metern konnten die Kugeln wer weiß wohin gehen, zumal im Dunkeln. Flinten waren in solchen Situationen zuverlässiger.

Das Mündungsfeuer hatte die Position des Schützen verraten. Hynch warf sich nach vorn, das Messer von sich gestreckt, damit es ihm nicht ins Gehege kam. Er rollte sich einmal ab, sprang hoch und führte die Klinge in einer Sichelbewegung dorthin, wo er den Kopf oder den Hals seines Gegners vermutete.

Er spürte nur einen leichten Widerstand. Das Messer ging glatt durch.

Dabei krachte ein weiterer Schuss.

Wieder daneben. Jetzt war Hynch dicht an seinem Ziel. Er spürte einen Körper vor sich, sah die helle Fläche des Gesichts. Sah die Waffe, deren Lauf er mit dem linken Unterarm beiseiteschlug, worauf sich noch ein Schuss löste.

Er machte einen letzten Schritt, griff in den Jackenstoff zwischen Schulter und Hals des Schützen und rammte ihm das Messer ins Herz, von unten nach oben, mehrmals, in einem unbarmherzigen Stakkato. Er oder ich, dachte Hynch. Heute er. Nicht ich.

Der Körper des Mannes erschlaffte und sank zu Boden. Die Pistole polterte auf die Holzbohlen.

Hynch ging in die Hocke und tastete nach der Waffe. Fand sie. Verharrte eine Weile.

Der Lärm der Schüsse hallte ihm in die Ohren. Langsam schob er sich zur Eingangstür, zum Lichtschalter. Entweder war die Deckenlampe bei der Schießerei zu Bruch gegangen, oder Gracie hatte sie geistesgegenwärtig ausgemacht, am Durchgang zu ihrem Schlafzimmer befand sich ein weiterer Kippschalter, relativ nahe am Kamin.

Fiat lux.

Vor dem Sessel lag der Angreifer, auf dem Rücken, das Gesicht blutüberstömt. Anscheinend hatte ihn der Sichelschwung an der Stirn erwischt, das hatte den Infight vereinfacht. Unter ihm bildete sich bereits eine Lache.

Hynch wischte das Messer an seiner Hose ab, die ohnehin besudelt war, und steckte es zurück ins Futteral. Dann nahm er die Pistole in die rechte Hand – eine Beretta, wie er überrascht feststellte – und näherte sich dem Mann. Schritt für Schritt.

Er konnte es nicht fassen. Es war Rick.

»Verdammt!« Hynch kniete sich hin. »Was …, was zum Teufel sollte das?«

Ricks Mund war voller Blut. Er konnte kaum sprechen. »Ja, Hynch, was sollte das?«

»Ich hab geglaubt …«

»Dass ich dich raushaue? So war's gedacht.« Rick spuckte aus. »Hab die Schlampe durchs Fenster gesehen, mit deiner Pistole.«

»Warum hast du nichts gesagt? Gerufen? Bist du da drin, Hynch, so etwas?«

»Weil du auch nie was sagst, wenn's ans Schießen geht. Weil ich dachte, sie hätte dich am Arsch. Ein weiblicher Ranger. Eine Polizistin.«

Während Hynch Ricks Wunden untersuchte, rappelte Gracie sich hinter dem Sessel hoch. Sie stotterte zusammenhanglos herum, bis sie etwas herausbrachte.

»Sie … kennen ihn?«

»Aber ja! Rick gehört zu meinem Team.«

»Einer der Männer, die bei der Schutzhütte rumgeballert haben?«, fragte Gracie.

»Ja! Alles klar bei Ihnen? Sind Sie unverletzt?« Er schaute kurz zu ihr hoch.

»Ich glaube schon«, sagte sie verdattert. »Der wollte mich umbringen!«

»*Sie* leben noch, oder?«, herrschte Hynch sie an.

Er wandte sich von ihr ab, beugte sich vor und stützte Ricks Kopf mit seinem Arm. Lange würde er's nicht mehr machen. Die Klinge hatte ihn regelrecht zerfleischt.

»Zehn Jahre, Partner.« Rick würgte.

»Zehn Jahre.«

»Ich hätte gern … diesen Burj Al Arab gesehen, in Dubai. Muss eine tolle Aussicht bieten.«

»Wirst du noch«, log Hynch. »Deutsche muss man immer zweimal totmachen, Rick. War so ein Spruch damals bei den Marines, von früher.«

»Winslow ist drüben im Farmhaus. Ich hab Mist gebaut. Hab den Hund erschossen.«

»Chip?«, rief Gracie entsetzt.

»Und wegen der Kurden …« Rick verschluckte sich an seinem Blut. Offenbar war seine Lunge perforiert.

»Was ist mit den Kurden?«, fragte Hynch.

»Der Anschlag …, auf Mallard … Ich hab mit denen telefoniert …« Sein Kopf kippte nach hinten. Er starb.

Es war, wie einen Sohn zu verlieren. Einen Sohn, der sich zunehmend eigene Gedanken gemacht hatte, die von Hynchs gewaltig abwichen. Der aber ein treuer Gefolgsmann gewesen war, treu bis in den Tod. Allein das zählte.

Keine Tränen. Hynch hasste sich dafür.

27

Sie bluten, Mister *Stokes.*« Gracie wies auf seine Jacke. »An der Schulter.«

Hynch kniete immer noch vor Ricks Leiche.

»Das haben Sie gar nicht gemerkt, wie?«

Er schwieg. Es tat nicht weh. Würde es aber bestimmt bald.

»Das ist alles so schrecklich.« Sie biss sich auf die Lippen. »War es wirklich nötig, den Mann zu erstechen? Woher hatten Sie überhaupt das Messer? Und wo ist es jetzt?«

Aufmerksam, obwohl sie dem Tod gerade von der Schippe gesprungen war.

»Mein Name ist nicht Stokes. Ich heiße Hynch.«

»Das hab ich mitgekriegt.«

»Bis vor Kurzem gab es in Schottland drei Personen, die mich zweifelsfrei identifizieren konnten. Brewster Wright aus Glasgow und Rick hier. Beide sind tot. Einer ist drüben im Farmhaus. Mit ihnen sind es nun wieder zwei.«

»Ich verstehe nicht …«

»Ich arbeite nicht bei einem Sicherheitsdienst. Sie haben ganz richtig vermutet. Ich bin das, was man einen Killer nennt.«

Gracie starrte ihn eine ganze Weile an. Versuchte, es vollständig zu begreifen. Er rührte sich nicht. Dann hob sie ihre Pistole, die sie hartnäckig behalten hatte.

»Also doch!«

»Alles andere stimmt. Dass ich zu Unrecht beschuldigt werde. Dass mir Mallard den Mord an Bruce anhängen will. Oder wer auch immer.«

»Geschichten! Alles nur Geschichten!«

»Wir haben für Bruce gearbeitet, da habe ich Ihnen nichts Unwahres erzählt. Wir sind nach Jura gekommen, um hier eine Zeit lang unterzutauchen. Bis wir wissen, was in Glasgow läuft und wie wir uns zu verhalten haben. Wahrscheinlich müssen wir Schottland für immer verlassen, schon bald.«

»Am besten gleich!«

»Wenn Sie möchten, verschwinde ich von hier, auf der Stelle. Ich gehe durch diese Tür, und Sie sehen mich nie wieder.«

»Das würde Ihnen so passen!« Gracie entsicherte die Pistole. Inzwischen wusste sie ja, wie das ging. »Sie bringen Menschen um. Das tun Sie doch, oder?«

Im Cottage herrschte Stille.

»Ja«, sagte Hynch. »Wenn es sein muss, bringe ich Menschen um. Böse Menschen. Ausschließlich. Menschen, die anderen schaden, die sie in die Armut oder in den Tod treiben. Das habe ich mir zum Prinzip gemacht.«

»Ich nenne das Selbstjustiz. Für Geld.«

»Es ist nichts Rühmliches dabei. Da haben Sie recht.« Er schob seine Beretta, die er neben sich auf den Boden gelegt hatte, demonstrativ in ihre Richtung und stand auf. »Ich bin jetzt völlig offen zu Ihnen. Glauben Sie mir. Wenn Sie es nicht tun, kann ich Ihnen das nicht verdenken. Aber nach Ricks Tod ist das Versteckspiel für mich vorbei.«

»Schön, dass Sie das endlich einsehen, jetzt, wo es nicht mehr anders geht.« Sarkasmus, um mit der Situation klarzukommen, den Schock zu überwinden. Ihre Stimme überschlug sich.

»Sie haben uns am Loch Tarbert überrascht. Enttarnt, wie ich leider annehmen musste. Deshalb ergriff ich Gegenmaßnahmen. Ein großer Fehler. Den ich über die Maßen bereue.«

»Weil ich Sie außer Gefecht gesetzt habe. Fernglas, Bach?« Sie grinste boshaft.

»Weil ich Sie sehr schätze, Miss Dimmock.« Er benutzte absichtlich ihren Nachnamen. »Weil Sie Courage zeigen und das Herz auf dem rechten Fleck haben.«

Sie stieß spöttisch die Luft aus. »Werden Sie auch für Ihre Floskeln bezahlt?«

»Ich werde Ihnen helfen mit Thorpe, versprochen. Das war der Deal, nicht wahr?«

»Wir haben keinen Deal. Wie können Sie davon anfangen, nachdem hier jemand gestorben ist? Durch Sie!« Sie war aufgebracht und verwirrt. Zu viele Gedanken schossen ihr gleichzeitig durch den Kopf.

»Fragen Sie mich mal, wie's mir dabei geht.« Hynch versuchte es wieder mit einem beruhigendem Tonfall, auch um seine eigenen Gefühle in den Griff zu bekommen. »Dieser Mann war mein Freund. Sein Blut klebt an meinen Händen. Weil ich die Lage falsch eingeschätzt habe. Ich hätte wissen müssen, dass er es war, der den Schuss abgegeben hat, den wir von der Farm gehört haben. Offenbar dachte er, dass Sie mich festgenommen haben. Dass Sie eine Polizistin sind. Er wollte mich befreien.« Er machte eine Pause. Gab ihr mehr Zeit, die Lage zu erfassen. »So läuft das bei uns. Wir geben einander Schutz. Das hat sich leider ins Gegenteil verkehrt.«

Gracie überlegte. Sie begriff sichtlich, was in ihm vorging. Doch einen Umstand erwähnte er nicht. Er hatte alles in die Waagschale geworfen, um *sie* zu beschützen. Er hatte seinen eigenen Partner erstochen, damit sie nicht verletzt wurde, auch wenn ihm nicht klar gewesen war, wer da um sich schoss. Er hatte sie verteidigt gegen einen gefährlichen Unbekannten und in Kauf genommen, dabei getötet zu werden. Seine Alternative? Auf der Toilette bleiben und abwarten, was passierte. Das hatte er nicht getan. Und wahrscheinlich hätte er sie vor ein paar Minuten, als sie noch völlig durcheinander gewesen war, auf die gleiche Weise abschlachten können wie diesen Rick. Oder sie einfach erschießen.

Sie richtete die Pistole immer noch auf sein Gesicht, spürte das Gewicht der Waffe. Sie wollte raus aus dem Cottage. Ortswechsel. Schon allein, um die Leiche nicht mehr sehen zu müssen. »Sie haben eine Verletzung an der linken Schulter. Die muss behandelt werden. Hier kann ich das nicht machen.«

Hynch zuckte mit den Achseln. »Ist nicht weiter schlimm.«

»Gehen wir zu Laoise rüber. Dort wartet Ihr anderer Partner, oder? Der Dicke. Hoffentlich hat der nicht auch Mist gebaut.« Sie dirigierte ihn vor sich her. »Wenn Sie nur eine falsche Bewegung machen, sind Sie tot. Haben Sie das verstanden?«

Er hob die Hände, blieb stehen und blickte noch einmal umher. In diesem Raum war eine Menge geschehen, das ihn nicht unberührt ließ. Rick. Vielleicht hatte es irgendwann so weit kommen müssen. Zwangsläufig. Wie hieß es bei Hume? Ein ewiger Krieg würde die Menschen in Raubtiere, ein ewiger Friede in Lasttiere verwandeln. Hynch führte einen ewigen Krieg. Rick war ein Lasttier gewesen – das ein Raubtier hatte werden wollen. Und Raubtiere brachten sich manchmal gegenseitig um. Revierkämpfe. Evolution.

Was für ein beschissener Vergleich.

»Wird's bald?«, drängte Gracie.

Hynch ging zur Tür. Wieder drehte er sich um. Da war noch etwas anderes gewesen, was er mit diesem Haus verband. »Sie haben mich vorhin an jemanden erinnert. Als Sie auf dem Boden lagen.« Er hatte keine Ahnung, warum er das sagte. Na ja, er hatte versprochen, offen zu sein.

»Keine Tricks. Versuchen Sie nicht, mich abzulenken.«

»Diejenige, die ich meine, war nicht so stark wie Sie. Wehrloser. Vor mehr als dreißig Jahren war das. Ich musste seit Langem wieder daran denken.«

»Schlechter Zeitpunkt.«

»Es hat etwas verändert, wie ein Gewicht, das sich plötzlich wieder auf einen legt. Das man nie losgeworden ist. Aber mit einem Mal spürt man es wieder. Das Versäumnis. Die Machtlosigkeit.«

»Eine Frau?«, fragte sie ungläubig.

»Sie starb damals, unter sehr viel erbärmlicheren Umständen als Rick.«

»Warum höre ich mir das an? Vorwärts!«

»Wollten Sie nicht mein Messer haben?« Hynch kniete sich langsam hin und zog es aus dem Futteral an seinem Unterschenkel.

»Was wird das?« Gracie hatte das Ding völlig vergessen.

Er holte aus und rammte es in die Holzbohlen. Die Klinge verschwand fast bis zum Heft. »Das Messer bleibt hier. Um Ihnen zu zeigen, dass ich es ehrlich meine.«

Sie staunte. »Ein Killer, der einen Vorteil aufgibt?«

»Ein Killer, der seine Dienste anbietet.«

28

Gracie behielt die Pistole und achtete darauf, dass Hynch Abstand wahrte. Die Kabelbindernummer wollte sie nicht noch einmal abziehen. Zu umständlich. Darüber waren sie hinaus. »Werfen Sie mir meine Stiefel zu!«

Er stand unter dem Türstock, neben der Garderobe, wo sie ihre Outdoor-Sachen abgelegt hatte. Er bückte sich und tat, worum sie ihn gebeten hatte. »Keine Angst, ich komme Ihnen nicht zu nahe.«

Sie legte die Pistole kurz neben sich auf den Boden, bedachtsam, als prägte sie sich ein, welche Bewegungsabfolge erforderlich war, um schnell nach der Waffe zu greifen und Hynch in Schach zu halten. Rasch entfernte sie Glassplitter, die sich in ihre dicken Socken gebohrt hatten, schlüpfte in die Trekkingstiefel und band sie notdürftig zu. »Jetzt meine Jacke!«

Er machte ein Knäuel daraus und warf es in ihre Richtung. Gegenstände werfen, immer ein Unsicherheitsfaktor. Die Sicht war blockiert, der Gegner abgelenkt. Ideal für einen Überraschungsangriff. Gracie musste noch viel lernen.

Sie zog die Jacke an und brachte ihre Pistole wieder in Anschlag. Sie zwang sich, alle Eventualitäten zu berücksichtigen. *Ricks* Pistole. Die gab es ja auch noch. Sie lag vor dem Sessel, Hynch hatte sie dorthin geschoben, als Zeichen seiner Läuterung oder wie das zu nennen war, was er da von sich gegeben hatte. Sie hob die Waffe auf.

Er folgte ihrem Blick. »Wohin damit? Oder wollen Sie mich beidhändig bedrohen?«

Gracie ging zur Küchentheke. Dort lag ihr Notebook mit unverzichtbaren Forschungsdaten. Sie holte es aus der wasserdichten Schutzhülle, steckte die Pistole hinein und zog den Reißverschluss zu. Das Notebook blieb auf der Theke.

»An Ihrer Stelle würde ich die Waffe unbrauchbar machen. Magazin herausholen, Patrone aus der Kammer entfernen, und alles getrennt entsorgen. Ins Heidekraut vor dem Cottage schmeißen, ins Klo, aufs Dach. So macht man das.«

»Vielleicht brauche ich die ja noch. Als Rückversicherung.«

»Oder *ich* brauche die Pistole. Für Thorpe. Ich sollte ihn doch anschießen. Das war Ihr Plan.« Er lachte, nicht höhnisch, sondern ein wenig genervt, damit sie merkte, dass sie trotz allem auf einer Linie lagen. »Auch eine Form von Selbstjustiz …«

»Die Pistole bleibt hier«, sagte sie fest und verstaute die Notebook-Schutzhülle in einem Küchenschrank unter der Theke. Sie richtete den Lauf ihrer Beretta wieder auf Hynch. »Ich kann Ihnen nicht trauen.«

»Ich hoffe sehr, dass sich das ändert.«

»Nie im Leben.«

»Und wenn Thorpe all das wahr macht, was er auf Jura vorhat? Wenn er die Insel in ein Freizeitparadies für Superreiche verwandelt, in einen Themenpark, wo es Wildnis zum Anfassen gibt, unberührte Buchten für ein feudales Picknick, Höhlen für eine ausgefallene Party, Motorbootrennen an der Küste? Wenn er jeden terrorisiert, der ihm dabei im Weg ist, jeden, der kein Land an ihn verkaufen will, der auf die Einhaltung des Naturschutzes pocht, der hier etwas aufbauen will, was seinen Interessen zuwiderläuft? Genau das kommt auf Jura zu. Sie wissen das.«

»Aber Thorpe ist doch kein böser Mensch. Keiner, den Sie nach ihrem zweifelhaften Kodex umbringen müssten.«

»Können Sie das mit Sicherheit sagen?«

»Nein. Ich kenne ihn ja kaum.«

»Kennen Sie ihn persönlich?«

»Nein«, gab Gracie zu.

»Und dennoch haben Sie mir vorgeschlagen, Thorpe zu bedrohen. Ihn mit einem gezielten Schuss zu verletzen. Um ihn von der Insel zu vertreiben. Wissen Sie, wie naiv das ist?«

Hynch machte eine Pause, um ihr Zeit zu geben, ihm gedanklich zu folgen. Als er merkte, dass sie wieder aufnahmefähig war, fuhr er fort. »Wenn Sie so etwas anfangen, muss Ihnen klar sein, was Sie dadurch auslösen. Thorpe wird sich nicht so einfach ins Bockshorn jagen lassen. Im Gegenteil, er wird dagegenhalten, Sicherheitsteams nach Jura beordern, die ihn schützen – und einen Gegenschlag ausführen.« Er holte Luft. »Sie können Thorpe nicht einschüchtern. Sie müssen ihn unschädlich machen. Oder zur Besinnung bringen. Für beides gibt es bessere Wege als einen lächerlichen Streifschuss.«

Sie hatte sich die Suada geduldig angehört. »Sind Sie fertig?«

Der metallische Geruch des Blutes, in dem Rick lag, machte ihm zu schaffen. Und der zerfetzte Stoff, wo die Klinge eingedrungen war. »Ja, fertig.«

»Dann mal los.«

Hynch setzte sich in Bewegung.

Gracie machte einen Bogen um das Messer, das immer noch in den Bohlen steckte. Eine endgültige Geste war das gewesen. Selbstentwaffnung. Abscheu – vor Ricks Tod oder ihrer Reaktion darauf?

Glaubhaft? Der Mann war ein Rätsel.

Hynch nickte. Er spürte die Zweifel der Frau, die ein paar Meter hinter ihm ging und das überdachte, was sie für Moral gehalten hatte. In einer gewaltfreien Welt? Die existierte nicht. Nirgendwo. Sterben war der große Motor. Nur Tote zählten, darunter ging nichts. Sie bestimmten die Tagesmeldungen, wie bei Bruce heizten sie die hungrige Meute an in deren Wahn, Schuldige ausfindig zu machen, sich zu empören über dieses und jenes, was sie nicht beeinflussen konnte. Sei beruhigt, Meute! Es finden sich immer welche, die deinen Groll ertragen müssen. Aber manchmal schlagen sie zurück.

Aus Hynchs Sicht sprach nichts dagegen, einen weiteren Auftrag auszuführen, aus Gefälligkeit diesmal. Einem

Fünf-Sterne-Geschäftemacher ein bisschen Manieren beibringen. Warum nicht? Kam noch etwas Neues in seinem Leben? Er musste an Rick denken, der voller Pläne gewesen war – die sich vermutlich niemals erfüllt hätten. Winslow? Der war noch formbar. Eine formbare Niete. Tolles Vermächtnis.

Gracie in seinem Rücken. Die einfach nichts kapieren wollte. Die genauso auf Jura gestrandet war und auf einen Großteil der Menschen gut verzichten konnte wie er, die allein war wie er. Die sich von ihren Schuldgefühlen nicht frei machen konnte und daraus ein großes Ding machte. Aber wer konnte sich schon befreien? Alles hinter sich lassen und so tun, als sei nichts Weltbewegendes geschehen? Abbitte tun und fertig?

Es war, wie es war. Sie stapften quer über eine nasse, schwammige Wiese. Der Regen hatte aufgehört. Zwischen sich auflösenden Wolkenfeldern schien der Mond hindurch, es roch schwach nach Rinderdung. Außer der Straßenbeleuchtung und den Fenstern der Farm war weit und breit keine andere Lichtquelle auszumachen.

Hynch fragte sich, ob jemand all die Schüsse gehört hatte, die gefallen waren. Hatte ein Nachbar den Notruf gewählt?

Doch in Sichtweite gab es keine Nachbarn, und Pistolenschüsse trugen nicht besonders weit. Keine Hilfe – oder Einmischung.

Sie erreichten die Straße und näherten sich dem Gutshaus der McGlynns.

Wie Winslow sie wohl empfangen würde? Vermutlich hatte auch der Junge seine Beretta bei sich. Zu viele Waffen in den falschen Händen. Eine Grundregel, die Hynch auf Jura leider außer Acht gelassen hatte.

Er pochte an die Tür und rief, so laut er konnte: »Aufmachen, Winslow! Ich bin's, Hynch! Mit Begleitung.«

Es dauerte eine Weile, bis sich etwas regte. Die Tür ging nach innen auf. Sie wurde entriegelt.

»Darf ich reinkommen?«, fragte Hynch.

»Langsam.« Winslows Stimme.

»Mach keinen Blödsinn, Partner. Alles cool.« Er versetzte der Tür einen leichten Stoß. Sie schwang auf.

Er schaute in den Doppellauf einer Flinte.

Eine Frau im Rollstuhl. In ihrem Schussfeld, direkt neben der Tür, der übergewichtige Junge aus Ayrshire. Bedröppelt, mit hängenden Schultern.

Die Frau hatte eine kaputte Nase und ganz miese Laune. Die Hähne der Flinte waren gespannt. Sie hatte den Finger am Abzug. Er kam etwas zur Ruhe, als sie Gracie hinter Hynch entdeckte.

»Du bist nicht der Wichser, der meinen Hund erschossen hat«, stellte sie wütend fest.

»Nein.«

»Ich möchte aber, dass du es bist. Um dein Gehirn über die Einfahrt zu verteilen.«

»Tut mir leid«, sagte Hynch.

»So?« Sie blickte von ihm zu Winslow. »Ihr gehört zusammen, stimmt's?« Sie grinste böse. »Dann komm mal rein, Opa. Mit euch beiden haben wir noch jede Menge Spaß, bevor ihr in den Futtertrog wandert.«

»Das ist Laoise«, sagte Gracie. »Ihr und Calum gehört die Farm.« Sie trat zur Seite, damit ihre Freundin sehen konnte, dass sie mit einer Pistole auf Hynch zielte.

»Wird ja immer schöner«, rief Laoise. »Mädelsabend!«

»Hör dir erst an, was Hynch zu sagen hat.«

»Wo ist das andere Arschloch? Der mit dem deutschen Akzent?«

»Tot. Hynch hat ihn erstochen.«

»Wirklich?« Laoise schien sich ein wenig zu entspannen. Sie nahm den Finger vom Abzug. »Den hätte ich allzu gern selbst in die Finger bekommen.«

»Hynch wurde dabei angeschossen.«

»So schlimm kann's nicht sein. Er steht ja noch.«

»Sollen wir die Polizei rufen?«, fragte Gracie. »Oder die Nachbarn in Inverlussa und in Lagg alarmieren?

»Bist du verrückt? Das regeln wir selbst.«

»Vorsicht, das sind keine Amateure. Die werden gesucht wegen der Morde in Glasgow.«

Erstaunen malte sich auf Laoises lädiertem Gesicht. »Sieh mal einer an ... Die beiden schauen gar nicht aus wie Schwerverbecher.«

»Wenn du mitgekriegt hättest, was drüben im Cottage passiert ist, wärst du anderer Ansicht«, sagte Gracie.

Hynch und Winslow wurden in die Küche geführt. Laoise bestand darauf, sie vorerst in die Speisekammer zu sperren, damit sie keinen Ärger machen konnten. Für die Behandlung von Hynchs Verletzung sei später noch Zeit. Gracie tastete die beiden nach verborgenen Waffen ab und nahm die Gürtelholster an sich.

Und so wurden Schottlands berüchtigster Killer und sein Fahrer in einem Sechs-Quadratmeter-Kabuff eingeschlossen. Zur weiteren Verwendung.

29

Winslow hatte die vermeintlich schwer verletzte Laoise auf ihre Bitte hin zurück in den Rollstuhl gehoben und ins Wohnzimmer geschoben. Anscheinend war es ihm peinlich gewesen, wie ruppig Rick mit Laoise umgesprungen war. Er hatte etwas gutmachen wollen.

»Nach einem Blick in den Kühlschrank ließ er mich für einige Momente aus den Augen.«

Gracie hörte staunend zu.

»Hat sich ein Stück Cheddar geschnappt. Sein Fehler.«

Laoise wirkte zwar fragil, war aber zäh wie Leder. Ein angeknackstes Nasenbein hatte sie nicht davon abgehalten, die Flinte, die Calum für die Entenjagd benutzte, aus dem Gewehrschrank zu nehmen und rasch hinter die Sofapolster zu stecken. Als Winslow ein weiteres Mal nicht achtgegeben und versucht hatte, über Laoises Notebook ins Internet zu gehen, hatte sie die Flinte mit zwei Schrotpatronen geladen. Dann waren Schüsse vom Cottage ertönt, und in der nächsten Sekunde war Winslow einer grimmigen Bewacherin gegenübergesessen, die ihn mit überzeugenden Argumenten dazu zwang, ihr seine Pistole zu geben und sich nicht von der Stelle zu rühren.

»Der Junge kam mir nicht sonderlich überrascht vor – obwohl sich das Blatt plötzlich gewendet hatte und er von einem Krüppel ausgetrickst worden war«, sagte sie. »Hat's einfach geschluckt. War sogar ein bisschen erleichtert, nicht mehr den Macker mit der Pistole spielen zu müssen. Wie heißt er mit richtigem Namen? Winslow? Und wegen dem armen Chip war er ziemlich geknickt. Täte ihm wahnsinnig leid und so weiter. Kurz darauf warst du schon mit diesem Hynch an der Tür.«

»Das hast du gut gemacht.« Gracie zeigte sich beeindruckt.

Laoise nickte beiläufig. »Ich hab mir geschworen, mich auf eigenem Grund und Boden nie wieder bedrohen oder übertölpeln zu lassen. Fürs nächste Mal sollte ich wohl gleich eine Knarre im Rollstuhl verstecken, für alle Fälle.« Sie lachte, nach und nach fiel die Anspannung von ihr ab. »Du hast aber auch ganz schönen Mut bewiesen. Scheuchst einen Killer mit einer Pistole vor dir her …«

»Er hat sich ergeben, von sich aus. Hat freiwillig die Waffen gestreckt. Das ist eine längere Geschichte. Fing schon heute Nachmittag an.« Gracie erzählte, wie sich aus ihrer Sicht alles zugetragen hatte, von der ersten Begegnung mit Hynch am Loch Tarbert bis zu Ricks Überfall auf das Cottage und Hynchs entschlossenem Eingreifen. Von dessen Verdacht, dass Mallard ihm den Mord an Black Eyed Bruce anhängen wollte. Von ihrem Gespräch über Thorpe. Schon beim Reden merkte sie, dass sie Hynch positiver darstellte, als man es nach den Geschehnissen erwarten mochte.

Das fiel auch Laoise auf. Sie schwieg eine Weile. »Sag mal, vom Stockholm-Syndrom hast du schon gehört? Sympathie des Opfers mit seinem Peiniger?«

»Kann schon sein, dass ich mir da etwas einrede.«

»Kontrollverlust in extremen Situationen. So etwas hast du gerade hinter dir. Es wird psychisch erträglicher, wenn man sich mit der Sache des Täters identifiziert. Und ihn in einem besseren Licht sieht, als er es eigentlich verdient.«

»Du hältst Mallard doch auch für eine Gefahr, oder? Und Thorpe erst recht.«

»Es gibt verschiedene Arten von Kriminellen. Weiß nicht, ob man die alle über einen Kamm scheren kann.«

»Meinst du, die Polizei macht was gegen die?«, hakte Gracie nach. »Du hast doch selbst gesagt, dass man Thorpe seine Grenzen aufzeigen müsste, notfalls mit Gewalt.«

»Aber ihm einen Killer auf den Hals hetzen?«

»Er soll ihn ja nicht gleich erschießen. Es würde reichen,

Thorpe zur Besinnung zu bringen. Hynch kennt da schon Mittel und Wege.«

»Das glaub ich sofort. Wenn er jemanden in der Dunkelheit mit einem Messer erledigt und kurz danach aussieht wie ein harmloser alter Sack, der kein Wässerchen trüben kann, muss er einiges auf dem Kasten haben.« Laoise schüttelte den Kopf. »Trotzdem, es wäre ein Spiel mit dem Feuer.«

»Deine Nase sieht übrigens furchtbar aus«, sagte Gracie.

»Die wird schon wieder.«

Sie fuhr mit dem Rollstuhl zur Anrichte, holte eine Packung Schmerztabletten heraus und nahm eine. Dann machte sie eine Kanne Kaffee und wärmte etwas von dem Nudelauflauf auf, der vom Vortag übrig geblieben war, Gracie hatte einen Bärenhunger.

Während ihre Freundin aß, checkte Laoise die Nachrichten im Internet. Im Großraum Glasgow hatte es in den frühen Abendstunden einen Unfall gegeben. Alison Chumber, eine Pubbesitzerin aus Motherwell, die angeblich Black Eyed Bruce nahegestanden hatte, war bei einem Zusammenprall an einer Kreuzung ums Leben gekommen. Laoise spielte Gracie das dazugehörige Video laut vor. Das Verkehrsopfer hatte nur die Straße überqueren wollen und war dabei frontal von einem schweren SUV überrollt worden. Der Fahrer hatte Unfallflucht begangen. Dabei hatte er noch zwei Verkäuferinnen eines Fish-and-Chips-Ladens, die gerade auf dem Weg zur Arbeit gewesen waren, verletzt, eine davon schwer. Sie lag auf der Intensivstation.

Man ging davon aus, dass der Bandenkrieg noch nicht vorbei war. Die Schuldigen an dem Attentat auf Black Eyed Bruce und dem Dreifachmord an seinen Gefolgsleuten wurden immer noch gesucht. Aufgrund der laufenden Ermittlung konnte die Polizei keine näheren Informationen herausgeben. So ließ es ein rotgesichtiger Polizeioffizier auf der Pressekonferenz knapp verlauten. Der Mann hatte eine kratzige Stimme, und er sah ein bisschen gruselig aus. Ihm fehlten die Augenbrauen, seine Stirn bestand aus vernarbtem Gewebe, als sei die Haut an dieser Stelle vor langer Zeit geschmolzen. Er trug eine Dienstmütze, etwas ungewöhnlich bei einem öffentlichen Auftritt in geschlossenen Räumen. Vermutlich verbargen sich unter der Mütze schlimmere Entstellungen, dachte Gracie. Doch wer konnte schon etwas für Wunden aus der Vergangenheit?

30

Hynch presste sein Ohr an die Tür. Motherwell. Jetzt hatte es auch noch Allie erwischt. Die hatte doch nur Bier gezapft und ihre Kneipe für konspirative Treffen zur Verfügung gestellt. Ein alarmierendes Zeichen. Anscheinend kannte Mallard kein Pardon. Die Tode von McClure, Hadley und Dickinson reichten ihm nicht. Bruce' rechte Hand, seinen Anwalt und seinen Buchhalter zu beseitigen, folgte zwar einer gewissen Logik. Aber darüber hinaus? Mussten die unteren Chargen dran glauben, weil Mallard an ihn, Hynch, nicht herankam?

»Wer ist als Nächstes dran?«, flüsterte er und richtete sich auf. »Die beiden Töchter von Bruce? Die studieren in St. Andrews, sie haben mit seinen Geschäften nicht das Geringste zu tun.«

Er stützte seine Füße an einem Regal mit allerlei Konserven ab. In der Speisekammer war wenig Platz. Der Raum war mit Vorräten vollgestellt bis obenhin, als wollten die McGlynns auf einen Atomkrieg vorbereitet sein. Der ließe sich hier draußen auf den Inseln sicher eine Zeit lang überstehen.

Hynchs linke Schulter tat höllisch weh. Die Wunde musste desinfiziert werden. Außerdem machte sich sein Alter auf schmerzhafte Weise bemerkbar. Die Anstrengungen der vergangenen Stunden forderten ihren Tribut. Er fühlte sich, als würde ein Zug über ihn hinwegrollen, immer wieder, es hörte nicht auf.

»Wir müssen dringend zurück nach Glasgow. Mallard spielt völlig verrückt. Der lässt jeden umbringen, der nur im Entferntesten etwas mit Bruce zu tun hatte. Das wächst sich zu einem Rachefeldzug aus.«

Winslow hatte die ganze Zeit über keinen Ton gesagt und sich nur angehört, was Hynch in knappen Worten berichtet hatte, kurz nachdem sie von der Rollstuhlfahrerin eingeschlossen worden waren. Er wirkte geschockt und angewidert. Schlechtes

Gewissen spielte wohl auch eine Rolle, weil Laoise ihn überrumpelt hatte. Und ein gewisser Starrsinn.

»Na und«, meinte er schließlich. »Mallard ist morgen Geschichte.«

»So? Wie kommst du zu dieser optimistischen Annahme?«

»Rick hat die Kurden eingeschaltet. Die legen eine Bombe und lassen sie hochgehen, wenn Mallard zum Flughafen fährt.«

»Was?«, fragte Hynch entsetzt. »Ich dachte, die sollten nur Mallards Jacht ins Visier nehmen.«

Winslow erzählte, was er von dem Telefonat mitgekriegt hatte. »Ein Anschlag an der Stadtautobahn, in dem Moment, in dem Mallard mit seiner Limousine vorbeifährt. Das ist der Plan.«

»Und Rick hat diesen Blödsinn veranlasst?« Hynch verstand die Welt nicht mehr. »Ohne sich mit mir abzusprechen?«

»Er musste aktiv werden. Er hat nur getan, was er für richtig hielt.«

»Von unserem Geld? Die Kerle haben bestimmt ein Vermögen verlangt.«

»Fünfzig Riesen«, sagte Winslow. »Rick hat gut verhandelt.«

»Das nennst du gut verhandelt?«

»Er hat wenigstens was unternommen. Du hast dich nur gefangen nehmen lassen.«

»Aber die Kurden … Das sind nicht *die* Kurden, sondern Söldner aus aller Herren Länder. Glaubst du, man bestellt bei denen einen Auftragsmord wie einen neuen Fernseher? Die sichern sich nach allen Seiten ab, verkaufen ihre Dienste meistbietend, bevorzugt an die Seite, bei der es für sie am sichersten ist. Die ihnen am wenigsten gefährlich werden kann. Und wir sind das momentan definitiv nicht.«

»Weil wir am Arsch sind?«

»Sagen wir: nicht handlungsfähig. In Glasgow haben die uns bestimmt schon abgeschrieben. Niemand gibt da noch einen Pfifferling auf uns.«

»Und deswegen …?«

»Hat Rick den Auftrag schon festgemacht?«, wollte Hynch wissen. »Ist schon Geld geflossen?«

»Ja, die Hälfte. Über sein Krypto-Handy. Das kann man nicht zurückverfolgen, oder? War 'ne echt coole Aktion.«

Hynch traute seinen Ohren nicht. »Das war 'ne scheiß Aktion!«

»Warum denn?«

»Wir müssen Ricks Handy sofort zerstören.«

»Die Übertragung war doch verschlüsselt. Krypto und so.«

»Ja, das gilt für Telefongespräche. Die werden verschlüsselt gesendet, damit man sie nicht abhören kann. Aber angenommen, jemand findet Ricks Handy oder kommt irgendwie an das Ding ran. Oder er wäre verhaftet worden. Sogar ein Krypto-Handy lässt sich hacken, wie jeder Computer. Dann kann ein IT-Experte die Daten auslesen und diese Online-Überweisung nachvollziehen. Rick hätte das wissen müssen.«

»Rick hat ja nicht damit gerechnet, dass ihn sein bester Kumpel umbringt«, sagte Winslow kalt. »Sonst wäre das mit dem Handy kein Problem.«

»Solche Aufträge gehen grundsätzlich bar über die Bühne. Persönliche Geldübergabe. So habe ich das immer gehalten.«

»Du lebst ja auch in der Vergangenheit. Heutzutage –«

»Wo ist das Handy?«

»Rick hat's immer bei sich getragen. Weißt du doch.«

»Also ist es noch drüben im Cottage«, dämmerte es Hynch. »Das habe ich befürchtet. Wir müssen es so schnell wie möglich holen.«

»*Du* musst es holen«, sagte Winslow. Er machte eine Pause, blickte zur Decke. Überlegte. Dann schien er einen Entschluss zu fassen, versuchte, Hynch dabei fest in die Augen zu blicken. Es gelang ihm nicht richtig. »Ich steige aus.«

»Wie bitte?«

»Ich bin raus. Ich bin nur der Fahrer. *War* der Fahrer. Unser Team hat sich quasi aufgelöst. Weil du Rick abgestochen hast.«

Das war keine Feigheit. Hynch begriff langsam, warum Winslow sich so widerspenstig verhielt. Wegen Ricks Tod. Obwohl sich der Junge dauernd mit dem Deutschen gestritten hatte und von ihm gehänselt worden war, zeigte er dennoch Mitleid, mehr noch, er zeigte Charakter, wie er so dasaß, mit angezogenen Beinen, in seiner überdimensionierten Jacke, ohne zu wissen, wie es für ihn weiterging. Ob es überhaupt weiterging.

»Vielleicht hab ich das vorhin nicht richtig erklärt«, fing Hynch an. »Wenn ich gewusst hätte, dass Rick mich raushauen wollte … Es war dunkel, ich hab nur einen Gegner gesehen, der mich bedroht. Er oder ich, Augen zu und durch. So etwas kommt leider vor. In unserem Geschäft kommt es sogar dauernd vor. Jeder weiß im Voraus, worauf er sich einlässt.« Er atmete schwer aus, hielt einen Augenblick inne. »Rick war mein Freund. Ein Kamerad, wenn dir das was sagt. Kameraden müssen auf alles gefasst sein, auch auf das Schlimmste. Ich weiß noch nicht, ob ich damit klarkomme, ihn aus nächster Nähe umgebracht zu haben. Wahrscheinlich nicht. Damit muss ich künftig leben. Und das wird ganz gewiss nicht einfach sein.«

Winslow konnte vieles nicht nachvollziehen. Zum Beispiel diesen Kameradenscheiß, das war ihm anzumerken. Warum sollten es Freunde in Kauf nehmen, einander versehentlich ein Messer in den Leib zu rammen? Soldatenmoral? Dennoch nickte er.

»Ich bring uns hier raus«, fuhr Hynch fort. »Aber aussteigen, Junge, das kannst zu vergessen. Wir werden gesucht, auch du, darauf kannst du Gift nehmen.«

»So? Wer hat mich denn gesehen in Glasgow?«

»Uns war vorher nicht klar, in was wir da reingeraten sind am *Prince Albert*, diese Falle, die doch keine war. Sonst wären wir nicht davongekommen. Aber eines weiß ich: Die Polizei war überall. Schon mal was von Überwachungskameras an öffentlichen Orten gehört? Normalerweise hat Rick und mich das nie gejuckt. Weil wir an Orten operiert haben, wo es keine Kameras gab. Noch nicht. Oder weil Rick die Technik ausgetrickst hat, wie im *Albert.* Oder weil die Bullen an der Aufklärung von Morden im kriminellen Milieu nicht interessiert waren. Aber diesmal ist es anders. Die scheuen weder Kosten noch Mühen, alles auszuwerten, was sie im Umkreis des Hotels kriegen können. Irgendeine Aufnahme zeigt dich in dem Peugeot, als Fahrer unseres ersten Fluchtwagens, da bin ich mir sicher. Und dadurch haben sie dich auf ihrem Radar. Deine Biometrie ist bereits in ihren Computern, meine vermutlich auch. Das heißt, wir können nicht nach Glasgow zurück. Nicht so, wie wir momentan aussehen. Vielleicht in Verkleidung, aber das kann keine Lösung auf Dauer sein. Jetzt ist wahrscheinlich der Fall eingetreten, den ich immer vermeiden wollte, während all der Jahre: Nach mir wird landesweit gefahndet, mit Bild und allem Pipapo. Vielleicht nicht in aller Öffentlichkeit, dafür sind die zu schlau. Die wollen mich nicht vorwarnen, sonst würde ich mich ruckzuck absetzen, mit einem falschen Pass und ein bisschen Mummenschanz wäre das kein Problem. Aber verdeckt suchen sie nach mir, da bin ich mir sicher. Jede Polizeistelle hat meinen Steckbrief, topsecret, auf Anordnung von oben. Letzten Endes bleibt mir nur die Ausreise. Uns. Allerdings nicht sofort. Ich habe noch einiges zu erledigen vor meinem Abgang.«

Winslow hatte aufmerksam zugehört. »Und wenn ich's gleich drauf ankommen lasse und mich absetze? Die suchen doch in erster Linie dich.«

»Du kannst dir nicht ausmalen, was mit dir passieren würde, wenn du den nächsten Flieger in die Karibik nimmst.«

»Was denn?«

»Die Flughäfen werden bestimmt überwacht, ebenso die Bahnhöfe und die großen Ausfallstraßen. Die Fähren. Videoerkennung macht's möglich. Man würde dich ohne viel Aufhebens festnehmen. Und beim Transport zu einer Arrestzelle würdest du abhandenkommen. Entweder konstruieren die ein Fluchtszenario, oder du verschwindest einfach aus den Akten –

falls je welche angelegt werden. Wahrscheinlicher ist, dass du offiziell gar nicht existierst und gleich an Mallard überstellt wirst. In ein finsteres Loch, das schon auf dich wartet. Wo du alles verraten wirst, was du weißt. Wo du vieles sagst, wovon die nur annehmen, dass du es weißt. Und noch eine ganze Menge mehr. Solange du dich noch irgendwie artikulieren kannst.«

»Aber die gesamte Polizei … korrupt?« Winslow wollte es nicht glauben. »Kann das sein?«

»Teile der Polizei. Die sind in diese Geschichte von Anfang an involviert. Sondereinheiten zur Bekämpfung organisierter Kriminalität. Die haben auch Bruce beseitigt. Geführt von ganz oben.«

»Von wem?«

»Das weiß ich noch nicht.« Hynch hob die Hände. »Jedenfalls bleibst du bei mir. Da ist es am sichersten.«

»Darf ich auch was dazu sagen?«

»Wir müssen jetzt zusammenhalten. Begreif das doch!«

»Diese Frau im Rollstuhl …«

»Laoise.«

»Die hält von der Polizei auch nicht viel.«

»Gut zu wissen«, räumte Hynch ein.

»Sie würde uns am liebsten abmurksen. Nicht nur wegen ihrem Hund. Die hasst Leute, die sie schikanieren.«

»Wer tut das nicht?«

»Nein, das richtet sich gegen Männer im Allgemeinen. Männer, die in ihr Haus eindringen. Da rastet sie aus. Ich hab's an ihrem Gesicht gesehen. Wenn ich ihrer Einschätzung nach nicht harmlos gewesen wäre, hätte die mich glatt abgeknallt.« Winslow nickte. »Ich glaub, die hat mal was Schlimmes erlebt. Hier auf der Farm. Und deswegen ist sie behindert.«

»Du kriegst ja einiges mit …«

Winslow kramte in seiner Hosentasche. Dafür musste er sich ziemlich verrenken. Schließlich hielt er einen kleinen runden

Gegenstand hoch. »Laoise hat meine Pistole. Aber den Schlüssel für den Rover habe ich.«

»Für den Fall eines überstürzten Abschieds.« Hynch lächelte, was bei ihm etwas künstlich wirkte. »Und? Sind wir wieder ein Team? Zumindest, solange wir uns auf Jura befinden?«

»Nur hier?«

»Danach geht jeder seiner Wege und ist für sich selbst verantwortlich.«

Winslow senkte den Kopf. Betrachtete den Autoschlüssel. »Also gut. Ich bin der Fahrer. Wie gehabt.«

31

Hynch hämmerte gegen die Tür. »Aufmachen!« Immer wieder schlug er mit der Faust gegen das dünne, dunkel gebeizte Fichtenholz. Ein einfaches Schloss. Wenn er es darauf anlegen würde, hätte er es schon längst knacken können. Zum Beispiel mit einem Schraubendreher, der auf einem der Regale lag.

Es dauerte eine Weile, dann wurde die Speisekammer geöffnet. »Ist ja gut!«, sagte Gracie.

Auf dem Küchentisch stand ein geöffneter Verbandskasten bereit. Laoise saß in ihrem Rollstuhl daneben und hob die Flinte zum Zeichen, dass sie jederzeit abdrücken würde.

»Kommen Sie her.« Gracie forderte ihn auf, Platz zu nehmen. »Ich versorge Ihre Schusswunde.«

»Das kann warten«, sagte Hynch. »Ich muss sofort zum Cottage. Zu Ricks Leiche. Wegen seines Handys.«

»Dort gehst du früh genug hin«, entgegnete Laoise. »Und zwar, um deinen Kumpel zu verbuddeln und die Sauerei zu beseitigen. Aber schön der Reihe nach.« Sie wandte sich Winslow zu. »Du setzt dich da drüben hin, neben die Anrichte. Dann hab ich euch beide im Blick.«

Widerstandslos ließen sich Hynch und Winslow etwa vier Meter voneinander getrennt nieder.

»Hey, Winnie! Du hast vergessen, die Autoschlüssel für euren Wagen abzuliefern«, fügte Laoise hinzu. »Na los. Her damit.«

Winslow schaute zu Hynch. Bekam nur ein resigniertes Nicken. Er warf die Schlüssel auf den Tisch. »Ich heiß nicht Winnie«, murmelte er.

»Auch noch empfindlich?« Laoise steckte den Schlüssel ein. Sie schüttelte demonstrativ den Kopf. »Warum ein guter Junge wie du, Winslow, einem Typen wie dem da folgt, werde ich wohl nie begreifen.« Dann schaute sie Gracie bei der Arbeit zu.

Hynch musste seinen Oberkörper frei machen. Dabei kam zum Vorschein, wie alt er tatsächlich war. Sehnen und Muskeln traten an den Armen auf unnatürliche Weise hervor. Die Haut sah an manchen Stellen aus wie brüchiges Pergament, faltig im Brustbereich und unter den Achseln, aber nicht erschlafft. Man konnte die Rippen zählen, eine Klaviatur verstrichener Jahre. Sie traten ungewöhnlich stark hervor, ausgehärtet durch fortgesetzte Schläge, die sich Hynch vor langer Zeit selbst zugefügt hatte, um die Kalziumbildung in den Knochen anzuregen – eine Methode asiatischer Kampfschulen. Es machte Arme, Beine und Torso unempfindlicher gegen Einwirkungen von außen, die Knochen wurden dicker, fester.

Ein Körper, stets einsatzbereit gehalten, ungeachtet der Abnutzungsspuren. Ein Werkzeug. Es wies zahlreiche Narben auf. Manche fielen gleich ins Auge, zum Beispiel eine sternförmige Wulst über dem Bauch, Andenken an ein Vollmantelgeschoss, das ihn fast umgebracht hätte. Andere Narben zeugten von kleineren operativen Eingriffen. Nichts, worauf ein Schönheitschirurg stolz gewesen wäre.

»Sie haben einen Schulterdurchschuss«, sagte Gracie.

»Wirklich?«

»Die Kugel ging glatt durch. Ohne Knochen zu verletzen, wie es aussieht.«

Sie tastete an der Wunde herum. Hynch verzog das Gesicht.

»Damit ist nicht zu spaßen. Ich muss alles säubern und desinfizieren. Sonst entzündet sich das.«

»Haben Sie mit so etwas Erfahrung?«

»Erste-Hilfe-Kurs ... Ich habe an Orten gearbeitet, wo wir auf uns selbst gestellt waren.«

»Dann bin ich ja beruhigt.« Hynch drehte die Augen zur Decke.

Gracie überlegte. »Hoffen wir, dass keine Fremdkörper im Schusskanal hängen geblieben sind, Stofffetzen Ihrer Jacke oder von dem Fleecepulli, den Sie darunter getragen haben.«

»Brauchst du eine Häkelnadel zum Rumstochern?«, fragte Laoise. »Hab ich. Im Wohnzimmer.«

»Warum nicht? Die könnte man als Sonde benutzen.«

»Machen Sie sich über mich lustig?«, fragte Hynch.

Gracie schenkte ihm ein diabolisches Lächeln. Dann entnahm sie dem Verbandskasten eine sterile Kompresse, tränkte sie mit einem Antiseptikum und tupfte damit die Wunde ab, vorne und auch hinten an der Schulter, wo die Kugel wieder ausgetreten war.

»Stärker«, sagte Hynch. »Bohren Sie's richtig rein.«

Sie tat, wie geheißen. Plötzlich nahm die Blutung zu.

»Streuen Sie Zucker drauf, oder Cayennepfeffer«, sagte Hynch. »Das stoppt den Blutfluss.«

Laoise senkte die Flinte, fuhr zum Herd und hatte kurz darauf einen Gewürzstreuer mit Chilipulver parat. Hynch grinste verbissen, als das Zeug mit den Einschussstellen in Berührung kam. Aber es wirkte. Gracie bestrich die Wunde daraufhin mit Jodsalbe, deckte sie mit weiteren Kompressen ab und fixierte die Pads mit Pflastern.

»Alles gut?«

Hynch sah sie überrascht an. »Wenn Sie das sagen.«

»Wie fühlt es sich an?«

»Es brennt, was denn sonst?«

Laoise betrachtete zweifelnd den Chilistreuer, als hielte sie eine zweckentfremdete Waffe in der Hand. »Gar nichts ist gut.«

»Warum?«

»Können Sie mit der kaputten Schulter noch auf Thorpe schießen?«

»Die Verletzung ist auf der linken Seite. Ich kann schießen, kein Problem. Am besten mit einem Gewehr, wenn's aus der Ferne sein muss.«

»Wäre vorhanden.«

Die Tikka, fiel Hynch ein. Calum hatte erwähnt, dass er eine Repetierbüchse aus finnischer Produktion besaß. Die musste hier irgendwo sein, wahrscheinlich in einem Gewehrschrank. »Allerdings wäre mir ein Vieraugengespräch mit Thorpe lieber. Dafür ist eine Pistole besser geeignet.«

»Ob Sie dazu momentan in der Lage sind?«

»Ich wäre momentan in der Lage, den Lauf Ihrer Flinte, den Sie vorhin noch auf mich gerichtet haben und jetzt nach unten hängen lassen, mit einer schnellen Bewegung festzuhalten und Ihnen meinen Ellenbogen ins Gesicht zu rammen. Dann wäre Ihre Nase nicht nur geprellt, sondern gebrochen, und mit etwas Glück – oder Pech – würde der Schlag das Nasenbein ins Gehirn treiben. Dann hätten Sie ernsthafte Schwierigkeiten, diese Unterhaltung fortzusetzen.«

Laoises Finger zuckten kurz zum Abzug der Flinte. »Soll das Gequatsche kleinen Mädchen Angst machen?«

»Es war nur eine Feststellung. Oder ein Hinweis. Nie in der Wachsamkeit nachlassen!«

»Gefällt mir eigentlich, deine Machotour.« Ein ironisches Lächeln. »So etwas kommt bei uns auf dem Lande an.«

»Heißt das, Sie gehen auf den Deal ein, den ich Gracie vorgeschlagen habe? Sie gewähren uns freien Abzug und vergessen, dass wir uns je begegnet sind. Und als Gegenleistung kümmern wir uns um Thorpe?«

»Ich weiß nicht, ob du das jetzt noch draufhast. Ich will wissen, was ich kriege, wenn ich all diese Risiken eingehe.«

»Kein Risiko für Sie. Thorpe wird nie erfahren, warum ich ihn … aufsuche. Sie bleiben außen vor.« Hynch probierte, ob er seine Schulter trotz des Kompressenverbands problemlos bewegen konnte. Es schmerzte, er war leicht eingeschränkt, aber er hatte schon schwerwiegendere Handicaps mit Willen und Entschlusskraft ausgeglichen. Eine Frage der Fokussierung. »Im Grunde haben Sie nichts zu verlieren.«

Laosie blickte in die Runde. Winslow schaute gebannt zu. Ein bisschen schien er es zu bewundern, wie routiniert Hynch die Situation gedreht hatte. Gracie stand hinter Hynch. Sie hatte eine Schere aus dem Verbandskasten in der Hand, bereit einzugreifen, falls Hynch seine Drohung wahr machte und ihre Freundin angriff, auch wenn Laoise das als Aufplusterei abtat. Bei Hynch war man sich nie sicher, das hatte Gracie inzwischen gelernt.

»Was ich zu verlieren habe?«, fragte Laoise. »Chip ist tot. Den hab ich schon verloren.« Sie hielt inne und kämpfte mit den Tränen. Zum ersten Mal zeigte sie eine echte Gefühlsregung, die über ihre aufgesetzte Toughness hinausging. Sie fasste die Flinte fester. »Bevor Calum nicht wieder aus Craighouse zurück ist, entscheide ich gar nichts. Bis dahin habt ihr jede Menge Arbeit vor euch. Gracie zeigt euch, wo alles ist, was ihr braucht.«

32

Zuerst beerdigten sie den Hund. Winslow zerrte den Kadaver aus dem Gestrüpp neben der Einfahrt, wickelte ihn in eine Decke und trug ihn hinters Haus. Neben einem abgeernteten Gemüsebeet begann er, ein Loch in der Wiese zu graben, dafür reichte ein Spaten aus. Hynch brauchte wegen seiner Verletzung nicht Hand anzulegen. Mit der Flinte auf den Knien sah Laoise durch ein geöffnetes Fenster im rückwärtigen Teil des Gutshauses zu.

Es schien Winslow nahezugehen. Wiederholt sagte er, dass Chips Tod eigentlich seine Schuld gewesen sei, wegen der Unachtsamkeit mit der Pistole in seinem Hosenbund, die das Ganze erst zur Eskalation gebracht habe.

Gracie stand mit Hynch daneben. Sie richtete den Strahl einer klobigen Taschenlampe auf das tiefer werdende Loch. Das war gar nicht nötig, der Mond spendete inzwischen ausreichend Licht wie eine fahle, schmutzige Lampe.

»Ich hatte mal einen Hund«, sagte Winslow. Er atmete schwer, weil er die Anstrengung nicht gewohnt war. Wischte sich den Schweiß von der Stirn. »Einen Cocker Spaniel. Ziemlich nutzlos auf einem Bauernhof, oder? Ist mir zugelaufen an der Haltestelle vom Schulbus. Da hab ich ihn behalten.«

»Wie hieß er?«, fragte Hynch.

»Copper. Wegen seines Fells, das war weiß und braun, wie Kupfer.«

»Schön.« Hynch war nie auf den Gedanken verfallen, ein Haustier zu halten. Keine Abhängigkeiten. Keine Bindungen. Außerdem starben Haustiere irgendwann, unweigerlich. Warum sich damit belasten?

»Eines Tages ist er einfach nicht mehr aufgetaucht.« Winslow lehnte sich auf den Griff des Spatens, um zu verschnaufen. »Ich hab ihn überall gesucht, in der Scheune, im Graben am Bach, wo immer viele Ratten waren. Auf dem Dachboden, da stöberte Copper gern rum. Er war wie vom Erdboden verschluckt.«

»Und?«

»Hab ihn in der Jauchegrube gefunden.«

»In der Jauchegrube?«

»Ja. Er war ganz schlaff.«

»Tot.«

»Genau. Tot und ganz schlaff.« Winslow betrachtete die Leiche von Chip auf der Decke.

»Dann geben die Muskeln den Geist auf«, erklärte Hynch. »Wie kam der Hund denn dahin?«

»Das hab ich mir zusammengereimt. Weil ..., er war ganz schlaff, weil alle möglichen Knochen gebrochen waren in ihm drin. Manche standen sogar heraus an dem weichen Fell seitlich an seinem Bauch. Na ja, und mein Dad, der hat Copper nie leiden können. Hat sich beklagt, dass der Hund zu viel fressen würde, das würde zu viel kosten. Dabei hat Copper sich immer geholt, was er brauchte, der war so 'ne Art Selbstversorger, Ratten und all so was, kleine Vögel. Wir haben nie Hundefutter für ihn gekauft.«

Hynch konnte sich denken, wie die Sache ausgegangen war. Trotzdem fragte er: »Was ist passiert?«

»Mein Dad hat's nie zugegeben, aber ich bin mir sicher, dass er es war. Dass er Copper zusammengetreten und dann einfach in die Gülle geworfen hat. Er muss ihn gleich beim ersten Mal voll erwischt haben, mit seinen Stahlkappenstiefeln, sonst hätte Copper noch abhauen können. Wahrscheinlich hat er gar nicht so viel gespürt.«

Hynch sagte eine Weile nichts. Auch Gracie hielt sich zurück, beobachtete nur. Langsam wurde klar, warum Winslow so sehr an Chips Tod zu knabbern hatte.

»Dein Dad ist ein Dreckskerl!«, rief Laoise vom Fenster herüber.

»Oh ja, das war er.« Winslow griff nach dem Spaten und fuhr fort, das Grab auszuheben. »Das haben auch die Bullen gesagt. Die kannten ihn.«

»Du hast die Bullen gerufen?«, wollte Hynch wissen.

»Nein, die kamen von selbst.«

»Warum?«

Winslow stach einen Erdquader nach dem anderen aus und reihte sie nebeneinander auf, damit er sie später wieder mühelos einsetzen konnte. »Weil mein Dad in der Jauchegrube ertrunken ist.«

Hynch zog die Augenbrauen hoch. »Muss wohl gestolpert sein.«

»So ungefähr.«

»Aber wenn jemand stolpert, rappelt er sich wieder auf. Oder willst du mir sagen, du hättest ein bisschen nachgeholfen? Wie denn, Muskelmann?« Er ließ es wie einen Scherz klingen.

Winslow schaufelte mit doppelter Geschwindigkeit weiter. »Ich hab ihm von hinten eine verpasst, mit einem Kantholz. Er ist vornüber in die Grube gefallen, besonders tief war die nicht, und viel Jauche war auch nicht drin. Dann hab ich mich auf ihn draufgesetzt. Bis er aufgehört hat zu zappeln. Das hat eine Ewigkeit gedauert.« Er hielt inne und blickte zum Nachthimmel hoch. »Ich weiß gar nicht mehr, ob Mom und meine Schwestern dabei zugesehen haben. Mom war eh immer benebelt. Keine Ahnung, ich hab nur seinen Kopf in die Gülle und den Matsch gepresst und darauf geachtet, dass er sich nicht freistrampelt. Irgendwann war mein Dad genauso schlaff wie Copper. Und es hat niemanden gestört.«

Hynch staunte. Das hätte er Winslow nicht zugetraut – falls es stimmte, was der Junge da von sich gegeben hatte. Aber nach einer Lüge, um sich Respekt zu verschaffen, klang das nicht. Eher nach einem lang aufgestautem Geständnis. Viel Unausgesprochenes lag darin. Er wollte gar nicht wissen, wie es in dieser

Familie zugegangen war und was Winslows Vater sonst noch getan hatte. Eine behütete Kindheit sah anders aus.

Er musste an das Waisenhaus denken. Da konnte Winslows Farmgeschichte durchaus mithalten. Was war schlimmer? Seine eigenen Eltern nicht zu kennen wie er, Hynch? Oder sie nur allzu gut zu kennen?

Als das Grab ausgehoben war, legte Winslow Chips Körper hinein. Der Schädel war aufgrund des Pistolenschusses nur eine blutige Masse, einzig die Schnauze war unversehrt. »Mach's gut.«

Dann setzte er die Erdquader wieder ein und schaufelte Erde darauf. Er strich den Haufen sorgfältig glatt.

Laoise schloss das Fenster.

33

Mit Rick war es anders. Hynch ging voran. Er trug den Spaten sowie einen Putzeimer mit Schwämmen, Lappen und allerlei Reinigungsmitteln. Gracie folgte ihm, die Taschenlampe in der Linken und die Pistole in der Rechten. Laoise bat Winslow, sie Huckepack zu nehmen, weil sie Gracie mit den beiden Männern nicht allein lassen wollte und der Rollstuhl für den weichen Untergrund ungeeignet war. Die Flinte hatte sie über die Schulter gelegt, der Lauf zeigte nach oben, mit der anderen Hand hielt sie sich an Winslow fest. Er erhob keine Einwände, Laoise war ein Fliegengewicht. Er machte ohnehin bereitwillig, was sie sagte, ein stummes Einverständnis schien die beiden zu verbinden. Seinen Vorschlag, für das kurze Stück zum Cottage den Rover zu nehmen, hatte sie abgelehnt. Es mache ihr nichts aus, ein wenig an der frischen Luft zu sein.

Sie mussten einen seltsamen Anblick bieten, dachte Hynch, eine Prozession Unglücklicher, deren Beschädigungen nichts, aber auch gar nichts zählten in der Welt jenseits des eng umgrenzten Gebiets, auf dem sie gerade einen Schritt vor den anderen setzten, auf dieser vom Tagesgeschehen vergessenen, in die Isolation entrückten Insel. Glasgow und die sogenannte Zivilisation mit all ihren Gefahren schienen weit entfernt, geradezu unwirklich unter einem endlos sich wölbenden Himmel. Alle Sterne waren echt, hinter keinem verbargen sich die Positionslichter eines Flugzeugs oder dergleichen, so weit das zu erkennen war. Hynch fragte sich, ob auch andere Inselbewohner in dieser Nacht nach oben blickten, um den Sirius ausfindig zu machen oder Wega, Canopus, Arcturus. Beim Militär hatte er das gelernt, zur Orientierung ohne Kompass. Ob auch Thorpe am anderen Ende von Jura einen Sinn fürs Unabänderliche besaß, und ob er wusste, dass sogar

Fixsterne sich verschoben, kaum merklich, über sehr lange Zeiträume?

Thorpe. Es war gut, sein nächstes Ziel zu kennen. Hynch zog zwar in Erwägung, auf den Deal einzugehen und den beiden Frauen etwas vorzumachen, sich einfach abzusetzen, wenn sich die Gelegenheit ergab. Man musste schließlich sämtliche Möglichkeiten in Betracht ziehen. Doch mittlerweile fand er, dass ein Besuch bei Thorpe auch taktische Vorteile eröffnete. Über Thorpe konnte er Mallards Aufmerksamkeit erregen, und über Mallard kam er vielleicht an dessen Partner bei der Polizei heran. Wenn es ihm gelänge, die gegnerischen Truppen nach Jura zu locken, auf ein Terrain, das ihnen höchstwahrscheinlich fremd war, jedenfalls lange nicht so vertraut wie das Stadtgebiet, auf ein Gelände seiner Wahl, mit schlechter Infrastruktur, in dem technologische Aspekte wie öffentliche Überwachungskameras keine Rolle spielten, dann war bereits viel gewonnen. Den Feind schwächen, bevor man auf dessen eigenes Gebiet vorrückte – immer eine gute Strategie. Glasgow und die Clydeside erschienen ihm derzeit wie eine Gleichung mit zu vielen Unbekannten. Außerdem wusste er nicht mehr, wem er trauen konnte. Auf Jura dagegen hatte er Helfer, besaß Rückzugsräume wie das Cottage oder die Schutzhütte. Eventuell konnte er bei den McGlynns sein Waffenarsenal aufstocken. Und er war mobil. Winslow verstand es, mit dem Rover umzugehen, und das Amphibienfahrzeug stand auch noch zur Verfügung.

Er durfte nur Gracie nicht in Gefahr bringen. Das musste er unbedingt vermeiden.

Sie näherten sich dem Cottage. Gracie ging an ihm vorbei, klemmte sich die Taschenlampe unter den Arm, öffnete die Tür und machte drinnen Licht.

Sein Messer steckte immer noch in den Holzbohlen. Gracie zog es heraus und steckte es zu Ricks Pistole in die Notebook-Schutzhülle hinter der Küchentheke.

Hynch lehnte den Spaten gegen die Außenwand. Er kam ebenfalls herein und stellte den Eimer ab.

Ricks Leiche sah furchtbar aus. Die Eingeweide waren aus der Bauchwunde hervorgequollen, das Gesicht wirkte wie eine graue Maske.

»Scheiße!«, stieß Laoise hervor. »Ich konnt's nicht so recht glauben, aber jetzt, wo ich's sehe … Bring mich zu dem Lesesessel!«

Winslow gab sich Mühe, nicht in die oberflächlich getrocknete Blutlache zu treten, und setzte sie wie gewünscht ab. Sie brachte die Flinte in Anschlag. Er blieb neben ihr stehen und starrte auf den Toten, als müsse er sich gleich übergeben.

»Darf ich?«, fragte Hynch.

Gracie kam hinter der Küchentheke hervor. »Wenn's sein muss.« Sie nickte.

Er kniete sich hin, beugte sich über Rick und tastete vorsichtig an dessen Brust herum, spürte den Widerstand, auf den er gehofft hatte. Dann öffnete er die Napoleontasche neben dem Hauptreißverschluss und griff hinein.

Ricks Outdoor-Jacke war wasserfest, aber nicht von innen. Das Krypto-Handy troff vor Blut. Hynch wischte es mit einem Putzlappen sorgfältig ab. Vielleicht konnte er eine Verbindung herstellen, mit der letzten gewählten Nummer.

»Sie telefonieren?«, empörte sich Gracie. »Was kann so dringend sein?«

»Einen Augenblick.« Hynch überlegte. Hatte es einen Sinn, die Kurden zurückzupfeifen? Falls er diese Leute, die er im Gegensatz zu Rick gar nicht kannte, überhaupt dazu überreden konnte.

Die Idee eines Anschlags auf Mallard missfiel ihm nach wie vor wegen der möglichen zivilen Opfer. Kein Sprengsatz war so präzise, dass man Kollateralschäden vollständig ausschließen konnte. Sollte man das Ganze nicht abbrechen? Andererseits, wenn die Kurden erfolgreich waren, hatte Hynch seinen Job zwar nicht persönlich ausgeführt und Bruce nicht gerächt. Aber er hatte eine Sorge weniger. Und wenn die Kurden scheiterten, was durchaus möglich war und worauf Hynch ein bisschen hoffte, dann fühlte sich Mallard nichtsdestotrotz in die Enge getrieben, Mallard und sein Hintermann bei der Polizei, vielleicht auch im Justizministerium, an Letzteres hatte er noch gar nicht gedacht. So oder so, es war fünfzig Riesen wert. Warum sollte Ricks letzter Plan nicht seinen Gang nehmen?

Er drückte ein paar Tasten, versuchte das Krypto-Handy einzuschalten. Nichts, keine Anzeige auf dem Display. Das Gerät war defekt.

Dadurch war ihm die Entscheidung, mit den Kurden zu sprechen, abgenommen. Das passte ihm nicht, doch es war nicht zu ändern. Es sei denn, er probierte es über Winslows Handy, das besaßen sie ja auch noch. Aber das Gerät war nicht abhörsicher. Außerdem brauchten sie dafür die Nummer der Kurden, doch die war im Speicher des Krypto-Handys verborgen, einer von Ricks zahllosen dubiosen Kontakten, die er wie seinen Augapfel gehütet hatte.

Wie auch immer man es wendete, Hynch hatte keine andere Wahl, als die Dinge in Glasgow laufen zu lassen. Und mit Crawford konnte er sich nur noch bedingt verständigen, ein oder zwei Anrufe über Winslows Handy waren vielleicht drin, mehr nicht.

Er nahm die SIM-Karte und die SD-Karte heraus und bat Gracie um sein Messer.

»Wozu?«, fragte sie misstrauisch.

»Um das hier zu zerstören. Was darauf gespeichert ist, darf nicht in die falschen Hände geraten.«

»Spuren beseitigen?« Sie wandte sich Laoise zu. »Dürfen wir das zulassen?«

Laoise zuckte mit den Schultern. »Mir egal, was er damit anstellt.«

Gracie öffnete eine Schublade in einem Schränkchen neben

der Küchenzeile, nahm einen Hammer heraus und reichte ihn Hynch. »Der wird's auch tun.« Die Pistole hielt sie weiter auf ihn gerichtet.

Er legte die beiden Handykarten auf die Arbeitsplatte und schlug mit dem Hammer so lange darauf herum, bis Kunststoff- und Metallteile entzweigingen. Ebenso verfuhr er mit dem Handy, um auch den fest verbauten Gerätespeicher zu zerstören. Binnen Kurzem war alles Schrott. Er suchte nach einem Abfalleimer und warf den Elektronikmüll hinein.

»Das war's.« Er ließ den Hammer liegen. »Ich bin hier fertig. Jetzt können wir nur noch eingeschränkten Kontakt zu unseren Informanten halten. Von nun an sind wir auf die Nachrichten in den Medien angewiesen.«

»Find ich gar nicht so übel.« Laoise umklammerte die Flinte. »Gleicher Wissensstand für alle.«

»Nehmen Sie mein Handy«, sagte Gracie. »Oder rufen Sie über Festnetz an.« Schon während sie die Worte aussprach, begriff sie, wie dumm sie sich verhielt. Diese Sache war viel größer, als sie angenommen hatte. Da kam es auf Geheimhaltung an.

»Nein, ich brauche eine abhörsichere Verbindung. Das geht nur über ein spezielles Handy, das alle Nachrichten verschüsselt. Und das ist hinüber.« Hynch sah sich um. »Wir sollten uns jetzt an die Arbeit machen und Rick die letzte Ehre erweisen.« Er wies auf die Waffen der beiden Frauen. »Ich wäre Ihnen übrigens sehr verbunden, wenn Sie mit den Dingern nicht dauernd auf mich zielen würden.«

»So, wärst du das?«, entgegnete Laoise im Plauderton. »Ich enttäusche dich nur ungern, aber damit wirst du vorerst leben müssen.«

Er seufzte. »Also dann, Winslow. Du vorne, ich hinten.«

Trotz seiner Verletzung legte Hynch selbst Hand an. Sie brachten Ricks Leichnam nach draußen. Gracie begleitete sie und wies ihnen einen Platz zu, der zum Meer hin abfiel, etwa dreißig Meter vom Cottage entfernt. Daraufhin kehrte Winslow ins Haus zurück und holte Laoise. Sie ließ sich auf einer Wolldecke nieder, die sie für diesen Zweck mitgenommen hatte. Mit der Flinte behielt sie die beiden Männer weiterhin im Auge. Gracie setzte sich neben sie.

Der Boden war weich, aber schwer. Rick zu begraben forderte ihnen alles ab. Es war nicht so sehr das Ausheben der Grube. Winslow war bereits in Übung, er gab sich alle Mühe, kam stetig voran. Hynch half ihm nach Kräften. Er schonte die Schulter, im Erdreich wühlen konnte man auch mit einem Arm. Doch die Gefühle, die ihn dabei überkamen, die Erinnerungen an die gemeinsamen Jahre, besaßen ein eigenes Gewicht.

Schließlich senkten sie die Leiche in das feuchte Loch hinab – und ließen sie auf einer gewissen Höhe einfach fallen. Dabei entstand ein entsetzliches Geräusch, schmatzend, als würde Rick von der torfigen Erde plötzlich verschlungen.

»Eigentlich konnte ich ihn gar nicht leiden – wenn ich ehrlich bin.« Winslow schüttelte den Kopf wie ein Kind, dem man zu viel zumutet. Er betrachtete die Grube und schaute dann Rat suchend zu Hynch. »Willst du was sagen?«

Hynch kamen militärische Begräbnisse in den Sinn, Feldbegräbnisse, wenn es keine Möglichkeit gegeben hatte, die Leichen einigermaßen schnell zu den Schiffen zu transportieren. Nach dem Ende des Falklandkrieges waren die Körper dann exhumiert und nach Großbritannien überführt worden, begleitet von jeder Menge Pathos. Verlogenem, öffentlich ausgestelltem Pathos. Rund 250 Gefallene im Vergleich zu 650 auf argentinischer Seite. Allerdings waren die britischen Streitkräfte zahlenmäßig und vor allem technisch stark im Vorteil gewesen. Glorreich hatte man diesen Sieg nicht nennen können.

Hynch nahm Haltung an. Rick, obwohl ungedient, hatte einen Hang zum Soldatischen besessen. Als Scout waren seine Leistungen tadellos gewesen. Auch als Staff Sergeant hätte er bei den Truppen bestimmt eine gute Figur abgegeben. Und als Mensch? Diese Seite war Hynch letztlich verborgen geblieben.

Er salutierte. »Wir nehmen Abschied von einem Kameraden und einem guten Freund. Möge er in Frieden ruhen.« Hynch kniete sich hin und warf eine Handvoll Erde in die Grube.

Gracie und Laoise schauten schweigend zu. Eine ganze Weile herrschte Stille, niemand rührte sich.

Irgendwann begann Winslow, das Grab zu schließen.

34

Friendly Fire. Ein Begriff, den sich nur Militärs hatten ausdenken können. Dafür, wie unterschiedslos Gewalt scheinbar waltete. Hynch fand einen Stein, auf dem er sich ausruhen und dabei zusehen konnte, wie die Erde Rick bedeckte, Spatenwurf um Spatenwurf. In demselben Maße, wie die kalte Nachtluft seine Lungen füllte, stiegen unerwünschte, verdrängte Gedanken in ihm hoch. War er vielleicht doch ein geborener Killer, wie ihm einst attestiert worden war von den Bewerbungskomitees beim Militär und der Polizei? Ein geborener Killer, der zu nichts anderem imstande war, als das Erlernte stets aufs Neue anzuwenden? Keine Zufälligkeit irgendwo im Universum, keine Gleichgültigkeit, keine Freiheit. Während wir handeln, wird gleichzeitig an uns gehandelt. Hume. Oder war er ein Killer aus eigenem Entschluss? Das war ein himmelweiter Unterschied. Lagen Prägung und Wille enger beieinander, als er sich eingestehen wollte?

Möglicherweise war Rick das letzte Opfer längst geschlagener Schlachten. Ein Opfer von Hynchs Bereitschaft, in jeder Lage zu töten, dafür hatte man ihn schließlich ausgebildet. Vermutlich die billigste Ausrede von allen.

Schwer steuerbar, undiszipliniert. Unvergessliche Worte. Eine Beurteilung, die Hynch vermutlich Lieutenant Busser zu verdanken gehabt hatte. Ein Kainsmal, verliehen von einem Mörder. Einem Mann, der Befehl gegeben hatte, keine Gefangenen zu machen. Der mindestens zwei Argentinier per aufgesetztem Kopfschuss eigenhändig hingerichtet hatte, das war Hynch damals nicht entgangen. Kriegsverbrechen nannte man das, 1982 wurde es stillschweigend übergangen.

Er hatte Busser nach den Falklands nie wiedergesehen und auch nie den Wunsch danach verspürt. Er hatte gehofft, dass sie beide neu anfingen und sich nicht mehr über den Weg liefen. Dass die Jahre verstrichen und die Handlungen von früher keine größeren Auswirkungen hatten.

Aber je weiter Kriegserlebnisse zurückreichen, desto mehr Zeit haben sie, ihre unheilvolle Wirkung zu entfalten und die Menschen auszuhöhlen. Alle Welt redete von den Rückkehrern aus dem Nahen Osten und ihren Schwierigkeiten, im zivilen Leben Fuß zu fassen. Sicher, ein frisches Trauma verursachte Probleme und führte unter Umständen zu Amokläufen und dergleichen. Doch es war noch vergleichsweise leicht therapierbar. Ex-Soldaten standen inzwischen zahlreiche Möglichkeiten offen, den Blick in den Abgrund, der sich ihnen in Bagdad, Basra und sonstwo eröffnet hatte, zu verarbeiten. Es gab psychologische Betreuungsprogramme, Selbsthilfegruppen und vieles mehr. Bei den Veteranen des Zweiten Weltkriegs und auch noch des Nordirland-Konflikts war das anders gewesen. Jahrzehntelang hatten sie, unbeachtet von staatlichen Stellen und der öffentlichen Meinung, in ihrem eigenen Saft geschmort, einer trüben Brühe aus Hass- und Schuldgefühlen, aus unbewältigten Schockzuständen, Verletzungs- und Vernichtungserfahrungen. Den Falklandsoldaten war es nicht viel besser ergangen. Ohnmacht war ein schleichendes, aber zuverlässiges Gift, es ließ einen von innen heraus verfaulen, nach und nach starben menschliche Regungen ab, während der Körper gnadenlos weiter funktionierte. Für den Einzelnen war das schlimm genug. Aber wie viele psychische Wracks konnte eine Gesellschaft vertragen? Wie viele ausgediente Killer?

Hynch war immer allein gewesen. Doch Gracie war so etwas wie Gesellschaft, jedenfalls ein Teil davon. Laoise ebenso. In gewisser Weise waren sie Zivilisten, die in das große Spiel der Herrschenden hineingezogen wurden. Um darin nicht unterzugehen, mussten sie Hilfe von einem wie ihm in Anspruch nehmen. So weit war es inzwischen gekommen, sogar auf Jura. Kein sicherer Ort, nirgends.

Es gab nur eines: Er musste diese Gesellschaft möglichst schnell wieder verlassen. Tun, was vereinbart war, und die beiden aus allem heraushalten, was da kommen mochte, auf Jura oder sonstwo. Er würde sich Thorpe vorknöpfen, in solchen Dingen besaß er mehr als genug Erfahrung. Dann würde er auf Nimmerwiedersehen von der Insel verschwinden, ohne noch einmal zurückzukehren.

Winslow hatte das Grab vollendet. Es bildete einen kleinen Hügel, würde aber nach und nach absinken, wenn die lockere Erde sich mit Feuchtigkeit vermischte. Schon bald würde nichts mehr zu sehen sein, was auf Rick hindeutete.

Erschöpft ließ er den Spaten fallen.

»Okay«, sagte Laoise. »Kommt bloß nicht auf den Gedanken, eine Pause einzulegen. Jetzt muss das Cottage sauber gemacht werden.«

Sie gingen zurück ins Haus. Hynch und Winslow schnappten sich die Putzsachen und wischten das Blut auf. Das Parkett war gut versiegelt, und mit entsprechend viel Desinfektionsmittel sah alles bald wieder annehmbar aus. Diesmal half ihnen Gracie. Nach einer weiteren Stunde intensiver Arbeit waren sie fertig und kehrten zum Gutshaus der McGlynns zurück. Gracie nahm die Notebook-Schutzhülle mit.

Hynch wusch sich gründlich und erhielt neue Kleidung aus Calums Schrank, weil die Sachen, die er trug, vor getrocknetem Blut nur so starrten und sich sein Gepäck in der Schutzhütte befand. Er bekam ein kariertes Flanellhemd und eine weite Jeans. Seine Jacke war abwaschbar, auch die Schuhe. Gracie wollte das später erledigen und auch ein Stück schwarzes Isolierband auf das Einschlussloch in der Jacke kleben. Sie erneuerte Hynchs Verband. Danach wurden er und Winslow wieder in der Speisekammer einquartiert. Gracie gab ihnen ein paar Decken und legte eine Matratze auf den Boden, die sie sich irgendwie teilen mussten, bei Winslows Körperfülle keine leichte Aufgabe. Die beiden waren inzwischen völlig übermüdet. Bevor sie sich schlafen legten, machte Laoise ihnen eine Graupensuppe aus der Tiefkühltruhe warm. Sie löffelten sie dankbar in sich hinein. Dabei fielen ihnen bereits die Augen zu.

»Anstrengend, wenn man die Leichen auf seinem Weg auch noch begraben muss.« Diese Bemerkung konnte sich Laoise nicht verkneifen. »Soll ich euch eine gute Nacht wünschen?«

»Nicht nötig«, sagte Hynch.

Sie schloss die Tür und sperrte ab. Gracie klemmte zur Sicherheit noch einen Stuhl mit massiver Lehne unter die Klinke.

In der Speisekammer brannte eine blanke Glühbirne. Winslow streckte sich auf der Matratze aus und schlief sofort ein.

Hynch löschte das Licht. Die Schulterwunde schmerzte wieder und erinnerte ihn daran, dass er gehandicapt war und vorsichtig agieren musste.

Er fragte sich, wie es mit dem Töten weiterging.

35

Gracie und Laoise unterhielten sich lange über das Für und Wider einer Aktion gegen Thorpe. Ohne Resultat. Ricks Begräbnis machte sie nachdenklich. Es hatte ihnen greifbar vor Augen geführt, wozu Hynch fähig war. So jemanden zu entfesseln und auf Thorpe loszulassen, konnte unabsehbare Folgen haben. Andererseits hatte ihnen der Umgang mit den beiden Männern ein widerstrebendes Vertrauen eingeflößt. Auch wenn sie Schlimmes getan hatten und auch noch unverhüllt darüber sprachen wie Winslow, als er vom Tod seines Vaters erzählt hatte, war ihnen eine gewisse Gründlichkeit nicht abzusprechen. Man konnte sich auf sie verlassen. Es war, als zögen sie alle am selben Strang, auch wenn Laoise und Gracie sich dadurch mit Kriminellen gemein machten. Und dass Hynch Gracie vor Rick beschützt hatte, war nicht zu leugnen. Deshalb trug er Kämpfe mit sich aus, das war unübersehbar.

Weit nach Mitternacht hörte Laoise Reifengeräusche und kurz darauf vertraute Schritte. Es war Calum. Als er hereinkam, merkte man ihm gleich an, dass er angetrunken war. Er fragte nicht einmal nach dem Rover, der vor dem Gutshaus stand, sondern legte sofort mit den schlechten Neuigkeiten los. Ein Farmer, dem Thorpe ein Angebot für ein Stück Land gemacht hatte, das er für sein Luxusresort benötigte, weigerte sich seit Monaten standhaft zu verkaufen. Deshalb wurde er von Thorpe schikaniert. Security-Pick-ups patrouillierten an den Grundstücksgrenzen, Baufahrzeuge blockierten nach Lust und Laune die Zufahrtswege, Bagger verwandelten den unter Naturschutz stehenden Küstenstreifen in eine Mondlandschaft und türmten Erdwälle auf. Heute hatte Thorpes Nadelstichtaktik einen neuen Höhepunkt erreicht: Ein Bautrupp hatte begonnen, in der Nähe der Wasserquelle des Farmers eine Straße anzulegen. Dadurch wurde seine Wasserzufuhr gekappt.

»Stevie hat sofort die Polizei gerufen«, sagte Calum und trank einen Schluck Kaffee, den Laoise für sie alle aufgebrüht hatte. »Aber die Cops von Islay werden ja alle von Thorpe geschmiert. Die haben gar nichts gemacht, im Gegenteil, sie haben Stevie gedroht, er müsse sich geltendem Recht beugen, weil die Quelle angeblich auf Thorpes Land läge. Welchem Recht? Thorpes? Die Leitung, die von der Quelle zu Stevies Haus führt, ist hinüber. Jetzt muss er sein Wasser vom Bach holen, jeden verdammten Liter. Der Mann ist dreiundachtzig!«

»Kann es sein, dass du etwas übertreibst?«, versuchte es Laoise. »Im Pub wird viel dahergeredet ...«

»Ich hab nur ein paar Bier getrunken«, log Calum. »Ich weiß, wovon ich rede.«

Laoise maß ihn mit prüfenden Blicken. Calum trank zu viel, das war ihr klar, aber er vertrug auch einiges, mehr als die meisten, schließlich war er ein Baum von einem Mann. »Und du bist dir sicher, dass Thorpe jetzt ernst macht?«

»Im Pub hat er sich nicht gezeigt – obwohl wir wissen, dass der Bastard momentan auf Jura ist, wahrscheinlich um die Fortschritte seines Projekts zu überwachen. Projekt! Die reine Unterdrückung ist das, Scheiße noch mal! Stevie hat sogar in der Polizeizentrale in Glasgow angerufen und gefragt, was der ganze Kack soll. Aber die haben nur gesagt, sie wären nicht zuständig. Glaubt mir, der bekommt Unterstützung von ganz oben.«

Er ging zur Anrichte und holte eine Flasche Whisky aus der Vitrine.

»Nicht«, sagte Laoise. »Du hast schon genug.«

Doch Calum füllte im Handumdrehen ein Glas. »Den brauch ich jetzt. Wir müssen was unternehmen. Stevie ist zu alt, um ganz allein Widerstand zu leisten, und die anderen quatschen nur, aber sie kriegen den Arsch nicht hoch. Vielleicht rechnen sie sich irgendwelche Vorteile aus, Thorpe verspricht den Leuten ja andauernd gut bezahlte Jobs, wenn sein Hotel und der Golfplatz fertig sind, der lügt das Blaue vom Himmel herunter. Ein paar von den Jungen glauben das auch noch. Oder sie haben Angst und wollen sich nicht mit ihm anlegen.« Er trank sein Glas aus und setzte es lautstark auf dem Tisch ab. »Aber ich mach was. Ich gehe morgen zu Thorpe. Und ich nehme die Tikka mit. Ich sag ihm, bis hierhin und nicht weiter! Wäre nicht das erste Mal, dass wir Eindringlinge von außerhalb zum Teufel schicken.«

Laoise blickte zu Gracie. Sie nickten sich zu.

»Warum steht eigentlich der Stuhl vor der Speisekammer?«, wunderte sich Calum. Nachdem er sich den Frust von der Seele geredet hatte, fiel ihm auf, das etwas nicht stimmte. Die beiden Frauen wirkten so, als beschäftigte sie irgendetwas. Nichts Gutes, wie es schien. »Wo ist überhaupt Chip? Und … was hast du mit der Flinte vor, Schatz?«

Laoise hatte die Waffe in Griffweite auf die Küchenarbeitsfläche gelegt. »Wir haben Besuch«, sagte sie knapp. »Zwei Männer vom Festland.«

»Zahlende Gäste? Um diese Jahreszeit?«

»Bist du besoffen oder einfach nur blöd, Calum?« Laoise wurde ungehalten. Scheiß Alkohol. Häppchenweise erklärte sie ihm, was sich in den vergangenen Stunden zugetragen hatte.

Das war nicht wenig. Calum hörte schweigend zu. Staunend, wütend, fassungslos im Wechsel. Er schloss die Augen, fuhr mit beiden Händen über seine hohe Stirn. Nur einmal stand er auf, um sich zu überzeugen, dass Hynch und Winslow tatsächlich in der Speisekammer eingesperrt waren. Er machte Licht und erkannte die Männer von der Begegnung am Vormittag an der Straße. Hynch schaute nur kurz hoch, murmelte einen Gruß und starrte dann wieder die Regale mit Lebensmitteln an.

Es dauerte einige Zeit, bis Calum die Lage gänzlich erfasste.

Vor allem Chips Tod versetzte ihn in eine düstere Stimmung. Mehrfach wollte er einen Satz beginnen, verstummte aber und hörte Laoises Erklärungen weiter zu.

Als er sich Whisky nachschenken wollte, nahm sie ihm die Flasche weg. »Lass es. Du solltest so schnell wie möglich nüchtern werden.«

Er stutzte, holte Luft, um zu widersprechen. Dann senkte er den Kopf und nahm sich stattdessen einen Kaffee aus der Isokanne. »Da hast du wohl recht.« Seine Hände zitterten, als er den Behälter auf den Tisch zurückstellte. »Zwei Killer unter meinem Dach. Einer unter der Erde. Das ist harter Tobak. Ich hätte nie gedacht, dass wir hier draußen gefährdet sind.«

»Hätten wir alle nicht«, sagte Laoise. »Aber so ist es nun mal. Wir müssen das Beste draus machen.«

»Das Beste?«, spottete Calum. »Und was wäre das?«

»Wir können immer noch die Polizei rufen«, räumte sie ein, obwohl sie das schon seit Ricks Begräbnis verworfen hatte. Aber sie fühlte sich verpflichtet, es zur Sprache zu bringen.

»Die Bullen? Niemals. Denen traue ich nicht über den Weg.«

»Ich glaube zwar kaum, dass die uns was anhängen können. Aber wenn die wollten ...«

»Irgendwas finden die bestimmt, Beihilfe oder so. Nein, kommt gar nicht infrage. Es ist ja bekannt, wie ich zu Thorpe stehe. Das wäre eine willkommene Gelegenheit, mich anzuschwärzen.«

»Uns«, fügte Laoise hinzu.

»Natürlich. Uns.« Calum beugte sich vor und gab ihr einen Kuss.

Sie lächelte – zum ersten Mal, seit er von Craighouse zurück war.

»Oh Mann, ich hab noch gar nicht gefragt, wie's euch bei der ganzen Sache geht. Alles klar bei dir, Gracie?« Er wandte sich ihrer guten Freundin zu, die sich bislang zurückgehalten hatte. »Das muss ja ein furchtbarer Tag gewesen sein. Ich meine, ihr wart in Lebensgefahr, mehrmals! Das hätte böse enden können.«

»Hätte …, hätte …«, sagte Gracie und machte sich an der Schublade des großen Küchentisches zu schaffen.

»Wir müssen jetzt nach vorne schauen.« Laoise tätschelte Calums Knie. »Falls du das noch hinkriegst.«

Verblüfft musterte er die beiden Frauen. »Ihr seid ganz schön abgebrüht, wisst ihr das?«

»Erzähl ihm von dem Deal, der im Raum steht.« Gracie warf Laoise einen auffordernden Blick zu. »Höchste Zeit, dass er es erfährt.«

»Was für ein Deal?«, fragte Calum.

Laoise hatte diesen Teil der Geschichte ausgelassen, um ihn nicht zu überfordern. Doch inzwischen schien er wieder klarer im Kopf zu sein. So war es immer mit Calum. Sie musste ihn nur richtig anpacken, dann ließ er zumindest für eine Weile die Finger vom Whisky und kam wieder in die Spur. Er war stark. Das Selbstmitleid, in dem er sich seit der Vergewaltigung suhlte, die Schuldgefühle, weil er es nicht hatte verhindern können, all das blockierte ihn. Weil er nicht rechtzeitig zur Stelle gewesen war, um sie zu beschützen. Sie spürte, dass er wieder daran zu denken begann. Und Laoise bedroht von Rick – das war eine ganz ähnliche Situation gewesen. Aus solch einem Grund hatten sie sich seinerzeit Chip angeschafft, einen Hütehund, obwohl sie gar keine Schafe hielten. Vielleicht brauchte Calum einfach nur ein neues Ziel vor Augen.

Also erzählte sie ihm, was Hynch anbot. Dass er Thorpe zur Räson bringen wollte im Austausch für freien Abzug, wie er es nannte. Dass Hynch sein Geschäft verstand.

Während sie redete, holte Gracie eine Pistole nach der anderen aus der Schublade und legte sie auf den Küchentisch. Drei baugleiche Waffen, die sie den Killern nach und nach abgenommen hatten. Schwerer Stahl, eine deutlichere Sprache gab es nicht. Zuletzt noch Hynchs Messer. Man merkte gleich, wie scharf die Klinge geschliffen war. In den richtigen Händen eine tödliche Waffe.

Es war, als begriffe Calum erst jetzt, was den beiden Frauen ohne fremde Hilfe gelungen war. Sie hatten die Killer entwaffnet und gefangen genommen. Mit offenem Mund betrachtete er die Berettas.

»Hynch sagt, er bräuchte eventuell noch ein Gewehr«, sagte Laoise. »Jetzt liegt es an dir.«

Calum überlegte nicht lange. Er ging ins Wohnzimmer und kam mit der Tikka zurück. Und mit einer Landkarte. Er lehnte die Repetierbüchse gegen die Anrichte, schob die Pistolen und das Messer beiseite und breitete die *Explorer Map* auf dem Tisch aus. Eine detailgenaue Darstellung von Jura. Höhenlinien, kaum benutzte Feldwege und alle möglichen Wegmarken waren darauf verzeichnet, ergänzt von handschriftlichen Notizen, weil sich das Terrain oft veränderte, vor allem die Moorgebiete.

Laoise suchte das alte Landgut von Ardfin im Süden der Insel, wo Thorpe residierte. Sie senkte den Zeigefinger darauf. »Hier.«

36

Es war kurz nach sieben. Das Frühstück verlief schweigend. Eier, Bacon, Würstchen, Baked Beans aus der Dose, jede Menge Toast – das ganze arterienverstopfende Programm. Immerhin nährstoffreich. Sie mussten sich stärken für das, was da auf sie zukam.

Alle waren übernächtigt außer Winslow, der jedoch über Muskelkater in den Armen klagte. Calum hatte einen Kater und machte ansonsten einen erstaunlich unternehmungslustigen Eindruck. Laoise wirkte angeschlagen, ebenso Gracie, beide waren bleich, müde, hatten Ringe unter den Augen. Sie kümmerten sich um Tee, Kaffee und die Speisen und zogen sich danach mit ihren Tellern ins Wohnzimmer zurück.

Hynch versuchte, sich nichts anmerken zu lassen. Auch er hatte eine harte Nacht hinter sich. Die erste nach einer Schussverletzung war immer schwierig. Ein Gedanke jagte den anderen, überlagert vom Pochen und Ziehen der Wunde. Er hatte kein Auge zugetan und stattdessen Szenarien entworfen, sich vorgestellt, wie viele Security-Leute Thorpe beschäftigte, welche Bewaffnung sie besaßen, ob es erfahrene Männer waren oder Bullys von der Straße. Wie er sich am besten Zugang verschaffte. Ardfin Estate. Gab es da ebenerdige, ungesicherte Fenster? Nicht abgeschlossene Türen, durch die er ins Innere gelangte? Wie stark war das Areal bewacht? Überraschungsmomente. Von denen würde er reichlich brauchen, um an Thorpe heranzukommen.

Er saß allein an einem Ende des langen Küchentisches. Gracie hatte den Verband nach dem Aufstehen und dem nicht weiter kommentierten Ende ihrer Gefangenschaft noch einmal gewechselt und Schmerzsalbe aufgetragen. Die Wunde sah unverändert aus, er hatte sie im Badezimmer untersucht und erneut abgetastet, keine Entzündung, es war tatsächlich ein glatter Durchschuss. Seine linke Schulter und der Arm waren nicht voll belastbar, aber fast.

Während er aß, hielt er den Blick auf die *Explorer Map* gerichtet. Er prägte sich alles genauestens ein. Im Einsatz würde er keine Zeit haben, eine Landkarte hervorzukramen. Das Anwesen lag an der schmalen Südküste der Insel, etwa dreißig Kilometer vom Hof der McGlynns entfernt. Eine Stunde Fahrzeit mit dem Rover.

»Beschreiben Sie mir, wie ich hinkomme«, forderte Hynch Calum auf. »Wie sieht es dort aus?«

»Eigentlich wollte ich mitfahren«, sagte Calum. »Vielleicht brauchen Sie Unterstützung.« Er lächelte komplizenhaft. »Schützenhilfe.«

»Auf keinen Fall. Winslow und ich übernehmen das. Sie halten sich da raus.« Amateure konnte er bei dieser Sache nicht gebrauchen. Schon gar keine Amateure, die eine Whiskyfahne vom Vortag hatten.

»Immerhin bin ich ortskundig.«

»Falls wir Verstärkung benötigen, erfahren Sie das früh genug«, lenkte Hynch ein. »Jetzt können Sie am besten helfen, indem Sie uns möglichst viele Informationen geben.«

»Na gut.« Calum ging um den Tisch herum und nahm neben Hynch Platz. »Hier haben wir die Straße, die von Craighouse zum Fähranleger im Westen führt. A 846.« Er zeigte mit dem Finger darauf. »Ungefähr in der Mitte liegt Ardfin Estate, ein paar Hundert Meter zur Küste runter, die auf einer Länge von fünfzehn Kilometern ebenfalls zum Besitz gehört. Normalerweise werden die Zufahrt und das große Eingangstor von Thorpes Security-Leuten bewacht. Zusätzlich dreht ein Pick-up regelmäßig seine Runden auf dem ganzen Gelände und im Dorf. Mehrere Feldwege führen vor und hinter der Hauptzufahrt zum Meer hinunter, die werden von Baufahrzeugen genutzt.«

»Ist das Grundstück eingezäunt?«

»Nein, nicht komplett, dafür ist es zu groß und zu weitläufig, alles in allem knapp fünfzig Quadratkilometer.«

»Ein riesiger Besitz«, sagte Hynch beeindruckt.

»Thorpe hat vier Millionen dafür hingeblättert. Im Grunde ein Schnäppchen. Jura ist abgelegen, das drückt den Preis.«

»Wird dort momentan gearbeitet?«

»Die Arbeiten am Golfplatz sind zwar schon fortgeschritten, was die Erdbewegungen betrifft, doch der Kurs ist noch lange nicht fertig. Die Grüns müssen noch angelegt werden, die Abschläge und so weiter. Bei dem Sturm gestern haben die irischen Bautrupps wahrscheinlich eine Pause eingelegt. Na ja, im Winter ist der Betrieb eher eingeschränkt. So richtig geht's erst wieder im Frühjahr los.«

»Gut.« Hynch nickte. Ein Golfplatz ließ sich nicht von heute auf morgen aus dem Boden stampfen. So etwas dauerte mindestens zwei Jahre.

»Zunächst wäre da das alte Herrenhaus«, fuhr Calum fort, »Jura House, locker über hundert Jahre alt. Ein zweigeschossiges Gebäude mit einem Turm, sechzehn Schlafzimmer …«

»Also ein großer Kasten.«

»So groß auch wieder nicht. Aber Thorpe ließ einen neuen Flügel anbauen, schließlich soll das mal ein Luxushotel werden. Außerdem sind auf dem Grundstück eine ganze Reihe von Cottages verteilt, Stallungen, eine komplette Farm, das meiste wird noch renoviert. Es gibt sogar ein Bootshaus samt Anlegesteg.« Calum schüttelte den Kopf. »In diesem Bootshaus ist mal was Merkwürdiges passiert. Da haben zwei Musiker eine Million Pfund verbrannt, ›K Foundation‹, so nannten sich die. Waren ziemlich erfolgreich zu ihrer Zeit.«

Winslow schaute von seinem Teller mit Eiern und Bohnen hoch. »Echt jetzt?«

»Sollte wohl eine Kunstaktion gewesen sein. 1994 war das, die haben dann einen Film draus gemacht, ›Watch the K Foundation Burn a Million Quid‹. Hat nur eine Stunde gedauert, die Million durch den Kamin zu jagen, in Fünfzigpfundscheinen. Irre, oder? Das Ganze sorgte natürlich für Schlagzeilen ohne Ende, und die Leute von hier fanden es überhaupt nicht witzig, dass zwei verrückte Kerle hier so viel Geld abfackelten, für nichts und wieder nichts, die fühlten sich verarscht. Das Bootshaus war damals ungenutzt. Jetzt lässt es Thorpe wieder herrichten.«

Hynch ignorierte diese Anekdote, obwohl er es bezeichnend fand, dass ausgerechnet ein Ort, an dem vor mehr als zwanzig Jahren eine Art antikapitalistische Geldverbrennung zelebriert worden war, fernab der internationalen Finanzströme, dass dieser Ort heute wieder ins Visier des Geldes geriet. »Thorpe wird vermutlich im Herrenhaus sein. Meinen Sie nicht?«

»Oder irgendwo auf dem Gelände. Kommt aufs Wetter an, schätze ich.«

»Hat er Angehörige, die mir über den Weg laufen können?«, fragte Hynch. »Wer hält sich sonst noch auf dem Landsitz auf? Wer übernachtet dort?«

»Soweit ich weiß, ist Thorpe alleine hier. Um diese Jahreszeit ist Jura ja nicht besonders attraktiv. Die Jagdsaison auf Hirsche war im Herbst. Segeln ist momentan kein Vergnügen wegen der Winterstürme. Und solange noch gebaut wird, glaube ich kaum, dass er schon Gäste einlädt.« Calum überlegte. »Aber er hat Personal. Eine Köchin und so etwas wie einen Butler, jemand, der ihn bedient. Vielleicht sogar ein Zimmermädchen. Die bleiben alle auf dem Grundstück, drüben im Ort lassen die sich selten blicken. Nur die Arbeiter gehen hin und wieder in den Pub oder kaufen was im Laden.«

»Wo wohnen die?«

»In Containern. Oder in den Cottages, die schon fertig sind, zumindest der Bauleiter und die Vorarbeiter.« Calum lachte spöttisch. »Wie vor hundert Jahren. Die alten Klassenunterschiede leben wieder auf.«

»Wenn man genug Kohle hat. Dann lagen diese Künstler mit ihrer Geldverbrennung gar nicht so falsch. Die haben ein Zeichen gesetzt.« Winslow schaufelte weiter sein Frühstück in sich hinein.

»Wie schwer ist Thorpe eigentlich?«, wollte Hynch wissen. »Milliardär … das kann vieles bedeuten.«

»Die Zeitungen schätzen ihn auf fünfhundert Millionen«, antwortete Calum. »Also nur ein halber Milliardär. Hat sich mit Mitte vierzig schon mehr oder weniger zur Ruhe gesetzt, einer dieser Finanzjongleure, Börsengeschäfte im großen Stil nach der Bankenkrise 2008. Ein paar Gewinner gibt es bei so was immer. Aber ich kenne Leute, die damals all ihre Ersparnisse verloren haben und sich seither so durchschlagen, auch auf Jura. Denen ist ihre Altersvorsorge flöten gegangen.«

Hynch ging nicht darauf ein. Ihn interessierte nur die Frage, ob sich Thorpe von Ardfin einfach so vertreiben ließ. Der Mann hatte das Estate erworben, gut, das war wohl ein Klacks für ihn, vielleicht einer Laune entsprungen. Viele Menschen hegten den Traum, einen Landsitz ihr Eigen zu nennen und sich entsprechend herrschaftlich zu fühlen und zu gebärden. Mit ein paar Millionen auf der hohen Kante war das ohne Weiteres zu bewerkstelligen, wenn man gegen vorwiegend mieses Wetter und ein Robinson-Dasein nichts einzuwenden hatte. Immer wieder standen in Schottland einsame Herrenhäuser zum Verkauf, die erst einmal modernisiert und bewohnbar gemacht werden mussten, das fing schon bei der Erschließung und dem Straßenbau an. Eine langwierige, teure Angelegenheit. Manchmal verlor der neue Eigentümer darüber die Geduld und realisierte, dass eine Villa am Mittelmeer oder in der Karibik vielleicht doch die bessere Wahl war. Dann mochte nur ein kleiner Fingerzeig genügen, ein Gespräch mit vorgehaltener Pistole, um neureiche Kerle wie Thorpe zum Nachdenken zu bewegen. Sie stießen das Objekt wieder ab, ein Käufer mit ähnlichen Illusionen würde sich schon finden. Doch Thorpe hatte auf Jura gewaltige Investionen getätigt. Der Golfplatz, das Fünfsternehotel, da kamen schnell Millionenbeträge zusammen. Ein solches Projekt abzubrechen und jemanden davon zu überzeugen, es auf halber Strecke zu übernehmen, war schwierig, Thorpe musste mit erheblichen finanziellen Einbußen rechnen, ganz zu schweigen von dem Gesichtsverlust in der Öffentlichkeit. Allmählich kamen Hynch Zweifel an den Erfolgsaussichten dieses Jobs.

Calum griff nach seiner Kaffeetasse. »Wie wollen Sie vorgehen?«

»Zunächst observiere ich das Anwesen«, erwiderte Hynch. »Am besten von einem Hügel aus.« Auf der Landkarte fand er eine geeignete Stelle nördlich der Staatsstraße. Dort stieg das Terrain leicht an, das Herrenhaus lag hundert Meter tiefer. Er rief sich die Fahrt zum *Jura Hotel* in Erinnerung. Anhöhen auf der einen Seite, zum Meer hin abfallendes Gelände auf der anderen. Ideal für seine Zwecke.

»Sie müssen nur aufpassen, dass Sie nicht gesehen werden«, sagte Calum. »Da gibt es keine Bäume, keine Sträucher, die Hügel sind mehr oder weniger kahl.«

»Lassen Sie das meine Sorge sein. Meiner Ansicht nach haben wir zwei Optionen. Eine für den Tag und eine für die Nacht. Entweder gebe ich mich als jemand aus, der mit Thorpe spontan eine Unterhaltung führen will, sagen wir als Journalist, der über die Fortschritte auf Ardfin berichtet, beispielsweise für eine Golfzeitschrift. Vielleicht lässt man mich zu Thorpe vor. Allerdings könnte der Exit Probleme bereiten.«

»Und bei Nacht?«

»Ich dringe in das Herrenhaus ein und knöpfe ihn mir in seinem Schlafzimmer vor. Doch dafür müsste ich da ungesehen hineingelangen.«

»Kriegen Sie das hin?«

»Wir werden sehen. Erst die Observation. Möglicherweise ergibt sich ja schon früher eine Gelegenheit.«

»Und was werden Sie tun, wenn Sie Thorpe … gestellt haben?«

»Das hängt ganz von ihm ab.«

»Bedrohen Sie ihn mit der Waffe? Schlagen Sie ihm die Zähne ein?« Calum führte sich auf wie ein kleiner Junge, dem die Fantasie durchging. »Und wenn Sie ihm mit meiner Büchse einfach eine verpassen? Aus der Ferne? Das wäre doch ein Ausrufezeichen!«

»Ein Ausrufezeichen ohne spezifische Botschaft. Oder wollen Sie einen Zettel an die Kugel kleben mit einer Liste Ihrer Forderungen? Außerdem hätten wir dann ganz schnell ein Polizeiaufgebot hier. Lassen Sie uns das lieber vermeiden.«

»Schade.« Calum grübelte, ob er noch etwas beitragen konnte. Stevie Noddings fiel ihm ein und die Schikanen der Security-Leute, die mit Tasern ausgerüstet waren, Elektroschockpistolen, mit denen man Angreifer lähmen bzw. handlungsunfähig machen konnte. Die Flughafenpolizei setzte solche Waffen ein. Er begann davon zu erzählen und wie Stevie derzeit traktiert wurde. Hynch könne sich an ihn wenden und noch mehr über die Umstände vor Ort in Erfahrung bringen. Über den Rhythmus der Patrouillen –

Laoise rief nach ihnen. »Kommt mal rüber! In Glasgow ist was passiert.«

37

Hynch sprang auf und ging ins Wohnzimmer. Auf Laoises Notebook liefen per Livestream die Nachrichten.

Breaking News. Am frühen Morgen gelang es der Police Scotland, einen Terroranschlag zu verhindern – buchstäblich in letzter Sekunde. Ein Sondereinsatzkommando stürmte ein Mietshaus in Drumchapel, seit Langem sozialer Brennpunkt, einer von vielen strukturschwachen Außenbezirken Glasgows.

Wie aus gut unterrichteten Kreisen zu erfahren war, wurde eine radikale Gruppe gefasst, die dem IS angegliedert war und einen Anschlag auf den bekannten Politiker und Geschäftsmann Sir Geoffrey Mallard plante. Beim Versuch der Festnahme wurden vier Terroristen kurdischer Abstammung getötet, ein weiterer starb an seinen Schussverletzungen auf dem Transport ins Krankenhaus. Die schwer bewaffnete Gruppe stand angeblich schon seit Längerem unter Beobachtung. In der Wohnung wurde ein voll funktionsfähiger Sprengsatz gefunden, offenbar sollte er zeitnah zum Einsatz kommen.

Wie der stellvertretende Polizeichef Henry Preston, Träger des DSC, verkündete, könne eine Verbindung zur organisierten Kriminalität und zu den jüngsten Bandenmorden nicht ausgeschlossen werden. Nur dem beherzten Zugriff einer Preston direkt unterstellten Truppe zur Terrorbekämpfung sei es zu verdanken, dass keine unbescholtenen Bürger zu Schaden kamen. Allerdings wurde ein Polizist bei dem Einsatz verletzt.

Ziel des geplanten Anschlags war der bekannte Politiker Sir Mallard. Obwohl er und seine Familie unter Schock stehen, meldete er sich über Twitter zu Wort. Er sehe sich in seiner Forderung bekräftigt, sämtliche Ausländer auszuweisen, wie es nach der Brexit-Abstimmung bereits in England praktiziert werde. Jetzt müsse auch ein Homeoffice für Schottland gebildet werden, dessen Leitung Sir Mallard nach den nächsten Wahlen bereitwillig übernähme, mit weitreichenden Kompetenzen. Die bis dato liberale Einwanderungspolitik der Regierung müsse revidiert und neu ausgerichtet werden.

Auf dem Bildschirm erschien ein heruntergekommener Wohnblock, aus dem Leichensäcke herausgetragen wurden, offenbar weiträumig abgesperrt. Überall vermummte Polizisten mit kugelsicheren Westen und Maschinenpistolen. Es folgten erste Stellungnahmen von Vertretern der verschiedenen Parteien. Die Scottish National Party und Labour warnten davor, das besorgniserregende Ereignis sogleich politisch zu instrumentalisieren, während die Tories Mallards rechtspopulistische Position übernahmen und die Minderheitsregierung der SNP nun in der Pflicht sahen, entsprechende Konsequenzen zu ziehen.

»Haben Sie damit irgendetwas zu tun?«, fragte Gracie argwöhnisch. »Ein Attentat, so etwas hatten Sie doch ursprünglich vor?«

»Ach ja?«

»Ricks letzte Worte. Er hat die Kurden erwähnt, als Sie mit ihm im Cottage geredet haben. Und er hat ausdrücklich von einem Anschlag auf Mallard gesprochen.«

Hynch stutzte. Gracie besaß eine erstaunlich gute Erinnerung. »Das hat Rick auf eigene Faust in die Wege geleitet«, räumte er ein, »gestern Nachmittag, als er mich für vermisst gehalten hat. Ich konnte es nicht verhindern, weil das Krypto-Handy unbrauchbar geworden war. Das habe ich Ihnen doch erklärt.«

»Von einem Anschlag haben Sie nicht das Geringste gesagt«, schaltete sich Laoise ein.

»Ich wollte Sie nicht zusätzlich beunruhigen.«

»Und Sie tun das einfach so ab?«, fragte Gracie.

»Was bleibt mir anderes übrig?«

»Schauen Sie sich an, was da los ist!«

»Rick schoss weit übers Ziel hinaus. Wir haben uns zuvor schon über so einen Anschlag unterhalten, per telefonischem Auftrag von Jura aus. Ich war dagegen gewesen wegen möglicher ziviler Opfer. Außerdem hatte ich meine Zweifel, ob Ricks kurdische Freunde das hinbekommen. Was zu beweisen war: Der Anschlag ist gescheitert.«

»Außer Spesen nichts gewesen, wie?« Laoise schüttelte den Kopf. »Das verändert die Situation. Wir können uns nicht mit Leuten einlassen, die mit Terroristen paktieren, mit Staatsfeinden. Das ist nicht drin.«

»Sie verstehen nicht«, erwiderte Hynch. »Rick war verzweifelt. Er wollte unbedingt etwas gegen Mallard unternehmen. Das war nichts Politisches. Ich glaube auch nicht, dass die erschossenen Kurden dem IS nahestanden, das waren einfach nur Söldner. Mir ist schon klar, wie schwierig das für Außenstehende auseinanderzuhalten ist. Aber wenn Sie wüssten, wer in Schottland alles seine Dienste feilbietet für Gefälligkeiten aller Art … kriminelle Gefälligkeiten.«

»Söldner? Die Polizei ist anderer Ansicht«, sagte Gracie.

»Der Polizei passt dieser angebliche IS-Hintergrund hervorragend in den Kram, vor allem diesem Preston. Scheint ein richtiger Law-and-Order-Mann zu sein, vielleicht mit höheren Ambitionen.« Hynch dachte über den Zusatz in der Nachrichtenmeldung nach. »Träger des DSC« hatte es geheißen. Damit war das Distinguished Service Cross gemeint, eine Tapferkeitsauszeichnung. Anscheinend war Preston ein Kriegsheld, und die Medien meinten, das extra betonen zu müssen.

»Wollen Sie jetzt auch noch eine Verschwörung andeuten? Sie geben uns ganz schön viel auf einmal zu schlucken.« Laoise klang ungläubig. Zugleich teilte sie Hynchs Skepsis bezüglich der IS-Zuschreibung durch die Polizei. Und die Tatsache, dass der Polizei-Vize anscheinend eine ihm direkt unterstellte Truppe gebildet hatte, ohne dass die Medien mit einem einzigen Wort darauf eingingen, ließ bei der gelernten Journalistin alle Alarmglocken schrillen.

Sie erklärte es den anderen und fügte hinzu: »Will da jemand stillschweigend seine Kompetenzen ausweiten und im Zuge der allgemeinen Aufregung eine Sondereinheit installieren, die er nach Belieben kontrolliert? Einen ersten Erfolg hat Preston durch den ›beherzten Zugriff‹ ja bereits vorzuweisen. Wenn weitere folgen und der öffentliche Druck stark genug wird, kann Preston auch nachträglich die Zustimmung des Parlaments einholen. Auf diese Art und Weise wird man Polizeichef – oder sogar Justizminister.«

»Mit Verschwörungstheorien lässt sich alles irgendwie erklären«, sagte Gracie wenig überzeugt.

»Nennen Sie es, wie Sie wollen«, beharrte Hynch. »Ich frage mich jedenfalls, wie die Polizei so schnell von dem Vorhaben der Kurden Wind bekam. Rick hat mit diesen Leuten gestern telefoniert, über eine abhörsichere Verbindung. Heute werden sie schon hopsgenommen. Da ist doch etwas faul.« Er hatte bereits einen Verdacht, sprach ihn aber nicht laut aus. »Und nicht nur das, die Kurden wurden regelrecht exekutiert. Von einem Schusswechsel, der der Festnahme vorangegangen wäre, wurde noch nichts berichtet. Weil es keinen gab. Prestons Kommando hat die Wohnung gestürmt und jeden, der sich dort aufhielt, ohne Vorwarnung umgelegt.« Sein letztes Argument hatte Hynch sich bis zum Schluss aufgehoben. Es beschäftigte ihn am meisten: »Und wie kann sich die Polizei so sicher sein, dass der Anschlag Mallard gelten sollte? Erklären Sie mir das mal!«

»Vielleicht haben sie den Terroristen noch vernommen, bevor er auf dem Weg ins Krankenhaus starb?«, schlug Gracie vor.

»So wird es Preston vermutlich hinstellen. Aber dass bei dem

Zugriff keine Zielperson überlebt hat, sollte einem zu denken geben, oder? Toten kann man alles Mögliche unterschieben.«

»Ein bisschen seltsam wirkt es schon.« Calum pflichtete Hynch bei. Er fand an den Spekulationen sichtlich Gefallen. »Dass die schottische Polizei so hart zuschlägt, ist jedenfalls neu. Ich hätte nicht gedacht, dass die so etwas überhaupt draufhaben.«

Die Unterhaltung wogte eine Weile hin und her. Es half ihnen, die Neuigkeiten zu verarbeiten und zunehmend rational zu betrachten. Dass es gewisse Unstimmigkeiten oder zumindest Merkwürdigkeiten gab, war nicht zu leugnen. Allmählich wurde Laoise, Calum und Gracie klar, dass sie in einer Sache mit drinsteckten, die ganz Schottland betraf. Und dass sich hinter diesem Bandenkrieg, bei dem Mallards Gegenspieler Brewster Wright alias Black Eyed Bruce erschossen worden war, möglicherweise viel mehr verbarg, als sich alle ausmalen konnten. In den Nachrichten wurden immer wieder die gleichen Bilder von dem Mietshaus und den bedrohlich, aber auch professionell wirkenden Männern des Sondereinsatzkommandos gezeigt. Heimatschutz kostete eben seinen Preis – das schienen die Aufnahmen zu vermitteln, und so wurde es auch in ersten Expertenkommentaren interpretiert.

Schließlich ergriff Winslow das Wort. Er hatte sich alles angehört und angesehen und musste zugeben, dass Hynchs Bedenken gegen den Anschlag berechtigt gewesen waren. Doch langsam hatte er genug von dem Gerede. »Sie müssen sich entscheiden«, wandte er sich an ihre unfreiwilligen Gastgeber. »Entweder liefern Sie uns an die Polizei aus, oder wir ziehen das mit Thorpe jetzt durch. Was soll es sein?«

Calum wollte schon etwas erwidern, doch Laoise sagte: »Geben Sie uns ein paar Minuten.«

Winslow und Hynch wurden wieder in die Speisekammer verfrachtet. Sie mussten nicht lange warten. Hynch kam gerade einmal dazu, Winslow für die unvermittelte Abkürzung der

Diskussion zu loben und ihn um sein Handy zu bitten, damit er mit Crawford telefonieren konnte. Winslow gab es ihm und sagte: »Hoffentlich erfahren wir bald mehr. Diese Leute sind ja ganz nett, aber auf die Dauer strengt dieses ewige Hätte-wenn-und-aber an.«

»Lass sie. Momentan brauchen wir jeden Verbündeten.«

»Glaubst du wirklich, dass sich gegen Thorpe etwas ausrichten lässt?«

»Wir probieren es auf jeden Fall. Vielleicht bringe ich ihn dazu, mit den Inselbewohnern nicht mehr so umzuspringen wie bisher. Das wäre schon ein Fortschritt.«

»Wenn der sich eine kleine Privatarmee leisten kann, spielt er in der oberen Liga. Das haben diese Landeier nicht ganz überrissen.«

»Aber du kennst dich aus in der Glitzerwelt der Milliardäre, wie?« Hynch lachte. Winslow, selbst ein Landei, machte sich über seinesgleichen lustig. In Wahrheit empfand der Junge Sympathien für Gracie und die McGlynns, vor allem für Laoise. Am Anfang des Frühstücks war es Hynch wieder aufgefallen. Er hatte nicht den Eindruck, dass Winslow etwas von Laoise wollte oder umgekehrt, so weit ging das nicht. Vielmehr verhielt sie sich ihm gegenüber wie eine fürsorgliche ältere Schwester, die aufpasste, ob er genug auf dem Teller hatte – und die Serviette benutzte. Winslow genoss das, vielleicht zum ersten Mal in seinem Leben. Vorige Nacht hatte er unter Beweis gestellt, dass er sich auf einer Farm durchaus nützlich machen konnte. Dort gab es immer Gräben auszuheben oder etwas in der Art. Wenn sie hier auf Jura fertig waren, dachte Hynch, würden dem Jungen ein paar Wochen als Hilfsarbeiter bei den McGlynns guttun. Damit er sah, dass es auch anders laufen konnte auf dem Land. In einer Stadt wie Glasgow war Winslow verloren.

Dann öffnete sich die Tür. Ende der Beratung.

38

Sie standen wieder in der Küche. Unter den geänderten Umständen, so Laoise, wollten sie Hynch und Winslow nicht allein losziehen lassen. Calum und Gracie sollten die beiden Männer nach Ardfin Estate begleiten. Um flexibler zu sein, sei es ratsam, sich auf zwei Autos zu verteilen. Winslow und Calum nähmen den schwarzen Land Rover, der im Gegensatz zu Calums altem Nissan Patrol, den jeder auf Jura kannte, unverdächtig wirkte. Gracie sollte Hynch mit ihrem silbernen Suzuki befördern. Außerdem könne man die Wagen mithilfe großer, schmutzstarrender Planen, die Calum zur Abdeckung seiner landwirtschaftlichen Fahrzeuge benutzte, falls erforderlich tarnen. Einverstanden?

Hynch kreuzte mit Winslow Blicke und stimmte vorerst zu. »Das können wir so machen. Aber eins muss ich klarstellen: Das Kommando steht bei mir, unumschränkt. Keine Debatten während des Einsatzes. Wir gehen vor, wie ich das für richtig halte und niemand sonst. Gracie und Calum sind nur so etwas wie Beobachter. Sie greifen keinesfalls ein, schon zu ihrem eigenen Schutz.«

»Gut.« Laoise war wieder die Wortführerin. »Ganz wie du sagst.«

»Meinen Sie, wir würden einfach türmen? Wollen Sie uns aus diesem Grund überwachen?«

»Niemand ist eine Insel, Hynch, auch du nicht. Wir haben uns das Ganze gemeinschaftlich ausgedacht, also ist es nur recht und billig, dass alle außer mir an dieser Aktion teilnehmen – ›Einsatz‹ klingt mir zu militärisch. Und ja, natürlich möchten wir sicherstellen, dass du dich an dein Wort hältst.«

»Vielleicht brauchen Sie ja doch Hilfe«, setzte Calum hinzu.

Hynch schaute ihn an. Ein großer kräftiger Bursche wie

McGlynn war eventuell von Nutzen, das musste er zugeben. Aber dass Gracie mit von der Partie sein sollte, bereitete ihm Bauchschmerzen. »Haben Sie sich das auch gut überlegt, Miss Dimmock? Sie sind in diese Sache doch kaum involviert. Wenn Sie mit dem Gesetz in Konflikt geraten oder auch nur Mitwisserin sind, setzen Sie Ihre wissenschaftliche Karriere aufs Spiel. Von äußerlichen Gefahren ganz zu schweigen.«

Gracie betrachtete ihn eine Weile. Sie ließ nicht erkennen, was in ihr vorging. »Ich bin nur wegen Ihnen dabei. Die anderen sagen, dass ich weiß, wie man Sie anzupacken hat.«

»Ist das so?«

»Laoise sagt, dass Sie auf mich hören, im Zweifelsfall.« Sie lächelte, spielte es herunter. »Und vielleicht brauchen Sie ja wieder eine Krankenschwester.«

»Hoffentlich nicht«, wehrte er ab.

»Außerdem geht es auch um meine Interessen. Um die Seeschlange.«

»Dann vergessen Sie die Kabelbinder nicht.« Hynch versuchte, gleichmütig zu klingen. »Falls Sie mich wieder fesseln wollen.«

»Was uns zur Bestandsaufnahme der Ausrüstung führt.« Laoise begab sich mit dem Rollstuhl ins Wohnzimmer. Die anderen folgten ihr. Auf dem Sofa lag ein ganzes Waffenarsenal.

Calum hatte die drei Pistolen mit Einweghandschuhen zerlegt, gründlich überprüft und wieder zusammengesetzt. Ricks Beretta, mit der mehrmals geschossen worden war, hatte er gereinigt und aus den Munitionsbeständen, sie sich im Rover befanden, nachgeladen. Auch Hynchs Messer hatte er gesäubert, desinfinziert und danach alles sorgfältig abgewischt, um sämtliche Fingerabdrücke zu beseitigen. Vom Lauf seiner Tikka Repetierbüchse 308 Winchester hatte er über Nacht die Seriennummer abgeätzt. Mit einer leichten Steyr 222 Remington, die er für Reh- und Niederwild benutzte, war er ebenso vorgegangen. Beide Gewehre besaßen eine Zieloptik.

Hynch überzeugte sich davon, dass alles einwandfrei funktionierte. Das dauerte seine Zeit, Magazine entnehmen, Abzug testen und so weiter. Zwei Ferngläser lagen ebenfalls bereit, Hynchs Geldbörse mit seinen Ausweisen, die er sogleich einsteckte, und die Gürtelholster, die ihnen am Vortag abgenommen worden waren samt Reservemagazinen.

»Natürlich musst du übertriebene Brutalität vermeiden«, sagte Laoise. Zur Sicherheit richtete sie ihre Flinte auf ihn, während er mit den Waffen hantierte. Mit der Tikka hielt er sich länger auf. Wog sie in den Händen, visierte ein imaginäres Ziel an.

»Es geht nur darum, Thorpe zu drohen und sich Zugang zu ihm zu verschaffen. Wir wollen keine Toten.«

Hynch legte die Tikka aufs Sofa zurück. Mithilfe einer Auflage konnte man damit einen guten Schuss anbringen. Er traute sich eine Entfernung von bis zu 500 Metern zu. Mit seiner Barrett M82 wären 1000 Meter und mehr kein Problem. Aber die hatte er ja auf dem Dach des *Prince Albert* quasi als Visitenkarte zurückgelassen. »Sie wollen keine Toten? Das beruhigt mich.«

»Ironie?«

»Wir nehmen das nicht alles mit. Nur die Tikka und eine Pistole.« Er steckte die Beretta in das Gürtelholster und schnallte es sich um. »Calum nimmt das Gewehr.«

»Calum und Gracie bekommen auch eine Pistole«, wandte Laoise ein.

Hynch rief sich in Erinnerung, was ihm am Abend zuvor durch den Kopf gegangen war. »Zu viele Waffen in den falschen Händen sind gar nicht gut. Wenn man welche dabeihat, ist man versucht, sie auch zu benutzen. Das führt nur zu ... Komplikationen, ein Unsicherheitsfaktor.« Er machte eine Pause. »Trauen Sie mir nun oder nicht?«

Sie trauten ihm nicht. Schließlich einigten sie sich darauf, dass zumindest Gracie eine zusätzliche Pistole und Winslows

Gürtelholster erhielt. Dann war es höchste Zeit, aufzubrechen. Laoise gab ihnen Proviant in Form von Sandwiches, zwei Thermoskannen Tee und Wasserflaschen mit. Als sie die Farm verließen, war es schon fast neun. Sie verteilten sich auf die Autos. Hynch nahm die *Explorer Map*, Gracie setzte sich ans Steuer. Endlich ging es los.

39

Geschlossene Wolkendecke, es hatte zugezogen, der Himmel war stumpf und grau. Gracie schaute stur auf die Straße und schwieg, seit sie eingestiegen waren. Hin und wieder kontrollierte sie im Rückspiegel, ob Calum und Winslow dranblieben. Sie kamen durch das Waldstück mit den umgeknickten Bäumen, das Hynch während der gestrigen Fahrt aufgefallen war. Es wirkte apokalyptisch und stand in krassem Gegensatz zur sonst so intakten Natur. Sie fuhr ein bisschen schneller, um es möglichst schnell hinter sich zu bringen.

Hynch ergriff zuerst das Wort. »Ich muss schon sagen, Leuten wie Ihnen bin ich noch nie begegnet.«

»Soll das ein Kompliment sein?«

»Nur eine Beobachtung. Sie machen gemeinsame Sache mit Kriminellen, die noch vor Kurzem eine ernsthafte Bedrohung für Sie gewesen sind. Ist das klug?«

»Warum fangen Sie wieder davon an? Ich dachte, das hätten wir geklärt.«

»Ich möchte wissen, was Sie persönlich davon halten. Calum scheint der Abenteuerdrang gepackt zu haben, außerdem war er gestern nicht dabei. Und Laoise ist …, wie soll ich es ausdrücken? Aggressiv. Unversöhnlich. Es kommt mir so vor, als wolle sie die ganze Welt bestrafen für etwas, das ihr angetan wurde. Und jetzt ist durch meine Anwesenheit auf Jura eine Konstellation entstanden, die sie auf Biegen und Brechen ausnutzt, nur um Thorpe zu schaden. Ich bezweifle, dass sie die möglichen Folgen für Sie alle drei richtig einschätzt.«

»Laoise lebt hier ja nicht hinter dem Mond.« Gracie gab noch mehr Gas und holte Schwung für eine Steigung. »Wahrscheinlich haben Sie mitgekriegt, wie intensiv sie sich für alles interessiert, was auf dem Festland geschieht.«

»Als eine Art Ausgleich dafür, dass sie an den Rollstuhl gefesselt ist und von der Insel nicht so leicht wegkommt?«

»Jura ist nicht unerreichbar, nicht nur für Leute wie Sie oder Thorpe. Leider, könnte man sagen.«

»Wie meinen Sie das?«

Gracie seufzte. Dann erzählte sie ihm von der Vergewaltigung. Laoise war das zwar bestimmt nicht recht, aber sie wollte Hynch verdeutlichen, warum sich ihre Freundin so abweisend verhielt, vor allem gegenüber Männern. Warum sie so hart wirkte, wehrhaft. Und Hynch dauernd die Flinte unter die Nase hielt.

Er nickte bedächtig. »Schlimme Sache. Dann hat es die arme Frau doppelt getroffen, mit lebenslangen Folgen. Ein Wunder, dass sie nicht daran zerbrach. Winslow und ich haben schon vermutet, dass etwas in dieser Art vorgefallen ist.«

»Über solche Sachen unterhalten Sie sich?«

»Es ist immer gut zu wissen, was die Menschen antreibt, mit denen man zusammenarbeitet. Bei Laoise ist es der Drang nach Vergeltung.«

»Ich dachte, sie sei inzwischen darüber hinweg«, wandte Gracie ein.

»Das sagen Sie als Frau? Über eine Vergewaltigung kommt man nie hinweg. Glaube ich zumindest. Erst recht, wenn einen körperliche Einschränkungen täglich daran erinnern.« Hynch räusperte sich, zögerte, ob er sich weiter vorwagen sollte. »Im übertragenen Sinne macht Thorpe das Gleiche mit Jura. Er unterwirft die Insel und die Natur seinem Diktat. Übt Macht aus, zerstört, was ihm Widerstand leistet. Deshalb fühlt Laoise sich von diesen Baumaßnahmen persönlich bedroht.«

»So hab ich das noch gar nicht gesehen.«

»Dafür muss man kein Psychologe sein. Ich würde sagen, bei den meisten Aufträgen, die ich annehme, steckt letztlich die Machtfrage dahinter, auch und gerade bei Konflikten, die nur unter Männern ausgetragen werden. Macht, Sex und Tod – liegt alles eng beieinander.«

»Klingt, als müsste man ihre ›Dienste‹ zwangsläufig in Anspruch nehmen, weil solche Konflikte nicht anders zu lösen wären. Machen Sie es sich nicht zu einfach?«

»Wurde der Täter eigentlich gefasst?«

»Der Täter?« Gracie stutzte. »Ach so, der Mann, der Laoise …« Sie überlegte, wie sie es formulieren sollte. »Das war ein Fall von Inseljustiz. Er fiel von der Fähre.«

»Und kam nicht wieder hoch?«

»Dafür hat wohl Calum gesorgt.«

Hynch begriff. »Stärker als alle Grundsätze ist die Natur.«

»Die Natur?«

»Die Natur des Menschen, wenn ich das hinzufügen darf. Aber das Zitat stammt eigentlich von –«

»Hume!« Gracie lachte, unbeabsichtigt, der Situation nicht angemessen. »Der hat auch nicht alles gewusst – vor wie vielen Jahren?«

»Zweihundertfünfzig, grob gesagt. Aber der zeitliche Abstand sollte keine Rolle spielen, wenn es um den Wahrheitsgehalt oder den Nutzen einer Aussage geht. Bis zu einem gewissen Grad kann man sich an Hume halten. Ich zumindest versuche es. Die Leute vergessen so schnell, welche Erkenntnisse in früheren Zeiten gewonnen wurden. Zu welchen Schlüssen Hume und andere gelangten.«

»Aber das ist ewig lang her.«

»Es hat nach wie vor Gültigkeit. Kennen Sie große Denker der Gegenwart? Nennen Sie mir einen.«

Gracie überlegte. »Stephen Hawking?«

»Der hat das große Ganze im Blick, den Kosmos, die Erde.«

»Ich bin Naturwissenschaftlerin.«

»Und die kleinen moralischen Entscheidungen, die wir tagtäglich treffen müssen?«, hakte Hynch nach. »Wonach sollten wir die ausrichten? Nach Leitlinien, die schon während der Aufklärung, von Leuten wie Hume, geprägt wurden, oder etwa nicht? Auch wenn es immer aufs Neue an der Umsetzung hapert.«

»Und daran glauben Sie?«

»Woran glauben denn Sie?«

Gracie verstummte. Gute Frage – von einem Kriminellen, der sich mehr Gedanken über das Warum und Wohin der Menschen zu machen schien als sie selbst. Doch es widerstrebte ihr, Hynch beizupflichten. Und sie hatte keine Lust, ihn dahin gehend zu belehren, dass Hume sicher etwas dagegen gehabt hätte, wenn sich ein Auftragskiller auf ihn berief. Außerdem fand sie, dass die Menschen auch schon vor dem Zeitalter der Aufklärung nach einer Moral gelebt hatten. Du sollst nicht töten, nicht lügen und so weiter.

»Jedenfalls danke ich Ihnen für Ihre Offenheit«, sagte Hynch. »Sie haben mir zwei Gründe geliefert, um Laoise besser zu verstehen. Sexueller Missbrauch ist wohl die Ursache ihrer Aversion gegen Thorpe. Deshalb ignoriert sie Bedenken bezüglich meiner Person.«

»Einverstanden«, erwiderte Gracie. »Und der zweite Grund?«

»Dafür, dass Laoise nach dieser schrecklichen Erfahrung auf Jura geblieben ist? Bei ihrem Alkoholiker-Mann, der die Vergewaltigung nicht verhindern konnte, aber den Täter zumindest seiner gerechten Strafe zugeführt hat?« Hynch wies mit dem Daumen nach hinten. Der Rover folgte ihnen im Abstand von etwa hundert Metern. »Laoise könnte gut selbst für sich sorgen, in Glasgow oder wo auch immer, daran habe ich keinen Zweifel. Wenn sie wegwollte, hätte sie der Insel längst den Rücken gekehrt. In einer größeren Stadt wäre das Leben im Rollstuhl auch viel erträglicher als auf einer Farm auf den Hebriden.«

»Wenn nicht was wäre?«

»Sie liebt Calum, vorbehaltlos.«

»Sie –«

»Deswegen toleriert sie seine Schwächen. Und wahrscheinlich möchte sie ihm Gelegenheit geben, sich zu beweisen, indem sie ihn an dieser Denkzettel-Aktion gegen Thorpe mitmachen lässt.«

Gracie schaltete in den dritten Gang und ließ den Suzuki die steil abfallende Straße nach Lagg hinunterrollen. »Es gibt also etwas jenseits von Macht, Sex und Tod?«

»Ja.«

»Liebe – das war es doch, was ich gerade aus Ihrem Mund gehört habe?«

»Ihnen entgeht nicht das Geringste, Miss Dimmock.«

»Und Sie meinen tatsächlich, dass Sie etwas über die Liebe wissen? Dass Sie auch nur einen blassen Schimmer davon haben?«

»Es ist lange her, aber ein wenig Einfühlungsvermögen traue ich mir durchaus zu.«

»Es gab also mal jemanden …«

»Wenn Sie zurückdenken an gestern Nacht … nach Ricks Tod habe ich darauf angespielt.«

»Auf wen?«

Hynch verschränkte die Arme. »Vermutlich war es der falsche Zeitpunkt. Wir waren beide emotional überreizt.«

»Ganz bestimmt waren wir das.« Gracie ließ nicht locker. »Aber jetzt können Sie es ja sagen. Na los, raus damit!«

»Ich will nicht darüber sprechen.«

»Wie jetzt? Erst analysieren Sie an Laoise herum, und wenn Sie selbst Farbe bekennen müssen, kneifen Sie?«

»Erinnerungen kamen hoch und verblassten wieder. Ich möchte nicht, dass der Einsatz, den wir vor uns haben, davon beeinträchtigt wird. Also hat es keinen Sinn, darüber zu reden. Das ist alles.« Er wandte sich ab und schaute demonstrativ aus dem Fenster.

Gracie wartete eine Weile. Doch es kam nichts mehr. Hynch blockte ab. Sie versuchte, sich die Szene ins Gedächtnis zu rufen. Sie hatte ihn mit der Pistole nach draußen dirigiert, und er hatte von einem Gewicht auf seinen Schultern geredet, von Machtlosigkeit und einem Tod unter erbärmlicheren Umständen als Ricks. Was konnte erbärmlicher sein, als den besten Freund irrtümlich abzumetzgern?

Ein Schauder überlief sie. Sie nahm ihren Mut zusammen. »Haben Sie die Frau, die Sie liebten, getötet?«

»Ja.« Die Antwort kam so schnell, als hätte Hynch nur auf die Frage gewartet.

Gracie erschrak. Sie trat auf die Bremse.

»Durch meine Abwesenheit«, setzte er hinzu. »Weil ich zu spät, viel zu spät aus dem Krieg zurückkehrte. Und im Gegensatz zu Calum durfte ich den Täter nicht von der Fähre schubsen, was, nebenbei bemerkt, eine große Befriedigung gewesen sein muss. Ich beneide Mister McGlynn über die Maßen.«

»Aber Sie wollten doch bestimmt … Rache?«

»Natürlich. Ich habe jemanden umgebracht, den ich für den Verantwortlichen hielt. Aber ich fürchte, nicht den Richtigen. Damals begann das Töten. Seither hat es nicht mehr aufgehört.«

»Weil Sie etwas wiedergutmachen wollten?«, fragte Gracie ungläubig und brachte den Wagen zum Stehen.

»So wird es wohl sein. Ich denke, das verbindet uns.«

»Was sagen Sie da?«

»Auch Sie wollen etwas wiedergutmachen. Den Unfalltod von Benoît. Deswegen beteiligen Sie sich an dieser Sache, nicht wegen der Seeschlange. Sie möchten ein wenig Schicksal spielen – weil Sie das versäumt haben an einem entscheidenden Punkt Ihres Lebens. Sie haben Benoît im Sturm tauchen lassen. Gut, es war bestimmt nicht einfach, ihn davon abzuhalten. Aber haben Sie die entscheidenden Worte gesagt? Geh nicht, mir zuliebe? Haben Sie das gesagt?«

»Nein«, gab sie zu. »Ich war …«

»Sie haben etwas anderes gesagt. ›Wenn du jetzt gehst, brauchst du gar nicht erst zurückzukommen.‹ Ihre Worte. So war es doch?«

»Ja, verdammt!« Gracie stand kurz davor, über dem Steuer zusammenzubrechen. Schluchzend sog sie den Atem ein. »Was soll das?«, fragte sie mit dünner Stimme, ohne Hynch anzuschauen. »Warum werfen Sie mir das jetzt vor? Bin ich etwa schuld an Benoîts Tod?«

»So war das nicht gemeint.«

Sie drehte sich zu ihm. »Wie war es denn gemeint?«

Winslow war auf Stoßstangennähe herangekommen und gestikulierte. Wollte wohl wissen, warum es nicht weiterging.

Hynch winkte beschwichtigend. Dann legte er eine Hand auf Gracies Schulter: »Ich muss Sie ein weiteres Mal enttäuschen. *Nichts* lässt sich wiedergutmachen.«

40

Nach der Three Arch Bridge kam Craighouse in Sicht, die größte Ansiedlung auf Jura. Gracie hatte sich wieder beruhigt und schwieg verbissen. Anscheinend hatte Hynch eine Grenze überschritten und an ihre innersten Gefühle gerührt. Das war nicht seine Absicht gewesen. Eigentlich hatte er nur ein wenig Gemeinschaft herstellen und ihr die Beweggründe ihres Handelns aufzeigen wollen. War es nicht vernünftig, sich vor einer schwierigen Aufgabe über das klar zu werden, was einen an diesen Punkt gebracht hatte? Fehldeutungen abzustreifen und die Dinge im Licht des Tages zu sehen?

Doch ihm kam ein weiteres Hume-Zitat in den Sinn: Einzelne Beobachtungen gleich zu allgemeinen Regeln zu erheben, ist ein schwieriges Geschäft, und es kommt sehr häufig vor, dass man aus Hast und Geistesbeschränktheit die Sache nicht von allen Seiten betrachtet und deshalb zu Missgriffen neigt.

Hynch atmete auf. Hast und Geistesbeschränktheit konnte er in seinem Fall mit Bestimmheit ausschließen. Vielleicht mangelte es ihm an Fingerspitzengefühl, doch davon hatte Hume nichts geschrieben. Er wollte Gracie nicht bloßstellen, sondern ihr nur gewisse Realitäten verdeutlichen. Konnte gut sein, dass er mit der Wiedergutmachungstheorie falschlag und Gracies Motive mit seinen eigenen vermischte. In solchen Dingen war er kein Experte. Vermutlich machte Gracie bei der Aktion gegen Thorpe nur aus Freundschaft zu Laoise und Calum mit.

Gewisse Realitäten erkennen … Plötzlich begriff er, warum er diese Unterhaltung angefangen hatte. Er wünschte sich, mit Gracie auf ein und derselben Stufe zu stehen, mit ihr auf Augenhöhe zu verkehren, die Unterschiede, all das Trennende ausgelöscht zu wissen.

Eine neue Erfahrung. Bislang war es ihm bei niemandem so gegangen.

Nun, nach ihrer Reaktion zu urteilen, konnte er das wohl vergessen. Gleiche Stufe? Ausgeschlossen. Es war ja schon erstaunlich genug, dass Gracie sich mit jemandem wie ihm überhaupt abgab. Und auf der Suche nach Gemeinsamkeiten hatte er sie auch noch belehrt und sie unvermittelt mit ihrer schmerzlichen Vergangenheit konfrontiert, einer Vergangenheit, für die er ohnehin kein Heilmittel wusste.

Er hatte sie abgeschreckt.

Möglicherweise war es besser so.

Sie kamen an den Corran Sands vorbei, einem lang gezogenen, einladend wirkenden Strand. Gracies Blick folgte der Wasserlinie. Sie schien den Ort zu mögen, er stellte eine Abwechslung dar zum raueren Norden der Insel. Man konnte fast meinen, sich an der Südküste Englands zu befinden. Anfang Herbst waren hier wohl noch Camper und Wohnmobile gestanden, und Spaziergänger waren barfuß über den Strand geschlendert.

Der Handyempfang stand bei drei von fünf Strichen. Hynch beschloss, Crawford zu kontaktieren. Die Nummer war auf Winslows Handy nicht gespeichert, aber er kannte sie auswendig, schließlich war der Mann sein wichtigster Informant bei der Polizei.

»Hallo?«, ertönte es vom anderen Ende der Leitung.

»Spreche ich mit Chief Inspector Crawford?«, fragte Hynch.

»Nein, mit seinem Vorgesetzten.«

»Tut mir leid, ich habe wohl den falschen Anschluss erwischt.«

»Du bist schon richtig. Abhörsichere Verbindung. Leg nicht auf, Hynch.« Kurze Pause. »Hynch. Das ist doch dein Name? Eine Art Pseudonym, nicht wahr? Da bist du nicht allein, alter Knabe.« Selbstgefälliges Lachen.

Die Stimme kam Hynch bekannt vor. Aber er konnte sie nicht zuordnen. »Wo ist Crawford?«

»Hast du es noch nicht gehört? Der Polizist, der bei dem Einsatz in Drumchapel verletzt wurde, ist seinen Wunden erlegen. Ich fürchte, Crawford war den Anforderungen der neuen Eingreiftruppe nicht ganz gewachsen.«

»Crawford war doch seit Jahren im Innendienst.«

»Manchmal sind Versetzungen unabdingbar. Sagen wir mal so: Er wurde auf ehrenhafte Weise ausgemustert. Nachdem er mich von deinen Unternehmungen vollständig in Kenntnis gesetzt hat, und zwar schon seit Langem. Crawford bediente beide Seiten, deine und meine. Na, fällt der Groschen?«

Die kratzige Stimme, der süffisante Unterton ... Hynch erstarrte. »Busser? Bist du das?«

»Preston. Ich habe den Namen meiner Frau angenommen, inzwischen bin ich geschieden. Klingt doch viel netter als Busser. Obwohl mir Buzz als Abkürzung ganz gut gefallen hätte. Setzte sich leider nie durch.«

Hynch konnte es nicht fassen. Er hatte seinen alten Feind in der Leitung. »Carlos Büsser ...«, sagte er halb zu sich selbst. »So hieß ein argentinischer Admiral. Spielte im Falklandkrieg eine wichtige Rolle, unterzeichnete die Kapitulation.« Seine Gedanken überschlugen sich. »Mit einem ähnlich klingenden Namen ließ sich in den Achtzigern keine Karriere machen.«

»Du hast mich durchschaut! Hat ja nur dreißig Jahre gedauert. Aber sieh es mal so: Wir haben beide Karriere gemacht. Du bist momentan Volksfeind Nummer eins, zumindest inoffiziell. Ich werde demnächst Justizminister, und irgendwann, vielleicht schon nach den nächsten Wahlen ... First Minister? Weiß nur noch nicht, für welche Partei ich antrete. Leben wir nicht in fantastischen Zeiten? Alles verändert sich so rasend schnell.«

»Ich kenne deine Vergangenheit.«

»Kauf dir was dafür. Schreib ein Buch: Erinnerungen eines geborenen Killers.« Wieder das kehlige Lachen.

»Geborener Killer?«, wunderte sich Hynch. »Das stand in

dem psychiatrischen Gutachten. In der Beurteilung, ob ich für den Polizeidienst geeignet wäre.«

»Was dein damaliger Lieutenant schweren Herzens bestätigen musste. Oder etwas manipuliert hat. Obwohl wir so viel gemeinsam erlebt haben.« Eine Portion Sarkasmus. Dann ernster: »Typen wie du haben nichts bei der Polizei verloren. Du bist eine Gefahr für die Menschheit, immer schon gewesen.«

Hynch bedeutete Gracie, links ranzufahren. Sie merkte, dass etwas nicht stimmte, und steuerte den Suzuki in eine Haltebucht.

»Was willst du, Preston?«, fragte er.

»Dich töten, ganz einfach.«

»So?«

»Du hast Black Eyed Bruce auf dem Gewissen. Du hast seine Stellvertreter abgeschlachtet. Du hast eine islamistische Terrorgruppe zu einem Attentat aufgestachelt. Sollte doch reichen, oder?«

»Ich habe nichts dergleichen getan.«

»Kommt jetzt die Ich-bin-unschuldig-Arie? Für mich bist du die Kirsche auf dem Kuchen. Wenn ich dich verhafte oder vielmehr bei der Festnahme erschieße, feiern sie mich als den neuen starken Mann.«

»Was ist mit Mallard? Stehst du nicht auf seiner Lohnliste?«

»Auch Mallard ist bald Geschichte. Diese Populisten denken, nur weil die Umfragewerte zu ihren Gunsten ausschlagen und sie in ein paar Interviews Müll absondern dürfen, kämen sie demnächst an die Macht. Einmal kurz am System geschnüffelt, und schon halten die sich für Nero. Oder Hitler. Schwachköpfe allesamt. Wenn du Mallard vom Dach des *Prince Albert* umgenietet hättest, wäre ich dir sogar einen Gefallen schuldig. Stattdessen hast du freundlicherweise dein Gewehr zurückgelassen, ein prächtiges Souvenir, vielfältig verwendbar. Warum hast du nicht geschossen?«

»Warum muss ich dein Gequatsche ertragen?«

»Weil meine engsten Mitarbeiter dich längst geortet haben während unseres durchaus unterhaltsamen Gesprächs. Wir sehen uns bald wieder auf … Jura?« Im Hintergrund war zustimmendes Murmeln zu hören. »Das ist eine Hebrideninsel, oder? Schade. Ich hätte deinen Unterschlupf am Loch Lomond oder die Wohnung in Edinburgh vorgezogen. Oder deinen Einsamkeitspalast in Paisley mit dem Versteck unter dem Parkett für Notfälle. Andererseits, eine öde Insel ist auch nicht schlecht. Das macht den Leuten klar, dass es nirgendwo mehr sicher ist, nicht mal am Arsch der Welt. So oder so, es wird keine Zeugen geben.«

Während des Telefonats hatte Hynch bereits Verdacht geschöpft, dass Preston das Übertragungssignal bis zum nächsten Sendemasten zurückverfolgte. Aber die Informationen waren zu wertvoll gewesen, um sofort aufzulegen – und seine Überraschung zu groß.

»Du kommst persönlich?«

»Leider habe ich unendlich viele Termine. All diese Pressekonferenzen … Aber wenn der große Hynch mit zerfetzten Organen in seiner eigenen Scheiße liegt, lasse ich mir das natürlich nicht entgehen, schon fürs Foto! Das Militär hat mir aus alter Verbundenheit Flugbereitschaft bewilligt. In höchstens einer Stunde bin ich bei dir und sehe dir beim Sterben zu. Wenn es so weit ist.«

»Eine Frage habe ich noch«, versuchte es Hynch. »Warum wird nach mir noch nicht landesweit gefahndet?«

»Keine Sorge, das ist was Persönliches, nur zwischen dir und mir, gereift über die Jahre. Ich bin schon lange an dir dran, länger, als du dir vorstellen kannst. Ich hätte dich und deine Komplizen schon viel früher festsetzen können. Aber wie heißt es so schön: Eile mit Weile. Jetzt ist mir dein Tod am nützlichsten. Er soll ein kleines Überraschungspräsent für die Öffentlichkeit werden.«

»Um die Geheimdienste und die Special Forces außen vor zu halten?«

»Um diese Wichtigtuer auf ihre Plätze zu verweisen. Kleiner Nebeneffekt, man muss doch zeigen, wer der neue Herr im Hause ist. Gefällt mir, deine Auffassungsgabe. Aus dir hätte vielleicht doch was werden können.«

»Du hast es mir verbaut.«

»War mir ein Vergnügen. Aber vielleicht sprechen wir uns noch. Du weißt ja, unter welcher Nummer ich zu erreichen bin. Rufweiterleitung. Ich bin immer für einen alten Kameraden da.« Preston ließ ein paar Sekunden verstreichen. »Und noch was. Geh nicht weg. Du würdest nicht weit kommen. Meine Leute überwachen die Fähren und den Flugverkehr von Islay, wie mir gerade mitgeteilt wird. Entspann dich. Bald ist es vorbei.«

Die Verbindung wurde unterbrochen.

41

Winslow klopfte ans Fenster der Beifahrertür. »Alles in Ordnung? Warum geht's nicht weiter?«

Hynch schaltete das Handy aus, damit sein Standort künftig nicht mehr geortet werden konnte. Er kurbelte die Scheibe herunter. »Kurze Pause. Ich muss unseren Plan noch mal überdenken.«

»Mach voran. Calum labert mir ein Ohr ab, ich halte das nicht mehr lange aus.«

Mit diesen Worten ging Winslow zurück zum Rover. Sie befanden sich inmitten einer Nadelbaumschonung, dem Jura Forest. Beide Wagen standen in einer Haltebucht. In einigen Kilometern Entfernung sah man die ersten Häuser von Craighouse. Rundherum waren nur Bäume und das dünne Band der Straße.

Tausend Gedanken schossen Hynch durch den Kopf. Warum hatte ihm Busser oder Preston, wie er sich nannte, all dies so unverblümt erzählt? Falls es überhaupt stimmte? Musste er nicht befürchten, dass Hynch sich damit an die Presse wandte?

Ein Masterplan zur Machtergreifung, der sogar Mallards Entmachtung einschloss – Hynchs schlimmste Befürchtungen wurden übertroffen. Die Konstellation am *Prince Albert* war tatsächlich eine Falle gewesen. In erster Linie für Mallard, dem von Preston zugesichert worden war, dass Hynch verhaftet würde, bevor er zum Schuss kam. Stattdessen hatte Preston gehofft, dass Hynch Mallard umlegte. Dadurch hätte er zwei Fliegen mit einer Klappe geschlagen, ach was, viele! Black Eyed Bruce war in Wahrheit von Prestons Sondereinheit getötet worden unter Vorspiegelung eines Bandenkriegs, ebenso Bruce' Stellvertreter. Und Mallard wäre im Gegenzug von Bruce' bestem Killer getötet worden, angeblich. So musste das ursprüngliche Szenario ausgesehen haben. Wenn Hynch auf dem Hoteldach abgedrückt hätte, wäre er von Prestons Leuten spätestens in der Hotellobby festgenommen worden. Vermutlich hätten sie ihn vorher erschossen, zum Beispiel, als er mit Rick den Aufzug verließ. Und irgendwie hätte es Preston so hingedreht, dass er, Hynch, auch alles andere in die Schuhe geschoben bekam, da war er sich sicher. Ein geborener Killer lief manchmal Amok, oder er wechselte die Seiten, oder er wollte sich selbst zum Boss aufschwingen – und wurde so zum perfekten Sündenbock. Einen außer Kontrolle geratenen Serientäter konnte man für alles verantwortlich machen, was einem ehrgeizigen Polizei-Vize in die Hände spielte.

Die Konstruktion war komplex, schwer nachvollziehbar, fand Hynch, funktionierte jedoch blendend. Das Perfide daran war, dass Preston stets am längeren Hebel saß. Er passte sich den Geschehnissen an, die von ihm in Gang gesetzt worden waren. Zum Beispiel hatte er den geplanten Anschlag der Kurden geschickt in seine Pläne einbezogen. Vielleicht hatte er sogar darauf spekuliert, dass sich die Kriminellen gegenseitig bekämpften. Dass Mallard noch am Leben war, fiel kaum ins Gewicht. Preston konnte weiterhin mit ihm verbündet bleiben – oder ihn bei der ersten Gelegenheit abservieren, vielleicht auch nur politisch in den Hintergrund drängen als Immobilienhai, dem man die Steuerfahndung auf den Hals hetzte. Preston stand eine ganze Reihe von Optionen offen. Er hatte sich ideal in Position gebracht.

Ihn zu durchschauen war eines, doch ihn dranzukriegen ungleich schwieriger. Eine polizeiinterne Verschwörung mit einem hochdekorierten Gesetzeshüter an der Spitze, dem die Sympathien derzeit nur so zuflogen? An wen konnte sich Hynch wenden, wer würde ihm glauben? Ohne Beweise? Keine Chance. Alles sprach gegen ihn.

Also musste er Prestons Drohungen ins Gesicht sehen. Wie viel Zeit blieb ihm, bis die Sondereinheit auf Jura landete, mit einem Helikopter, wie anzunehmen war? Ein paar Stunden?

»Was ist los?«, fragte Gracie. »Mit wem haben Sie gesprochen?«

»Mit … einem alten Bekannten.«

»Sie sehen aus, als wäre Ihnen ein Geist erschienen.«

»Ein leider sehr realer Geist. Aus Glasgow. Zum Glück betrifft es uns nicht.« Erneut Lügen. Aber er musste Gracie und die anderen schleunigst loswerden. Einer schwer bewaffneten, paramilitärischen Eingreiftruppe hätten sie nichts entgegenzusetzen.

»Ich glaube Ihnen nicht.« Sie musterte ihn wie einen unheilbar Kranken, der so tat, als wäre er kerngesund. »Ich hab Sie beobachtet beim Telefonieren. Es lief Ihnen kalt den Rücken runter. Und was sie gesagt haben … Wer steht auf Mallards Lohnliste?«

»Nicht so wichtig.«

»Sie wirkten plötzlich so, als wollten sie jemanden umbringen.«

»Wen ich umbringen möchte, geht Sie nichts an. Ich bin ein Killer, schon vergessen?«

»Wie Sie meinen.« Gracie betätigte den Anlasser, schlug das Lenkrad ein und wollte den Suzuki zurück auf die Straße bringen.

»Moment!«

»Sie erwarten Komplikationen, nicht wahr?«

»Mag sein. Aber das braucht Sie nicht zu kümmern.«

»Ach! Und Sie meinen, das selbst entscheiden zu können?«

»Ja. Bringen Sie mich zur Einfahrt von Ardfin. Die Observation lassen wir aus. Ich gehe zu Thorpe, allein. Sie halten sich da raus. Die anderen auch. Sie fahren unverzüglich zurück zur Farm der McGlynns und bleiben dort, haben Sie verstanden? Finden Sie irgendeine Aufgabe für Winslow, beschäftigen Sie ihn für ein paar Tage, das wird ihm bestimmt gefallen. Ich hoffe, das ist nicht zu viel verlangt. Ich rede mit dem Jungen, er begreift das schon. Wenn es Sie beruhigt: Nach Ricks Tod wollte er aussteigen und das alles hinter sich lassen.« Hynch berührte die

Pistole an seiner Seite. »Und für Sie ist das auch nichts. Der ganze Plan mit Thorpe war von Anfang an hirnrissig.«

Sie schaltete den Motor wieder aus. »Es wird ernst, wie?«

»Das war es von Anfang an. Ich habe mich auf Jura in Sicherheit gewogen und mich dazu verleiten lassen, Sie in diese Sache hineinzuziehen, schon als wir uns am Loch Tarbert begegnet sind. Beides große Fehler.«

»Was hat sich denn geändert?«, fragte Gracie.

»Ein neuer Spieler ist auf den Plan getreten.«

»Immer diese Andeutungen! Meinen Sie Mallard? Oder diesen Preston? Können Sie nicht konkreter werden?«

Er beugte sich zum Fahrersitz hinüber und schlug ihr mit dem Handballen unters Kinn. Ihr Kopf flog in den Nacken, sie war augenblicklich benommen. Rasch öffnete Hynch den Sicherheitsgurt und zog die Beretta aus ihrem Gürtelholster. Dann nahm er den Zündschüssel an sich. Er stieg aus dem Wagen, verbarg die Waffe hinter seinem Rücken und ging zum Rover. Niemand war auf der Straße.

Er riss die Beifahrertür auf und richtete die Pistole auf Calum. »Das Gewehr! Her damit!«

»Was in aller Welt –«

»Ich habe mit Glasgow telefoniert. Schlechte Nachrichten. Ihr beiden fahrt zurück und nehmt Gracie mit. Winslow! Du bleibst bei den McGlynns, ich ziehe das allein durch. Keine Widerrede, keine Fragen.«

»Du willst dich absetzen, stimmt's?«, fragte Winslow. »Du bist ein gottverdammter Verräter!«

Hynch entsicherte die Pistole. »Ich sag es nicht noch einmal. Na los, Calum, gib mir das Gewehr!«

Widerstrebend griff Calum nach hinten und reichte ihm die Tikka mit dem Kolben voran.

Hynch packte die Waffe samt Schulterriemen mit der Linken und hängte sie sich um, vorsichtig, damit das Zielfernrohr keinen Schaden nahm. »Munition!«

Calum gab ihm zwei Packungen Winchester-Patronen. Hynch stopfte sie in seine Jackentaschen. »Und jetzt steigst du aus, Winslow, und bringst Gracie in den Rover.«

»Ich weiß nicht, was du vorhast, Hynch, aber was Gutes kommt sicher nicht dabei raus.«

»Du wirst kein Teil davon sein, und die anderen auch nicht.«

»Willst du auf mich schießen?«, forderte Winslow ihn heraus. »Erst Rick. Und dann ich? Weil es sich nicht vermeiden ließ?«

Hynch blickte die Straße entlang, nach Norden und nach Süden. Jeden Moment konnte ein Auto auftauchen. Keine Zeit für lange Erklärungen, obwohl Winslow sie verdient hatte. Nein, hatte er nicht. Winslow war ab sofort draußen, und es war sehr viel besser für ihn, nichts über Prestons Rachegelüste zu wissen. Auch ihn hatte er in diese Sache hineingezogen, einen Jungen, der ursprünglich nur das schnelle Geld machen wollte als Fahrer für jemanden, über den längst ein Urteil gesprochen war. Hynch war kein Gespenst, kein unsichtbarer Killer, dem man nie auf die Schliche kam. Kein überlegenes Gangstervorbild. Er hatte lediglich von Prestons Gnaden getötet, das wurde ihm schlagartig klar. Preston hatte ihn gewähren lassen, jahrelang, er hatte Hynch dabei dauernd im Auge gehabt und hätte ihn jederzeit aus dem Verkehr ziehen können. Im Grunde war er Prestons Marionette gewesen, die Marionette seines größten Feindes. Und wenn nicht Marionette, so zumindest Beobachtungsobjekt, wie ein Wiesel, das nicht wusste, dass der Adler längst über ihm kreiste. Eine bittere Erkenntnis, die sein gesamtes Leben infrage stellte, seine Prinzipien, die er so hoch hielt, sein Selbstbild. Und noch bitterer war es, dass er dies alles in einem Moment begriff, während dessen er Menschen mit der Waffe bedrohte, die er mochte, im Grunde die einzigen Menschen, die ihm etwas bedeuteten.

»Mach schon! Hol Gracie!«, stieß er hervor und kam mit vorgehaltener Pistole um den Rover herum. »Zu fett, um dich in

Bewegung zu setzen? Dann verpass ich dir eine. Sag wohin! Oberarm?« Er musste Winslow provozieren, um ihm Angst einzujagen, durfte ihn und Calum nicht lange überlegen lassen.

Winslow stieg aus. »Schon gut, Arschloch.« Er tat, wie ihm aufgetragen war. Gracie hatte sich ein wenig von dem Schlag erholt und bedachte Hynch mit finsteren Blicken. Sie fluchte, ließ sich aber schweigend in den Rover verfrachten. Als sie Hynch zum Abschied noch etwas sagen wollte, saß er bereits in dem Suzuki und fuhr mit durchdrehenden Reifen davon.

Die Brücken hinter sich verbrennen. Auch ein militärischer Grundsatz.

42

Sie folgten ihm nicht. Allerdings fuhren sie auch nicht umgehend zur Farm zurück, wie Hynch im Rückspiegel sah. Vermutlich diskutierten sie. Darauf konnte er keine Rücksicht nehmen. Die Zeit drängte.

Er durchquerte die Ortschaft Craighouse. Fast alle Behausungen der Inselbewohner standen rechter Hand auf der dem Land zugewandten Seite. Links neben der Küstenstraße befand sich nur ein schmaler Uferstreifen, dann begann die Bucht der Kleinen Inseln. Noch hatten die Morgennebel sich nicht vollständig gehoben. Die unbewohnten Eilande wirkten wie stumme Zuschauer, die im Lauf der Jahrhunderte schon viel Leid und Gewalt auf Jura gesehen haben mochten. Wechselnde Machthaber und Besitzverhältnisse, Siedler, Plünderer, Auswanderer, Raubzüge unter den konkurrierenden Clans, Vertreibungswellen, so stellte Hynch sich das vor. Irgendwann hatte er gehört, dass die Hebriden in früheren Tagen alles andere als arm und kärglich gewesen waren. Großer Wildbestand, Nistplätze zahlreicher Meeresvögel, reiche Fischgründe – die Inseln hatten nicht nur Zufluchten, sondern auch Nahrungsreservoire dargestellt, schon in der Steinzeit. Kein Wunder, dass es hier jede Menge Standing Stones gab, die Landkarte war davon förmlich übersät. Dann waren Pikten, Skoten, Wikinger übers Meer gekommen, um sich mal richtig satt zu essen. Bis sich die Verhältnisse im Zuge der Industrialisierung umgekehrt hatten.

Jura war keine öde Insel, wie Preston behauptete. Sie war ein weitgehend intakter, lebendiger Organismus. Und rein landschaftlich ähnelte sie den Falklands auf eine Weise, die Hynch beängstigend fand. Als böge sich sein Schicksal unausweichlich zu einem Ring, der darauf wartete, geschlossen zu werden.

In der Vergangenheit hatte er die Falklands immer wieder

studiert, weil er sich gefragt hatte, was die Thatcher-Regierung damals zu einem Krieg veranlasst hatte. Außenpolitisches Muskelspiel? Empireallüren? Hatte Maggie einfach nur die nächsten Wahlen gewinnen wollen, indem sie militärische Stärke zeigte – was ihr letztlich gelungen war?

Inzwischen kam etwas anderes hinzu. Vor ein paar Jahren waren in den Gewässern der Falklands offiziell Erdöllagerstätten entdeckt worden. Irgendwann würden auch dort unten in den Weiten des stürmischen Südatlantiks Bohrinseln errichtet werden. Es ging immer nur um wirtschaftlich verwertbare Ressourcen.

Auf Jura war es die kaum berührte Natur, die spröde landschaftliche Schönheit. Auch sie stellte einen gewissen Wert dar, zumal die Insel so nah am Festland lag. Allmählich begriff Hynch, warum Gracie sich die Sache mit Thorpe so zu Herzen nahm. Es lag nicht so sehr an dem neuen Hotel oder dem Golfplatz. Was konnten ein paar Luxusurlauber schon anrichten? In der Regel blieben die in ihren hübsch zurechtgemachten, künstlichen Arealen, vergleichbare gab es in Schottland zuhauf. Und Massentourismus stand auf Jura nicht zu befürchten. Es war auch nicht die Seeschlange und Thorpes etwaige Blockade erneuerbarer Energien – für Wellenkraftwerke ließen sich genug andere Standorte finden. Nein, letzten Endes war es etwas ganz Persönliches. Gracie schien auf Jura eine Heimat gefunden zu haben. Und die wollte sie verteidigen.

Hynch kam an dem Laden vorbei. Die Insulaner machten ihre Besorgungen und hielten vor dem schlichten Gebäude einen Schwatz. Daneben war ein viertüriger Security-Pick-up geparkt, ohne Insassen. An den Straßenrändern zwischen dem *Jura Hotel* und der Whiskybrennerei standen noch mehr Leute, vermutlich Angestellte der Destillerie und des Hotels. Sie pausierten, einige rauchten auf der kleinen Terrasse vor dem hoteleigenen Pub. Sie wussten nicht, dass Jura in Kürze zu einem Kriegsschauplatz werden würde, vielleicht nicht Craighouse, aber das umgebende Land. Hynch wollte sich nicht kampflos geschlagen geben, jetzt wo er nur noch für sich selbst verantwortlich war. Er wollte, dass Preston gezwungen war, selbst auf die Insel zu kommen. Doch bis dahin blieb noch viel zu tun.

Nach der Destillerie stieg die Straße steil an und verengte sich. Ein paar Häuser, dann endete Craighouse, das Meer geriet außer Sicht. Hynch erreichte eine Anhöhe, es ging weiter bergauf. Zur Linken befanden sich Wälder und dichte Vegetation, das mussten schon die Gardens von Ardfin Estate sein. Sie erstreckten sich fast über eine ganze Meile, woraufhin freies Gelände folgte. Bis zu Thorpes Landgut konnte es nicht mehr weit sein.

Auf der rechten Seite waren die sanften Erhebungen auszumachen, die Calum für die Observation vorgeschlagen hatte, baumlos, im Grunde ungeeignet für einen Schuss aus der Ferne. Hynch hatte dergleichen längst verworfen. Er setzte auf sofortige Konfrontation. Gracies Pistole hatte er wieder gesichert und ins Handschuhfach unter die Bedienungsanleitung geschoben. Bei einem kurzen Halt legte er das Gewehr in den Kofferraum. Seine eigene Beretta steckte nach wie vor in seinem Gürtelholster, verdeckt von seiner Jacke. Er holte seine Geldbörse hervor und legte sie aufs Armaturenbrett.

Wie erwartet war das Eingangstor zu Thorpes Reich bewacht. Ein Security-Pick-up stand daneben, zwei Insassen. Als sich Hynch mit dem Suzuki näherte, stiegen sie aus. Einer stellte sich breitbeinig auf die Zufahrt, groß, massive Schultern, Stiernacken, ein Mann fürs Grobe. Der andere hatte eine Basecap mit Logo auf dem Kopf und kam näher. Er hob den Arm und signalisierte Hynch, anzuhalten.

Sie trugen eine Art Uniform, schwarz mit Aufnähern an Brust und Oberarmen, außerdem Einsatzkoppeln, an denen allerhand Taschen befestigt waren, unter anderem Elektroschockpistolen. Es waren muskulöse Kerle, Typ Türsteher. Offenbar besaßen sie eine gewisse Routine mit Insulanern, die ihren Boss belästigen wollten.

Hynch ließ die Scheibe herunterfahren und hielt an. »Morgen, Leute! Lasst mich bitte durch, ich muss dringend Mister Thorpe sprechen.«

»Das möchten viele«, sagte die Basecap. »Haben Sie einen Termin?«

»Dafür war leider keine Zeit. Aber entspannt euch, wir sind Kollegen.« Er zeigte dem Mann seinen Ausweis von Strathclyde Safe & Protect Ltd., der auf den Namen Desmond Stokes ausgestellt war und ihn zu einem Angehörigen eines Sicherheitsdienstes machte. »Hab gehört, es gibt Probleme mit diesem Stevie. Die sind ab jetzt Vergangenheit.«

Die Basecap zögerte. Er betrachtete den Ausweis, musterte Hynch. Misstrauisch. Stellte sich dumm. »Ich weiß nicht, wovon Sie reden.«

»Ich arbeite für Sir Mallard, einen engen Freund von Mister Thorpe. Ich wurde gebeten, mich auf Jura mal umzusehen wegen der Verzögerungen der Baumaßnahmen.«

»Und warum wissen wir nichts davon?«

»Na ja …, wir wollen das doch nicht an die große Glocke hängen, oder? Mister Thorpe hat um Hilfe gebeten, und hier bin ich. Ihr könnt euch nicht vorstellen, wie schnell Stevie eingeknickt ist.«

»Stevie Noddings?«, fragte die Basecap ungläubig. »Der pisst Steine. Einschüchtern lässt der sich nicht. Wir haben alles probiert.«

»Vielleicht nicht mit der nötigen Überzeugungskraft. Ich habe ihm einen kleinen Besuch abgestattet. Handzahm ist der plötzlich geworden – und gut zu Fuß ist er jetzt auch nicht mehr. Die Kniegelenke können einem im Alter ziemlich zu schaffen machen, ihr versteht?«

»Äh, ja.«

»Jedenfalls haben sich die Grundstückkonflikte geklärt – mit den besten Grüßen von Sir Mallard. Und jetzt würde ich die frohe Botschaft gern persönlich überbringen.«

Der Mann hielt über Funk Rücksprache. Er brauchte eine Weile, doch der Name »Sir Mallard« schien Wunder zu wirken.

»Nichts für ungut!«, sagte er anerkennend. »Stevie ist ein harter Brocken. Schön, dass wir den alten Querulanten endlich los sind.«

Der Muskelprotz öffnete das schmiedeeiserne Tor. Hynch erhielt seinen gefälschten Ausweis zurück und steckte seine Geldbörse wieder ein. Dann durfte er passieren und fuhr die Auffahrt hinunter.

Alles war neu angelegt. Beiderseits der Straße standen junge Alleebäume in Reih und Glied, dahinter Buchsbaumhecken. Der rechteckige Turm von Jura House kam in Sicht. Das Ding war nur architektonischer Schmuck, mit einer Balustrade obendrauf, zu Wehrzwecken hatte es nie gedient. Es wirkte wie angeklebt an den Rest des Gebäudes, aus dem viktorianische Schornsteine zerbrechlich emporragten.

Hynch hatte gelegentlich in Herrensitzen zu tun gehabt. Das Ganze war zwar nett anzusehen, aber jedes Mal, wenn er sich solchen Symbolen des Reichtums näherte, beschlich ihn das Gefühl, dass alles nur Show war, eine kostspielige Show, für die eine Menge Leute schlecht bezahlt oder einfach nur übers Ohr gehauen worden waren. Eigentlich war ihm das egal, er hatte nichts gegen Milliardäre. Aber er hatte die Erfahrung gemacht, dass sich Turminhaber, wenn sie Gefahr oder unvorhergesehene Zwischenfälle im Verzug wähnten, instinktiv in ihren Turm zurückzogen, gegen jede Vernunft. Sie konnten gar nicht anders. Ein Turm versprach Sicherheit, vermittelte Stärke. In Wirklichkeit war ein Turm eine Sackgasse, aus taktischer Sicht.

Hynch erreichte den halbkreisförmigen Vorplatz, auch hier war alles neu, von niedrigen Hecken gesäumt. Die gekalkten Steinchen knirschten unter den Reifen. Er stellte den Suzuki gleich neben dem Eingang ab, sodass er schnell wieder verschwinden konnte, und stieg aus.

Vor dem Portal empfing ihn ein Mann in einem teuren Businessanzug und mit einem Knopf im Ohr. Er stellte sich als Thorpes Finanzberater vor, offenbar war er über Funk verständigt worden. Ansonsten war niemand in Sicht. Aus der Ferne hörte man Motorengeräusche eines Baggers oder eines anderen Baufahrzeugs, das schwere Lasten von einem Ort an den anderen versetzte.

»Wir freuen uns, einen Mitarbeiter von Sir Mallard begrüßen zu dürfen«, näselte er, ein Engländer, vermutlich aus London. »Treten Sie doch bitte näher, Mr Stokes.«

»Gern.«

»Das sind ja erfreuliche Nachrichten. Mr Thorpe hat gerade etwas Zeit für Sie übrig.«

Hynch konnte in solchen Situationen lächeln, was das Zeug hielt. Manchmal übte er vor dem Spiegel. »Im Turmzimmer?«

Der Finanzberater zögerte. »Ja …, in der Tat.«

Vermutlich war Thorpe oder einer seiner Leute gerade dabei, Hynchs Angaben zu verifizieren. Ein Anruf bei Mallard, ob alles mit rechten Dingen zuging.

Doch Hynch hatte schon genug gehört. »Das Turmzimmer. Ist das da oben?« Er wies zur Ablenkung in die angegebene Richtung, zog seine Beretta aus dem Gürtelholster und versetzte Mister »Ja …, in der Tat« einen Hieb mit dem Pistolenlauf, direkt übers Nasenbein.

Der Mann sank zu Boden, den Mund zu einem Schrei geöffnet. Hynch holte erneut aus und traf ihn voll an der Schläfe. Das musste reichen. Manch einer war nach einem solchen Schlag nie mehr aufgestanden.

Aber der Kerl war nur bewusstlos. Er packte ihn unter den Achseln und schleifte ihn außer Sichtweite hinter die Hecke, die an das Portal grenzte. Dann betrat er das Anwesen.

43

Jura House war von innen beeindruckender als von außen. In der Eingangshalle hingen kreisförmig angeordnete Schwerter an der Wand, ebenso Hellebarden, Vorderladerpistolen und Steinschlossflinten, dazwischen Ölbilder irgendwelcher Vorbesitzer. Es gab alte Ritterrüstungen, antik wirkende Marmorbüsten und einen mächtigen Kamin, der den Raum beherrschte. Alles wirkte wie frisch renoviert, auch die Holzvertäfelungen an den Seiten. Ein Geruch nach Lack und Leim hing in der Luft.

Am Turmaufgang kämpfte eine Art Butler mit einem vollbeladenen Tablett.

»Schön ruhig bleiben, dann passiert Ihnen nichts«, log Hynch.

Nachdem der Mann das Tablett auf einem Stuhl abgestellt hatte, dirigierte Hynch ihn mit der Beretta im Anschlag in eine Abstellkammer. Ein Hieb auf den Hinterkopf, knebeln mit der Krawatte. Tür von außen abschließen. Weiter.

Stufen. Eine eisenbeschlagene Tür, nur angelehnt.

Thorpe saß hinter einem mächtigen, mit Schnitzereien verzierten Schreibtisch und hielt ein Festnetztelefon in der Hand. Hynch unterbrach die Verbindung, indem er den Knopf auf der Hörerablage drückte.

»Vorerst reden nur wir beide.« Er richtete die Pistole auf Thorpe, kam näher und setzte die Mündung der Waffe direkt zwischen die Augen, sodass sich Thorpe in seinem Drehstuhl nach hinten beugen musste, die Hände zur Abwehr erhoben.

Das hatte meist den größten Effekt.

»Niemand kann Ihnen jetzt helfen. Nur ich, wenn ich nicht abdrücke. Haben Sie das verstanden?«

Thorpe nickte.

Hynch hatte unwillkürlich mit einem Managertypen gerechnet, dem die Skrupellosigkeit in sein gut gebräuntes Gesicht geschrieben stand. Stattdessen hatte er einen smarten Mittvierziger vor sich mit schulterlangem, dunklem Haar. Er wirkte so, als könne er auch gut in einer Talkshow sitzen und lässig über irgendein Intellektuellenthema plaudern. Thorpe trug Polohemd und Strickweste. Seine Miene war nicht vor Angst und Entsetzen verzerrt. Er lächelte nur, genau wie Hynch, obwohl sich der Pistolenlauf immer noch in seine Gesichtshaut bohrte.

»Was wollen Sie?«, fragte er ungerührt. Hielt sich wohl für ein Verhandlungsgenie.

»Zweierlei«, begann Hynch. »Zunächst hören die Schikanen gegen die Einheimischen auf, vor allem gegen Stevie Noddings.«

»Sie arbeiten für einen Sicherheitsdienst? In wessen Auftrag sind Sie tätig?«

»Vergessen Sie das mit dem Sicherheitsdienst. Ich bin auf eigene Rechnung hier. Ich komme vom Festland. Ich habe ein persönliches Interesse an dieser Angelegenheit. Und ich führe keine langen Diskussionen. Normalerweise sind meine Gesprächspartner tot, wenn ich mit ihnen fertig bin.« Hynch verstärkte den Druck des Pistolenlaufs. »Ist das bei Ihnen angekommen?«

Thorpe schluckte. »Ja.« Er schien jetzt doch etwas eingeschüchtert zu sein.

»Also noch mal. Mag ja sein, dass Sie hier auf der Insel investiert haben, Golfplatz, Hotel und so weiter, alles schön und recht. Aber das geht auch auf anständige Weise. Ohne den Leuten das Leben schwer zu machen.«

»Ich bin Geschäftsmann. In manchen Fällen ist es leider –«

»Sparen Sie sich Ihre Ausflüchte. Wir wissen beide, wovon ich rede.« Hynch senkte die Pistole etwas und richtete sie auf das Markenzeichen der Strickweste, das genau über dem Herzen war. Er setzte sich auf die Schreibtischkante. »Sie führen sich hier auf wie ein Despot. So geht das nicht weiter. Entweder halten Sie sich an die Regeln und lassen Ihre Nachbarn in Ruhe. Die eine oder andere Abfindung wäre auch nicht schlecht als

Zeichen Ihres guten Willens. Und eine großzügige Spende an die Gemeindekasse.«

»Oder?«

»Oder ich komme wieder. Dann wird nicht mehr gesittet geredet, wie wir es gerade tun. Dann schlägt es ein.« Hynch beugte sich vor. Mit dem Daumen seiner Linken berührte er die Stelle auf Thorpes Stirn, wo der Pistolenlauf eine kreisförmige Delle hinterlassen hatte. »Genau hier.«

Er ließ die Worte wirken. »Ist mir egal, wie viele Männer Sie zusätzlich zu Ihrem Schutz anheuern. Sie werden die Kugel nicht kommen hören, kein Schalldämpfer, kein Unterschallgeschoss, schon wegen der verminderten Durchschlagskraft. Nein, Sie hören den Schuss erst, wenn's zu spät ist, also gar nicht. Dafür benutze ich ein Gewehr, und es trägt weit, viel weiter, als Sie denken. Ich habe das schon oft getan, unter erheblich schwierigeren Bedingungen. Ich treffe immer ins Schwarze.« Er machte eine Pause. »Es sei denn, ich besuche Sie in einer schönen dunklen Nacht, hier auf Jura, oder von mir aus in Kanada. Dann nehme ich mein Messer mit.«

Thorpe musterte ihn. Fragte sich offensichtlich, ob Hynch es ernst meinte und ob er in der Lage war, seine Drohungen wahr zu machen. Er wirkte nicht wütend oder erregt, was schon mal gut war. Stattdessen schien er abzuwägen, Kosten-Nutzen-Analyse.

»Glauben Sie mir?«, beharrte Hynch.

»Sie wirken sehr überzeugend.«

»Helfen kann Ihnen momentan niemand. Ihre Leute sind entweder ahnungslos wie die beiden Bullys vom Tor oder außer Gefecht gesetzt.«

»Wer sind Sie?«

»Tut nichts zur Sache. Wie lautet Ihre Antwort?«

»Habe ich denn eine Wahl?«

»Sie könnten mir Geld bieten. Aber dann müsste ich Ihnen wehtun, zur Demonstration. Ich bin nicht bestechlich.«

Thorpe überlegte. »Warum bringen Sie mich nicht sofort um?«

»Das mach ich, wenn das hier noch länger dauert.« Hynch entsicherte die Pistole, die simple Geste hatte er sich aufgehoben. »Aber ich habe den Eindruck, mit Ihnen kann man sich vernünftig unterhalten. Wenn Sie tot sind, steigt hier vielleicht ein anderer Investor ein, und das Ganze fängt von vorne an. Also?«

»Na gut, ich versuche etwas … schonender vorzugehen.«

»Das ist mir zu unspezifisch. Ziehen Sie Ihre Security-Teams ab und laden Sie hier auf Jura House zu einer Versammlung ein. Geben Sie ein kleines Fest, was kostet das schon im Vergleich zu einem neuen Golfbunker? Die Insulaner sollen ihre Bedenken vortragen, und Sie kooperieren wie unter zivilisierten Menschen. Sie werden schon Kompromisse finden.«

Daran hatte Thorpe schwer zu schlucken. Verhandlungen mit den Einheimischen schienen nicht auf seinem Businessplan zu stehen. Er dachte wohl tatsächlich, auf Jura wie ein Großgrundbesitzer agieren zu können, smart hin oder her. Vielleicht starteten Geldsäcke wie er aus diesem Grund solche Projekte weit draußen auf dem Land, fand Hynch. Um sich wie Könige fühlen zu können, die ganz allein den Ton angaben und sich keinen Deut um ihre Untertanen scherten.

»Eine Versammlung?«, sagte Thorpe mit zweifelnder Miene. »Lächerlich. Sie verlangen zu viel.«

Falsche Antwort. Hynch wies auf eine in die hölzerne Wandvertäfelung eingepasste Tür. »Geht's da zur Toilette?«

»Ja.«

Diese Viktorianer hatten an alles gedacht. Ein Wasserklosett im Turmzimmer. Was für eine Kulturleistung, zweitausend Jahre nach den Römern, die ihre Scheiße auch schon aus ihren Häusern gespült hatten – was dann in Vergessenheit geraten war. David Hume hatte in einen Nachttopf gepisst.

»Aufstehen!«, befahl Hynch. Er packte Thorpe an der Schulter, hievte ihn hoch und pflanzte ihm die Beretta ins Genick. »Los! Rein da!« Er verfrachtete Thorpe in die Toilette.

Der Mann setzte sich auf den Abortdeckel. »Und jetzt?«

»Wenn Sie gesagt hätten, ich sehe, was ich tun kann, so eine Versammlung ist eine gute Idee – dann wär's glimpflich abgegangen. Aber so …«

»Ich dachte, wir reden weiter. Vorhin sprachen Sie von zweierlei Forderungen. Was verlangen Sie noch?«

Hynch wollte ihn nicht allzu sehr verletzen. Ein Hieb mit der Beretta würde in dem schönen Gesicht bleibende Schäden hinterlassen wie bei dem Finanzberater. Thorpe durfte lediglich verängstigt sein und keinen übermäßigen Vergeltungsdrang gegen ihn hegen. Es kam auf die Dosierung an.

»Ich muss mal Ihr Telefon benutzen«, sagte er und versetzte ihm einen Kopfstoß.

Thorpe klappte in seinem historischen Scheißhaus zusammen.

44

Ein paar Sekunden dröhnte Hynch der Schädel. Er hatte das seit längerer Zeit nicht mehr getan. Ein Kopfstoß war zwar wirkungsvoll, weil Gegner wie Thorpe nicht damit rechneten, aber man musste es richtig machen, um nicht selbst Schaden zu nehmen.

Hatte ganz gut geklappt.

Er setzte sich an den Schreibtisch und drückte die Wiederholungstaste an der Festnetzstation. Eine Handynummer. Freizeichen. Hynch dachte an sein letztes Telefonat mit Preston. An wen konnte er sich wenden, wer würde ihm glauben?

»Sir Mallard.«

Mallard meldete sich mit »Sir«. War ja klar.

»Hier spricht der Mann, der dich vorgestern fast erschossen hätte.«

»Was?«

»Dein Killer. Extra für dich bestellt.«

Keine Antwort.

»Mein Finger war schon am Abzug, vom Dach des *Prince Albert*. Du weißt, was ich meine? Überall Bullen, aber keine Festnahme?«

Räuspern, Hintergrundgeräusche wie von einer Kundgebung. Viele Menschen, aufgebrachte Sprechchöre. Anscheinend war Mallard gerade auf einer Parteiveranstaltung.

»Ich kann hier nicht reden. Moment.«

Schritte. Eine Autotür wurde geöffnet. Und geschlossen. Hörte sich nach einem Van an. Mallards Rechtsauslegerbewegung besaß jede Menge davon, mit riesigen Aufdrucken, die Lügen und Halbwahrheiten aller Art verbreiteten. Was die Leute so auf die Palme brachte, Flüchtlingsflut, ungerechte Fischfangquoten, das marode Gesundheitssystem. Oder einfach nur Slogans wie »Better for Scotland« oder »Scotland First« in Konkurrenz zur eher linken SNP.

Hynch interessierte sich nicht für Politik. Aber er wusste, wer ein großsprecherischer, volksverhetzender, betrügerischer, notfalls über Leichen gehender Demagoge war. Seine Zielperson.

»Sie rufen über den Anschluss eines guten Freundes an«, meldete sich Mallard wieder. »Was hat das zu bedeuten?«

»Dass dein guter Freund mir einen Gefallen erweist. Thorpe zeigt sich sehr entgegenkommend.«

»Ich … verstehe nicht. Was wollen Sie?«

»Was hat dir Preston erzählt? Dass es eine Panne gab und mich seine Truppe deshalb nicht verhaften oder ausschalten konnte? Märchen konnte er schon immer gut erfinden.«

»Sie sind … Hynch! Das Gespenst.« Es klang gebührend erschrocken.

»Nur weil Bruce tot ist, heißt das nicht, dass ich meinen Auftrag nicht ausführe. Hat was mit Ehre zu tun. Du wirst mich nicht los.«

Schweres Atmen, ein metallisches Klicken. Mallard zündete sich eine Zigarette an. Versuchte, Zeit zu gewinnen. »Und?«

Hynch legte nach. »Du bist mit Preston einen Deal eingegangen. Er schaffte dir Bruce' Bande vom Hals. Im Gegenzug hast du den Lockvogel für mich gespielt, weil Preston dir versichert hat, dass die Polizei mich schnappt, lange bevor ich dir gefährlich werden kann. So war es doch, oder?«

Schweigen.

»Bleibt dir die Spucke weg?« Hynch ließ nicht locker. »Preston hat mich einfach machen lassen. Du bist ins offene Messer gelaufen. Wenn du dabei draufgegangen wärst – kein Schaden, im Gegenteil. Preston möchte nicht nur Justizminister werden, sondern Regierungschef, First Minister. Da störst du nur.«

»Was wird das? Schreiben Sie einen Kommentar für den Scotsman? Oder für den Guardian?« Nach dem ersten Schock wurde er aufsässig.

»Ich möchte dir nur verdeutlichen, dass Preston dich beschissen hat. Falls das in deinen Schädel reingeht. Du bist ihm scheißegal. Eine Sprosse in der Trittleiter bist du für ihn, mehr nicht.«

Mallard fluchte. Er wurde laut und anklagend, seine übliche Vorgehensweise. Dadurch war er in den Medien dauerpräsent, lenkte die Nachrichtenagenda mit dem primitivsten aller politischen Mittel, dem Maulaufreißen. Eine Provokation jagte die andere, ein bewährtes Konzept, während die SNP und Labour nur reagierten, sich in Widerlegungsversuchen verzettelten und die Initiative dadurch den Radikalen überließen.

»Warum erzählen Sie mir das alles?«, fragte Mallard schließlich.

»Weil ich die Fronten klären will«, erwiderte Hynch. In Wahrheit wollte er einen Keil zwischen seine Feinde treiben. »Und weil ich möchte, dass du schlecht schläfst. Gibt genug Leute, die wegen dir schlecht schlafen. Überhöhte Mieten, Gentrifizierung, Zwangsvollstreckungen – und weil sie bei einem rassistischen Clown wie dir das Kotzen kriegen. Das nächste Mal rettet dich kein Preston, dann geht die Bombe hoch.«

»Sie drohen mir? Das haben schon viele versucht. Soll ich Ihnen sagen, was Sie sind? Ein verdammter –«

Hynch legte auf.

Das wäre erledigt, mehr gab es nicht zu sagen. Ausnahmsweise hatte er sich hinreißen lassen, war emotional geworden. Aber es musste sein. Er stach ins Wespennest. Thorpe, Mallard, Preston … Es gab Verbindungslinien, Abhängigkeiten, Bündnisse. Er musste das alles mit Fragezeichen versehen, Zwietracht säen. Das konnte wirksamer sein als Waffengewalt.

Auf dem Schreibtisch waren allerlei Unterlagen ausgebreitet, mit denen Thorpe gerade beschäftigt gewesen war, möglicherweise zusammen mit seinem Finanzberater. Hynch verstand nicht viel davon, es schien sich um Bankauszüge und Kontenaufstellungen zu handeln. Aber mit Baumaßnahmen hatten sie nichts zu tun. Er schaute genauer hin. Es waren Spendenbescheide. Die Thorpe Financial Group ließ einer Firma namens BFS hohe fünfstellige Beträge zukommen, und zwar monatlich. Die Summen variierten zwischen 30 000 und 70 000 Pfund, die Überweisungen reichten über ein Jahr zurück. BFS, überlegte Hynch, das konnte für »Better for Scotland« stehen, Mallards politische Bewegung. Ja, das ergab Sinn. Demzufolge fungierte Thorpe als Mallards geheimer Geldgeber. Hynch hatte sich schon oft gefragt, ob Mallard all seine Unternehmungen aus eigener Tasche finanzierte und ob es nicht einen Mann im Hintergrund gab. Jetzt hatte er den Beleg dafür. Und es würde ihn nicht wundern, wenn Thorpe für seine Spenden von Mallard die eine oder andere Gefälligkeit erwiesen bekam beziehungsweise bekommen hatte. Zum Beispiel konnte Mallard den Landerwerb auf Jura eingefädelt haben.

Zufall, dass Hynch dies alles auf Jura präsentiert bekam? Eher nicht. Bestimmt gab es viele Thorpes, an anderen Orten, die ihren Beitrag für die Bewegung leisteten.

Sollte er die Unterlagen mitgehen lassen? Würde das Thorpe nicht unnötig reizen? Andererseits hatte Hynch ihn bereits ziemlich gereizt. Und etwas gegen ihn oder Mallard in der Hand zu haben, war bestimmt nicht verkehrt. Also raffte er die Spendenbescheide zusammen und schob sie unter sein Flanellhemd.

Kontrolle bei Thorpe. Der schlief noch. Hynch lief die Treppe hinunter. Aus der Abstellkammer war vom Butler kein Laut zu hören.

Ein Blick auf die Waffen an der Wand. Er entschied sich für einen der Dolche, die zwischen den Schwertern hingen. Das Ding war sogar scharf, auf beiden Seiten. Vielleicht würde es noch zu was gut sein.

Als er nach draußen kam, sah er nach dem Finanzberater. Der Mann regte sich wieder, versuchte sich mühsam aufzustützen. Möglicherweise war er nur ein Angestellter, dem es gleichgültig war, bei wem er in Lohn und Brot stand. Die Jobs wuchsen ja nicht auf den Bäumen. Da schaute man nicht genauer hin.

Oder er war auf der gleichen Linie wie Thorpe.

Hynch versetzte ihm einen weiteren Schlag mit der Pistole, diesmal auf den Hinterkopf, um die Stelle zu wechseln. »Bleib unten.«

Er stieg in den Suzuki und fuhr ganz langsam die Auffahrt hoch. Legte die Beretta griffbereit auf den Sitz neben sich.

Ein gewunkener Gruß an die beiden Torwächter. Sie gaben ihn augenzwinkernd zurück.

So einfach würde es ab jetzt nicht mehr werden.

45

Hynch versteckte die Spendenbescheide unter der Fußmatte und fuhr zurück nach Craighouse. Er zog dabei die Karte zurate. Suchte nach einem geeigneten Ort für eine Lauerstellung. Gutes Schussfeld, leicht erhöht, keine Zivilisten in der Nähe, die was abkriegen konnten. Der Jura Forest, wo er die anderen zurückgelassen hatte, war nur für eine erste Verteidigungslinie geeignet. Danach konnte er sich auf die Three Arch Bridge zurückziehen. Und dann? Hoch auf die Paps? Er kannte sich in den Bergen nicht aus.

Zwei Pistolen mit einem Reservemagazin, ein Gewehr mit zwei Packungen Munition und einen Dolch, mehr hatte er nicht. Mit wem würde er es zu tun bekommen? Prestons Sondereinsatzkommando war mit Abstand am gefährlichsten. Sturmgewehre, Handfeuerwaffen, vielleicht mehr. Helme und kugelsichere Westen, Nachtsichtgeräte. Mit Sicherheit hatten die eine Straßenkampfausbildung. Im offenen Gelände oder im Wald würde es für sie schwieriger werden.

Mallards Schläger waren nicht zu unterschätzen. Ein paar von denen waren Ex-Militärs und begeisterte Anhänger seiner politischen Sache. Nur an der Ausrüstung für ein Gefecht im Feld fehlte es vermutlich. Hynch rechnete mit Pumpguns und dergleichen, denen durfte er nicht zu nahe kommen.

Taten die sich überhaupt mit Prestons Truppe zusammen? Oder klärten sie erst mal untereinander, wer das Sagen hatte, weil er Mallard dazu gebracht hatte, an Prestons Loyalität zu zweifeln? Und riskierte es Preston, dass seine regulären Einheiten zusammen mit Mallards Leuten gesehen wurden? Wäre das in dieser Phase politisch opportun?

Hynch konnte sich zwar nicht darauf verlassen, aber er erwartete kleine Teams, je vier bis sechs Mann, höchstens. Zu viel

Aufsehen durften sie nicht erregen, es ging ja nur darum, ihn, Hynch, zu neutralisieren. Daraus durfte Preston keine Staatsaffäre machen, er schickte bestimmt nur Leute, die ihm hundertprozentig gewogen waren. Gut möglich, dass sie getrennt operierten. Das wäre für Hynch am besten. Dann konnte er sich ihnen nacheinander zuwenden.

Was war mit Thorpe? Würde er seine Leute mobilisieren? Die beiden vom Tor und das zweite Team in dem Pick-up vor dem Laden, das machte zusammen vier. Oder hielt Thorpe erst mal still und wartete, was sein Freund Mallard ausrichtete? Das wäre clever. Nur nicht die Hände schmutzig machen, wenn andere das für ihn übernahmen.

Hynch definierte sein Ziel. Er musste den bevorstehenden Angriff überstehen und Jura danach verlassen. Nur dann würden seine Drohungen gegen Thorpe plausibel bleiben, nur dann bestünde Hoffnung, dass seine Forderungen erfüllt wurden. Thorpe hatte bei ihrem Gepräch lediglich bestätigt, was Hynch von ihm verlangt hatte, unter Druck. Der fühlte sich an gar nichts gebunden, wenn Hynch nicht am Leben blieb, als eine Art Damoklesschwert über seinem Kopf. Wiesel und Adler. In diesem Fall war er, Hynch, der Adler. So sollte es sein und nicht anders.

Und Preston? Um den würde er sich Gedanken machen, wenn es so weit war.

Zunächst stellte er den Suzuki auf dem Besucherparkplatz vor der Whiskydestillerie ab, dicht am Gebäude, größtenteils verdeckt von einem Lieferwagen. Von hier aus hatte er das Hotel und den Lebensmittelladen gut im Blick. Und den Security-Pick-up.

Alles in allem standen seine Chancen nicht besonders gut. Ihm blieben noch ein paar Stunden, dann fing es an.

Seltsamerweise tat seine Schulterwunde nicht weh. Gracies Schmerzsalbe wirkte. Na ja, er hatte immer nur mit rechts zugeschlagen.

46

Calum beendete sein Telefonat. »Ron meinte, dass er keinen Suzuki gesehen hat, weder auf der Fähre um 10 Uhr 30 noch auf der um 11 Uhr 15, die ist gerade in Port Askaig angekommen.«

»Kein Irrtum möglich?«, wollte Gracie wissen.

»Wenig Verkehr momentan. Gibt nicht so viele Leute, die im Februar von Feolin nach Islay übersetzen. Auf Ron ist Verlass.«

»Das heißt, Hynch ist noch auf Jura«, sagte sie. »Er zieht das mit Thorpe alleine durch.« Sie rieb sich ihren Unterkiefer, wo Hynchs Schlag sie getroffen hatte. Deswegen war sie sauer, auch wenn er seine Gründe dafür gehabt hatte.

»Meinst du, er steht zu seinem Wort?«, fragte Calum.

»Ich denke schon.«

Zu dritt saßen sie im Rover, den Calum neben der Straße in der Nähe der Three Arch Bridge geparkt hatte. Seit einer halben Stunde beratschlagten sie nun schon, was sie tun sollten. Nach Inverlussa zurückkehren, wie Hynch es angeordnet hatte? Sie zögerten.

»Warum ist er eigentlich so ausgeflippt?« Winslow war anfangs der Ansicht gewesen, dass Hynch bereits am Morgen geplant hatte, sich abzusetzen. Dass die ganze Diskussion am Frühstücktisch nur Schauspielerei gewesen sei. Hynch habe sie bei der ersten Gelegenheit sich selbst überlassen wollen. Winslow konnte sich keinen anderen Grund vorstellen, aus dem er sich so seltsam verhalten hatte. »Schlechte Nachrichen aus Glasgow …«, überlegte er. »Was hat das zu bedeuten? Hat er Crawford angerufen?«

»Ja«, sagte Gracie vom Rücksitz aus. »Aber Crawford ging nicht ran.«

»So?«

»Ich glaube, euer Kontakt bei der Polizei ist verbrannt. An seiner Stelle war Preston dran.«

»Dieser Typ aus dem Fernsehen?«

»Hynch kennt ihn wohl von früher, unter anderem hat er vom Falklandkrieg gesprochen. Scheint eine persönliche Angelegenheit zu sein.« Gracie versuchte zu erläutern, was sie bei dem Gespräch mitbekommen hatte. »Preston drohte Hynch, das war deutlich herauszuhören.«

»Er drohte ihm?«, fragte Winslow ungläubig. »Dann ist dieser Preston nicht mehr lange am Leben.«

»Ich weiß nicht … Hynch klang richtig eingeschüchtert. Immerhin ist Preston die Nummer zwei der schottischen Polizei. So jemanden knipst man nicht einfach aus.«

»Hast du eine Ahnung … Hynch knipst jeden aus, den er ausknipsen muss. Oder der ihm in die Quere kommt.«

Gracie hielt inne. Winslows Zutrauen in Hynch war offenbar wiederhergestellt, das ging ja schnell. »Jedenfalls erwartet er Komplikationen. Das heißt, er rechnet mit einer Menge mehr Ärger, vermutlich seitens der Polizei.«

»Nehmen wir mal an, Hynch war bereits bei Thorpe und alles lief glatt«, sagte Calum. »Hynch hat ihn sich vorgeknöpft und unseren Standpunkt klargemacht. Dann ist doch noch lange nicht gesagt, dass Thorpe auch tut, was Hynch von ihm verlangt hat. Dass er plötzlich lammfromm geworden ist, Stevie in Ruhe lässt und stillhält.«

»Wenn Hynch bei ihm war, hält er still, darauf kannst du dich verlassen«, wandte Winslow ein.

»Du kennst Hynch, aber Thorpe kennt ihn nicht. Der lässt es vielleicht darauf ankommen. Außerdem kriegt er eventuell Hilfe von Mallard. Und zu allem Überdruß mischt jetzt auch noch Preston mit. Ich würde sagen, Hynch braucht definitiv Hilfe.«

Gracie schüttelte den Kopf. »Mag schon sein, dass er Hilfe braucht. Aber er will uns nicht mit reinziehen, daran hat er keinen Zweifel gelassen. Ich finde, wir sollten das respektieren. Hynch weiß, was er tut.«

»Wenn es einer weiß, dann er«, pflichtete Winslow ihr bei. »Wir stören da nur. Ich möchte nicht so enden wie Rick.«

»Wie sollen wir ihm überhaupt helfen?«, fragte Gracie. »Er hat alle Waffen an sich genommen.«

»Nicht alle«, sagte Calum. »Die dritte Pistole liegt hinten im Kofferraum unter einer Decke. Winslows Waffe. Hab mir gedacht, dass wir sie vielleicht doch noch brauchen.«

»Also, ich brauch das Ding ganz bestimmt nicht«, wehrte Winslow ab. »Ich war immer nur der Fahrer, dabei bleibe ich. Ich rühr keine Waffen mehr an.«

»Aber ich.« Calum öffnete die Fahrertür, ging nach hinten, holte die Beretta und steckte sie in sein schweres Fieldjacket. Dann blieb er neben dem Rover stehen. »Ihr beiden fahrt zurück nach Inverlussa. Und ich schau mal bei Stevie vorbei, um zu sehen, wie's ihm geht.«

»Zu Fuß?«, fragte Gracie.

»Ist nicht so weit. Seine Farm liegt kurz hinter Craighouse, das sind nur ein paar Kilometer.«

»Und wie kommst du wieder zurück?«

»Auf Jura findet sich immer was. Macht euch um mich keine Sorgen.«

»Das ist ein ziemlich blöder Einfall.«

»Ich möchte sichergehen, dass Thorpe akzeptiert, wie der Hase jetzt läuft. Wenn er es nämlich nicht tut, hat Stevie zuerst darunter zu leiden.« Er lächelte den beiden zu. »Hat keinen Sinn, mich umzustimmen. Das ist meine Insel und nicht eure. Ihr könnt Laoise ja sagen, dass ich wieder im Pub hängen geblieben bin. Die haben schon offen.«

Er stapfte davon.

47

Laoise fluchte, was das Zeug hielt, als Gracie und Winslow ohne Calum zurückkamen. Aber es stimmte: Jura war seine Insel, von Geburt an, er fühlte sich verantwortlich. Dafür hatte sie bis zu einem gewissen Grad Verständnis. Calum konnte nicht beiseitetreten, er musste sich irgendwie beteiligen. Außerdem hoffte sie, dass sich momentan niemand für Stevies Farm interessierte. Vielleicht war Calum dort ganz gut aufgehoben, aus der Schusslinie gewissermaßen. Er würde dem alten Mann ein wenig zur Hand gehen und sich seine Geschichten anhören. Das Augenmerk der Gegenseite galt jetzt Hynch. Insgeheim war sie froh, dass er allein losgezogen war. Um sicherzugehen, rief auch sie bei Ron, dem Fährmann, an. Die Lage war unverändert. Kein Suzuki hatte nach Islay übergesetzt.

Winslow brauchte eine Aufgabe, das war klar. Er wollte sich unbedingt nützlich machen. Laoise trug ihm auf, die Hühner zu füttern. Danach sollte er den Stall der Angusrinder säubern. Das war zwar noch nicht nötig, weil die Tiere zumeist frei herumliefen, aber schaden konnte es nicht, Dreck war immer. Sie gab ihm Calums Wellingtons, mit denen trampelte er drauflos, als könne sich ihm nichts entgegenstellen. Jedem das Seine. Wehmütig dachte sie, dass Chip ihm Gesellschaft geleistet hätte.

Gracie zeigte sich ungewohnt einsilbig, nachdem sie erzählt hatte, dass aus ihrer gemeinsamen Kommandoaktion Hynchs Einmannunternehmen geworden war. Sie wirkte ungehalten, fast verärgert.

In den Nachrichten kam eine erneute Verlautbarung von Preston. Er wolle die Drahtzieher des Anschlags auf Mallard fassen und zur Strecke bringen, wenn nötig mit Waffengewalt, was mit Beifall von allen Seiten quittiert wurde. Ein Mann auf Erfolgskurs. Und Mallards »Better for Scotland«-Bewegung hatte eine spontane Kundgebung in Glasgow abgehalten, an der sogar Mallard selbst teilgenommen hatte, wohl um zu zeigen, dass er trotz allem nicht kleinzukriegen war. Im Gegenteil, bei den nächsten Wahlen habe er vor, ins schottische Parlament einzuziehen, und er würde jedermann, auch die Helden der Polizei, wie er es ausdrückte, in seinem Lager willkommen heißen. Er nutzte die Gunst der Stunde und schlachtete seine Opferrolle nach Kräften aus.

»Bleibt uns nichts anderes übrig, als zu warten.« Laoise schloss das Streaming-Fenster auf ihrem Notebook.

Sie saßen wieder in der Küche beisammen. Von draußen war Winslow zu hören, wie er Hühner anlockte. Put-put-put.

»Tut mir leid, aber ich warte nicht.« Gracie hatte die schwarze Strickmütze, die sie seit dem Morgen trug, gar nicht erst abgenommen. »Hab was Besseres zu tun.«

»Jetzt?«

»Muss die Strömungsmesser kontrollieren. Ich fahr mit dem Motorboot raus, das Wetter hat sich ja beruhigt.«

Laoise versuchte, in Gracies Gesicht irgendetwas zu lesen. Doch es war wie versteinert.

»Ich stehe auch völlig neben mir. Was seit gestern alles passiert ist … schrecklich. Absolut beängstigend. Manch einer möchte da schreiend davonlaufen. Aber schau mich an.« Sie schlug mit der Faust auf ihren gefühllosen Oberschenkel. »Man muss es nehmen, wie es kommt.«

»Die Vergewaltigung.« Gracie sprach es offen an. »Und?«

»Wenn etwas Schlimmes kommt und man weiß es, kann man sich besser wehren. Effektiver wehren, nicht nur kratzen und beißen und treten und aus Leibeskräften schreien, bis einem der Mund zugedrückt wird. Man ist vorbereitet. Deswegen trage ich jetzt die Flinte mit mir herum. Und vielleicht kann man etwas unternehmen, bevor es überhaupt dazu kommt. Genau das tut Hynch jetzt für uns. Er unternimmt etwas gegen die Arschlöcher da draußen.«

»Hynch schüchtert Leute ein. Und er tötet sie, wenn sie nicht spuren.«

»Kein Problem damit. Wenn's die richtigen Leute sind.«

»Wie kannst du das sagen?«

»Manchmal *rettet* Hynch ja auch Leute. Zum Beispiel dich, vor diesem Rick.«

Gracie schwieg und schaute unwillig zur Seite.

»Soll ich dir was sagen?« Laoise umschloss mit beiden Händen ihre leere Kaffeetasse, es war die vierte oder fünfte an diesem Tag. »Hynch kann sehr überzeugend sein. Du vermisst ihn, nicht wahr?«

»Einen Killer?«

»Und jetzt musst du auf ihn warten – wie damals auf Benoît. Du musst warten, ob er lebendig zurückkehrt.« Ironisch setzte Laoise hinzu: »Nachdem er sich quasi unerlaubt entfernt und nicht auf dich gehört hat. Das ist hart, versteh ich.«

»Gar nichts verstehst du!« Gracie sprang auf. »Ich muss los!« Ein paar Schritte, dann war sie an der Tür.

»Aber mit Calum geht es mir doch genauso«, rief Laoise, während ihre Freundin nach draußen stürmte.

Gracie drehte sich noch einmal um. »Vielleicht sterben sie heute. Beide.«

48

Bereits nach den ersten Metern hasste sich Gracie für ihre letzte Bemerkung. Sie wollte nichts heraufbeschwören, schon gar nicht gegenüber Laoise. Doch der Drang, wegzulaufen und dieses Schlamassel hinter sich zu lassen, war übermächtig. Als ihr Blick im Vorbeigehen auch noch auf Ricks Grab fiel, brach sie in Tränen aus. Wie konnte sie an diesem Ort je wieder zur Normalität zurückkehren? Er war befleckt, entzaubert, starrte vor Blut.

Ohne weiter nachzudenken, holte sie ihren Taucheranzug aus Neopren und ihre Ausrüstung samt GPS-Gerät aus dem Cottage. Sie nahm auch frische Lycraunterwäsche mit, packte alles in einen wasserdichten Umhängesack und warf ihn auf die Ladefläche des Argo. Dann setzte sie sich hinters Steuer und startete den Motor. Das zuverlässige Gefährt sprang sofort an. Mit Vollgas fuhr sie Richtung Loch Tarbert.

Bloß weg hier. Schlamm spritzte zu beiden Seiten hoch, die Reifen arbeiteten sich durch den weichen Boden, glitten über steinige Stellen, als wäre es nichts.

Alle waren verrückt geworden, dachte Gracie, Calum, dieser Möchtegern-Draufgänger, und natürlich Laoise, sie vielleicht am meisten. Es war, als seien bei ihr binnen eines Tages alle Sicherungen durchgebrannt.

Bei ihr selbst auch, gestand sie sich ein. Sie empfand keine Angst vor Hynch, und das bereitete ihr Sorgen.

In der Nacht, die sie in einem Gästezimmer der McGlynns größtenteils schlaflos verbracht hatte, da war ihr nachträglich eine Schockwelle nach der anderen in die Glieder gefahren. Sie hatte sich hin und her gewälzt und all die Ereignisse noch einmal durchgespielt, seit sie Hynch am Loch Tarbert begegnet war. Was sie hätte anders machen können, um nicht in den Sog der Gewalt zu geraten, der von Hynch ausging und der seit seinem Erscheinen auf Jura alles, was ihr lieb und teuer war, erfasste. Stundenlang hatte sie darüber sinniert und war zu keinem Ergebnis gelangt. Im Grunde war sie mehr über ihr eigenes Verhalten entsetzt als über das von Hynch. Aber Angst? Eine Angst, die einen starr und bewegungslos macht, die einen den Atem anhalten und die Augen schließen lässt in der bebenden Erwartung, der Augenblick der Gefahr möge vorübergehen?

Nein, Angst verspürte sie in seiner Gegenwart nicht. Unsicherheit, ja, auch Unterlegenheit nach dem Schlag unters Kinn im Auto, der hatte sie völlig überrascht. Zorn, klar, der war immer mit dabei, ihr Dauerzorn, wenn etwas überraschenderweise nicht so lief wie geplant. Dankbarkeit, weil er sie vor Rick gerettet hatte? Ein wenig, aber die war schon verflogen. Man konnte niemandem dafür dankbar sein, dass er einen Menschen umgebracht hatte, egal, unter welchen Umständen. Faszination wider Willen? Das hatte Laoise ihr suggeriert. Aber was sollte an Hynch faszinierend sein? Wie er mit dem Tod umging und sich über ihn hinwegsetzte? Wirkte das allen Ernstes anziehend?

Vielleicht war es seine Verlorenheit, die sie für ihn einnahm. Sie umhüllte ihn wie ein Mantel, der nicht wärmte. Das kannte sie.

Für kurze Zeit hatte sie geglaubt, sie besäße ein wenig Einfluss auf Hynch und könne das Schlimmste verhindern, wenn es hart auf hart kam. Deshalb hatte sie sich auf die Fahrt zu Thorpe überhaupt eingelassen. Doch Hynch entzog sich jeglicher Kontrolle. Er verfolgte eigene Absichten, die viel weitreichender und unheilvoller waren, als einen lästigen Investor auf Jura einzuschüchtern. Sir Mallard war ein ganz anderes Kaliber. Der sah sein Leben durch Hynch bedroht und würde entsprechende Maßnahmen ergreifen. Und Preston verkörperte die Staatsmacht, er verfügte über polizeiliche Ressourcen, gegen die ein Einzelner machtlos sein musste. Sie alle schienen jetzt hinter Hynch her zu sein. Wie konnte er überhaupt hoffen, lebend davonzukommen?

Langsam dämmerte ihr, was sie wirklich für ihn empfand. Bedauern. Sie bedauerte, dass er ein Killer war. Sie bedauerte, dass er keine Zukunft hatte.

Jetzt war sie plötzlich froh, ihn los zu sein.

Gracie erreichte Loch Tarbert. Ihr Motorboot dümpelte in der schwachen Dünung, immer noch gut vertäut an der Mooring mit seinem gelb-weißen Anstrich und dem kleinen Steuerhaus, in dem sie vor Regen und Wind Schutz suchen konnte. Der Wasserstand war etwas niedriger als bei ihrer Ankunft am Vortag, es herrschte Ebbe. Normalerweise achtete sie darauf, dass das Wasser näher an den Landesteg am Ufer heranreichte, in dessen Umgebung sie das Boot festmachte, um bequem ein- und aussteigen zu können. Doch sie hatte sich den ständig wechselnden Bedingungen angepasst.

Es machte ihr nichts aus, sich im Freien umzuziehen, schließlich war sie nicht aus Zucker. Sie entledigte sich ihrer Kleidung, schlüpfte in das Lycraunterzeug, das zusätzlich isolierte, und schließlich in ihren Neoprenanzug samt Taucherschuhen mit robuster Sohle. Jacke, Pulli, Hosen, Trekkingstiefel, Socken und ihre normale Unterwäsche steckte sie in den Umhängesack und lud ihn sich auf die Schultern. Dann watete sie hinaus, löste die Persenning vom Dollbord und hievte den Sack ins Boot. Übers Heck stieg sie ein und brachte Ordnung in ihre Sachen, Flossen, Druckluftflaschen, Atemgerät, alles da.

Gracie warf den Motor an. Langsam tuckerte sie aus der Bucht durch das innere Loch. Sie kam zu der Engstelle bei Cumhann Beag. Dort weitete sich das Loch ein bisschen. Sie steuerte an einem unmarkierten, direkt unter der Wasseroberfläche liegenden Felsen vorbei. An Steuerbord kam die Schutzhütte, Cruib Lodge, in Sicht. Nach einer Weile erreichte sie die nächste Enge südlich von Rubha a Chumhainn Mhoir und gelangte in die Cumhann Mor Bay, wo im Sommer Segeljachten ankerten.

Jetzt befand sie sich im äußeren Loch. Doch sie musste auf Felsenzähne in der Mitte des Fahrwassers achten, die Boghachan Baite. Dann wichen die Uferstreifen zu beiden Seiten immer mehr zurück. Loch Tarbert öffnete sich zum Meer hin. Wie eine Umarmung, die sich löste.

Die Seeschlange war heute nicht ihr Ziel. Stattdessen wollte sie ihre Strömungsmesser kontrollieren, kleine Treibbojen ohne Befestigung am Grund. Zehn dieser Floating Drifters hatte sie in den Gewässern rund um Jura ausgesetzt, vornehmlich um den nördlichen Teil der Insel. Sie zeichneten allerlei Daten auf, Strömungsgeschwindigkeit, Wellenperioden, Meeresoberflächentemperatur. Alles wurde direkt an ihr Notebook und zur Sicherheit auch an den Zentralrechner von ScottishPower Renewables übertragen. Auf diese Weise sollten die besten Standorte für mobile Energiegewinnungsanlagen wie die Seeschlange ausfindig gemacht werden. Das Problem war, dass die Treibbojen durch die Gezeiten und andere Strömungen stark versetzt wurden, nicht zuletzt auch durch den Golfstrom, dessen Ausläufer sogar noch auf Jura zu spüren waren. Deshalb wuchsen vor dem *Jura Hotel* Palmen.

Gracie hatte eine Liste mit den jüngsten GPS-Koordinaten der Bojen mitgenommen und beabsichtigte, alle Positionen anzulaufen, sofern dies möglich war. Den ersten Drifter fand sie am Sgeir Mhaol, in der Nähe eines Felssporns fast am Ende von Loch Tarbert. Sie zog ihn aus dem Wasser und befreite das Gerät von Algen und Tang. Die Batterie funktionierte einwandfrei.

Einen Kilometer weiter, an der Mündung des Lochs, brachte sie den Drifter wieder aus. Auf den nächsten stieß sie am Rubh an t-Sáilein, er war auf einen natürlichen Deich aus Basalt aufgelaufen. Auch ihn beförderte sie zu seinen ursprünglichen Koordinaten zurück. Fischer galten als Schäfer des Meeres. Gracie gefiel sich bei dem Gedanken, so etwas Ähnliches zu sein.

Schließlich steuerte sie nach Norden in bewegtere Gewässer.

Loch Tarbert lag hinter ihr, das Meer an Backbord vor ihr. Der Atlantik.

Wäre es besser gewesen, auf einer völlig menschenleeren Insel zu landen? Wäre ihre Flucht dann vollständiger gewesen? Auf den Shiants zum Beispiel, die mitten im Minch zwischen den Äußeren Hebriden und der Isle of Skye lagen. Oder auf den Monach Islands westlich von North Uist. In einer Zeitenferne, wo Vergangenheit und Zukunft sich nicht mehr groß unterschieden und die Gegenwart in gewaltigen Kreisen wuchs, wo die feste Erde trügerisch wurde und der Geist an den Buchten längst verflossener Jahre schwieg? Wo die toten Seelen wieder lebendig wurden und auf der Strömung dahintrieben, Gefährten suchend?

Manche Leute auf Jura sprachen so von ihrer Heimat, alte Leute, Gracie hatte es mehrfach erlebt. Die Sagen aus früheren Zeiten gingen ihnen leicht von den Lippen, vor allem auf Gälisch, das auf den Inseln noch stark verbreitet war. Sie ließ es sich von Calum übersetzen, wodurch es noch poetischer wurde, er hatte eine Ader dafür.

Diese Inseln waren so unglaublich alt, man sah es am Ufergestein, an der Erde, Zeugen der Geburt dieser Welt.

Inzwischen befand sich Gracie mit ihrem Boot an der unbesiedelten Westküste von Jura. Einst hatten hier Menschen gelebt, vor vielen Tausend Jahren und noch vor einigen Jahrzehnten. Heute war dieser Teil der Insel von Land aus völlig unzugänglich, auf Dutzenden von Kilometern. Es gab ein paar Buchten, ansonsten nur abweisende Felsabbrüche und Riffe. Wer sich in der Steinzeit an so einer Küste niedergelassen hatte, musste die Abgeschiedenheit als Schutz wahrgenommen haben. Schutz vor den Naturgewalten, Schutz vor den Raubtieren im Landesinneren, und vor allem Schutz vor anderen Menschen. Damals hatte sich noch kein Torf gebildet, der Boden war fruchtbar gewesen in einem gemäßigten Klima. Auf Jura entsprangen zahlreiche Süßwasserquellen, ein vorzeitliches Paradies. Gracie füllte ihre Flasche gern an kleinen Bächen auf. Das Wasser schmeckte mineralisch, war kristallklar, ein wahres Elixier. Angeblich war eine Frau hier 128 Jahre alt geworden, Mary MacCrain. Das musste einen Grund haben, auch wenn Gracie nicht an Feen und Märchen glaubte. Doch viele Menschen taten es, das wusste sie inzwischen, mehr, als sie früher für möglich gehalten hatte.

In der Shian Bay ging Gracie an Land und stellte sich vor, wie es wäre, hier darauf zu warten, bis die Welt in Asche versank – und nicht hinzuschauen. Sie setzte sich auf einen Stein und starrte ins Leere. Stundenlang konnte sie so verharren.

Wie viele Tode hatte diese Küste gesehen? Fielen ein paar mehr da überhaupt ins Gewicht?

49

Es ging auf Mittag zu. Hynch stand mit dem Suzuki auf dem Besucherparkplatz der Destillerie, immer noch größtenteils verdeckt von einem weißen Lieferwagen. Er gab Thorpe noch zwanzig Minuten, bis er den Kopfstoß verdaut und die neue Situation erfasst hatte. Dann würde der Milliardär etwas unternehmen, möglicherweise hier auf der Insel – oder auch nicht, eine Fifty-fifty-Situation.

Die beiden Security-Leute in dem dunkelblauen Pick-up hatten sich kaum von der Stelle gerührt. Sie waren abwechselnd im Hotel verschwunden, vermutlich zu Toilettengängen, und jeweils nach wenigen Minuten zurückgekehrt. Hynch hatte sich durchs Fernglas ein Bild von ihnen gemacht. Es waren dieselben Männer, die er tags zuvor in Craighouse gesehen hatte. Sie unterschieden sich in ihrer Art kaum von den Kerlen am Tor zu Thorpes Anwesen. Der Fahrer war ein Hüne, dessen Glatzkopf fast das Autodach berührte. Sein Kollege trug eine Wollmütze wie ein Fischer, hin und wieder war er mit einem Funkgerät zugange. Beide waren nicht angeschnallt.

Nach der gestrigen Aktion gegen Stevie, als ein Bautrupp die Wasserzufuhr des Farmers sabotiert hatte, sollten sie offenbar Präsenz in der Ortschaft zeigen und auf weitere Anweisungen warten.

Inzwischen hielten sich weniger Menschen an der Straße auf. In der Destillerie wurde wieder gearbeitet, ebenso im Hotel, wo die Vormittagsroutinen wie Bettenmachen und Zimmerreinigung abgeschlossen waren und man in der Küche Vorbereitungen für den Lunch traf. Zwei Frauen hatten das Hotel verlassen, waren in Kleinwagen gestiegen und in unterschiedliche Richtungen davongefahren, zur Fähre und nach Norden. Die wenigen Hotelgäste waren wohl irgendwo auf der Insel unterwegs, und die Bewohner von Jura hatten ihre täglichen Einkäufe in dem Laden erledigt. Auffällig war, dass sie stets einen großen Bogen um den Pick-up machten. Anscheinend wollten sie mit Thorpes Hilfssheriffs nichts zu tun haben. Vor dem Hotelpub saß ein bärtiger, beleibter Mittvierziger. Er rauchte und blickte auf die Bucht hinaus, als gehörte sie ihm höchstpersönlich.

Plötzlich tauchte Calum auf. Er ging zügig am Straßenrand entlang und verlangsamte seine Schritte, als er den Pick-up sah. Thorpes Männer bemerkten ihn auch, bestimmt kannten sie ihn bereits. Sie wirkten alarmiert, als machten sie sich darauf gefasst, dass Calum Streit anfing. Tatsächlich näherte er sich ihrem Wagen.

Die Entfernung betrug nur dreißig Meter. Was hatte Calum vor? Wenn er sich mit den beiden anlegte, würde er Hilfe gebrauchen können, keine Frage. Hynch entriegelte die Fahrertür des Suzuki.

Doch Calum verschwand zunächst hinter dem Laden. Kurz darauf erschien er wieder, auf einem Mountainbike. Damit radelte er an dem Pick-up vorbei und grüßte die beiden Männer wie zum Hohn.

Dann hielt er an. Der Mann mit der Wollmütze hatte die Scheibe herunterfahren lassen und sprach mit ihm.

Hynch stieg aus. Er schob sich ums Heck des Lieferwagens herum. Neben dem Lieferwagen war ein Kombi geparkt. Hynch nutzte ihn als Deckung und brachte sich in Hörweite.

»Geht dich einen Scheiß an, wo ich hinfahre!«, blaffte Calum.

»Du spielst dich ganz schön auf«, kam es zurück.

»So? Wenn wir hier anständige Bullen hätten, könntet ihr keinen auf dicke Hose machen. Aber lange lassen wir uns das nicht mehr gefallen.«

»Immer dieselben Sprüche. Denk dir mal was Neues aus, McGlynn.«

»Was Neues? Demnächst ändert sich hier einiges, ihr wisst es bloß noch nicht. Am besten, ihr schaut euch schon mal nach einem anderen Job um.«

»Pass auf, was du sagst. Sonst kommen wir mal bei deiner Farm vorbei.«

»Jederzeit! Ich kann's gar nicht erwarten.«

»Dann geht's dir wie diesem Stevie.«

»Zu dem bin ich gerade unterwegs«, sagte Calum. »Muss mir mal anschauen, was ihr Dreckskerle dort angerichtet habt.«

»Alles völlig legal.«

»Einem alten Mann die Wasserquelle ruinieren ist so ziemlich das Letzte –«

»Soll ich dir was verraten? Den Weg kannst zu dir sparen. Jemand hat ihn zur Vernunft gebracht. Dein Stevie macht keinen Ärger mehr.«

»Was soll das heißen?« Calum stieg von seinem Fahrrad ab und ließ es zur Seite ins Gras neben der Straße kippen.

Verdammt, dachte Hynch. Die Story, die er den Männern am Tor erzählt hatte. Vermutlich hatten sich die Security-Leute über Funk ausgetauscht.

»Dinge passieren eben«, fuhr der Mann mit der Wollmütze fort. »Leider hält sich nicht jeder an das Gesetz wie wir. Und wer weiß? Hab gehört, dein kleines Frauchen kann nicht Nein sagen, wenn ein Besucher vom Festland vorbeischaut. Ab sofort ist eine härtere Gangart angesagt.«

»Damit können wir gleich anfangen.« Calum griff blitzschnell durchs geöffnete Wagenfenster, packte den Mann am Kragen und schlug zu. Dann riss er die Tür auf und zerrte seinen verdutzten Widersacher nach draußen.

Die Wollmütze ging dabei irgendwie verloren. Doch ihr Träger kam sofort wieder auf die Beine. Er griff an seine Hüfte und zückte eine Taserpistole, um Calum einen Elektroschock zu verpassen.

Zugleich versuchte sein Kollege auszusteigen. Viel zu langsam. Der bärtige Mann, der vor dem Hotelpub geraucht hatte, war erstaunlich behände herbeigeeilt und warf sich mit vollem Gewicht gegen die Fahrertür. Das Schienbein des Hünen brach zwar nicht, Hynch kannte das knackende Geräusch, laut wie ein Pistolenschuss, aber eine schwere Prellung war auch nicht ohne. Noch überlegte er, ob er eingreifen sollte.

Währenddessen hatte Calum den Taser des Mützenlosen mit einem Fußtritt weggekickt. Der Rest war nicht schön anzusehen, aber effektiv. Hynch wurde nicht gebraucht, er verfolgte vom Suzuki aus, wie sich lange angestauter Zorn entlud. Die beiden Security-Leute wurden nach Hebridenart vermöbelt, harte, gezielte Schläge, mit ganzem Körpereinsatz. Lebensgefährliche Verletzungen entstanden keine, da schien es gewisse Erfahrungswerte zu geben. Doch Rippen würden angeknackst sein und dergleichen – womit man bei einer kleinen Meinungsverschiedenheit eben rechnen musste. Am Ende wurden Thorpes Männer wieder in ihren Pick-up befördert, besinnungslos. Bestimmt dauerte es eine Weile, bis sie in der Lage waren, nach Ardfin Estate zurückzufahren.

»Danke, Nigel«, sagte Calum zu dem Bärtigen und hob sein Fahrrad auf.

»Keine Ursache. Das hätten wir schon längst machen sollen.«

»Hab mir eines deiner Bikes geborgt.«

»Ist schon in Ordnung, du weißt ja, wie du in den Schuppen reinkommst. Der Verleih läuft im Winter eh nicht besonders gut.«

»Jetzt muss ich zu Stevie. Man sieht sich.«

Eine alte Frau kam mit einem Einkaufstrolley vorbei. Sie hatte seelenruhig gewartet, bis die Schlägerei zum Abschluss gelangt war.

»Hallo Calum, hallo Nigel«, sagte sie und ging ohne eine weitere Reaktion in den Laden.

50

Hynch wartete noch eine Weile. Nigel verschwand im Pub, und Calum fuhr zu Stevie Noddings, wie der Unterhaltung zu entnehmen gewesen war. Hynch hatte schon befürchtet, er wollte zu Thorpe. Aber so war es bedeutend besser. Calum sollte ruhig bei Stevie nach dem Rechten sehen.

Als niemand mehr in Sicht war, ging Hynch zu dem Pick-up hinüber. Calum und sein Freund hatten ganze Arbeit geleistet. Netterweise hatten sie die Sitze in Liegeposition gebracht, sodass es die beiden ausgeknockten Security-Männer einigermaßen bequem hatten und nicht zu ersticken drohten. Sie machten nicht den Eindruck, als könnten sie heute oder morgen noch viel Unheil anrichten oder Leute tyrannisieren.

Aber dafür interessierte sich Hynch kaum. Viel wichtiger war das Funkgerät. Es steckte in einer Halterung am Armaturenbrett und sah aus wie ein altertümliches Handy mit einer dicken Antenne. Kein Headset. Ein bisschen primitiv, fand Hynch, aber leistungsstark und zuverlässig. Wenn sie derartige Geräte im Rover gehabt hätten, wäre dic Verständigung einfacher gewesen. Warum hatte Rick nicht daran gedacht? Vermutlich, weil sie in letzter Zeit fast nur noch in städtischen Gebieten operiert hatten und das Krypto-Handy abhörsicher gewesen war im Gegensatz zum Funk. Und weil sie immer gemeinsam auf der Lauer gelegen hatten.

Er nahm das Funkgerät samt Ladekabel an sich, ebenso den Schlüsselbund des Wortführers, der Calum so unverblümt herausgefordert hatte. Er schloss die Beifahrertür und sah sich um. Keine Zuschauer. Er holte den Dolch hervor, den er bei Thorpe hatte mitgehen lassen, und zerstach die Reifen des Pick-ups. Alle vier, das war eine Sache von Sekunden.

Dann kehrte Hynch zum Suzuki zurück. Es fühlte sich gut

an, zwei Sorgen weniger zu haben. Er startete den Motor und fuhr zur Three Arch Bridge. Fuhr eine knappe Meile weiter zu einem Punkt, wo der Evans Walk von der Straße abzweigte, ein Wanderweg zu den Paps hoch, erkenntlich an einem hölzernen Wegweiser. Hynch aktivierte das Handy, gab Winslows PIN ein und schaltete auf GPS-Empfang. Dann legte er es unter einen Stein. Jetzt konnte Preston ihn wieder orten. Er konnte ihn sogar auf den Yard genau lokalisieren. Na dann, dachte Hynch. Kommt und holt mich!

Zurück zur Brücke. Es war die klassische Hinterhalttaktik, wie er sie in Arbroath gelernt und auf den Falklands angewendet hatte: dem Feind ein Ziel anbieten und vorgelagert in Stellung gehen. Um den Feind auszuschalten, während er sich näherte. Die Three Arch Bridge besaß sogar eine Brüstung, hinter der er sich verschanzen konnte. Und als Auflage für die Tikka diente das Mäuerchen auch noch. Doch bis dahin hatte er noch ein paar Stunden Zeit.

Hynch stellte den Suzuki im Schutz eines Fichtengehölzes ab und beschloss, Schlaf nachzuholen. Er machte es sich einigermaßen bequem und benutzte eine Decke von der Ladefläche als Kopfkissen. Drehte die Lautstärke an dem erbeuteten Funkgerät auf. Dann schloss er die Augen. Spürte, wie er langsam wegdöste. Normalerweise konnte er das quasi auf Kommando. Einmal Soldat, immer Soldat.

Aber seine Gedanken quälten ihn. Wenn dies alles vorbei war, wohin sollte er eigentlich zurückkehren? Passte er überhaupt noch in diese Welt, egal, wohin er von Jura aus ging? Preston hatte ihm zu verstehen gegeben, dass die Wohnung in Paisley der Polizei seit Langem bekannt war, ebenso seine festen Verstecke. Und die Insel im indischen Ozean, Rodrigues? Das Haus, für das er bereits eine Anzahlung getätigt hatte? Wusste Preston auch davon? Allein die Möglichkeit, dass er es wusste, veranlasste Hynch dazu, Rodrigues aus seinen Träumen zu streichen. Baie aux Huîtres. Er mochte ohnehin keine Austern.

Wie viel Geld besaß er überhaupt noch? Rick hatte ihre gemeinsamen Reserven für den Anschlag der Kurden aufgebraucht, das Geschäftskonto komplett geplündert. Aber Hynch hatte einen großen Batzen auf den Caymans geparkt, über Jahrzehnte immer wieder was dazugelegt, seine Altersvorsorge. An die kam nicht mal Preston ran. Lohn zahlloser Schüsse, die alle ihr Ziel gefunden hatten.

Dann eben eine andere Insel. Vielleicht im Pazifik? Er würde schon eine finden. Bestimmt. Eine ohne Torf und Morast. Wo die Sonne immer schien und seinen schmerzenden Rücken und die verletzte Schulter wärmte. Wo er seine Wunden bei einem farbenfrohen Drink in einer Hängematte auskurieren konnte. Gut, dort gab es vermutlich Tropenstürme und allerlei giftges Ungeziefer. Aber alles besser als Schottland, das nicht mehr war als ein feuchtes Grab, daran würde sich niemals etwas ändern. Es war ein Ort, um getötet zu werden, früher oder später. Um ins Meer geworfen zu werden oder in den Graben neben einem Motorway. Vielleicht auch, um in den Kugelhagel korrupter Bullen und ihrer Handlanger zu geraten, Hynch machte sich da keine Illusionen. Er hatte lange unter dem Radar operiert, und nicht einmal das stimmte: Preston hatte ihn machen lassen. Das war jetzt vorbei.

Palmen, Sand zwischen den Zehen. Hynch wusste nicht mal, wie sich das anfühlte. Hängematten kannte er jedoch. Von dem Transportschiff, das ihn zu den Falklands gebracht hatte. Hunderte Hängematten waren in den unteren Decks aufgehängt gewesen, damit die Männer nicht kotzten. Im Schlaf passte man sich an die Bewegungen des Schiffes an, anders als bei den üblichen Stockbetten. Mit den Marines verreisen – der pure Luxus. Der Angstschweiß der Kameraden, vermischt mit dem Geruch nach Waffenöl, Zigarettenrauch und Schiffsdiesel. Ein paar hatten sich in die Hose gemacht. Es musste einfach raus. Bei nahender Gefahr sprach der Körper. Urinstinkte. In Schlachthöfen roch es ähnlich.

Hynch schreckte hoch. Ein Funkspruch kam durch.

Thorpe persönlich wies seine Leute an, zu Stevie Noddings zu fahren und dort ein Exempel zu statuieren.

»An alle Einheiten!«, war zu hören. Offenbar hielt sich der Kerl für eine Art militärischen Kommandeur. »Das Problem Noddings muss ein für allemal gelöst werden. Lassen Sie sich nichts gefallen. Wenden Sie Gewalt an nach Gutdünken. Und achten Sie auf einen einzelnen Mann, der Noddings zu Hilfe kommen könnte. Ein alter Mann, um die sechzig, unscheinbar, aber bewaffnet und gefährlich. Dieser Mann ist noch wichtiger als Noddings. Bringen Sie ihn mir, nach Möglichkeit lebend – oder gerade noch lebend, wie es die Umstände zulassen. Sie erhalten doppelte Zuschläge. Und einen Bonus von tausend Pfund, wenn Sie den Mann festsetzen. Sie wissen, was Sie zu tun haben.«

Nur das Zweierteam am Tor gab Rückmeldung. Die beiden anderen, die in dem Pick-up vor dem Laden außer Gefecht gesetzt waren, wurden wiederholt angefunkt. Keine Reaktion.

Hynch hütete sich, irgendetwas durchzugeben. Im Zweifelsfall war der Empfang gestört oder dergleichen.

Tausend Pfund? Lächerlich. Thorpe unterschätzte die Lage.

Aber hatte Calum nicht zu Stevie fahren wollen? Ihm einen Besuch abstatten?

Hynch zog die Landkarte zurate. Stevies Farm lag viel näher an Thorpes Anwesen als seine Stellung an der Three Arch Bridge.

Auch deswegen hasste er den Krieg. Nichts lief wie geplant.

Er musste seine Stellung aufgeben.

Mit Vollgas fuhr er nach Craighouse zurück.

51

Wie hatte er bloß glauben können, dass Thorpe stillhalten würde? Hynch brauchte fünfzehn Minuten nach Craighouse. Dort fragte er jemanden nach dem Weg zu Noddings. Das dauerte eine Weile. Ein Junge, der hinter dem Hotel an seinem Motorrad herumschraubte. Er war sich nicht sicher, wann genau die Abzweigung zu Stevies Gehöft kam.

Weiter. Hynch legte die beiden Berettas auf dem Beifahrersitz bereit. Der Feind hatte einen Vorsprung. Das kam selten vor. Normalerweise hatte Hynch einen Vorsprung, nicht der Feind, darauf basierte sein ganzes Handeln, sein Geschäftsmodell.

Einmal bog er falsch ab, zu früh, der Weg endete im Nichts.

Wenden, zurück. Kostbare Minuten verstrichen.

Dann war er richtig. Von Weitem war ein dunkelblauer Pickup zu sehen. Hynch fuhr eine Senke hinunter. Farmgebäude, ein Massey-Ferguson-Traktor, landwirtschaftliche Geräte, jede Menge Unrat am Straßenrand. Dahinter Schafpferche.

Niemand vor dem Hauptgebäude. Calums Rad lehnte an der Mauer neben dem Eingang.

Hynch brachte den Suzuki zum Stehen. Er nahm die Berettas, steckte das Reservemagazin ein und sprang ins Freie. Brachte die Pistolen auf Schulterhöhe in Anschlag. Schob sich an der Wand des Farmhauses entlang und spähte um die Ecke.

Der Hof nach hinten raus. Calum lag am Boden, Fußtritte bohrten sich in seine Rippen, in die Nieren, erwischten ihn am Kopf. Ein alter Mann war mit Kälberstricken am Zaun festgebunden, anscheinend Stevie, regungslos. Sein Gesicht war nur noch eine blutige Masse.

Drei Gegner in Kernschussweite: Die beiden Security-Männer vom Tor und Thorpes sogenannter Finanzberater mit einem breiten Pflaster über dem Nasenbein. Er beugte sich gerade über

Calum und rammte ihm den Griff eines Baseballschlägers in die Zähne. Wollte sich wohl ein bisschen austoben.

Hynch war zu spät gekommen. Fünf oder zehn Minuten Vorsprung hatten Thorpes Schlägern gereicht.

Er legte an.

Der Kopf des ersten Security-Manns explodierte. Die Kugel traf den Kieferknochen mit verheerender Wirkung. Knochensplitter, Gehirnmasse und Blut wurden großzügig über Stevies Weide verteilt. Den zweiten erwischte Hynch genau zwischen den Augen, saubere Eintrittswunde. Die Schädeldecke am Hinterkopf flog einfach weg.

Dann der Typ mit dem Baseballschläger. Er verharrte immer noch über Calum, starrte Hynch an, als wäre er eine lästige Störung. Bis er ihn erkannte.

Keine Patrone vergeuden. Hynch knockte ihn mit einem Ellenbogencheck aus, entwand ihm den Baseballschläger und schlug so lange zu, bis es nur noch schmatzende Geräusche gab.

Schwer atmend betrachtete er die drei Leichen.

Ein vertrauter Anblick. Unnötig, den Puls zu fühlen.

»Sind Sie das, Hynch?« Es war Calum, die Augen fast völlig zugeschwollen. »Genau zur richtigen Zeit.«

Calum konnte noch reden, das war ein gutes Zeichen. Hynch brachte ihn ins Farmhaus, legte ihn auf eine vergammelte Pritsche, suchte nach einem Verbandskasten, fand einen über der Spüle und versuchte, Calum notdürftig zu versorgen. Er desinfizierte die Platzwunden mit billigem Whisky, der einsam auf einem Wandbord stand. Aber gegen innere Verletzungen war er machtlos.

»Sie müssen ins Krankenhaus!«

»Dauert ein Weilchen hier auf den Inseln.« Calum lächelte und spuckte einen Zahn aus. »Schaut schlimmer aus, als es ist. Ich vertrag ein bisschen was.« Ein Gemisch aus Blut und Speichel tropfte ihm von den Lippen. »Ich komm schon wieder auf die Beine. Diese Wichser wissen nicht, wie man richtig zuschlägt.«

»Ich kann Sie nicht hier liegen lassen.«

»Doch, können Sie.«

Hynch suchte nach dem Autoschlüssel des Pick-ups. Er fand ihn in der Hosentasche seines ersten Opfers und steckte ihn ein. Außerdem nahm er die Geldbörse des Mannes an sich. Dann holte er den Schlüssel des Suzuki.

»Hier«, sagte er zu Calum. »Fahren Sie mit Gracies Wagen zurück nach Inverlussa. Lassen Sie sich Zeit. Warten Sie, bis Sie so weit sind.«

»Mach ich.«

Für Stevie Noddings kam jede Hilfe zu spät. Der alte Mann hatte offenbar einen Herzinfarkt erlitten.

Hynch konnte hier nichts mehr tun. Aber woanders. Er verfrachtete das Gewehr, die Munitionspackungen und die Landkarte vom Suzuki in den Pick-up, legte die Pistolen wieder auf den Sitz neben sich und steckte die Spendenbescheide unter seine Jacke. Er machte sich mit dem viertürigen Wagen vertraut, Automatikschaltung. Auch hier steckte ein Funkgerät am Armaturenbrett. Nach einer Weile regte es sich.

»Security, bitte melden Sie sich! Erwarte Lagebericht!« Thorpe machte eine Pause. »Verstärkung ist bereits auf Islay gelandet. In ein oder zwei Stunden sind fünf weitere Männer auf Jura. Sammelpunkt am Haus. Dann zeigen wir diesen Witzfiguren, was passiert, wenn sie sich mit mir anlegen.«

Hynch antwortete, verstellte dabei seine Stimme, um den näselnden Tonfall des Finanzberaters nachzuahmen: »Bestätige. Alles unter Kontrolle.«

»Sind Sie das, Quigg?«

»Quigg hier, Sir. Auftrag ausgeführt.«

»Gut zu hören! Kommen Sie wieder zurück zum Haupthaus. Das war nur der Anfang.«

Da hatte Thorpe ausnahmsweise mal recht. »Verstanden.«

52

Gewalt erzeugt Gegengewalt. Hynch hätte es wissen müssen. Er hatte diese Eskalation verursacht und niemand sonst. Er war schuld an Stevie Noddings' Tod und an Calums Zustand. Weil er Thorpe eine Chance gegeben hatte. Weil er gedacht hatte, es ginge mal ohne Leichen. Vielleicht weil er Laoise, Calum und vor allem Gracie hatte zeigen wollen, dass er in der Lage war, solche Dinge wie ein halbwegs zivilisierter Mensch zu regeln, nur mit ein bisschen Gewalt und Überzeugungskraft. Da hatte er wohl falschgelegen.

Ein bisschen Gewalt war zu wenig für Leute, die mit dem Begriff »ein bisschen« nichts anzufangen wussten. Die in größerem Stil dachten.

Thorpe kannte nicht die geringsten Skrupel, schon gar nicht auf Jura, das er als sein Reich betrachtete. Die Idee, ihn einzuschüchtern, war totaler Bullshit gewesen. Früher hatte das funktioniert. Weil den Leuten, die er im Auftrag von Black Eyed Bruce aufgesucht hatte, klar gewesen war, was ihnen blühte, wenn sie nicht spurten. Und diejenigen, denen es nicht klar gewesen war, die hatten keine Zeit mehr gehabt, ihren Irrtum zu bedauern.

Aber Thorpe kannte Hynch nicht. Er kam ja aus Kanada, ein Globalisierungsgewinner, dem die lokalen Verhältnisse völlig egal waren. Tausend Pfund Bonus, das sagte alles. Die Überheblichkeit eines Mannes, der alles mit Geld bemaß. An der Börse machte er Millionen, indem er Millionen in den Topf warf. Doch auf einen alten Mann mit einer Pistole setzte er ein Taschengeld aus. Irgendwie waren ihm die Maßstäbe verloren gegangen.

Hynch fuhr in normalem Tempo die Auffahrt hinunter, die Beretta in der rechten Hand.

Thorpe wartete auf der Schwelle seines Herrensitzes, nach

wie vor in Polohemd und Strickweste. Konnte es wohl kaum erwarten, seine Schergen in Empfang zu nehmen und ihnen auf die Schultern zu klopfen. Der Pick-up ließ ihn keinen Verdacht schöpfen.

Zu vertrauensselig.

Hynch hielt in einem Abstand von etwa zehn Metern an, öffnete die Tür, stützte die Pistole auf dem Außenspiegel ab und verpasste ihm einen Bauchschuss.

Thorpe sank zu Boden und krümmte sich zusammen.

Stöhnen, unartikulierte Laute.

»Tut weh, ich weiß.« Hynch war nicht in der Stimmung für Freundlichkeiten. Er kam näher.

Blut floss, sickerte die Stufen hinunter. Bei solchen Verletzungen ging das schnell. Jede Menge Gefäße da unten.

Hynch überlegte. Musste er noch etwas wissen? Fünf von Mallards Leuten waren auf dem Weg nach Jura, das hatte er bereits über Funk erfahren.

Aber da gab es etwas.

Hynch beugte sich über ihn. »Wo ist der Gastank?«

»Was?«, kam es mit schmerzerfüllter Stimme zurück.

In der Eingangstür erschien der Butler. Als er sah, was passiert war, wollte er sogleich wieder verschwinden.

»Hiergeblieben!« Hynch richtete die Pistole auf ihn. »Kommen Sie her! Na los! Sonst schieße ich Ihnen in den Rücken.«

Zögerlich drehte sich der Butler um, die Augen vor Entsetzen geweitet.

»Die Energieversorgung. Sagen Sie mir, wo sich der Gastank befindet!«

»Warum?«

»Keine Gegenfragen. Dann kommen Sie aus dieser Sache lebend raus.«

Hynch brauchte Thorpe nicht mehr. Und auf letzte Worte konnte er gut verzichten. Solche Typen stießen noch allerlei Verwünschungen aus, wenn das Ende nahte, bis zuletzt spien sie ihre merkwürdigen Ansichten in die Welt, fühlten sich ungerecht behandelt und vieles mehr. Er schoss ihm aus kurzem Abstand in den Kopf. Eine kleine Bewegung aus dem Handgelenk. Mehr Aufmerksamkeit gestand er ihm nicht zu.

Der Butler sank auf die Knie. »Bitte! Ich –«

»Drücke ich mich missverständlich aus? Wo ist der Gastank?«

»Da drüben …, hinter der Hecke«, stotterte der Mann.

»Mitkommen.«

Hynch dirigierte ihn mit der Pistole zu der angegebenen Stelle. Hinter der Hecke, außer Sicht des Haupthauses, war der Gastank in der Erde verbuddelt. Wie anzunehmen war, ein großer. Großes Gebäude, großer Tank. Der Einfüllstutzen ragte bodennah heraus. Vermutlich war der Herrensitz in den 1970ern oder 1980ern nachträglich mit Gas für Küche, Bäder und Beheizung ausgestattet worden. Und da das Anwesen aus viktorianischer Zeit stammte, hatte sich niemand die Mühe gemacht, komplett neue Leitungen zu verlegen. Ein dicker Schlauch führte vom Gastank unterirdisch zum Haupthaus und trat kurz vor der Außenmauer zutage, wo er mit mehreren Schellen am Gasanschluss des Anwesens befestigt war. Die alte Mauer bestand aus Granit, das würde bestimmt hübsche Funken geben.

»Das war's«, sagte Hynch. Jetzt wusste er, was er wissen wollte. »Verschwinden Sie! Und nehmen Sie jeden mit, der sich noch im Haus befindet. Der ganze Kasten muss evakuiert werden, verstehen Sie?«

»Was … haben Sie vor?«

»Wie war das mit den Gegenfragen? Los jetzt!« Hynch wies zu ein paar Wohncontainern, die er in einiger Entfernung neben einem Feldweg ausmachte. »Dort gehen Sie hin. Sagen Sie den anderen Bediensteten Bescheid. Niemand darf zurückbleiben.«

Der Butler war immer noch unschlüssig. Hynch konnte sehen, was in ihm vorging, widerstreitende Gefühle. Wohnort und Arbeitsplatz von jetzt auf gleich aufzugeben, dazu der Schock über Thorpes Tod. Alles nicht so einfach.

»Falls Sie die Polizei verständigen, finde ich Sie und mache das Gleiche mit Ihnen wie mit Ihrem Boss. In dieser Pistole sind noch jede Menge Patronen. Hauen Sie einfach ab, zu Ihrer eigenen Sicherheit!«

Schließlich begriff der Butler. Er eilte nach drinnen.

Kurze Zeit später verließ er mit zwei Frauen, offenbar der Köchin und einem dunkelhäutigen Zimmermädchen, das unter einer hellgrünen Daunenjacke ein Schürzchen trug, das Gebäude. Sie nahmen einen Seitenausgang ganz in der Nähe.

»Wenn Ihnen Bauarbeiter über den Weg laufen …, die sollen sich von hier fernhalten«, rief Hynch ihnen hinterher. »Keiner lässt sich in der Nähe des Hauses blicken! Ich erwarte Besuch, und zwar von Leuten, mit denen nicht zu spaßen ist.«

Sie warfen ihm ängstliche Blicke zu, während sie den Feldweg zu den Wohncontainern einschlugen. Der Butler nickte zur Bestätigung.

Hynch stand neben der Leiche auf den Stufen vor dem Eingang, die Pistole erhoben wie einen mahnenden Zeigefinger. Er hoffte, es wirkte abschreckend genug.

53

Als sie weit genug weg waren, steckte Hynch die Beretta hinten in die Hose, schleppte den toten Milliardär nach drinnen und legte ihn vor dem großen Kamin ab. Erneut fiel ihm der Geruch nach frischem Lack und Leim auf. Der hatte ihn auf die Idee mit dem Gastank gebracht. Außerdem duftete es nach Braten. Inzwischen war es halb zwei, wie eine Standuhr mit einem einsamen Schlag vermeldete.

Er betrachtete das historische Waffenarsenal an den Wänden der Eingangshalle. Alles top gepflegt, Thorpe schien darauf besonderen Wert gelegt zu haben. Nach einer Weile fand er, was er suchte. Neben den Hellebarden hing eine einzelne Streitaxt mit breitem Blatt. Vor einigen Hundert Jahren was zum Angeben und um Gefolgsleute zu beeindrucken, für Kämpfe unter den Clans eher ungeeignet. Doch wer wusste schon genau, auf welche Weise die Menschen sich früher bevorzugt abschlachteten? Für Hynchs Zwecke war das Ding genau richtig.

Er nahm die Axt von der Wand, befühlte die Schneide. Sie war erstaunlich scharf. Dann folgte er dem Essensgeruch in die Küche, einem weitläufigen, aber niedrigen Raum, der durch einen langen Gang zu erreichen war. Halb hatte Hynch erwartet, hier eiserne, mit Kohle oder Holz zu befeuernde Herde vorzufinden. Aber die Küche war relativ modern eingerichtet, es fehlte an nichts, viel Edelstahl und viel Kupfer, eine Mischung aus Alt und Neu. Im Sommer, wenn Thorpe größere Gesellschaften erwartete, wäre hier bestimmt ein ganze Kochbrigade am Werkeln gewesen. Auf einer der Arbeitsflächen dampfte ein Braten, den die Köchin gerade erst aus der Röhre genommen haben musste.

Hynch dreht das Gas auf allen Platten und in den Öfen auf.

Er ging ins Freie und nahm sich den Gasanschluss an der Außenmauer des Hauses vor. Der Schlauch war so dick wie sein

Unterarm, wahrscheinlich mit Stahl verstärkt. Er holte aus und hieb mit der Axt darauf ein. Wenig Wirkung. Ein paar oberflächliche Schlitze entstanden, mehr nicht. Er brauchte eine Motorsäge oder dergleichen, hatte aber keine Zeit, nach so etwas zu suchen. Also strengte er sich einfach mehr an.

Es dauerte eine Ewigkeit, bis er es zischen hörte. Gas entwich. Hynch hütete sich, weitere Schläge auszuführen wegen der Funken, die dabei vielleicht entstehen konnten, wenn das Blatt der Axt auf die Stahleinlagen des Schlauchs traf. Da es relativ windstill war, begnügte er sich mit dem Leck, das er dicht an der Mauer verursacht hatte.

Er war hier fertig. Als er in den Pick-up einstieg, merkte er, dass sein Flanellhemd ganz nass war. Nicht nur vor Schweiß. Seine Schulterwunde war wieder aufgebrochen. Unter dem Hemd war alles voller Blut.

War ja klar. Wie hatte er hoffen können, dass Gracies Behandlung ausreichte? Der Kompressenverband diente nur dazu, die Wunde wie mit einem Pfropfen abzudichten. Das hätte vielleicht einen gewissen Nutzen, wenn er die Schulter tagelang schonen würde. Doch daran war angesichts dessen, wie sich die Lage entwickelt hatte, nicht zu denken. Um weiter einsatzbereit zu bleiben, musste das Ganze genäht werden, vorne und hinten, man musste den Schusskanal vollständig verschließen. Und zwar schnell, Mallards Männer würden bald auftauchen, er gab ihnen noch dreißig oder vierzig Minuten.

Mit Vollgas fuhr er zu den Wohncontainern. Davor waren ein paar Campingstühle, Sitzbänke und ein Tisch aufgebaut. Zwei Bauarbeiter saßen dort und Thorpes Bedienstete. Einige rauchten, Bierflaschen standen auf dem Tisch.

Anscheinend dachten die, sie würden demnächst Zeugen eines Feuerwerks. Richtig gedacht. Hynch bremste absichtlich spät, die Stoßstange des Pick-ups rammte einen Container, nur leicht, trotzdem gab das einen Höllenlärm.

Er blieb sitzen. Öffnete nur die Tür und streckte seinen Kopf heraus. »Das Zimmermädchen! Steigen Sie ein, ich brauche Ihre Hilfe!«

»Was wollen Sie denn?«, sagte die Angesprochene, Anfang zwanzig, ziemlich selbstbewusst, ganz kurze Haare, die den Kopf helmförmig bedeckten.

Hynch schoss einmal mit der Pistole in die Luft.

Alle duckten sich.

»Einsteigen, verdammt! Heute ist schon eine Reihe von Menschen gestorben. Wollen Sie die Nächste sein?«

Die junge Frau starrte ihn durchdringend an. Dann stand sie auf.

»Schneller! Na los! Und ihr anderen bleibt, wo ihr seid! Entfernt euch bloß nicht von diesen scheiß Containern, wenn euch euer Leben lieb ist!«

Hynch nahm die zweite Beretta vom Beifahrersitz und steckte sie in das Ablagefach in der Fahrertür.

Vorsichtig stieg die Frau ein. Er richtete die Pistole auf sie.

»Sie brauchen Hilfe?«, fragte sie.

»Haben Sie ein Nähset dabei?«

»Natürlich. Das –«

Er stieß zurück, so weit es ging, und gab wieder Vollgas. Ließ die Wohncontainer hinter sich, bedrohte sie dabei mit der Waffe. Dank der Automatikschaltung hatte er eine Hand frei. »Wie heißen Sie?«

»Rose«, erwiderte sie überrascht.

»Schöner Name.«

»Nigeria. Falls Sie auch noch wissen wollen, woher ich ursprünglich stamme. Jeder will das wissen.«

»Mir ist das egal.«

»Soll das eine normale Unterhaltung werden?«

»Von mir haben Sie nichts zu befürchten. Auch wenn es nicht danach aussieht.«

Sie betrachtete den Pistolenlauf. »Machen Sie Witze?«

»Sie müssen mich verarzten. Löcher zunähen.«

»Das seh ich. Da läuft 'ne Menge roter Soße aus Ihnen raus.«

»An der Schulter, vorne und hinten.«

»Das ist nicht gut.«

»Gar nicht gut. Und ich habe heute noch einiges vor.«

»Mehr Leute töten?«

»Kann schon sein.«

»Was für Leute?«

»Keine Leute wie Sie«, sagte Hynch. »Leute, die verhindern wollen, dass Leute wie Sie einreisen und hier ein Leben haben.«

Rose lehnte sich in ihrem Sitz zurück. »Ach ja?«

»Thorpe stand mit ihnen im Bunde.«

Sie überlegte kurz. »Wundert mich nicht. Thorpe war ein Stück Scheiße mit zu viel Geld.«

»Kein Mitleid mit dem toten Boss?« Darauf hatte Hynch nicht zu hoffen gewagt.

»Was wollen Sie hören? Dass ich froh bin, keinen Job mehr zu haben?«

»Tut mir leid.«

Rose stützte ihre Füße am Armaturenbrett ab, offenbar machte sie sich darauf gefasst, bei Hynchs einhändiger Fahrweise im Graben zu landen. »Nichts muss Ihnen leidtun. Thorpe hat mich nicht nur zum Staubwischen eingestellt. Das wurde mir bald klar. Zimmermädchenkostüm, knapper Rock, Schürzchen – wissen Sie, was ich meine?«

Hynch steuerte den Pick-up die Auffahrt zur Straße hoch. »Ich kann's mir vorstellen.«

»Kanadier sind besonders liberal, so heißt es doch. Geschenkt! Schweine gibt's überall.«

»Warum haben Sie nicht gekündigt?«

»Ein paar Monate würde ich es schon aushalten, hab ich gedacht. Im Sommer finde ich leicht woanders etwas, als Bedienung oder in einem kleinen Hotel, da sind sie oft knapp mit Personal. Und der Lohn, den Thorpe bezahlt hat, war gar nicht mal schlecht.«

»Aber er wurde zudringlich …«

»Es gibt Schlimmeres.« Sie sah ihn böse an. »Zum Beispiel von einem unberechenbaren Killer entführt zu werden.«

Sie erreichten die Straße nach Craighouse. Hynch fuhr mit dem Pick-up in eine Haltebucht, schaltete den Motor aus, zog die Handbremse. »Da wären wir.« Er senkte die Pistole und steckte sie unter seinen Oberschenkel. »Kann ich Ihnen vertrauen?«

»Erklären Sie mir, warum Sie Thorpe erschossen haben.«

»Ich versuche, die Richtigen zu erwischen.«

»Und Thorpe war der Richtige?«

»Ja.« Hynch wandte sich ihr zu. »Thorpe hat einen Freund von mir übel zusammenschlagen lassen. Er hat den Tod eines alten Farmers zu verantworten. Er wollte ganz Jura in seinen Besitz bringen und hier alles bestimmen. Er hat die Rechtspopulisten finanziell unterstützt. Reicht das?«

»Regen Sie sich nicht so auf.«

»Flicken Sie mich zusammen? Ohne dass ich Ihnen dabei die Pistole an den Kopf halten muss?«

»Würde Ihnen ein bisschen schwerfallen.«

»Machen Sie's?« Hynch kam die Geldbörse des Pick-up-Fahrers in den Sinn. Er holte sie hervor und nahm das Bargeld heraus, fast dreihundert Pfund. »Hier. Kleine Entschädigung.«

Rose starrte die Scheine an. »Ist das Ihres?«

»Nein. Gehört einem von Thorpes Security-Männern. Der braucht es jetzt nicht mehr.«

»Dann nehm ich's«, sagte sie und steckte es in ihre Daunenjacke. »Also gut, drehen Sie mir den Rücken zu.«

»Okay.« Er legte die Beretta zu der anderen in das Türfach.

Rose holte ihr Nähset hervor. Sie zog ihm vorsichtig die Jacke aus und warf sie nach hinten, knöpfte das Hemd auf, entfernte den Verband und legte die Wunde frei.

»Und? Wie sieht's aus?«, fragte Hynch.

»Das wird nicht angenehm.«

»Beeilen Sie sich.«

54

Gracie kam mit ihrer Arbeit gut voran. Sie hatte die Shian Bay verlassen, zwei weitere Drifter kontrolliert und fuhr jetzt Richtung Nordost in der Absicht, Jura zu umrunden und in der Lussa Bay an der geschützteren Ostseite der Insel an Land zu gehen, ganz in der Nähe ihres Cottages. Es war eine lange Tour, die mehrere Stunden dauern mochte, im Winter nicht ganz ungefährlich. Doch der Wind hatte sich nach dem gestrigen Sturm gelegt, und sie hatte keine Eile, im Gegenteil, sie fühlte sich ganz in ihrem Element.

Das Boot sprang über die Wellen, tauchte mit dem Bug ein und richtete sich ebenso schnell wieder auf, ein ständiges Auf und Ab, das ihr in Fleisch und Blut übergegangen war. Eiskalte Gischt spritzte ihr ins Gesicht, inzwischen hatte sie die Taucherhaube übergestreift. Das Heben und Senken der Wassermassen kam ihr wie der Puls des Meeres vor, unbeirrbar und machtvoll. Zugleich wusste sie, wie schwer dieser Rhythmus zu berechnen war. Er richtete sich nach einer Vielzahl von Faktoren, und sich auf dem Wasser fortzubewegen war etwas völlig anderes als eine Wanderung über Land, wo ein Kompass, eine gute Karte und der Wetterbericht ausreichten, um seinen Weg zu finden. Der Wind und die Gezeiten, die Form der von zahllosen Inseln und Lochs, Buchten, Kaps und Riffen gebildeten Küstenlinie, die unterseeischen Gegebenheiten – all das spielte eine Rolle. Die Strömungen in den Gewässern um Jura waren alles andere als gleichförmig. Dauernd musste sie korrigieren, um Kurs zu halten.

Am Corryvreckan würde das noch erheblich schwieriger werden. Diesen Strudel musste sie passieren, den drittstärksten der Welt, um auf die andere Seite der Insel in den Jura-Sund zu gelangen. »Kessel des gefleckten Meeres«, so ließ sich der Name Corryvreckan in etwa aus dem Gälischen übersetzen. Er lag zwischen der Isle of Jura und der Isle of Scarba, die Meerenge war an der engsten Stelle nur einen Kilometer breit. Die dortigen Strömungsverhältnisse stellten eine einzige Anomalie dar.

Anfangs war Gracie vom groben Schein ausgegangen: Westlich des Corryvreckan lag der Atlantik, östlich das schottische Festland. Bei Flut strömte Wasser vom Ozean her ein, bei Ebbe wieder aus. Na und?

Doch ganz so einfach war es nicht. Im Süden des Strudels lag nämlich der Jura-Sund. Über den kam ebenfalls die Flut herein, und zwar mit enormem Druck, weil die Wassermassen im Norden nur durch wenige Meerengen abfließen konnten, sie wurden durch den Sund gleichsam hindurchgequetscht. Dadurch entstand eine starke Strömung nach Westen von etwa acht Knoten, das waren fast 15 Kilometer pro Stunde. Wenn diese Strömung nun auf die von Westen einströmende Flut traf, gab es schon mal Kreuzseen. Aufeinanderprallende Kräfte.

Hinzu kamen die außergewöhnlichen Verhältnisse *unter* Wasser. Dort, in 30 Metern Tiefe, ragte die Spitze eines pyramidenförmigen Basaltfelsens empor. Er verursachte eine Drehbewegung des Wassers und war somit für die Bildung des Strudels verantwortlich. Doch der Felsen fiel an seiner Ostseite zu einem 200 Meter tiefen Pool ab. 200 Meter, das war viel tiefer als die 80 bis 100 Meter, die das Wasser sonst im Durchschnitt hatte. Wenn die Flut in diesen Pool von Osten hineindrängte und an der steilen Westseite mit mindestens acht Knoten nach oben strömte wie auf einer Achterbahn, wurde der ganze Effekt noch verstärkt. So kamen zum Beispiel Brecher in Küstennähe zustande. Wenn das Meer auf unterseeische Barrieren traf, türmte es sich auf, die kinetische Energie vervielfachte sich. Das Resultat am Corryvreckan: ein brodelnder, einem Hexenkessel gleichender Strudel, der kleine Boote oder Taucher mit sich riss wie Treibholz. Die Kräfte waren gewaltig, vor allem bei Springflut. Wenn dann noch der Wind aus Westen blies, was ziemlich häufig vorkam, bauten sich stehende Wellen auf, manchmal bis zu fünf Meter hoch.

Gracie sah es an den Schaumköpfen der Wellen und der wegfliegenden Gischt, sie spürte es an den Bewegungen des Bootes, das immer wieder seitlich versetzt wurde: Der Wind kam nach wie vor aus Westen, und es war mehr als nur eine frische Brise, Stärke 5, vielleicht 6 auf der Beaufort-Skala, schätzte sie. Doch sie hatte auch Vorteile auf ihrer Seite: Es war immer noch Ebbe, da war das Fahrwasser in der Nähe des Strudels bedeutend ruhiger als bei Flut. Und sie kannte den idealen Kurs, der südlich des Corryvreckan in unmittelbarer Küstennähe vorbeiführte. Den schlug sie ein.

Doch das Verrückteste am Corryvreckan war, dass an manchen Stellen, vor allem in der Mitte der Meerenge, Flut herrschte, an den Seiten dagegen so etwas wie Ebbe wegen des Rückstroms. In der Regel floss das Wasser dorthin, wo sich weniger befand, und das Meer pegelte sich bei Normalnull ein. Hier war das nicht der Fall. Es gab Stellen, die zeitweise quasi »niedriger« lagen als andere, unter Normalnull, und wo das Wasser wegen der Strömung einfach nicht hinkam. Das und alle anderen ungewöhnlichen Erscheinungen ließen sich nur mit dem Begriff »Anomalie« fassen. Als es noch keine Boote mit starken Motoren gab, galt der Corryvreckan als unschiffbar.

Nach einer Weile waren die in Aufruhr versetzten Wassermassen auch zu hören. Ein Rauschen wie bei einem tosenden Fluss, aber so laut, dass Gracie meinte, gleich auf Stromschnellen zu treffen. Die gab es auch, ein Wildwasser, genannt »Great Race«, das sich westlich des Corryvreckan kilometerweit bis zur nächsten größeren Insel Colonsay erstreckte, für Segler auf jeden Fall zu meiden.

Vorsichtig tastete sie sich an der Küste entlang, passierte vorgelagerte Inseln, Eilean Mòr und Eilean Beag. Die Durchfahrt war frei, der Corryvreckan schien sich von seiner freundlichen Seite zu zeigen. Keine stehende Welle, keine unberechenbaren Ebbströme an den Seiten. Gracie drehte das Gas voll auf und pflügte durch die kabbelige See. Plötzlich schaukelte das Boot wie verrückt, Trommelgeräusche, als würden von allen Seiten Kiesel gegen die Bordwand schlagen. Gracie behielt die Nerven, das kannte sie schon. Aber es war jedes Mal aufs Neue beängstigend. Der so sicher und fest geglaubte Schiffsrumpf war unsichtbaren Mächten ausgeliefert. Sie konnte nichts dagegen tun, nur weiter Kurs halten, unverdrossen, sich unwillkürlich duckend, wenn Wasser gegen die Plexiglasscheibe des kleinen Steuerhauses schlug.

Schließlich umrundete sie das nördliche Ende von Jura und gelangte in ruhigere Zonen. Mit einem Eimer schöpfte sie das übergekommene Wasser aus. Ein offenes Boot nahm am Corryvreckan häufig Wasser, so viel, dass es über die kleinen Speigatten nicht mehr abfließen konnte. Dann war Lenzen angesagt.

Eine leichte Passage, fand sie, trotz des Windes hatte sie es problemlos geschafft. Gracie musste an George Orwell denken, der am Corryvreckan in Seenot geraten war, auf der Rückfahrt von einem Campingausflug an die Westküste. Er hatte die Gezeiten nicht richtig berechnet und war zum falschen Zeitpunkt in die Nähe des Strudels geraten. Der Außenbordmotor seines Ruderboots war von den Wogen weggerissen worden, mit Müh und Not hatte er einen unbewohnten Felsen erreicht. Dabei war sein Boot gekentert, und sein dreijähriger Adoptivsohn wäre beinahe ertrunken. Orwell hatte den Jungen aus dem Wasser gezogen und ein Strandfeuer entfacht. Fischer hatten den Rauch Stunden später bemerkt und die Schiffbrüchigen gerettet.

Laoise hatte ihr diese Geschichte und vieles mehr über Orwell erzählt. Eigentlich hieß er Eric Blair, so hatten ihn auch die Insulaner stets angeredet, und als berühmter Journalist stellte er wohl eine Art Vorbild für Laoise dar. Bei Gracie hatte die Corryvreckan-Episode großen Eindruck hinterlassen. Niemand, nicht einmal ein berühmter Schriftsteller wie Orwell, der in seiner Fantasie sogar andere Welten und Zeiten imaginiert hatte, konnte sich den Naturgewalten entziehen, Kräften, die an bestimmten Orten stärker waren als woanders, die aber auf die

Menschen unterschiedslos wirkten und jeden in die gleiche Bedrängnis brachten, der es wagte, sich ihnen auszusetzen. Gracie gefiel das. Das Meer forderte auf ganz elementare Weise den Respekt ein, der ihm gebührte, es verlangte Vorausschau und umsichtiges Handeln wie seit Urzeiten, und Mut, sich dieser Erkenntnis zu stellen.

Sie richtete sich kurz im Boot auf, um einen besseren Rundumblick zu haben. Der Jura-Sund lag nun auf einer Breite von mehreren Kilometern vor ihr und öffnete sich leicht nach Süden hin. Der Wind, die Wellen, die Strömungen – all dies verlieh ihr einen energetischen Schub, den sie nur von den Hebriden kannte. Als würde sie etwas ganz und gar ausfüllen und schier zum Bersten bringen. Sie war zwar Wissenschaftlerin und keine Ökoromantikerin, doch in solchen Momenten liebte sie ihren Beruf. Und sie bedauerte es, ihre Gefühle mit niemandem mehr teilen zu können.

Ob es Hynch wohl ähnlich erging? Wo mochte er sich gerade aufhalten? Befand er sich schon auf Islay, Auftrag ausgeführt? Dann würde sie ihn nie wiedersehen.

Etwas löste sich in ihr. Hynch war wie dieser Strudel. Er zog sie an und stieß sie ab. Kein Vater. Eher der entfernte, missratene Onkel, der sich in einer Notlage unvermutet hatte blicken lassen, um ihr ein paar zweifelhafte Lebensweisheiten mit auf den Weg zu geben, bevor er wieder untertauchte oder ein für alle Mal in den Knast wanderte.

Sie, Gracie, war für ihn nur ein Zeitvertreib gewesen, ein lästiges Hindernis, das zu umschiffen war. Was auch immer er bei Thorpe bewirkt hatte – falls er überhaupt zu ihm gefahren war –, würde auf Jura vielleicht für ein bisschen Aufregung sorgen. Vielleicht kamen wirklich Bullen aus Glasgow und stellten Nachforschungen an. Am besten gruben sie Ricks Leiche aus und schafften sie weit weg, dachte Gracie, in ein gerichtsmedizinisches Labor oder dergleichen. Sie war nur ein Opfer. An allem war Hynch schuld. Bei ihm wurde jeder zum Opfer.

55

Nicht gerade hygienisch, aber es hält.« Rose klebte ein Pflaster auf die Naht über seiner Brust und zog die Einmalhandschuhe aus. Für die vordere Wunde hatte sie nur sieben Stiche gebraucht, für die Austrittswunde zehn. Sie hatte sich beeilt, wie verlangt. Entsprechend sah ihre Arbeit aus, dicke Hautwülste, aus denen die Enden der verknoteten Nähte wie Stacheln hervorstanden. Alles in allem hatte es etwa zwanzig Minuten gedauert.

Hynch richtete sich mühsam auf. Rose hatte eine Wolldecke auf dem Rücksitz gefunden und sie ihm um die Hüften gelegt, damit sich die Sauerei in Grenzen hielt. Außerdem hatte sie einen Verbandskasten unter ihrem Sitz hervorgeholt, der offenbar schon einmal benutzt worden war. Der hatte zwar kein Desinfektionsmittel und keine sterilen Nadeln enthalten, aber das Allernötigste zur Wundversorgung, Handschuhe, Pflaster, Tupfer und so weiter.

»In Nigeria wären wir schon froh über Verbände gewesen«, sagte sie, »nach Angriffen der Boko Haram. Die haben mein Dorf bombadiert, mit Granatwerfern, wochenlang ging das so. Wir haben Löcher in den Boden gebuddelt und darin Schutz gesucht. Aber nie waren genug Löcher für alle da. Und bei einem Volltreffer …«

Boko Haram. Eine islamistische Terrorgruppierung. In einem Land, wo die britische Armee schon lange keinen Fuß mehr hinsetzte, nicht mal inoffiziell. Hynch nahm Rose' Worte nur durch einen Schleier wahr. Hatte sie nicht die ganze Zeit von ihrer Heimat erzählt, um ihn abzulenken? Von Entführungen, Vergewaltigungen, Erschießungen, ihrer Flucht dank einer Hilfsorganisation? Dass sie nun schon seit vier Jahren in Großbritannien lebte und fürchtete, im Zuge des Brexits wieder abgeschoben zu werden?

All das geisterte ihm im Kopf herum. Die Schmerzen während des Nähens waren fast unerträglich gewesen. Sie rasten immer noch durch seinen Oberkörper, klangen nur langsam ab und bildeten Knoten an den Stellen, wo sich die zusammengeflickte Haut über den Wunden straffte. Nachdem Rose mit dem Schulterblatt fertig gewesen war und er sich umgedreht hatte, war die Einschussstelle dran gewesen. Ihr Kopf war ganz dicht an seinem gewesen, nach vorne gebeugt, sodass er die Schweißtropfen auf ihrer dunklen Stirn zählen konnte, den Schweiß und jede Pore an ihrem krausen Haaransatz. Sie roch nach Melisse oder Kamille, irgendein beruhigendes Kraut, vielleicht von einer Gesichtscreme. Es würde ihm lange im Gedächtnis haften bleiben.

Mindestens einmal musste er kurz das Bewusstsein verloren haben. Aber wenn er die Augen aufgeschlagen hatte, war sie immer doch da gewesen, mit Nadel und Faden hantierend, ohne ihm einen Blick zu schenken, konzentriert, als führte sie eine Schneiderarbeit für jemanden aus, dem auf Reisen ein teures Kleidungsstück eingerissen war, das unbedingt wieder instand gesetzt werden sollte.

Er stellte den Sitz gerade und schlüpfte wieder in sein Hemd, ganz vorsichtig. Es war voller Blut, aber das ließ sich nicht ändern. Rose reichte ihm seine Jacke und half ihm hinein, so gut das im Sitzen ging.

»Sie sind das Beste, was mir passieren konnte.« Er machte eine Pause. »Aber versuchen Sie nicht, Ihr Leid mit dem Leid anderer aufzurechnen. Tun Sie das nicht. Es führt nirgendwohin.«

Warum hatte er das gesagt? Ihm wurde wieder schwarz vor Augen. Sein geschwächter Kreislauf. Der Blutverlust.

Er musste sich zusammenreißen, dachte er, als er wieder zu sich kam. In einer Ausbuchtung der Mittelkonsole klemmte eine Flasche Cola. Wo kam denn die her? Egal, er trank gierig, fühlte, wie ein paar Lebensgeister zurückkehrten.

Rose war verschwunden. Das Geld, das er ihr gegeben hatte, lag auf dem Beifahrersitz. Er schnappte sich eine Pistole und stieg aus, hielt sich an der Tür fest, damit er nicht umkippte. Sofort traf ihn der kühle Wind. Es hatte aufgefrischt, das machte zusätzlich wach.

In ein paar Hundert Metern Entfernung bemerkte er sie am Straßenrand, ihre hellgrüne Daunenjacke war nicht zu übersehen. Sie ging Richtung Craighouse. Ihr Gepäck musste sie in dem Herrensitz, oder wo auch immer ihre Unterkunft war, zurückgelassen haben. Sie besaß nur noch, was sie am Leib trug, wahrscheinlich weniger, als bei ihrer Ankunft in dem Land, das ihr Land einst kolonisiert und ausgebeutet hatte und sich jetzt nicht mehr verantwortlich fühlte. Früher hatte Hynch Ausbildungsaufträge in Afrika stets abgelehnt. Man hatte nie gewusst, ob man sein Geld bekam.

War vielleicht ein Fehler gewesen.

Vielleicht hätte jemand dafür sorgen müssen, dass sich die Menschen da unten zur Wehr setzen konnten. Gegen Terrormilizen, gegen umherstreifende Banden, gegen die Armee, gegen Söldnertrupps. Gegen Leute wie ihn.

56

In einer Kiste auf der Ladefläche des Pick-ups fand er noch mehr Getränke. Cola, buntes isotonisches Zeug, Coffein-Drinks. Viel Flüssigkeit, viel Zucker. Thorpes Leute hatten sich gut bevorratet. In Polizeiwagen, die zur Observation dienten, sah es ähnlich aus. Und wenn Hynch es sich in einem Versteck mit seinem Barrett M82 bequem gemacht hatte, war Rick wie eine Glucke gewesen und hatte hochkalorische Verpflegung aller Art angeschleppt. Manchmal hatten sie zehn Stunden und länger warten müssen, bis sich die Gelegenheit zum Schuss ergab.

Er trank, bis er schier platzte. Sein Magen rebellierte, aber die Durchblutung wurde angeregt. Nach einem ordinären Rülpser fühlte er sich schon besser. Der Schulterschmerz war noch da, aber er schrumpfte immer mehr auf eine feste, berechenbare Größe.

Rick fehlte. Und mit ihm ein Mann, der den Entfernungsmesser ablas und ihm den Rücken freihielt, damit er sich ausschließlich nach vorn auf das Ziel fokussieren konnte. Ein Spotter.

Hynch nahm sicherheitshalber eine Beretta mit. Und die blutgetränkte Wolldecke. Er holte die Tikka mit dem Zielfernrohr aus dem Bodenraum hinter dem Sitz, überprüfte die Waffe noch einmal und stopfte sich Reservepatronen aus den Munitionspackungen in Hosen- und Jackentaschen. Ein Blick auf die Landkarte. Dann machte er sich auf den Weg.

Er stieg eine baumlose Anhöhe hoch, anfangs über einen Feldweg, dann über trockenes Gras und Heidesträucher. Dabei hatte er stets die Straße im Blick, die vom Fähranleger nach Craighouse führte, die A 846.

Nach zehn Minuten erreichte er sein Ziel: ein Dun, die Überreste eines Trockenmauerwerks aus der Eisenzeit. Viel war nicht übrig geblieben von der uralten Befestigung, nur die Grundmauern und ein paar moosbewachsene Steinhaufen. Aber sie war auf der Landkarte eingezeichnet, genau dort, wo Hynch jetzt seine Feuerstellung einnahm.

Er breitete die Decke aus und achtete darauf, dass er auf einigermaßen ebenen Stellen auf weichem Untergrund zu liegen kam. Er wählte einen festen, unbeweglichen Stein als Auflage. Dann richtete er die Waffe aus und blickte durchs Zielfernrohr. Justierte die Optik, die alles greifbar nah und zweidimensional erscheinen ließ, den Gastank und den in die Außenmauer mündenden Schlauch, als stünde er unmittelbar davor.

Hynch schätzte die Entfernung auf etwa 550 Meter. Kein leichter Schuss, aber machbar. Er hatte schon Zigaretten aus einer Meile Entfernung getroffen, zur Warnung. Der Schusswinkel war ideal, knapp 50 Höhenmeter, schräg nach unten, keine natürlichen Hindernisse. Der Sonnenstand war zu vernachlässigen. Eine nur an wenigen Stellen durchbrochene Wolkendecke überzog den Himmel wie Flechtenbewuchs.

Er prüfte den Wind. Der blies aus Westen, also von der Seite, stärker werdend. Hynch bezog das in seine Kalkulation ein und stellte sich die Flugbahn des Geschosses vor, das sich aufgrund der Erdanziehung zum Ende hin immer stärker absenkte. Schließlich starrte er durchs Zielfernrohr und spürte, wie sich Puls und Atmung verlangsamten. Legte den Finger an den Abzug, suchte probeweise den Druckpunkt.

Er war jetzt hellwach. Zehn Patronen befanden sich im Magazin. Auf der Decke legte er Reservepatronen bereit.

Mallards Leute. Fünf hatten sich angekündigt. Er rechnete mit zwei schweren Geländewagen oder SUVs.

Er wartete. Machte hin und wieder kleine Dehn- und Streckübungen, um beweglich zu bleiben.

Dann kamen sie. Exakt so, wie er es vorausgeahnt hatte.

In Toyotas, einem anthrazitfarbenen und einem schwarzen, baugleiche Modelle, die eher für den Straßenverkehr als für die unwegsame Wildnis geeignet waren. Hatte der Mietwagenverleih auf Islay nichts Solideres auf Lager gehabt? Wahrscheinlicher war, dass Mallards Männer von falschen Verhältnissen ausgingen und dachten, das hier würde ein Spaziergang werden. Oder sie kannten sich in solch abgelegenen, dünn besiedelten Gebieten nicht aus. Mallard hielt seine Kundgebungen in Glasgow, Edinburgh und größeren Städten ab. Auf dem Land und erst recht auf den Inseln fehlte es an Publikum.

Der zweite SUV folgte dem ersten dichtauf. Auch das war nur im urbanen Raum sinnvoll, damit eine Fahrzeugkolonne beisammenblieb und nicht durch unvorhersehbare Ereignisse oder Zufälle auseinandergerissen wurde. In der Armee hielt man auf dem Weg ins Zielgebiet immer einen gewissen Sicherheitsabstand im Falle eines Angriffs aus dem Hinterhalt oder bei Gefahr von Landminen.

Sie erreichten den Punkt, wo die Zufahrtsstraße von der A 846 zu dem Anwesen abzweigte, bogen ab und fuhren durch das Eingangstor. Nach Jura House waren es noch gut zweihundert Meter.

Dann hielten sie an. Hynch beobachtete sie durchs Zielfernrohr. Drei Männer im ersten Toyota, zwei im zweiten. Der Beifahrer des ersten Toyotas stieg aus und sah sich kurz um, ein Routineblick, mit einem Handy am Ohr, offenbar versuchte er, mit Thorpe zu telefonieren.

Er blickte *nicht* nach oben, wie es Personenschützer tun würden, die beispielsweise für die Sicherheit des Premierministers zuständig waren und die Umgebung nach Scharfschützenstellungen auf Hochhäusern absuchten. Außerdem war das sanft ansteigende Gelände so eintönig, dass es keiner Überprüfung wert schien. Und die Überreste des Duns waren aus dem Blickwinkel des Mannes gar nicht zu sehen. Nur die Mündung eines Gewehrlaufs in direkter Schusslinie, mit bloßem Auge kaum auszumachen, das Ende des Zielfernrohrs und vielleicht ein Teil von Hynchs Kopf.

Schließlich steckte der Mann das Handy ein, bei Thorpe antwortete sicher niemand. Er ging zu dem zweiten Wagen und schien Anweisungen zu geben. Er trug keine richtige Combat-Montur, das wäre zu auffällig gewesen, aber feste Outdoor-Kleidung und eine Art Jägerweste, die vermutlich mit Kevlar verstärkt war. Gegen Körpertreffer half so etwas. Er mochte knapp vierzig Jahre alt sein und hatte eine seltsame Frisur, einen Undercut, raspelkurz an den Seiten, die längeren Haare oben gebauscht und mit Gel nach hinten gestrichen. Mittelgroß, nicht gerade massiv wirkend.

Das täuschte. Hynch kannte ihn. Sein Name war Kessick, ein Mann der ersten Stunde in Mallards politischer Bewegung. Mehrmals wegen schwerer Körperverletzung angeklagt, doch nie verurteilt mangels Beweisen. In Glasgows Vororten war er gefürchtet, auch in Paisley. Mallards Anwälte drehten es immer so hin, dass die Gewalt von den Bewohnern der baufälligen Mietskasernen ausgegangen war, die ihre Wohnungen gegen das Gesetz nicht verlassen wollten. Kessick hatte als Aufräumer angefangen, war zum Leibwächter aufgestiegen und dann Sicherheitschef geworden. Er koordinierte die Schlägertrupps, die im Vorfeld von Mallards Reden für Ordnung sorgten. Doch in schwierigen Fällen legte er noch selber Hand an. Als Hynch von Allies Tod erfahren hatte und dass sie von einem SUV überfahren worden war, hatte er bereits vermutet, dass Kessick dahintersteckte. Das war ganz seine Handschrift.

Ein, zwei Minuten verstrichen. Dann stieg Kessick wieder ein. Die Ausbuchtung unter seiner linken Achsel deutete auf eine schwere Pistole hin. Im Wageninneren waren neben den Köpfen die Enden dicker Gewehrläufe zu erkennen, vermutlich Pumpguns. Was mochten sie sonst noch an Bewaffnung mitgebracht haben, fragte sich Hynch. Und wie hatten sie es auf dem Luftweg nach Islay gebracht? In einer Golftasche? Für den Privatjet hatte bestimmt Thorpe gesorgt. Man blies diesen Kerlen den Schädel weg, aber ihr Vermächtnis wirkte weiter.

Hynch steckte drei Reservepatronen zwischen die Finger seiner linken Hand, um sie griffbereit zu haben.

Plötzlich hatten es die Toyotas eilig. Sie rasten die Auffahrt hinunter. Vielleicht vermutete Kessick, dass Hynch erneut ins Haus eingedrungen war und Thorpe in seine Gewalt gebracht hatte. Doch jetzt fuhren die beiden Wagen mit größerem Abstand. Weil es sich so ergab, oder weil sie vorsichtiger geworden waren? Schwer zu sagen.

Hynch presste den Kolben der Tikka fest an seine Wange. Visierte sein Ziel an, die Wand hinter dem Schlauch, dem das Gas entströmte. Er berührte den Abzug. Seine Finger waren klamm vom stetigen Westwind, der kalte Atlantikluft herbeitrug. Handschuhe wären nicht schlecht gewesen, dachte er, an den Fingerkuppen abgeschnittene Handschuhe.

Der erste Toyota hielt vor dem Portal. Kessick sprang heraus, eine Pistole im Anschlag. Der Fahrer tat es ihm nach, ebenso ein Mann von der Rückbank. Sie teilten sich und rückten in einer Art Zangenbewegung vor. Der zweite Toyota kam zum Stehen. Die Türen öffneten sich, zwei weitere Männer stiegen aus. Sie bewegten sich langsamer, bildeten wohl die Sicherung nach hinten.

Sie durften den Gasgeruch nicht bemerken.

Hynch drückte ab.

Die Kugel bohrte sich in einen hölzernen Fensterrahmen. Zwei Meter daneben.

Er zog den Kammerstängel vor und zurück, schoss erneut, mehrmals jetzt, eine Dreierfolge, hielt den Lauf dabei stets in der Schusslinie, justierte leicht, weil der Wind unten in der Senke anscheinend schwächer war. Er hatte zu weit vorgehalten.

Die Tikka war laut und weit zu hören wegen der großen Treibladung in den Patronen. Der Schall rollte über Hügel und Heide wie ein Weckruf. Hynchs Erkennungssignal.

Mallards Männer warfen sich auf den Boden, auch Kessick, der wie verrückt von dem Herrenhaus wegrobbte.

Hynchs fünfter Schuss brachte den gewünschten Erfolg. Die Kugel prallte einen Inch neben dem Gasschlauch gegen die Mauer, erzeugte Funkenschlag, das ausströmende Gas entzündete sich und mit ihm das Gas, das sich in Jura House angesammelt und von den Küchenherden in andere Teile des Gebäudes unsichtbar ausgebreitet hatte.

Die Explosion war gewaltig. Ohrenbetäubend. Der Erdboden wurde im weiten Umkreis erschüttert, als hätte eine große Fliegerbombe eingeschlagen. Die Druckwelle ließ alle Scheiben zerspringen. Die Eingangstür barst, Teile der Fassade, der Fensterrahmen und der Inneneinrichtung wirbelten nach allen Seiten durch die Luft wie Granatsplitter. Fallrohre wurden wer weiß wohin geschleudert, sogar Waffen aus der Eingangshalle oder was davon übrig blieb, verbogen, deformiert, zu unkenntlichen eisernen Boten ferner Zeiten schmelzend. Es war, als verlöre das Gebäude sein Gesicht und würde zugleich explodieren und implodieren. Die Mauern, instabil geworden, gaben nach und fielen unter dem Gewicht des mehr oder weniger unversehrten Daches in sich zusammen. Zugleich breitete sich eine Feuerwalze aus wie ein alles erfassendes gefräßiges Ungeheuer. Von dem ersten Toyota blieb in Sekundenschnelle nur ein brennendes Wrack übrig.

Ich bin in den Flammen. Auch das stammte von David Hume.

Hynch suchte mit dem Zielfernrohr nach Überlebenden.

Er fand einen zwischen den Trümmern, sich aufrappelnd und von dem Haus wegtaumelnd, mit qualmendem, wie von glühenden Kohlen bedecktem Rücken. Er schoss ihm das Knie weg, opferte dafür zwei Kugeln, bis das Zielobjekt erneut hinsank.

Sein Nacken erschien im Fadenkreuz. Zwischen zwei Atemzügen drückte Hynch ab, um Tod auszusenden, denn nichts anderes lag in seiner Absicht, die ihn vollständig durchdrang wie der Wind oder der Regen, so war es immer gewesen. Doch diesmal tat jeder Schuss weh.

Er traf. Der Mann zuckte, nicht von sich aus, sondern aufgrund des auf Überschallgeschwindigkeit beschleunigten Projektils, das seine Bewegungsenergie an die oberen Halswirbel abgab, mit tödlicher Wirkung.

Noch zwei Schuss im Magazin. Wenn es leer war, würde Hynch die Patronen einzeln nachladen müssen.

Kessick kletterte in den zweiten SUV. Offenbar war er noch fahrtüchtig. Er wendete wild in der Auffahrt, stieß ruckartig nach vorn und wieder zurück, als ein weiterer Mann humpelnd herbeistürzte und wohl mitgenommen werden wollte. Er streckte den Arm aus, um den Griff der Beifahrertür zu fassen zu bekommen.

Hynch erwischte einen Punkt an der Schädeldecke. Sie flog einfach weg, war von einem Moment auf den anderen nicht mehr da.

Keine weiteren Überlebenden.

Kessick hielt kurz an, um sich zu vergewissern, dass sein Mann nicht mehr einsteigen wollte. Dann fuhr er mit Vollgas die Auffahrt hoch.

Ein Schuss durch die spiegelnde Windschutzscheibe, auf Verdacht, dorthin, wo Kessick saß. Doch der schräge Aufprall lenkte die Kugel ab. Keine erkennbare Wirkung, der SUV durchfurchte weiter den Kies.

Hynch lud nach, ein, zwei, drei Patronen. Legte erneut an. Schoss.

Zu niedrig. Kessick fuhr jetzt Schlangenlinien und kam dabei vom ebenen Untergrund ab. Wegen einer Bodenunebenheit hatte der Toyota einen unberechenbaren Sprung vollführt und war danach in die Knie gegangen. Die Kugel durchschlug die Motorhaube. Vielleicht richtete sie Schaden an, brachte den Wagen zum Stehen.

Oder auch nicht.

Kurz bevor Kessick die A 846 erreichte, traf Hynch den Außenspiegel. Das Ding zerplitterte in seine Einzelteile.

Zur Sicherheit behielt er eine Kugel in der Kammer. Er tastete nach neuen Patronen von der Decke, bekam auf Anhieb aber keine zu fassen. Es fiel ihm schwer, sich weiterhin zu konzentrieren. Der Schmerz in seiner linken Schulter war wieder voll da und verschleierte ihm den Blick, ein böses, unnachgiebiges Pochen und Ziehen. Ihn schwindelte. Zwar traf der Rückstoß der Waffe hauptsächlich seine rechte Schulter, erschütterte aber den ganzen Körper. Und mit der linken Hand musste er die Tikka halten und zielen, auch das schlug sich auf die vernähte Wunde. Schuss um Schuss ließen seine Kräfte nach, als schlössen sich stählerne Finger um ihn und ließen alles an ihm taub werden.

Doch Kessick konnte nicht wissen, dass er angeschlagen war. Was würde er als Nächstes tun?

Er bog auf die A 846 ein, Richtung Craighouse. Dadurch saß er auf der abgewandten Fahrzeugseite und war durch den Höhenunterschied zwischen seiner und Hynchs Position nicht mehr zu sehen. Inzwischen hatte er die Scharfschützenstellung wahrscheinlich ausgemacht. Das Mündungsfeuer der Tikka war wie ein Wegweiser: Hier bin ich. Komm und hol mich.

Wenn Kessick das versuchte, wenn er in die Offensive ging, würde Hynch ernsthafte Probleme bekommen. Wenn Mallards bester Mann mit dem SUV den Hang querfeldein so weit wie möglich hochfuhr, sich aus dem Wagen warf und mit einer Pumpgun weiter vorrückte, konnte Hynch derzeit nicht viel mehr tun, als ihn bewegungslos zu erwarten und auf einen guten Schuss zu hoffen. Während Kessicks Annäherung würde der Schusswinkel immer steiler werden, er würde ein immer schwieriger zu treffendes Ziel abgeben, erst recht, wenn er sich gelegentlich hinwarf, um Deckung zu suchen. Er würde sich im Zickzack den Hang hocharbeiten und dann den Dun unter Beschuss nehmen, mit großkalibrigem Schrot, alle paar Schritte eine steinsplitternde, zerfetzende Ladung abgeben, das war überaus effektiv. Effektiver als das Sturmgewehr, das Hynch auf den Falklands gehabt hatte bei der Einnahme der ersten Anhöhe. Kessick brauchte nur Entschlossenheit und ein blindes, leicht selbstmörderisches Vertrauen in die eigenen Fähigkeiten.

Aber wer hatte das schon? Hynch? Vielleicht als er jünger gewesen war.

Jedenfalls lag die Initiative jetzt bei Kessick. Hynch dagegen konnte seine Position nicht wechseln. Er hatte noch eine einzige Patrone im Lauf, zum Nachladen war er momentan außerstande, und ein kräftezehrender Geländekampf kam überhaupt nicht infrage. Gegen einen erfahrenen Schützen mit einer Pumpgun und einer schweren Pistole unter der Achsel war er mit einem Jagdgewehr und seiner Beretta deutlich im Nachteil, allein von der Feuerkraft.

Doch Kessick befand sich noch immer in seinem Wagen auf der Straße. Er näherte sich Hynchs leerem Security-Pick-up, der nach wie vor in der Haltebucht stand, fuhr dicht neben ihn und stoppte auf gleicher Höhe. Zumindest die Reifen und die Beifahrerseite des Toyotas waren von dem Pick-up jetzt abgedeckt.

Ein kluger Schachzug.

Wahrscheinlich plante er sein weiteres Vorgehen. Dachte er das Gleiche wie Hynch? Wog er das Risiko ab, bei der Annäherung auf die Feuerstellung abgeknallt zu werden? Der Toyota besaß bestimmt Vierradantrieb, damit würde er es von der Haltebucht bis kurz unter den Dun schaffen. Der Boden des Hangs war relativ fest, mit struppigem Gras und Heidekraut bewachsen, etwas holprig. Ein entschlossener Fahrer pflügte da wie nichts durch, Winslow hatte es unter Beweis gestellt.

Hynch probierte es mit einem Schuss durchs Dach.

Daneben. Um die Schwäche in seiner linken Schulter auszugleichen, hatte er zu hoch gehalten. Die Kugel verfehlte das Dach und brachte nur die Äste eines Strauchs am Straßenrand zum Zittern.

Er zog das Gewehr von der Auflage zurück, um seine Position nicht preiszugeben, falls Kessick aus dem Wagen stieg und mit einem Fernglas zu ihm hochspähte. Er zwang sich, nachzuladen. Das fiel ihm nicht leicht, immer wieder entglitten ihm die Patronen. Schließlich legte er die Tikka auf die Decke und benutzte die rechte Hand, um zumindest ein Projektil zitternd in die Kammer zu drücken. Der Wind blies stärker und kälter, er fror.

Nach einer Weile legte er erneut an. Er justierte das Zielfernrohr. Das Fadenkreuz verschwamm ihm vor den Augen, der Schmerz in der Schulter wurde unerträglich. Wo war Kessick?

Jetzt bloß nicht das Bewusstsein verlieren.

57

Nach dem Corryvreckan ließ sich Gracie Zeit. Sie durchkreuzte den Sound of Jura auf der Suche nach weiteren Floating Drifters. In Kinuachdrachd Harbour, der eher eine Anlegestelle als ein Hafen war, entdeckte sie eine der Treibbojen, sie hatte sich im Seetang verfangen. Gracie befreite das Gerät von den an der Küste allgegenwärtigen Braunalgen. Einst waren sie eine wichtige Einkommensquelle vieler Schotten gewesen, Seetang oder »Kelp« war für die Seifenindustrie und später als Dünger nützlich gewesen. Aber das war lange her, eine natürliche Ressource, ausgebeutet, bis eine andere an die Reihe gekommen war, den Gesetzen des Marktes folgend: Schafe, bis die Preise für Wolle wegen des Überangebots sanken. Dann Heringe, bis die Küstengewässer leer gefischt waren. Irgendwann war auf Jura nur noch der Wildbestand übrig geblieben, der ein bisschen Gewinn abwarf und Jagdgesellschaften anzog, die die umständliche Anreise nicht scheuten.

Dieses Mal musste Gracie die Batterie des Drifters auswechseln. Im Bug des Bootes hatte sie Werkzeug und zwei Reservebatterien in wasserfesten Kisten gelagert. Es war keine anspruchsvolle Arbeit, da sie mit der Technik vertraut war, nur ein wenig mühselig in dem schaukelnden Boot, Schrauben herausdrehen und so etwas. Nach einer halben Stunde war der Drifter wieder funktionsfähig. Sie brachte ihn in einiger Entfernung von der Küste erneut aus.

Dann warf sie den Motor wieder an und fuhr weiter die Ostküste von Jura entlang. Sie kam an Barnhill vorbei. Orwells ehemaliges Haus war vom Meer aus gut zu sehen, ein langes, helles Gebäude mit zwei Schornsteinen an den Seiten. Es befand sich in Privatbesitz, wie Gracie wusste, und war nicht zu besichtigen. Als sie auf Jura angekommen war, hatte sie das bedauert.

Doch inzwischen fand sie es gar nicht so verkehrt, dass Barnhill nicht zu einem Museum umgebaut worden war. Nicht jeder Ort musste der Öffentlichkeit zugänglich gemacht werden. Und schließlich: Was sollte man dort ausstellen? Einen Tisch, seine Schreibmaschine? Irgendwelche nichtssagenden Gebrauchsgegenstände? Orwell hatte Barnhill als »unhinkommbar« bezeichnet. Das konnte ruhig so bleiben. Wer sich für ihn interessierte, sollte besser seine Bücher über totalitäre Herrschaft lesen, wie sie sich äußerte und welcher Mittel sie sich bediente. Was derzeit vermehrt geschah, Gracie hatte es im Internet mitgekriegt, »1984« stand auf den Bestsellerlisten. Das war gut. Schön, wenn ein paar Leute alle paar Jahre aufwachten und kapierten, worum es letztlich ging und was vielleicht nach dem nächsten unvermeidlichen Börsencrash drohte.

Doch die meisten hielten die Augen verschlossen, egal, was Orwell oder andere geschrieben hatten, sie gaben einen Scheiß drauf, verstanden es nicht einmal oder weigerten sich, es zu verstehen, das fand sie viel schlimmer. Es war keine Frage der Bildung, sondern der inneren Einstellung. Seit 1984, also kurz bevor Gracie geboren worden war, seit Großbritannien die letzten großen Arbeitskämpfe und sozialen Unruhen seiner jüngeren Geschichte erlebt hatte, war tatsächlich ein Wandel vor sich gegangen. Mehrere Generationen in Folge hatten sich gezwungen gesehen, zu so ziemlich allem »Ja« zu sagen, was einstige Errungenschaften wie Lohngerechtigkeit, garantierte Arbeitszeiten oder die staatliche Gesundheitsversorgung einschränkte. Ein »Ja« klang positiv, das Mantra des Neoliberalismus, Rückschritt im Gewand des Fortschritts. Zustimmung war immer besser als Kritik, wenn es darum ging, einen Job zu bekommen oder zu behalten, die nächste Einsparungsrunde zu überstehen. Und weil es schleichend geschehen war, hatte es die Menschen abgestumpft und mürbe gemacht. Deswegen schenkten sie moralischen Autoritäten, wie Orwell eine gewesen war, keinen Glauben mehr. Eine ganze Menge Leute hatte es satt, sich belehren zu lassen, vielleicht weil sie so oft enttäuscht worden waren. Sie fielen lieber auf falsche Propheten herein, auf markige Schlagzeilen, Ein-Satz-Botschaften, auf alles, was Ängste erzeugte. Denn das Gegenteil von Angst, die Zuversicht, war ihnen abhandengekommen.

Gracie steuerte das Boot weiter nach Süden. Hier draußen, hatte sie gedacht, könnte sie sich von alledem abkapseln, ein bisschen wie Orwell, der am Ende seines Lebens bewusst aus London geflohen war, vor dem ständig klingelnden Telefon und der schlechten Luft, vor den zahllosen beruflichen Verpflichtungen, in die er eingebunden war, den wachsenden Ansprüchen, die seine Leser und Hörer an ihn gestellt hatten. Vermutlich hatte er auch ein Stück weit abgeschlossen mit seinen früheren Kämpfen für eine bessere Welt, eine Welt, der er letztlich misstraute ebenso wie den technischen Neuerungen, die diese Welt ankündigten. Stattdessen hatte er das Bild einer schlechteren Welt gezeichnet und quasi als Mahnmal hingesetzt. Bestand darin nicht die Aufgabe von Schriftstellern: den Teufel an die Wand zu malen? Und wenn die meisten Leute vor »1984« Angst bekamen, dann war Angst vielleicht gar nicht so verkehrt. Sofern sie begründet war.

In Gestalt von Thorpe war sie da, die gar nicht so überraschende Zukunft, in der man sich nur anderer Mittel bediente, um das ewig Alte, ewig Gleiche zu erreichen. Die Starken geboten über die Schwachen, auf deren Kosten. Wenn man ihnen nicht Einhalt gebot.

Was blieb Gracie übrig? Sie würde einfach weitermachen, dachte sie, sich weiter in ihre Wissenschaftsnische zurückziehen und die Arbeit, die ihr so viel bedeutete, fortführen. Vielleicht zog sie nach Islay um, eine Insel weiter, auch von dort aus konnte sie sich um die Seeschlange kümmern und Laoise und Calum besuchen. Und trotz allem das Beste hoffen.

Sie erreichte die Lussa Bay. Von Weitem sah sie ihr Cottage, das tiefgrüne, sanft ansteigende Gelände. Von Osten kommend war es sehr viel einfacher, zu ihrem Häuschen zu gelangen. Es fühlte sich wie eine Heimkehr an. Da wusste man stets, was einen erwartete. Man tauschte das Fremde gegen das Vertraute ein, ertappte sich bei dem Bedürfnis nach Kontakten und Bindungen, nach Zugehörigkeit, nach Definition.

Dann bemerkte sie das Zodiac RIB, ein Schlauchboot mit einem festen Rumpf, Steuerstand mittschiffs, darüber ein Bügel, an dem man sich festhalten konnte. Es war am Anleger vertäut. Sie hatte es noch nie gesehen.

Solche Boote wurden auch von Einheimischen benutzt für kurze Fahrten bei mäßigem Wellengang. Doch für den Dauerbetrieb war etwas Solideres, Wetterfestes mit hoher Bordwand besser geeignet, mit einem Anstrich in hellen, leicht erkennbaren Farben, falls man in Schwierigkeiten geriet und die Seenotrettung einen suchte.

Das Zodiac war ziemlich groß. Grauschwarz. Auf See eine Tarnfarbe.

58

Kessick gab plötzlich Gas. Die Reifen drehten durch, der Toyota schoss hinter Hynchs Security-Pick-up hervor und entfernte sich rasch Richtung Craighouse.

Hynch sah es mit bloßem Auge. Die Tikka mit dem Zielfernrohr lag neben ihm. Entkräftet ließ er Mallards Mann ziehen. In seinem Zustand konnte er nicht einmal den Abzug ziehen, geschweige denn den Lauf ausrichten. Töten strengte an.

Jura House brannte lichterloh, es war eine einzige Fackel unter dem trüber werdenden, wolkenbeschwerten Himmel, manchmal auflodernd und Funken stiebend, wenn die Flammen leicht brennbare Stellen erreichten. Eine gewaltige Rauchsäule stieg auf, der Wind blies sie schräg nach Osten.

Hynch kam das Waisenhaus in den Sinn. Als es vom Feuer zerstört worden war, hatte er eine tiefe Befriedigung empfunden. Die Mauern seines Gefängnisses einfallen oder bersten zu sehen, hatte ihn mit einer Erleichterung erfüllt, die zu verspüren ihm seither niemals wieder beschieden war. Und seinen schlimmsten Feind von diesem Inferno verschlungen zu wissen, hatte ihm dabei geholfen, das eigene Leben erstmals neu zu beginnen, es zu meistern im Gefühl der Macht, jederzeit wieder einen alles verzehrenden Brand entfachen zu können.

Damals hatte er eine gute Pflegefamilie erwischt. Leute, die ihn nicht wegen des Geldes vom Staat aufnahmen, sondern aus humanitären Gründen. Es ging einige Jahre lang gut mit Trisha und Greg, einem kinderlosen Paar, das ihm auf die Schnelle zugeteilt worden war, bis er die Volljährigkeit erreichte. Trisha versuchte, Hynch eine echte Mutter zu sein, einem Teenager, schon fast erwachsen. Sie war übertrieben christlich eingestellt, Halbtagslehrerin, erlaubte ihm so gut wie alles. War ein bisschen zu zärtlich, wenn sie ihre Tabletten nicht nahm und ihm erklärte, was es mit der Beule in seiner Unterhose auf sich hatte, dass er sich seiner Bedürfnisse nicht zu schämen brauchte und so weiter und so fort. Aber sie wurde nie übergriffig, behielt ihre Hände bei sich, obwohl Hynch stets damit rechnete, dass sie etwas tat, was einen unüberwindbaren Graben zwischen ihnen ziehen würde und ihn zu gewissen Gegenmaßnahmen veranlasst hätte. Sie tat es nicht, niemals, obwohl Greg, ihr Mann, ihr das ungesagt unterstellte. Greg war viel unterwegs mit der Armee. Er hatte immer den Verdacht, dass etwas zwischen seiner Frau und seinem Pflegesohn lief. Bei der ersten Gelegenheit schleuste er Hynch in die Royal Marines ein, gar nicht eigenmächtig, Hynch wollte es selbst. In seiner Rekrutenzeit hörte er lange nichts mehr von den beiden. Irgendwann erfuhr er, dass Greg Leukämie bekommen hatte und binnen einiger Monate gestorben war. Trisha beging kurz darauf Selbstmord, mit Tabletten. Ohne ein Wort an ihn, Hynch, ohne eine letzte erklärende oder auch nur verzweifelte Mitteilung.

An die Gesichter der beiden konnte er sich nicht mehr erinnern. Er besaß nicht einmal ein Foto von ihnen, bei den Marines waren derlei Sentimentalitäten nur mit Spott und Ausgrenzung quittiert worden. Bei dem Begräbnis war Hynch einfach in der Kaserne geblieben. Dennoch hatte er zum ersten Mal Mitleid und Tränen kennengelernt.

Und dann, während er zusammengerollt hinter der Mauer des Duns lag, einen Teil der schmutzigen Decke über sich zog und zu dem grauen Himmel hochstarrte, mit einem Loch in der Schulter, das nach seinem Empfinden eigentlich in seiner Brust war und sich immer neu öffnete, so oft es auch zugestopft und vernäht wurde, gelangte er an den Punkt, dem er sich all die Jahre nur angenähert hatte wie einem letzten, das Visier vollständig ausfüllenden und zugleich unscharfen Ziel.

Er atmete tief ein und ließ den Gedanken freien Lauf.

Als sich der Einsatz auf den Falklands abzeichnete und in

Arbroath ein Manöver das andere ablöste, fuhr er an einem freien Wochenende mit dem Linienbus nach Glasgow. Im Dauerregen durchstreifte er die Stadt. Er trug einen K-Way, den ihm Trisha geschenkt hatte, zu kurze Hosen und die billigsten Turnschuhe, die er hatte ergattern können. Er war auf der Suche, ohne sagen zu können wonach, wie viele andere junge Männer in jener Zeit, Soldaten ebenso wie Zivilisten, Auszubildende, Arbeitslose, Studenten, Discogänger, Junkies. Ein paar wenige hatten etwas gefunden, was ihnen Halt gab und das Bewusstsein verlieh, an etwas Größerem teilzuhaben: die Antiapartheidbewegung. Hynch geriet in eine Demonstration für die Befreiung von Nelson Mandela, den berühmten südafrikanischen Freiheitskämpfer, der damals schon fast zwanzig Jahre in Haft war. An Mandela schieden sich die Geister. Maggie Thatcher bezeichnete ihn als Terroristen, einige Tories wollten ihn sogar hängen sehen, während überall in der Welt Solidaritätsbekundungen für den prominent gewordenen politischen Gefangenen stattfanden. So auch in Glasgow, wo der Stadtrat Mandela 1981 die Auszeichnung »Freedom of the City« verlieh, eine Art Ehrenbürgerschaft – mit internationaler Signalwirkung.

Das alles wusste Hynch nicht, als er in die Kundgebung vor dem südafrikanischen Konsulat am Waverly Park geriet. Er sah nur eine teils aufgebrachte, teils feiernde Menge, Schilder, Transparente, einen Polizeikordon vor dem Konsulatsgebäude. Aktivisten steckten Rosen in die Gewehrläufe der mit unbeweglicher Miene verharrenden Sicherheitskräfte. Unaufhörlich wurden Lieder und Sprechgesänge skandiert, es war eher eine Party, von der jeder wusste, dass sie friedlich verlaufen würde, denn ein wichtiges Ziel war mit Mandelas Ehrenbürgerschaft bereits erreicht.

Hynch wollte schon in den nächsten Pub gehen, als ihm jemand einen Zettel in die Hand drückte. Protestsongs waren darauf fotokopiert – und eine Telefonnummer für den Fall einer

Inhaftierung. Das Mädchen bemerkte seinen Marines-Haarschnitt, der von den Zottelmähnen der umstehenden Jungs und Männer stark abwich.

»Bist du ein Spion?«, fragte sie ihn, halb im Scherz.

Ihre Haut war gebräunt, was für Schottland ungewöhnlich war, wie nach einem längeren Urlaub im Süden, doch eine Handvoll Sommersprossen bedeckte Nase und Wangen, ein interessanter Gegensatz. Sie roch nach Gewürzen und Holz – Sandelholz, wie er später feststellte, als er den Duft zu benennen versuchte. Ihr dunkles, lockiges Haar war voller Leben. Ihre Augen leuchteten wie ein Haufen Sterne, und sie lächelten, falls Augen das konnten. Nur für ihn, bildete er sich ein.

»Bin durch Zufall hier.« Reden war damals nicht seine Stärke.

»Schöner Zufall.«

»Find ich auch. Mir passieren nicht viele Zufälle. Nicht solche wie jetzt.«

»Wie meinst du das?«

Sie wurden im Gedränge hin- und hergeschubst. Er suchte nach einer Antwort. Entschied sich zu einer Gegenfrage.

»Glaubst du, dieser Mandela kommt irgendwann frei?«

»Dafür sind wir hier.«

»Er wurde verurteilt, wegen schwerer Verbrechen. Heißt es.«

»Diese Faschisten wollen ihm das anhängen. Er kämpft gegen Rassentrennung.«

»Was soll denn das sein?«

Sie erklärte es ihm.

Hynch begriff auf Anhieb. In seiner Kompanie gab es ein paar Farbige. Sie wurden ohne Ende schikaniert. »Find ich scheiße. Aber will dir nichts vormachen. Ich bin bei den Marines.«

»Die finde *ich* scheiße.« Sie lächelte, trotzdem. Wurde nachdenklich. »Hattest du eine Wahl?«

Allein für diese Frage hätte er sie küssen wollen. »Wir haben immer eine Wahl. Aber wir wissen nicht, was wir damit anfangen sollen, oder? Also machen wir das Nächstbeste.« Überrascht über seine Antwort, die seltsam erwachsen klang, straffte er die Schultern.

»Da ist was dran«, sagte sie.

»Mehr als du glaubst.«

Er nahm eine der Rosen, die herumgereicht wurden, quetschte sich zu den Bullen durch, die das Konsulat sicherten, und baute sich vor einem auf. Das Mädchen war zurückgeblieben. »Tu mir einen Gefallen, Kumpel! Ich steck dir jetzt diese Rose an den Helm. An den Helm, verstehst du, nicht in den Gewehrlauf. Das ist wahrscheinlich total gegen die Vorschriften, du müsstest irgendwas tun, mich wegschieben oder mir eins überziehen. Aber … mach einfach gar nichts!«

»Fick dich!«, kam es zischend zurück.

»Ich bin im 45 Commando, auf Urlaub. Ich will ein Mädchen beeindrucken. Hilf mir!«

Kurze Pause. »Ihr rückt bald aus, oder? Arbroath?«

»Genau.«

»Also gut, Arschloch. Mach!«

Hynch wartete, bis seine neue Bekanntschaft zu ihm aufgeschlossen hatte. Dann nahm er die Rose und versuchte, sie am Helm des Bobbys festzumachen, sie unter den Stirnriemen zu schieben.

Irgendwann wachte er auf. Der Gewehrkolben hatte ihn genau an der Schläfe getroffen. Er lag auf der Straße, viele Menschen um ihn herum. Und ein vertrautes Gesicht, das sich über ihn beugte.

»Das war ziemlich dumm«, sagte sie. »Alles in Ordnung?«

»Wie heißt du?«

»Mhairi.«

»Mary?«

»Auf Gälisch.«

»Gibt's da einen Unterschied?«

»Klar!«

Die Sterne hatten ihren Reiz nicht verloren. Er rappelte sich hoch. »Wo gehen wir jetzt hin?«

»Komm einfach mit.«

Es dauerte nicht lange, und sie küssten sich zum ersten Mal, in einem Bus zu den Vororten, auf den hintersten Sitzen, weil sie es nicht mehr länger aushielten, voller Adrenalin wegen der Demo, aber auch, weil sie spürten, etwas Besonderes entdeckt zu haben.

Einen wie keinen. Eine wie keine.

Sie machten ihre Späße über diese Formulierung, redeten sich damit an, wenn sie in den Supermarkt gingen oder er sie von dem Kindergarten abholte, wo Mhairi arbeitete. Viel Zeit hatten sie nicht, einander näher kennenzulernen, etwa einen Monat mit mehreren Unterbrechungen, Hynch bekam immer nur einen oder zwei Tage frei. Sie liebten sich, wann immer sich die Gelegenheit dazu ergab. Sie träumten davon, sich gemeinsam etwas aufzubauen, vielleicht ein Café im französischen Stil zu eröffnen, das war damals ein neuer Trend.

Mhairi kiffte ab und zu, doch von härteren Sachen hielt sie sich fern. Er hütete sich davor, sie zu belehren. Dafür machte sie sich nicht über einen Umstand lustig, den sie im Bett sehr schnell bemerkt hatte: dass sie anscheinend seine erste Freundin war. Sie hatte keine Ahnung, dass sie die Einzige bleiben sollte.

Zum Zeichen, dass sie etwas verband, und weil er einen Ring für übertrieben romantisch und besitzergreifend hielt, schenkte er ihr seine Armbanduhr, aus einer Eingebung heraus, und weil er sonst keinen Wertgegenstand, der die Bezeichnung verdiente, sein Eigen nannte.

Die Uhr war nicht so billig wie seine Kleidung. Er hatte lange darauf gespart mit seinem erbärmlichen Sold. Er hatte sich nie etwas Kostspieliges geleistet wie eine Lederjacke oder gute Jeans, vernünftige Straßenschuhe. Es war eine Omega Seamaster Calypso. Wasserdicht bis auf 120 Meter. Eine Taucheruhr, hieß es, das war etwas Besonderes. Keine Fälschung, darauf hatte er den pikiert reagierenden Juwelier festgenagelt. Schwarzes Zifferblatt, Zeiger mit Leuchtmasse, Stahlarmband. Ziemlich schick. Sein ganzer Stolz, sorgfältig ausgewählt. Zeichen auch dafür, dass er auf eigenen Beinen stand.

Sie weigerte sich, die Omega anzunehmen. Aber nur kurz. Als Mhairi die Uhr anlegte, deren Armband ihr viel zu weit war, da wusste er, dass sie es ernst meinte mit ihm. Kein Leuchten in den Augen über das wertvolle Geschenk, das jetzt ihr gehörte. Eher Bedauern, dass er es weggegeben hatte, und Bedenken, ob sie es verdiente.

»Trag sie jeden Tag«, sagte er. »Aber nur, wenn du willst.«

»Natürlich will ich.«

»Es ist eine Männeruhr.«

»Na und? Sie gefällt mir.«

»Wirklich?«

»Brauchst du sie nicht?«

»Einfache Soldaten brauchen nie eine Uhr.«

»Warum?«

»Weil wir Befehle von Leuten befolgen, die alle eine Uhr haben.«

»Trotzdem …«

»Lass ein paar Glieder des Armbands rausnehmen.«

»Wozu? Irgendwann gebe ich dir die Uhr zurück. Dann muss sie passen.«

»Sie gehört dir. Ich will sie nicht wiederhaben.«

Mhairi nahm seine Hand und legte sie aufs Zifferblatt. Es war, als schlössen sie eine feierliche Übereinkunft. »Ich ziehe sie nicht auf, bis wir uns wiedersehen.«

»Musst du gar nicht. Die Uhr hat ein Quarzwerk.«

»Heißt das, sie läuft endlos weiter?«

»Bis die Batterie leer ist. Dann musst du sie ersetzen.«

Ein paar Tage später kam der Befehl. Er wurde ans andere Ende der Welt verschifft, um im Auftrag Ihrer Majestät zu töten. Dafür war er ausgebildet worden, auch wenn es Mhairi missfiel.

»Bleibst du lange weg?«

»Wird wohl nur ein, zwei Monate dauern. Die Argentinier sind kein starker Gegner. Die haben nicht damit gerechnet, dass Großbritannien noch mal einen auf Empire macht.«

Der Krieg dauerte tatsächlich nur ein paar Monate, vom 2. April bis zum 14. Juni 1982. Doch seine Haftstrafe, die Busser sofort nach Waffenstillstand erwirkte, hatte er nicht eingerechnet. Zehn Wochen in der Brig einer Fregatte, die zwischen den Falklands und Brasilien hin und her kreuzte. Wegen Insurbordination auf der Anhöhe, unter Zeugen, was dummerweise stimmte. Der Lieutenant, inzwischen zum Captain befördert, hatte nichts vergessen.

Als es vorbei war, kehrte er mit dem nächsten Frachter nach Glasgow zurück.

Und das Schreckliche geschah. Er fand Mhairi auf dem Bett liegend, zusammengerollt wie einen Junkie, in Fötushaltung – dieses Wort war ihm erst viel später eingefallen, als er seinen Sinn begriff.

Die Armbanduhr trug sie nicht mehr.

Aber die Stellen an ihrem Handgelenk, wo die Omega monatelang gerieben und gescheuert hatte, die brannten sich ihm ein. Wie auch ihre zerstochenen Armbeugen und die Flecken an ihren Armen. Ihr völlig verwahrloster Zustand. Die verklebten, einst so vollen Haare. Ihre Finger und Fingernägel, gar nicht mehr gepflegt.

Goldener Schuss, hatte es geheißen, eine Überdosis. Aus Versehen oder in suizidaler Absicht, wer konnte das sagen?

Hynch sah zum Himmel hoch. Mhairi war irgendwo dort oben, dachte er, in den Wolken, die ihm nur verschwommen erschienen und rasch nach Osten zogen. Sie war auch in dem regenfeuchten Gras, in den Steinen des Duns, in der blutverkrusteten Decke, die ihn umhüllte, in dem Wintergeruch nach abgestorbener Vegetation und Torf, in den Geräuschen, die Wild machte, wenn es über Juras Hügel zog, ein Hirsch und ein paar Rehe, die sich entgegen ihrem Instinkt der selten befahrenen Straße näherten. Bestimmt hätte Mhairi Jura gern kennengelernt.

Allmählich klärte sich sein Blick. Keine Rehe. Durchs Zielfernrohr machte er vier Leichen aus, Mallards Männer, in unterschiedlichem Abstand zum Herrensitz, verbrannt oder erschossen.

Er rappelte sich hoch. Kessick. Wohin war er gefahren? Er musste ihm folgen. Nachladen.

59

Hynch saß wieder in dem Pick-up, das Gewehr lag unter der Decke hinter seinem Sitz, die Beretta steckte wieder in der Tür. Er fühlte sich beweglicher und ein wenig sicherer. Startete den Motor, schnallte sich an. Auf der Straße nach Craighouse kam ihm ein Löschwagen entgegen. Auf Jura gab es nur eine kleine Fire Station, kaum mehr als eine Garage. Hynch hatte den Schuppen neben dem Hotel schon bei seiner Ankunft bemerkt, in das Gebäude passte nur ein einziges Fahrzeug. Das würde wenig gegen den Brand ausrichten können. Wahrscheinlich würden die freiwilligen Feuerwehrleute Verstärkung aus Islay anfordern, auch Polizisten würden bald von dort eintreffen, Thorpes Bauarbeiter oder sein Butler hatten bestimmt den Notruf gewählt, nachdem der böse Mann, Hynch, mit dem Zimmermädchen lange genug verschwunden gewesen war. Alles würde sich auf das Herrenhaus und seine Umgebung konzentrieren, nicht auf den Norden der Insel, der lag viel zu weit weg. Doch die südliche Route zum Fähranleger war für Hynch jetzt tabu, der Fluchtweg nach Islay war blockiert.

Er erreichte Craighouse und fuhr mit Schrittgeschwindigkeit durch das Dorf. Am Hotel und vor der Destillerie hatten sich jede Menge Leute versammelt und wiesen auf die Rauchsäule, die von einem Brand in der Gegend von Jura House kündete. Sie warfen dem Security-Pick-up misstrauische Blicke zu. Der andere Pick-up mit den zerstochenen Reifen stand immer noch vor dem Laden. Von Thorpes Männern, die Calum und sein Freund sich vorgeknöpft hatten, fehlte jede Spur.

Möglicherweise hatte Kessick die beiden aufgegabelt. Besonders nützlich würden sie ihm nicht sein, selbst wenn er alles von ihnen erfuhr, was sie über die Lage auf Jura wussten, das war nicht viel. In ihrem angeschlagenen Zustand waren sie vermutlich eher hinderlich.

Was also konnte Kessick an Mallard per Handy durchgeben? Dass Thorpe aller Wahrscheinlichkeit nach Geschichte war, zumindest sein imposantes Herrenhaus. Dass von Thorpes und Mallards Männern gerade einmal Kessick und zwei mittelschwer verletzte Wachleute übrig geblieben waren. Und dass Kessick vermutlich von Hynch verfolgt wurde.

Es sah nicht gut für die Gegenseite aus, fand er, zumindest erheblich schlechter als zu Beginn des Tages. Er fuhr wieder an der Bucht der Kleinen Inseln entlang nach Norden. Die Schmerzen hielten sich in Grenzen. Sie waren genau lokalisierbar, beherrschbar, breiteten sich nicht aus. Auch die Schwindelgefühle hatten nachgelassen.

Im Rückspiegel sah er den Rauch, der sich, verteilt vom Wind und weil das Feuer immer neue Nahrung fand, über den südlichen Himmel ausbreitete wie eine schmutzige Pfütze. Aus den Häusern, an denen er vorbeikam, traten hin und wieder Leute heraus und schauten gebannt Richtung Süden, Nachbarn unterhielten sich mit besorgten Mienen. Manche stiegen in ihre Autos und fuhren Hynch nach Craighouse entgegen.

Er erreichte das Ende der Bebauung und durchquerte das Waldstück. Schließlich begriff er noch etwas anderes: Wenn Kessick mit Thorpes Männern sprach, etwa mit dem Fahrer des Pick-ups, diesem groß gewachsenen Glatzkopf, der nicht ganz so übel zugerichtet war wie sein Partner, dann wäre es durchaus möglich, dass die drei sich gerade auf dem Weg zur Farm der McGlynns befanden. Um sich an Calum zu rächen, um Laoise heimzusuchen, um einen Unterschlupf vor Hynch zu finden – aus Kessicks Perspektive gab es eine ganze Reihe von Gründen, aus denen er jetzt nach Nordosten fuhr, mit vielleicht zehn Minuten Vorsprung vor Hynch, der eine Weile gebraucht hatte, bis er von der Anhöhe heruntergestiegen und wieder fahrbereit gewesen war.

Die Stämme der Fichten flogen links und rechts vorbei. Dieses Mal würde er nicht zu spät kommen wie bei Noddings, dieses Mal nicht, nahm er sich vor. Vielleicht konnte er Kessick einholen oder zumindest den Abstand zu ihm deutlich verringern, inzwischen kannte er die Strecke ja. Er fuhr schneller. Der Wagen war gut motorisiert, schwerfälliger und länger als der Suzuki, dafür solider gebaut, besser auf der Straße liegend, mit einem dicken Überrollbügel aus Edelstahl hinter der viertürigen Fahrerkabine.

Hynch näherte sich der Three Arch Bridge. Das Waldstück wich lichterem Gelände, und die Paps waren wieder zu sehen, ganz dunkel um die Gipfel, dort oben schien es zu gewittern.

Dann krachte ein Schuss durch die Stille.

Für einen Augenblick dachte er, eine riesenhafte Faust habe dem Pick-up einen Schlag gegen den Kühler versetzt. Der Wagen bockte, als sei er gegen ein Hindernis auf der Straße geprallt, fuhr dann aber schlingernd weiter, nach links ausbrechend, immer noch mit einer Geschwindigkeit von fünfzig, sechzig Meilen pro Stunde, durch eine Wolke aus Metall-, Glas- und Kunststoffteilen. Hynch steuerte instinktiv in Gegenrichtung nach rechts. Er kam von der Fahrbahn ab und pflügte über den unbefestigten Randstreifen, über Geröll, Sträucher, Schösslinge, es rumpelte geräuschvoll in den Radkästen.

Die erste Ladung hatte nur die Vorderfront, den Scheinwerfer und den Reifen getroffen. Die zweite war höher gezielt. Sie riss ein klaffendes Loch in die Windschutzscheibe und zerhäckselte den Beifahrersitz. Allerlei Splitter und Stofffasern stoben durch den Innenraum, Hynch fühlte ein Brennen am linken Ohr und an seiner Wange, ein Hieb wie von einer glühenden Kralle, die sich tief in seine Haut grub. Ein stechender Schmerz in seinem linken Auge ließ ihn den Kopf zur Seite drehen. Er bremste, schlug dabei das Lenkrad voll ein, spürte, wie der Wagen in eine Vertiefung neben der Fahrbahn geriet, vorne einsank und sich zu überschlagen begann. Das Heck hob sich wie in Zeitlupe, die Reifen verloren die Bodenhaftung, und die Trägheit der Masse tat ein Übriges. Hynch presste sich gegen die Fahrertür und rollte sich reflexartig zusammen, so weit das möglich war. Mit der Ladefläche voran durchbrach der Pick-up ein Gehölz. Das Letzte, was Hynch vor dem Aufprall bemerkte, war ein armdicker Ast, der sich durch die Reste der Scheibe in seine Kopfstütze bohrte.

60

Er blinzelte, benommen, mit nur einem funktionierenden Auge, dem rechten. Das andere war unbrauchbar. Es kam ihm so vor, als sei es ihm ausgeschlagen worden. Die Höhle war ein einziger pulsierender Quell des Schmerzes.

Hynch griff an seine linke Gesichtshälfte. Sie fühlte sich warm und schmierig an. Er schaute auf seine Hand. Sie war blutüberströmt. Unwillkürlich pulte er ein Schrotkorn aus der Wunde. Es klebte an seinen Fingern wie ein hässlicher Käfer.

Räumliches Sehen würde ab jetzt nicht mehr möglich sein, stellte er trocken fest.

Dann die Beine, sein Rücken. Alles geprellt, gestaucht, schwer zu bewegen, was hoffentlich nur an dem Schock lag. Wenigstens war nichts gebrochen. Seine genähte Schulter tat wieder weh.

Hynch hing kopfüber im Sicherheitsgurt. Er machte sich los, was relativ einfach zu bewerkstelligen war, nicht mehr als ein Klick, während er sich mit den Füßen am Lenkrad abstützte.

Unsanft landete er auf dem Dachhimmel des Pick-ups, der jetzt der Boden war. Offenbar hatte der Überrollbügel verhindert, dass die Fahrerkabine zusammengequetscht wurde.

Er orientierte sich, wusste, dass ihm nur wenig Zeit dafür blieb. Die Tür ließ sich nicht öffnen, verklemmt. Aber die Scheibe war geborsten, er konnte durch die Öffnung ins Freie kriechen. Das Freie war ein Gewirr aus Zweigen und Ästen.

Doch zuvor suchte er nach der Beretta. Fand sie neben dem Rückspiegel liegen. Lud durch.

Langsam schob er sich nach draußen. Kroch durchs Geäst, bis er eine Stelle erreichte, die ihm geeignet erschien, ein paar Meter neben dem Autowrack.

Sich aufzurappeln und Kessick mit vorhaltener Waffe zu erwarten, daran war momentan überhaupt nicht zu denken. Er würde ihn vermutlich verfehlen, und Kessick würde mit der Pumpgun antworten, ungleiche Chancen.

Deshalb musste er anders vorgehen. Ihn ganz nahe herankommen lassen. Und dabei in Kauf nehmen, den Fangschuss zu erhalten.

Zuerst verteilte er das Blut von seinem Ohr und seiner Wange übers ganze Gesicht und auf die Kleidung. Blut hatte er reichlich zur Verfügung. So ein Ohr blutete im ersten Moment wie verrückt wegen der zahlreichen empfindlichen Gefäße. Doch da es vorwiegend aus Knorpeln bestand, ließ das Gesuppe bald wieder nach. Mit dem Auge war es ähnlich, nur ungleich schmerzhafter.

Dann nahm er eine auf den ersten Blick unnatürlich wirkende Stellung ein. Er wälzte sich halb auf den Rücken, verdrehte die Wirbelsäule und versuchte ein Bein schräg abstehen zu lassen, nahm dafür einen Ast als Unterlage.

Er hörte Stimmen näher kommen. Zweige knackten unter schweren Stiefeln.

Rasch verbarg er die Hand mit der Pistole unter einem Moospolster. Dabei richtete er den Lauf provisorisch aus und legte einen Fichtenwedel darüber. Das musste zur Tarnung genügen. Er schloss sein verbliebenes Auge.

Dann verlangsamte er seinen Puls. Wie vor einem wichtigen, alles entscheidenden Hit.

»Da drüben!«

»Pass auf, der Typ ist gefährlich.«

»Jetzt nicht mehr. Dem hast du's ganz schön gegeben.« Jemand pfiff durch die Zähne. »Was so 'ne Ithaca alles anrichten kann ...«

»Zielen muss man auch noch.«

»Eins-a-Idee, auf der Brücke auf ihn zu warten. Perfekte Feuerstellung. Hätt ich nicht besser machen können.«

»Halt mal die Klappe, ja?«

Das musste Kessicks Stimme sein, dachte Hynch. Und der andere war der Glatzkopf, der von Calum und dessen Freund verprügelt worden war.

»Scheiße! Ist der durch die Scheibe nach draußen gesegelt?«

»Sieht so aus.«

»O Mann, den hast du voll massakriert. So viel Blut …«

Die Schritte klangen jetzt ganz nah.

»War auch höchste Zeit.«

»So, wie der da liegt, ist der mausetot. Schau dir das kaputte Auge an! Kann einem echt Angst machen.«

»Abwarten.«

Etwas berührte Hynch am Fuß, dann an der Brust, schließlich am Kinn. Der Lauf der Pumpgun.

Er hatte sich ganz locker gemacht, zugleich hielt er den Atem an. Versuchte den Mann mit dem Gewehr blind zu lokalisieren, stellte sich vor, wo er stand, in welchem Winkel er sich zu der Pistole befand.

»Das war's für das Arschloch!« Wieder der Glatzkopf. »Na, wie gefällt dir das?«

Ein Fußtritt in die Seite. Hynch blieb die Luft weg.

»Hey, Bernie! Kannst runterkommen! Wir haben hier noch ein bisschen Spaß mit der Leiche.«

»Schluss jetzt!«, befahl Kessick. »Der Mann gehört mir. Geh auf Abstand, sonst mach ich dir Beine!«

Hynch konnte es nicht unterdrücken, so sehr er sich auch zusammennahm: Er atmete vorsichtig aus und wieder ein.

»Was war das?«, fragte Kessick alarmiert.

»Was denn?«

»Er hat sich bewegt.«

»Tatsächlich?«

»Ja, nur ein wenig. Sein Brustkorb hat sich gehoben und gesenkt, war kaum zu sehen. Er lebt noch.«

»Aber nicht mehr lange. Dann müssen wir wohl dafür sorgen, dass –«

»Nichts da!«, schnitt Kessick ihm das Wort ab. »Lebend ist er viel mehr wert als tot. Sehr viel mehr.«

»Für wen?«

»Verschwinde! Geh zur Straße zurück, verstanden? Achte darauf, ob sich irgendwelche Autos nähern. Wir können hier keine Zeugen brauchen.«

»Seit wann nehme ich Befehle –«

»Ich sag das nicht noch mal!«, schrie Kessick.

»Ist ja schon gut.«

Hynch spürte, wie ihn zwei Finger an der Halsschlagader berührten. Er rührte sich nicht, wartete ab. Reglos.

»Schwacher Puls, aber vorhanden. Das ändert einiges.«

»Was denn?«

»Keine Fragen jetzt, zuerst muss ich ein Foto machen. Und telefonieren. Verpiss dich endlich!«

Sich entfernende Schritte, anscheinend gab der Glatzkopf nach. Das Klickgeräusch von einem Handy, das die Aufnahme eines Bildes simulierte. Weitere Geräusche eines Mobiltelefons, Kessick wollte seinem Chef die gute Nachricht offenbar sofort übermitteln.

»Hab ihn erwischt, Sir Mallard, Auftrag ausgeführt«, erklärte er, als eine Verbindung zustande kam. »Keine leichte Übung. Nach den Ausfällen, die wir hatten, bin ich ja ganz auf mich allein gestellt … Nein, er ist nicht tot. Möglicherweise hat er innere Verletzungen. Ein dummer Unfall mit dem Auto, Sie verstehen? Aber vielleicht macht er's noch ein paar Stunden. Sie haben doch gesagt, er sei zäh.«

Pause.

»Ja, ich bin mir ganz sicher. Er liegt vor mir auf dem Boden, kampfunfähig und schon ziemlich hinüber. Viel Zeit bleibt ihm nicht mehr.«

Pause.

»Die Polizei? Ein Sondereinsatzkommando? Davon wusste ich nichts.«

Pause.

»Ja, das wäre möglich. Eine Farm, Inverlussa, im Norden der Insel … gut. Meine Kontakte hier haben den Ort ebenfalls empfohlen. Ich schaffe ihn irgendwie dorthin, natürlich kann ich für nichts garantieren. Schicken Sie mir bitte die Koordinaten.«

Damit war das Telefonat auch schon beendet. Kessick tippte gegen Hynchs Fuß. »Hörst du? Du bist noch lange nicht tot. Aber du wirst es dir bald wünschen. Da gibt es einen Polizisten, der ein paar Worte mit dir wechseln will.«

Hynch hob zitternd seine linke Hand, tat so, als sei es die allerletzte Anstrengung, zu der er fähig war. Winkte Kessick zu sich heran. »Helfen Sie mir!«, sagte er keuchend.

Kessick beugte sich über ihn. Er lächelte. »Verreck mir bloß nicht.«

Hynch hielt ihm blitzschnell die Beretta an den Schädel und drückte ab. Dafür brauchte er nicht zu zielen.

So ein aufgesetzter Schuss richtete enormen Schaden an. Von Kessicks Kopf blieb wenig übrig. Die Augen traten für den Bruchteil einer Sekunde hervor wegen des rapide zunehmenden Drucks, Blut, Gehirnmasse und Knochensplitter entwichen explosionsartig, vorwiegend zur Seite, doch einiges davon bekam Hynch ab. Kessicks Körper wurde durch die Wucht der Kugel ins Unterholz katapultiert.

Hynch wischte sich mit dem Ärmel übers Gesicht. Dann setzte er sich auf, steckte die Pistole hinten in seine Trekkinghose und nahm Kessicks Pumpgun an sich. Die Waffe war schussbereit. Er klemmte den Kolben mit dem rechten Ellenbogen gegen seine Hüfte und rückte vor.

Der Verlust seines Auges machte ihm zu schaffen, er hatte den Sinn für Entfernungen und jegliche Tiefenschärfe verloren. Mit der Tikka würde er dank des Zielfernrohrs zwar klarkommen, doch das Gewehr hatte bei dem Unfall eventuell Schaden genommen. Eine Pumpgun war in seinem Zustand dagegen genau das Richtige.

Der Glatzkopf stapfte geräuschvoll herbei, um nachzusehen, ob Kessick ihn um seinen Spaß gebracht und den wehrlosen Hynch einfach ohne Zeugen exekutiert hatte.

Neben dem Wrack des Pick-ups hielt er inne. »Scheiße, was wird –«

Heute war für ihn der Tag unvollendeter Sätze. Eine Ladung groben Schrots machte aus kurzer Distanz ein großes Loch in seine Brust und sein Rückgrat.

Der Schuss verhallte. Das charakteristische Ratschen der Ithaca ertönte. Hynch stieg über die Leiche hinweg und ging zur Straße hoch.

Der Mann, der Bernie genannt worden war, befand sich noch in dem Toyota, der ein Stück hinter der Three Arch Bridge außer Sichtweite abgestellt war. Er saß auf der Stoßstange und umfasste mit verzerrter Miene seinen Rumpf. Er war wieder auf den Beinen, immerhin, aber er hatte offenbar Atemprobleme. Eine Lungenperforation bei der Schlägerei in Craighouse?

Hynch hielt ein Mittel dagegen in seinen Händen.

Bernie fing von allein zu laufen an, als er ihn sah, weg von dem Wagen, was alles viel einfacher machte, denn Hynch brauchte den Toyota unbeschädigt.

Mitleid war jetzt fehl am Platz.

Der Kerl, der Calum so unverschämt provoziert hatte, schaffte es bis zum Corran River, nicht weiter. Zwei Schüsse, und noch ein dritter, um sicherzugehen, dass er keine unschuldigen Leute mehr einschüchtern konnte. Er fiel in den Bach und blieb dort liegen.

Niemand hatte es verdient, verschont zu werden. Es war viel effizienter, anstelle von Verletzten Tote zu hinterlassen. Möglichst viele. Hynch würde nicht noch einmal von seinem Grundsatz abweichen, jeden Gegner, der eine Bedrohung ist, war oder noch werden konnte, sofort und endgültig aus dem Verkehr zu ziehen.

Er ging zurück, nahm Kessick dessen Kevlar-Weste ab und zog sie selbst an. Sich die Haut seines Feindes überstreifen – machte einen das nicht unverwundbar?

Er lachte hohl.

An die Tikka im Pick-up kam er nicht heran, er schrieb das Gewehr ab. Dafür entdeckte er im Toyota einen Vorrat an Schrotpatronen und steckte sie in die Taschen der Weste. Er klappte den Ladeboden hoch und holte den Verbandskasten heraus, entnahm ihm eine Mullbinde und ein breites, dickes Pflaster. Die gallertartige Masse, die sich in dem Auge befunden hatte, war ausgelaufen. Anscheinend waren auch Muskeln und der Sehnerv verletzt, es blutete noch ein wenig. Er riss ein Stück von der Mullbinde ab, knüllte es zu einer Kugel zusammen und stopfte es in die leere Höhle.

Von dem Schmerz drohten ihm fast die Beine zu versagen. Er stützte sich mit der rechten Hand am Heck ab. Als er zu schwanken aufhörte, klebte er das Pflaster über die Stelle. Es hielt überraschend gut.

Dann setzte er sich auf den Fahrersitz, der Schlüssel steckte. Er war es nicht mehr gewohnt, so heftig einzustecken. Doch aus Erfahrung wusste er, dass der menschliche Körper viel mehr aushielt als in den meisten Hollywoodstreifen. Da kippten die Typen schon um, wenn ein Windhauch sie streifte.

Umkippen stand momentan nicht auf Hynchs Programm. Solange keine lebenswichtigen Organe verletzt waren und er noch laufen konnte, machte er weiter. Das Schicksal ließ sich ja auch nicht krankschreiben.

Im Rückspiegel überprüfte er sein Äußeres. Das Pflaster wirkte ein bisschen wie eine Augenklappe, jedenfalls erfüllte es seinen Zweck. Der Rest seines Gesichts war bedeckt von dem Blut seiner toten Feinde, das sich mit seinem eigenen vermischte, als verbände sie etwas. Vielleicht stimmte das sogar.

Er sah furchtbar aus.

Langsam wurde er wütend.

61

Gracie verankerte ihr Boot unter einem bewaldeten Felsüberhang am Rande der Lussa Bay. Sie watete an Land und stolperte die Böschung hoch, vorbei an ihrem Cottage, an Ricks Grab, über den schweren, vom Regen der letzten Nacht vollgesogenen Boden, den Chip immer so leichtfüßig bewältigt hatte und der für Laoises Rollstuhl unbefahrbar war. Sie erblickte das Farmhaus, sah den Rover an der Straße davor stehen und zu ihrer Überraschung den Suzuki, den Hynch ihr abgenommen hatte. Konnte das sein? War er wieder zurückgekehrt?

Sie schlug der Länge nach hin, hatte nicht auf den unebenen Untergrund geachtet.

Das war ihr Glück. Als sie sich aufrappeln wollte, hielt sie kurz inne und ließ sich sofort wieder fallen.

Zwei vermummte Männer erschienen in der Haustür der McGlynns und gingen nach draußen. Sie trugen Helme, schwarze Kampfanzüge und Sturmhauben über den Gesichtern. Keine Rangabzeichen. Sie muteten militärisch an – oder wie ein Sondereinsatzkommando der Polizei. Sie hatten Maschinenpistolen umgehängt, hielten die Waffen locker in den Händen über Bauchgürteln mit Reservemagazinen, die sie ein bisschen wie Selbstmordattentäter aussehen ließen, obwohl sie das Gegenteil davon waren. Einer der beiden begab sich zum Rover und langte unter den linken Kotflügel. Er tastete eine Weile herum und förderte schließlich einen kleinen Kasten zutage.

Gracie wusste nicht, wie ein Peilsender aussah, aber so stellte sie sich einen vor. Ein Ortungsgerät. Es war an dem Wagen befestigt gewesen, mit dem Hynch, Rick und Winslow vom Festland gekommen waren.

Jemand hatte also die ganze Zeit über gewusst, wo sich die angeblichen Mörder von Glasgow aufhielten. Auf Jura. Und jetzt hatte dieser Jemand, bei dem es sich vermutlich um den stellvertretenden Polizeichef Preston handelte, eine Truppe mit einem Schlauchboot hergeschickt. Um die Schuldigen festzunehmen? Warum erst jetzt?

Sie robbte näher an die Straße heran, bis sie hinter einem länglichen Stein zu liegen kam, den hatte sie bei schönem Wetter schon häufig als Sitzbank benutzt. Sie wollte wissen, worüber sich die beiden Männer unterhielten. Falls sie sich unterhielten. Anscheinend standen sie Wache, so wie sie sich nach allen Seiten umsahen – gelangweilt umsahen, weil es offenbar nichts Verdächtiges oder Alarmierendes zu sehen gab. Was ging im Inneren des Farmhauses vor?

Noch bevor sie etwas hören konnte, bemerkte sie den Rollstuhl neben der Eingangstür. Laoises Rollstuhl. Das Ding lag umgekippt auf der Seite, ein Rad war verbogen.

Gracie überlegte. Laoise hätten diesem Trupp nie ihr Haus geöffnet, auch nicht unter Androhung von Waffengewalt. Sie hätte sich verteidigt. Und Hynch hätte ihr dabei geholfen. Oder andersherum. Was war passiert?

»Merkwürdiger Einsatz«, sagte einer der beiden Männer schließlich. »Was haben Terroristen hier draußen verloren?«

»Rückzugsgebiet«, erwiderte der andere knapp.

»Aber schwer zugänglich. Und man kommt schwer wieder weg ohne Boot.«

»Wahrscheinlich hat er eines.«

»Trotzdem.«

»Dann ist es eben ein Versteck, ein Safe House.«

»Außerdem soll die Zielperson kein Terrorist, sondern nur ein gewöhnlicher Krimineller sein, der sich mit Terroristen zusammengetan hat. Das ist ein Unterschied.«

»Woher willst du das wissen, Klugscheißer?«

»Hab's mitgekriegt, als der Captain mit der Zentrale gesprochen hat.«

»Aha.«

»Ich mache mir nur Gedanken.«

»Ich nicht.«

Eine Weile herrschte Stille. Dann fing der Gesprächige der beiden, der Stimme nach jünger, wieder an. »Auf mich wirken diese Leute wie ein ganz normales Farmerpaar.«

»Die behinderte Frau hätte dich mit der Schrotflinte fast umgelegt.«

»Sie war verängstigt. Wer wäre das nicht, wenn wir in voller Montur aufkreuzen?«

»Und deshalb hat sie ohne Vorwarnung losgeballert?«

»Ihr Mann wurde übel verletzt, bei einer Schlägerei oder so was. Die dachten, jetzt geht es ihnen an den Kragen.«

»Das dachten diese Typen in Drumchapel auch. Zu Recht! Es *ging* ihnen an den Kragen.« Ein heiseres Lachen.

»IS-Kämpfer sollen das gewesen sein. Glaubst du das? Für mich waren das ehemalige Peschmerga-Soldaten, und die hassen bekanntlich den IS.«

»Kannst du die auseinanderhalten?«

»Bei denen hing eine Flagge an der Wand –«

»Du bist wirklich ein Klugscheißer.« Der Ältere verlor die Geduld. »Hör zu. Wenn du Flaggen erraten willst, dann bewirb dich bei einer Quizshow. Und wenn du Probleme mit der Einsatzleitung hast, lass dich zu den Straßenbullen versetzen.«

»Aber –«

»Du hast es noch nicht kapiert, wie? Ab jetzt wird aufgeräumt, mit der Bandenkriminalität, mit dem Terrorismus, mit allem, was dieses Land befallen hat wie scheiß Filzläuse. Das hier ist nur der Anfang. Warum hat uns der GPS-Tracker wohl hergeführt? Weil diese Leute dem Mann, den wir suchen, helfen. Die sind nicht unschuldig. Die hängen mit drin, deshalb war die Frau auch bewaffnet. Sich aufs Land zurückziehen und bei der Zivilbevölkerung unterschlüpfen, das war schon IRA-Taktik.«

»Echt? So hab ich das noch gar nicht gesehen.«

»Glaub mir, der Captain quetscht aus der Frau raus, was wir

wissen müssen. Oder aus ihrem Typen in der Speisekammer. Calum, oder? Der Captain ist Experte in so was.«

Ein spitzer Schrei ertönte aus dem Inneren des Hauses.

»Na bitte, geht schon los.«

»Da würde ich gern dabei sein«, sagte der Jüngere.

»Wozu?«

»Vernehmungstechnik. Mich interessiert das.«

»Dabei kann es aber ziemlich hart zugehen.«

»Eben. Der Zweck heiligt die Mittel.«

»Das klingt ja, als würde dir dabei einer abgehen. So hab ich dich gar nicht eingeschätzt.«

»Warum sind wir nur ein Viererteam? Warum wurden wir für diesen Einsatz ausgewählt?«

»Weil wir die Besten sind – mit Abstrichen ...«

»Weil wir dichthalten.«

»So? Für dich würde ich die Hand nicht ins Feuer legen.«

»Es muss Leute geben, die Fragen stellen. Und andere, die Wache schieben. Ich stelle lieber Fragen. Nicht, dass ich es nicht genießen würde, mit dir hier draußen an der frischen Luft zu stehen.«

»Treib es bloß nicht zu weit!«

»Soll ich dir sagen, was ich sonst noch mitgekriegt habe? Unser Mann befindet sich schon auf dem Weg hierher. Den bekommen wir wie ein Paket geliefert – ein ramponiertes Paket, er soll einen schweren Unfall gehabt haben und gerade noch am Leben sein.«

»Wann hast du das aufgeschnappt?«

»Schon vor einer ganzen Weile. Als wir mit dem Zodiac unten in der Bucht festgemacht haben. Die Fahrt von Kennacraig hierher hat viel zu lange gedauert. Eigentlich ist die Show schon vorbei.«

»Dann ist die Befragung der Frau ... überflüssig?«

»Ja. Der Captain sammelt nur ein paar zusätzliche Informationen.«

»Was du alles weißt … oder zu wissen glaubst.«

»Man muss die Zusammenhänge kennen. Irgendwann sagst du zu *mir* Captain.«

Der Ältere hob den Lauf seiner Maschinenpistole. »Bevor das passiert, erschieß ich dich lieber bei einem Einsatz von hinten.«

»Oder ich dich.« Der andere hob ebenfalls die Waffe. Ließ sie wieder sinken. »War nur Spaß.«

»Du solltest nie auf jemanden zielen, wenn du nicht bereit bist abzudrücken. Das haben sie dir auf der Schule wohl nicht beigebracht?«

»Ich lerne noch.«

»Und bis dahin sag ich Klugscheißer zu dir, Klugscheißer.«

Wieder ein Schrei, unverkennbar weiblich.

Das musste Laoise sein. Anscheinend wurde sie gefoltert, gewaltsam bearbeitet. Gracies Finger krampften sich um die Grasbüschel, auf denen sie sich abstützte. Es stand schlimm. Statt Hynch schien Calum mit dem Suzuki nach Inverlussa zurückgekehrt zu sein, verletzt, in seinem eigenen Haus wie ein Gefangener behandelt von diesen Paramilitärs, die gegen Recht und Gesetz agierten. Und Hynch war wohl in Schwierigkeiten geraten, in große Schwierigkeiten. Weil er Wort gehalten hatte und gegen Thorpe vorgegangen war, anders ließ sich dieses waffenstarrende Aufgebot nicht erklären.

Noch schlimmer war, dass sie nicht die geringste Ahnung hatte, was sie jetzt tun sollte. Der Wind blies ihr direkt ins Gesicht, er schien stärker zu werden.

62

Der Heuboden der McGlynns war viel sauberer als der von seinem Dad. Hier wurde regelmäßig gefegt, alles befand sich an seinem Platz. Calum kümmerte sich penibel um seinen Besitz, auch wenn er manchmal einen über den Durst trank. Und Laoise schien ihn, Winslow, ins Herz geschlossen zu haben. Na ja, das beruhte auf Gegenseitigkeit. Es war die reine Freude, auf der Farm zu arbeiten, er hätte das nicht für möglich gehalten. Mit den Hühnern kam er schon mal hervorragend klar. Und die Rinder schienen sich auch nicht daran zu stören, dass sie ein Neuer mit Kraftfutter versorgte. Jede Menge Nüsse, bestes Zeug für den Winter. Calum hatte einen ganzen Vorrat davon.

Er war mit dem Ausmisten des Kuhstalls fast fertig gewesen, als er die Rufe der Spezialeinheit hörte. Nicht, dass er die Nerven verloren hätte. Mit Hynch und Rick war es häufig eng geworden. Er kannte die Geräusche einer vorrückenden Polizeieinheit, die nur mutmaßte, auf welche Gefahren sie eventuell treffen würde. Die schissen sich fast ein mit ihren Handzeichen und geflüsterten Kommandos.

Aber diese Kerle hier waren gut, besser als die übervorsichtigen Pappkameraden, mit denen sie es sonst zu tun gehabt hatten. Wie die mit ihrem Schlauchboot angelandet waren und das Farmhaus regelrecht eingenommen hatten … Das war wie im Krieg. Er hatte Laoise und Calum nicht mehr rechtzeitig warnen können.

Doch auch Winslow war gut. Im Hühnerfüttern zum Beispiel. Und im Klauen des Steyr-Gewehrs aus dem Waffenschrank. Er hatte sich gemerkt, wo Calum den Schlüssel nach dem Frühstück hingelegt hatte, über den Türfirst des Wohnzimmers. Und da er der Meinung gewesen war, dass er für den Notfall gerüstet sein musste, hatte er zwischendurch, zwischen dem einen oder anderen Put-put-put, die Steyr und ein paar Packungen Munition rausgenommen, während sich Laoise und Gracie in der Küche intensiv unterhalten hatten. Dicke konnten leise sein.

Die Steyr verschoss nur kleinkalibrige Patronen mit geringer Durchschlagskraft. Aber sie war genau. Und sie besaß ein Zielfernrohr.

Damit visierte Winslow das Wohnzimmer des Farmhauses an, kniend durch ein offenes Fenster auf dem Heuboden, perfekte Auflagehöhe.

Sie hatten Laoise auf die Couch gesetzt. So ein Arschloch mit einem Barett auf dem Kopf redete mit ihr, stellte ihr wohl allerhand Fragen. Dann machte er etwas mit Laoises Fingern. Er verbog und verdrehte einzelne Glieder. Sie schrie auf.

Deshalb hasste er Bullen. Solche Bullen. Spezialeinheiten. Weil sie genossen, was sie taten.

Hynch hätte diese Scheißhaufen sofort erledigt.

Aber Hynch war nicht da.

Er sei nur der Fahrer, darauf hatte Winslow ausdrücklich bestanden.

Aber ein Fahrer wurde momentan nicht gebraucht.

Also musste er jetzt wie Hynch sein. Er musste schießen und auf Anhieb tödlich treffen. Und nach dem Mann mit dem Barett musste er die anderen töten, es waren vier, zwei im Haus, zwei draußen vor der Tür.

Er hatte viel vor.

Aber er hatte auch viele Patronen. Und er befand sich in einer vorteilhaften Position.

Es war ein einfacher Schuss durch die Fensterscheibe, Entfernung knapp fünfzig Meter. Wind, nicht von der Seite, sondern von hinten. Die Kugel würde über dem linken Ohr in den Schädel und das Gehirn eindringen, sofortiger Tod. Falls das Geschoss von der Scheibe nicht zu stark verlangsamt oder abgelenkt wurde. Das war seine größte Sorge.

Winslow schmiegte seine Backe an den Kolben. Richtete den Lauf anhand des Fadenkreuzes aus. Atmete langsam ein und aus. Wartete auf den richtigen Zeitpunkt dazwischen.

Setzte wieder ab.

Der Schädel war das falsche Ziel. Zu hart.

Er nahm den Mann mit dem Barett erneut ins Visier.

Drückte den Abzug.

63

Die Männer mit den Maschinenpistolen schauten sich argwöhnisch an. Dann wies einer von beiden stumm in den Himmel. Umso lauter war der Knall. Er kam von den Stallungen.

Gracie duckte sich unwillkürlich. Als sie ihren Kopf wieder hob, hatten sich die beiden SEKler schon in Bewegung gesetzt. Sie umgingen das Farmhaus und schoben sich an der südlichen Außenwand in Richtung des Schützen vor. Kampfmodus.

Weitere Schüsse ertönten.

Das musste Winslow sein. Anscheinend hatte er sich versteckt und eine günstige Gelegenheit abgewartet.

Die Paramilitärs erwiderten das Feuer mit kurzen, abgehackten Schussfolgen. Sie bogen um eine Ecke und gerieten außer Sicht.

Plötzlich hörte Gracie das Rotorengeräusch eines Hubschraubers. Sie traute ihren Ohren und dann ihren Augen nicht, presste sich an den länglichen Stein, hinter dem sie Deckung gesucht hatte. Eine kleine Maschine mit der Kennung der Streitkräfte näherte sich von hinten gegen den Wind – was wohl einer der Gründe war, aus denen sie so spät darauf aufmerksam geworden war.

Der Hubschrauber landete auf einem von den Rindern kurz gehaltenen Rasen neben der Straße. Ein einzelner Mann stieg aus. Er trug eine Schildmütze wie ein Polizist und eine schwarze, mit allerlei bunten Abzeichen bepflasterte Uniform. Gracie kannte sein rotes Gesicht vom Fernsehen. Preston.

Er rannte zum Farmhaus und machte eine Geste, woraufhin der Pilot abhob und sich rasch nach Osten entfernte. Als Preston in der Eingangstür verschwunden war, stand Gracie auf. Was auch immer hier passierte, was auch immer Winslow bezweckte – er lenkte diese verkappten Bullen ab, zog ihre gesamte Aufmerksamkeit auf sich.

Sie lief los.

64

Winslow hatte getroffen. Nicht in den Kopf, sondern in den Hals, direkt unter den Kieferknochen, in die Nähe der Hauptschlagader. Er sah, wie der Mann mit dem Barett umkippte. Zugleich zerbarst die Fensterscheibe, obwohl die Kugel nur ein kleines Loch verursacht hatte. Doch der andere Mann in dem Wohnzimmer feuerte das gesamte Magazin seiner Maschinenpistole ab, deswegen ging das Glas vollständig zu Bruch. Keine Affekthandlung, es sollte nur ihn, den Schützen, an weiteren Schüssen hindern und ihn dazu bringen, in Deckung zu gehen.

Die MPi-Kugeln kamen nicht mal in Winslows Nähe. Und er hatte jetzt freies Schussfeld.

Er traf den MPi-Typen in die Brust, kurz bevor der sich hinter der Couch zu Boden warf. Der stand bestimmt nicht mehr auf.

Doch er stand wieder auf. Sogar ziemlich schnell. Er hatte ein neues Magazin eingelegt und auf einzelne Feuerstöße umgestellt, zielte grob in Winslows Richtung. Mit einem Satz war er außer Sicht. Anscheinend trug er schusssichere Kleidung, dagegen richteten die kleinkalibrigen Geschosse der Steyr wenig aus. Nur ein präziser Treffer an einer ungeschützten Stelle hatte Aussicht auf Erfolg.

Der Mann mit dem Barett rührte sich nicht und blutete den Teppich und das Parkett voll. Laoise hielt die Augen geschlossen.

Winslow hielt inne. Er durfte sie auf keinen Fall verletzen.

Dann schlugen die ersten Salven ein. Die beiden anderen SEKler näherten sich seiner Feuerstellung, er konnte sie nicht sehen, sie kamen von verschiedenen Seiten. Grobe Holzsplitter wurden aus den Stützbalken des Stalls herausgefräst und bohrten sich in seinen Nacken, weitere Kugeln durchschlugen die Wände, als seien sie aus Butter. Er legte sich auf den Bauch und wurde rasch hintereinander mehrmals getroffen, an verschiedenen Stellen, wo genau, war teilweise schwer zu sagen, am Oberschenkel und irgendwo in die Seite, in den rechten Fuß, und es tat verflucht weh. Aber er schoss weiter, was sollte er auch sonst tun, als Patrone um Patrone in die Kammer zu befördern, sich kurz aufzurichten und immer aufs Neue abzudrücken?

Nach einer Weile konnte Winslow nicht mehr gezielt schießen, er setzte sich nur noch unkontrolliert und sporadisch zur Wehr. Der Mann aus dem Wohnzimmer war wohl durch die Hintertür nach draußen gelangt und leistete den anderen beiden Gesellschaft. Sie nahmen Winslow unter Kreuzfeuer, wechselten nach Bedarf die Magazine. Die Maschinenpistolen waren ideale Waffen für diesen Zweck, großflächiger Beschuss. Diese Leute verstanden ihr Handwerk.

Irgendwann konnte er die Beine nicht mehr bewegen. Es ging einfach nicht mehr, offenbar war er von der Hüfte abwärts gelähmt. Mit den Armen schob er sich in eine Ecke des Stalls, deren massive Balken mehr Schutz boten. Er sah an sich herab. Und wieder weg. Das Blut sickerte in die Ritzen der Holzbohlen, wahrscheinlich tropfte es nach unten auf den Betonboden des Stalls, den er vor ein paar Stunden erst gesäubert hatte.

Dann ertönte eine kratzige Stimme.

»Wir haben dich, Hynch! Kommst du raus, oder sollen wir reinkommen?«

Winslow feuerte einen Schuss ab, nach oben durch die Decke. Einfach so.

»Meinst du nicht, dass du verhandeln solltest? Wie wär's mit einer Feuerpause?«

Ihm drehte sich alles. »Okay«, stieß er hervor.

»Du bist umzingelt, ist dir das klar? Mach es nicht schwerer, als es schon ist.«

Winslow gab keine Antwort. Sollte der Kerl ihn doch für Hynch halten. Eine Verwechslung. Jetzt war es auch schon egal.

»Warum hast du Mallard nicht erschossen? Das hätte vieles leichter gemacht.«

»Ach ja?«

»Weißt du, warum ich hier bin?«

»Fick dich!«

»Weil ich dir die Wahrheit erzählen möchte, bevor du stirbst. Die Wahrheit über …, wie war noch mal der Name? Richtig, über Mhairi. Erinnerst du dich an sie? Ein tolles Mädchen, genau die Richtige für dich.«

»Aber, Sir!«, war zu hören. »Wir haben –«

»Ruhe, hier rede ich!« Preston schien sich zu sammeln. »Weißt du, wer Mhairi an die Nadel gebracht hat, als du noch in Haft warst? Nach dem Falklandkrieg? Das habe *ich* veranlasst. Und weißt du auch, warum? Denk mal an das Waisenhaus, das du in Brand gesteckt hast. Ich war unter den letzten Jungs, die es ins Freie geschafft haben. Hat dich nicht gejuckt, wie? Du hast mich später ja auch nicht wiedererkannt bei den Marines. Schwere Verbrennungen, Hauttransplantation, das verändert ein Gesicht, sogar die Stimme. Ich sehe es jeden Tag im Spiegel, ich höre es, wenn ich nur den Mund aufmache.«

»Klingt scheiße«, brüllte Winslow mit aller ihm verbliebenen Kraft.

»Eigentlich sollte es dir Angst einjagen. Wird nämlich das Letzte sein, was du von Lieutenant Busser hörst. Für das Abschiedsfoto nehme ich vielleicht die Mütze ab. Oder wäre das zu viel der Ehre? Bezeugt man einem skrupellosen, dem Terrorismus nahestehenden Kriminellen Respekt? Wohl eher nicht. Die Öffentlichkeit würde das nicht verstehen. Aber vielleicht tu ich's trotzdem, nur unter uns. Aus Hohn natürlich. Und aus Dank dafür, dass dein Tod mich ganz nach oben bringt, mich und auch meine Männer hier, die werden alle befördert, kriegen fette Gefahrenzulagen. *Das* klingt gut. Oder, Männer?«

Winslow bekam kein Wort mehr heraus.

»Dass du dich heute in Ardfin noch mal ausgetobt hast, war ein nettes Abschiedsgeschenk. Hab's mit Freude vernommen, bevor ich abgeflogen bin. Mallards Geldgeber, das passt hervorragend! Aber schon wieder Brandstiftung? Fiel dir nichts … Eleganteres ein? Allerdings, wenn es noch Beweise gebraucht hätte, gerichtsfeste Beweise, wer du bist und warum du so bist, dann hast du sie mir auf dem Silbertablett geliefert. Weißt du, was dich am besten beschreibt? Was in jeder Schlagzeile stehen wird? Geborener Killer.«

65

Hynch hatte den Toyota in einiger Entfernung abgestellt und den Hubschrauber von Weitem landen gesehen. Dann hatte er den ersten Schuss gehört und sich mit der Pumpgun im Anschlag vorgearbeitet, bis er zur vorderen Ecke des Farmhauses gelangt war.

Prestons Triumphgekrächze bekam er gar nicht richtig mit. Nur den Anfang. Und die beiden letzten Wörter. Geborener Killer. Die kannte er schon.

Aber was Preston über Mhairi gesagt hatte, war Hynch neu. Endlich erfuhr er die schreckliche Wahrheit. Während er noch auf der Fregatte in Haft gesessen hatte, war Mhairi auf Geheiß von Preston heroinabhängig gemacht worden, unter Gewaltanwendung, da war er sich sicher. Vielleicht war sie tagelang gefangen gehalten worden, er mochte sich das gar nicht vorstellen. Dann hatte man ihr eine Überdosis gespritzt, alles hatte nach einem Junkieunfall aussehen sollen. Als Hynch nach Glasgow zurückgekehrt war, hatte er auf einen Tipp von Black Eyed Bruce den vermeintlich Schuldigen umgebracht, einen Drogendealer. Doch in Wirklichkeit hatte Preston Mhairis Tod zu verantworten, das hatte er selbst zugegeben. Danach hatte er Hynch eine zivile Karriere bei der Polizei mithilfe eines manipulierten psychiatrischen Gutachtens verbaut, woraufhin Bruce seine Dienste beansprucht, ihn sich gleichsam verpflichtet hatte. So ungefähr war es gelaufen.

Letztlich war er durch Preston zum Auftragskiller geworden. Dessen Motiv war jetzt klar: Preston hatte Rache genommen für den Brand des Waisenhauses und die bleibenden Schäden, die er dabei erlitten hatte. Berechtigte Rache, das musste Hynch zugeben. Aber es war eine Rache, die kein Maß kannte, die prahlte und überheblich war, auf sich selbst bedacht und reizbar, und die sich am Unrecht erfreute. So oder so ähnlich hatte Hynch es mal gelesen, nicht bei Hume, sondern woanders, möglicherweise, als er bei seiner letzten Pflegefamilie gelebt hatte, es klang nach einem Bibelspruch. Er konnte sich nicht mehr erinnern.

Dass er zu einem gewissen Anteil selbst Schuld an Mhairis Tod trug wegen dem Feuer im Waisenhaus, machte alles noch bitterer. Es war ihm nicht gelungen, irgendjemanden aus den Folgen seiner Taten herauszuhalten, weder Mhairi damals noch Rick, Winslow und die anderen heute. Er hatte das Verderben zu ihnen geführt. Der Kreis schloss sich, unerbittlich, unabwendbar.

Von der Ecke des Farmhauses aus verschaffte er sich einen Überblick. Der Stall war etwa fünfzig Meter entfernt, ein langes Holzgebäude mit einem Betonsockel. Drei Männer eines Sondereinsatzkommandos hatten es umzingelt. Je einer stand neben dem Schiebetor an der Querseite, ein weiterer war bereits in den Stall eingedrungen und zielte mit seiner Maschinenpistole nach oben. Dort, auf dem Heuboden, hinter einem Fenster, das in eine große Klapptür zum Be- und Entladen eingesetzt war, schien Winslow Stellung bezogen zu haben. Die Wand und die Klapptür waren von Einschusslöchern übersät. Sturmreif geschossen.

Winslow … Eigentlich hatte er keine Waffe mehr anrühren wollen. Sein Versuch, das SEK aufzuhalten, war von vornherein aussichtslos gewesen. Aussichtslos und tapfer, aber nicht nutzlos. Allmählich war es an der Zeit, mit der Pumpgun einzugreifen.

Eine Bewegung zu seiner Rechten ließ Hynch herumfahren.

Gracie rannte in ihren Neoprensachen über die Straße zur Vordertür des Farmhauses. Sie gab ihm stumm zu verstehen, dort zu bleiben, wo er war, und formte mit ihren Fingern irgendwelche … Buchstaben? Dabei zögerte sie kurz, als sie das Pflaster auf seinem Auge und sein blutverschmiertes Gesicht bemerkte. Dann verschwand sie im Inneren.

Hynch begriff. Laoise und Calum mussten noch da drin sein. Ein L und ein C, das hatte Gracie ihm mit Zeigefinger und Daumen zu bedeuten versucht. Offenbar wollte sie die beiden in Sicherheit bringen.

Erneut war die verhasste Stimme zu vernehmen. »Hat's dir die Sprache verschlagen? Oder bist du schon tot?«

Hynch konnte Preston nicht sehen. Er schien an der Rückseite des Farmhauses zu stehen, vielleicht benutzte er den Hintereingang als Deckung.

»Hol mich doch!«

Das war Winslow. Er versuchte, tiefer zu klingen und die Vokale nicht so in die Länge zu ziehen, wie er es sonst tat. Er ahmte Hynch nach.

Dann machte Preston seinen größten Fehler.

»Deine Zeit läuft ab«, rief er. »Zur Feier des Tages habe ich eine hübsche Uhr angelegt. Eine Omega Seamaster Calypso. Kommt dir das gute Stück bekannt vor?«

Die Uhr, die Hynch Mhairi geschenkt hatte.

Das war zu viel. Viel zu viel.

Er riss die Pumpgun hoch, nahm sich kurz Zeit zum Zielen und begann zu feuern. Mit nur einem Auge ging das inzwischen sogar ganz gut. Er hielt ein bisschen tiefer als Körpermitte, dort befanden sich die Weichteile und jede Menge Organe, die von einer kugelfesten Combat-Montur nicht vollständig abgedeckt waren.

Der erste Mann links neben dem Schiebetor der Scheune wurde schier an die Wand genagelt.

Den zweiten, der schon wegtauchen wollte, erwischte Hynch am Hinterteil. Dadurch war er zwar nicht kampfunfähig, doch ein weiterer Schuss direkt in das vor Ärger und Schmerz verzerrte Gesicht regelte dieses Problem.

Auch Hynch verstand sich auf Rache. Diese Männer konnten zwar nichts für Mhairis Tod, aber sie standen zwischen Preston und ihm, wie schon Kessick, Thorpe und all die anderen an diesem langen Tag, der in gewisser Weise bereits in Glasgow auf dem Dach des *Prince Albert*-Hotels seinen Anfang genommen hatte und von einer Vorahnung angekündigt worden war. Er sollte seinen Vorahnungen mehr Glauben schenken.

Der dritte SEKler hatte sich inzwischen irgendwo im Stall verschanzt und erwiderte das Feuer.

Hynch schob sich an der Wand des Farmhauses entlang und machte sich klein. Schoss zweimal in die Richtung, wo er den versteckten Mann vermutete, was ein Feuerwerk an Holzsplittern auslöste, zwei medizinballgroße Löcher machte und die Gegenwehr zum Schweigen brachte.

»Busser! Ihr habt den Falschen unter Beschuss genommen. Ich bin hier! Gleich um die Ecke!« Er lud nach, in den Taschen seiner Kevlarweste hatte er jede Menge Patronen gebunkert.

Stille.

»Hynch?« Wieder dieses Kratzen, als würde jemand Flüche hervorstoßen. »Aber ich dachte –«

»Was? Dass ich keine Leute habe, die zu mir halten? Die ihr Leben für mich einsetzen? Ohne Aussicht auf Beförderung?« Das war auf Winslow gemünzt. Hynch hoffte, dass es der Junge noch hörte. Nach den Salven der SEKler und so verzweifelt, wie er sich anhörte, musste er ernsthaft verletzt sein.

Wieder Stille.

»Na, dann zeig dich doch! Ich kann dich gar nicht sehen! Machen wir es unter uns aus! Nur du und ich!« Preston versuchte, herausfordernd zu klingen.

»Also gut«, rief Hynch. »Nur du und ich.«

66

Währenddessen hatte sich Gracie ein scharfes Messer aus der Küche geschnappt und war zur Speisekammer geeilt. Der Schlüssel steckte von außen, wenigstens das. Calum saß auf einer Matratze, derselben, auf der schon Hynch genächtigt hatte. Er sah aus wie nach einer Kneipenschlägerei, das Gesicht furchtbar geschwollen, überall Schrammen und rote Flecken.

Sofort sprang er hoch. »Was ist da los? Die Schießerei … Und diese Schreie aus dem Wohnzimmer, das war doch –«

»Sprich leise! Wir müssen hier weg.« Gracie bemerkte, dass er nur provisorisch gefesselt war, mit Gaffer Tape und nicht mit Handschellen, darauf hatte sie gehofft. Nach Laoises Vernehmung wäre vermutlich Calum an der Reihe gewesen. Sie begann, das Klebeband mit dem Messer durchzusäbeln.

Draußen brach die Hölle los, der Lärm grollender Schüsse wie von einem Geschütz drang zu ihnen. Sie mussten von dem dickläufigen Gewehr stammen, das Hynch bei sich hatte, vermutete Gracie.

»Kannst du laufen?«, fragte sie.

»Geht schon«, antwortete Calum.

»Kannst du Laoise tragen?«

»Immer! Und wenn's das Letzte wär, was ich tu.«

»Hynch ist wieder da. Er kümmert sich um diese Kerle, hinten am Stall. Ich glaube, Winslow ist auch dabei.«

»Wir sollten ihnen helfen.«

»Nichts da, lass uns verschwinden. Wir dürfen nichts riskieren, schon wegen Laoise.«

Das Klebeband war durch, Calum riss die Reste ab. Sie schoben sich in Richtung Wohnzimmer. Doch um es zu erreichen, mussten sie den Flur zur Hintertür überqueren. In der offenen Hintertür, an den Rahmen gepresst, stand Preston mit dem Rücken zu ihnen. Er hatte eine Maschinenpistole umgehängt.

Sie warteten. Von draußen hörten sie einen Wortwechsel. Hynch schien mit Preston zu diskutieren.

»Jetzt!«, flüsterte Gracie.

Calum überwand die Distanz mit ein paar langen, möglichst geräuschlosen Schritten. Nur wenige Sekunden später kam er aus dem Wohnzimmer zurück, Laoise im Huckepack. Ihre Augen starrten ins Leere, sie konnte sich nur mit einer Hand an Calum festhalten. Als sie die Vordertür erreichten, drängte Gracie zur Eile. »Weiter! Zum Cottage fürs Erste. Notfalls kommen wir mit meinem Boot von hier weg, es liegt unten in der Bucht.«

Jetzt hatten sie das Farmhaus zwischen sich und die Kampfhandlungen gebracht. Sie überquerten die Straße und liefen, so schnell sie konnten, den Feldweg zum Cottage hinunter. Nach ein paar Minuten gelangten sie dort an. Gracie öffnete die Tür. Sie schlüpften hinein.

Calum setzte Laoise mit letzter Kraft im Lesesessel ab. Er war völlig ausgepumpt, schnappte nach Luft.

»Dieser Captain mit dem Barett ist schon mal keine Gefahr mehr«, keuchte er. »Der liegt im Wohnzimmer auf dem Teppich. Wie es aussieht, verblutet.«

»Das war Winslow«, stieß Laoise zwischen den Zähnen hervor. »Hat sich im Stall versteckt.«

»Winslow? Mit welcher Waffe denn?«

»Deiner leichten Steyr. Durch die Fensterscheibe.«

»Wirklich? Das war ein Kunstschuss.«

»In dem Jungen steckt mehr, als man denkt. Gehört einiges dazu, diesen Dreckskerlen nur mit einer Eichhörnchenbüchse entgegenzutreten. Es stand vier zu eins.«

»Geht's dir gut, Liebes?«

»Ich wünschte, *ich* hätte dieses Schwein erwischt. Aber bei mir hätte er mehr leiden müssen. Am eigenen Blut zu ersticken war viel zu gnädig. Der hat mir zwei Finger gebrochen!«

Laoise schien langsam wieder die Alte zu sein.

»Ihr hättet Hynch sehen müssen«, sagte Gracie. Inzwischen hatte sie die Tür abgeschlossen und fragte sich, womit sie sie verrammeln sollte. »Er hat ein Auge verloren. Sah ziemlich übel aus.«

»Als ich ihm zuletzt begegnet bin, wirkte er noch relativ fit«, meinte Calum. »Das war bei Stevie. Thorpes Leute haben den alten Mann umgebracht. Und mich haben sie etwas bearbeitet. Aber Hynch hat es ihnen heimgezahlt.«

Laoise nickte düster. »Und dann hat er Jura House in die Luft gejagt und in Brand gesteckt. Hab's von Nigel übers Telefon erfahren. Südlich von Craighouse ist alles voller Rauch.« Sie machte eine Pause. »So war das nicht geplant.«

»Wir haben ihn dazu angestiftet«, sagte Calum, »vergiss das nicht. Das Ganze ist völlig aus dem Ruder gelaufen. Davor hat er uns gewarnt. Wir haben nicht damit gerechnet, wie heftig Thorpe reagiert.«

»Und wie heftig Hynch zurückschlägt.« Gracie überlegte, ob sie ihre Kommode aus dem Schlafzimmer holen und vor die Tür schieben sollte. Und den Lehnsessel, in dem Laoise saß. »Außerdem ist dieses hohe Tier von der Polizei mit dem Hubschrauber eingeflogen worden. Habt ihr das gehört?«

»Entfernt.« Laoise schüttelte ratlos den Kopf. »Mein Rollstuhl ist auch noch im Arsch. Wir stecken tief in der Scheiße.«

67

Hynch dachte nicht daran, in die Falle zu gehen und sich auf ein Duell einzulassen. Wenn er um die hintere Ecke des Farmhauses biegen würde, konnte Preston ihn aus nächster Nähe erledigen. Falls er eine Maschinenpistole wie die anderen besaß, wäre das ein Leichtes für ihn. Mit etwas Glück käme Hynch ein einziges Mal zum Schuss, aber das wäre es dann auch schon gewesen. Und gemeinsam mit Preston das Zeitliche zu segnen, in einer Art Standoff, lag nicht in seiner Absicht.

Er hatte es noch mit zwei Gegnern zu tun. Einem Mann im Stall, den er mit der Pumpgun vermutlich nicht außer Gefecht gesetzt hatte. Der war rechtzeitig in Deckung gegangen und rührte sich nicht – momentan das Beste für ihn. Vielleicht lauerte er hinter einer Trennwand für die Rinder und hoffte, dass Hynch sich in sein Schussfeld wagte.

Ihm gegenüber, an der Hinterseite des Farmhauses, wartete Preston mit dem Finger am Abzug darauf, dass Hynch seine Worte wahr machte und sich zeigte.

Er steckte in einer Zwickmühle, der Überraschungseffekt war verbraucht.

Dann hörte er ein Geräusch. Ein Scharren von Metall gegen Metall. Es kam von oben, und Hynch meinte, ein Ächzen zu vernehmen, von jemandem, der sich unter großen Anstrengungen bemühte, um … was zu tun?

Um die Riegel der von Kugeln durchsiebten Klapptür des Heubodens zu lösen und sie mit einem Stoß des Gewehrlaufs aufzuschwenken.

Bevor Hynch einen Warnruf ausstoßen konnte, begann Winslow zu schießen, grob in Prestons Richtung. Der hohe, scharfe Knall einer leichten Büchse.

Dann das Rattern einer Maschinenpistole. Der Mann im Stall

war sofort zur Stelle und nahm Winslow von unten durch die Bretterdecke hindurch unter Feuer.

Der Junge hatte keine Chance. Zahlreiche Neunmillimeterkugeln, alle, die im Magazin waren, durchschlugen die Decke.

Hynch schoss auch, mehrmals, aber er musste mit seinen sechs Schrotpatronen sparsam umgehen. Wenn der Mann im Stall schlau war, lag er auf dem Boden und schoss mit der MPi im Liegen, das ging. Aber seine Position war schwer auszumachen, er konnte überall sein. Hynch produzierte nur Wolken an Staub und Sägespänen.

Klacken, Einrasten, nächstes Magazin. Dieser Typ war bestens gerüstet.

Endlich schwieg die MPi.

Die Klapptür schwang auf, Winslows Gewehr fiel herunter und blieb scheppernd auf dem Betonboden liegen.

Sein Kopf wurde sichtbar. Die roten Stoppelhaare. Er schien noch etwas sagen zu wollen.

Erkannte er Hynch? War er noch imstande wahrzunehmen, dass der berüchtigte Killer, ursprünglich sein Vorbild und dann wieder nicht, den Tränen nahe war?

Hynch kam nicht mehr dazu, Winslow zu sagen, was er ihm nie gesagt hatte und niemals mehr sagen würde. Über seinen Charakter. Seine Fahrkünste. Seine Loyalität, trotz aller Zweifel. Welch große Stücke er auf den Jungen hielt.

Einzelfeuer. Winslows Schädel wurde ruckartig nach hinten gerissen, dann kippte er wieder nach vorn, Blut trat aus einer Stirnwunde. Es war vorbei.

Auch Preston war ein guter Schütze, das war er schon in Argentinien gewesen, als er Hynch dreingeredet hatte, wenn sie auf die nächste feindliche Stellung vorgerückt waren. Seine erste Kugel hatte Winslow getötet. Mit einer MPi konnte man schießen wie mit einem Gewehr. Aus kurzer Entfernung war eine Heckler und Koch, oder was immer diese Truppe benutzte, erstaunlich zielsicher. Einzelfeuer deshalb, weil man den Lauf

auf diese Weise ruhiger halten konnte und Preston darauf gefasst sein musste, dass Hynch gleich um die Ecke gestürmt kam.

Er tat es nicht.

Seine Feinde rechneten damit. So funktionierte Prestons Spiel, und zwar seit jeher. Provokation. Auch deshalb hatte er von Mhairi angefangen. Nicht nur zur finalen Demütigung nach Jahrzehnten, Preston wollte Hynch zu etwas Unbedachtem veranlassen. Um ihn leichter erledigen zu können.

Das würde ihm nicht mehr gelingen, schwor sich Hynch.

Er zog sich zurück. Lautlos.

Winslow war tot. Daran ließ sich nichts ändern. Jetzt musste er sich vergewissern, ob Gracie, Laoise und Calum in Sicherheit waren.

68

Aufmachen! Na los, wir haben nicht viel Zeit!« Er rammte den Gewehrkolben einmal gegen die Tür des Cottage, wollte nicht allzu viel Lärm verursachen.

»Hynch?«

»Ja, verdammt!«

»Moment!« Gracie schob die Kommode beiseite und öffnete die Tür.

Als er hereinkam, stockte allen der Atem. Zuerst zielte er auf sie, auf jeden von ihnen nacheinander, mit einem dickläufigen, einschüchternd wirkenden Gewehr. Der Lauf zitterte kein bisschen. Er wanderte nur hin und her und verbreitete den scharfen, chemischen Geruch verbrannten Pulvers.

Schließlich, nach endlosen Sekunden, nahm Hynch die Waffe herunter. Das Blut auf seinem Gesicht und an seinem Ohr war getrocknet, fast schwarz, er sah aus wie ein Kohlekumpel. Mit einer abgeklebten Augenhöhle. Doch es war nicht nur die Ahnung einer schrecklichen Wunde, die alle bestürzte. In dem Blick des unversehrten Auges war etwas, das sie noch nie gesehen hatten, weder an ihm noch an einem anderen Menschen.

Ein Funkeln, kalt und unbarmherzig. Berechnend, jeden im Raum musternd. Unbefriedigt. Bereit, das Töten fortzusetzen.

Gracie starrte ihn an. »Alles okay?«

Schulterzucken.

»Was ist mit Winslow?«, fragte Laoise.

Hynch schwieg und schaute zu Boden.

»Hat er's nicht geschafft?«

Er schüttelte den Kopf. Legte sich ein paar erklärende Sätze zurecht. »Preston hat ihn erschossen. Winslow gab sein Bestes. Sein Allerbestes. Um euch zu schützen, das ist euch doch klar! Er hätte sich auch einfach verpissen können.«

Hynch setzte sich auf eine Armlehne des Lesesessels und stütze den Kolben der Pumpgun auf seinem Knie ab. Er hielt einen Augenblick inne, damit die anderen die Todesnachricht einigermaßen verdauen konnten. Dann fuhr er fort. »Und jetzt ist Preston mir auf den Fersen. Er und so ein Sondereinsatzmann. Der Kerl ist gut. Extrem gut. Gegen beide zugleich komme ich nicht an.«

»*Sie* kommen gegen die nicht an?«, wunderte sich Calum.

»Ja, die haben einen taktischen Vorteil. Deswegen –«

»Aber Sie sind doch ein Killer! Bei Stevie –«

»Zwei hab ich an dem Stall ausgeschaltet. Na ja, in der Summe waren es heute ein paar mehr. Hab mit dem Zählen aufgehört.«

»Ich schaff das nicht«, sagte Laoise und schüttelte widerstrebend den Kopf. »Nein, Leute, ich komme nicht mit.«

»Ich bleibe auch hier«, fügte Calum fest hinzu.

Hynch schaute sich um. »Aber es wird nicht mehr lange dauern, und die sind hier. Wir müssen schleunigst weg.«

»Womit denn?«, schaltete Gracie sich ein. »Zur Straße und zu den Autos können wir nicht mehr zurück. Bleibt nur noch mein Boot.«

»Ihr Boot? Wo liegt es denn?«

»Unten an der Bucht, ein bisschen versteckt.«

»Gut! Kann ich es haben?«, fragte Hynch.

»Können Sie damit umgehen?«

»Nein.«

»Dann begleite ich Sie. Wir fahren den Jura-Sund zum Corryvreckan hoch, das ist ein Meeresstrudel, ich kenne die Gewässer. Preston soll ruhig probieren, uns dorthin zu folgen. Ich denke, er wird Laoise und Calum nicht weiter beachten. Der hat es auf Sie abgesehen und auf niemanden sonst. Auf Hynch, den Mann, der Zeit seines Lebens Krieg spielt.«

Hynch sagte nichts. Er gab Calum die Pumpgun und alle Patronen, die er noch hatte, damit der große Mann sich und seine

Frau verteidigen konnte. Dann holte er aus seiner Jacke allerlei dicht bedruckte Blätter hervor und überreichte sie Laoise. »Das sind Spendenbescheide, die Thorpe als Geldgeber für Mallards Partei ausweisen. Politischer Sprengstoff! Sie wissen, wie Sie das an die Medien lancieren?«

Laoise bekam große Augen. »Aber sicher! Ist das Blut auf dem Papier Ihres?«

»Teils, teils.«

»Wir müssen los!«, sagte Gracie.

Hynch wünschte dem ungleichen Paar viel Glück. Dann folgte er Gracie. Sie führte ihn zu einem schwer zugänglichen Abschnitt der Bucht hinunter. Der Untergrund wurde immer steiniger.

Als er sich umdrehte, sah er Preston und einen SEK-Mann vor dem Farmhaus stehen. Und die beiden sahen ihn. Setzten sich in Bewegung.

Kurz darauf erreichten er und Gracie das südliche Ende der Lussa Bay. Hynch musste durchs kalte Wasser waten, um in das Boot einzusteigen. Gracie lichtete den Anker, indem sie die Leine Bahn für Bahn emporzog. Dann startete sie den Motor. Er sprang sofort an.

»Schaut ja nicht gerade vertrauenserweckend aus, Ihre Nussschale.«

»Diese Nussschale hat fast hundert PS«, sagte Gracie. »Bei den starken Strömungen hier ist man sonst verloren.« Sie setzte sich auf eine Sitzbank in dem kleinen Steuerhaus, reichte Hynch eine Schwimmweste und legte selbst eine an.

Er quetschte sich auf die Bank neben sie. Dann stach das Boot mit dem weithin sichtbaren, gelb-weißen Anstrich in See, Kurs Nordnordost.

»Wissen Sie auch ganz bestimmt, was Sie tun?«, fragte Hynch.

»Aber sicher.« Sie wandte sich ihm zu und musterte ihn besorgt. »Ihr Auge … Was ist passiert?«

»Ein Hinterhalt. Ich werde es wohl nicht mehr benutzen können.«

»So schlimm?«

Hynch gab keine Antwort. »Es gefällt mir nicht, dass Sie sich in Gefahr begeben.«

»Lässt sich nicht vermeiden.«

»Sie haben genug getan.«

»Ich tu das bestimmt nicht für Sie.«

»Trotzdem ... Erklären Sie mir, wie man dieses Boot steuert. Ich setze Sie irgendwo ab und komme dann schon ohne Sie zurecht.«

»Dann sehe ich mein Boot nie wieder.« Gracie betrachtete ihn noch ein paar Sekunden wie jemanden, der wider Erwarten etwas Unvernünftiges gesagt hatte. »Ich lasse Sie nicht allein da rausfahren«, sagte sie mit Nachdruck. »Ich habe meine Lektion gelernt.«

»Was für eine Lektion? Meinen Sie ...« Hynch begriff schließlich. »Aber es geht hier doch nicht um Benoît. Das können Sie nicht vergleichen. Bitte tun Sie das nicht!«

Sie schaute wieder geradeaus. »Danke, dass Sie zurückgekommen sind.«

Es dauerte eine Weile, bis Preston und der SEK-Mann das Zodiac RIB erreichten. Der SEK-Mann deutete zu dem Cottage hinüber, doch dann taten sie genau das, was Gracie gehofft hatte. Sie nahmen die Verfolgung auf.

Mit Erleichterung beobachtete Hynch das Schlauchboot, das nach seinem Dafürhalten eher einem Sturmboot glich. Es ließ sich problemlos ins Wasser schieben, Preston begab sich an den Steuerstand. Sie hatten ihn erfolgreich von Laoise und Calum weggelockt.

Langsam setzte die Dämmerung ein, der Himmel verdunkelte sich. Es wurde kälter.

69

Mittlerweile herrschte ein starker Wind, der wie schon zuvor von Westen und nun auch ein wenig von Norden blies und die See aufwühlte. Die Wellen trugen weiße Schaumkronen, Gischt löste sich von ihren Kämmen, sie trafen Gracies Boot von der Seite. Die Wissenschaftlerin musste ihr ganzes Geschick aufbringen, damit nicht zu viel Wasser überkam, das die Speigatten nicht mehr bewältigen konnten, damit das Boot nicht kenterte und dabei dennoch Kurs hielt.

Sie hatten sich etwas von der Küste entfernt. Das Zodiac war etwa 200 Meter hinter ihnen. Preston schien kein Anfänger zu sein, vielleicht segelte er gelegentlich. Aber obwohl das robuste Schlauchboot ebenfalls über einen leistungsstarken Motor verfügte, der vermutlich noch mehr PS als Gracies hatte, gelang es ihm nicht so gut, den ungestümen Seegang auszugleichen. Hin und wieder holte er eine beängstigend lange Strecke in gerader Linie auf. Dann fiel er wieder zurück, weil das Zodiac in einem Wellental seitlich versetzt wurde und dabei in Schräglage geriet. Der SEK-Mann schöpfte mit seinem Helm wie verrückt Wasser und hielt sich zwischendurch an dem Bügel fest, der über dem Steuerstand angebracht war.

Solche Verhältnisse, das begriff Hynch jetzt, erforderten Erfahrung, Geduld und Nervenstärke, und Gracie schien diese Eigenschaften zu besitzen. Er selbst hatte nicht die geringste Ahnung, wie man ein Boot führte. Auch als Passagier stellte er sich unbeholfen an. Er saß nutzlos neben Gracie auf der Sitzbank des kleinen Steuerhauses und klammerte sich nur an dem wackeligen Türgriff fest.

Für eine Unterhaltung war es aufgrund des mit voller Kraft laufenden Motors und des Windes eigentlich zu laut. Trotzdem versuchte Gracie, Hynch zu erklären, was sie vorhatte.

Sie wies auf die bedrohlich heranrollenden Wogen.

»Wir haben Stillwasser nach der Ebbe«, schrie sie Hynch zu.

»Das nennen Sie still?«

»Bald setzt die Flut ein.«

»Und was heißt das?«

»Wir kommen leichter voran, die Tide schiebt uns quasi von hinten.«

Eine große Welle brach sich am Bug, ein Schauer Salzwasser regnete auf das Steuerhaus herab.

»Noch schneller?«, fragte Hynch.

»Geschwindigkeit stabilisiert. Manchmal zumindest.«

»Kommen die Wellen dann mehr von hinten?«

»Genau.« Sie grinste. »Wir müssen nur schneller als die Wellen sein.«

Er blickte auf das brodelnde Kielwasser. »Und wo fahren wir hin?«

»Zum Corryvreckan. Hab ich doch schon gesagt!«

»Ein Strudel im Meer. Und was bringt uns das?«

»Dort hängen wir Preston ab.« Sie beschrieb ihm, was es mit dem Corryvreckan auf sich hatte. Wie sich die Kenntnis der Anomalie zu ihren Gunsten einsetzen ließ.

Hynch verstand wenig von Gezeitenströmungen und Unterwasserfelsnadeln, selbst Ebbe und Flut waren ihm in ihren Wechselwirkungen mit dem Wind und den vorherrschenden Strömungen ein Rätsel. »Und wenn es uns gelingt? Was dann?«

»Dann fahren wir einfach weiter. Nach Craobh Haven oder nach Arduaine, irgendwo ans Festland, wo ich Sie absetzen kann. Von dort aus müssen Sie allein weiterkommen. Das kriegen Sie hin, oder?«

Er nickte. Ja, das kriegte er hin. Die Pumpgun hatte er zwar Calum und Laoise gegeben, aber er besaß immer noch die Beretta in seinem Hosenbund mit einem fast vollen Magazin. Er würde einen Wagen kapern. Oder einfach den Überlandbus nehmen. Killer fuhren selten Bus. Bevor er in einen einstieg, sollte er sich aber etwas zurechtmachen, das Gesicht waschen und etwas Besseres als dieses Pflaster für sein Auge finden. Vielleicht lieh Gracie ihm eine Jacke. Getrocknetes Blut machte keinen guten Eindruck, auch nicht auf einer schwarzen Outdoor-Jacke. Derzeit entsprach Hynch nicht gerade dem Anblick, den man jemandem wünscht, der nach Einbruch der Dunkelheit nach Hause fahren will.

Die Verfolgung erwies sich als erheblich langwieriger, als Preston angenommen haben mochte. Er war nicht in der Lage, den Abstand zu Gracie und Hynch weit genug zu verringern, um die Maschinenpistolen zum Einsatz zu bringen. Aber er holte stetig auf, wenn auch nur Meter für Meter. Inzwischen verstand er es besser, mit dem Zodiac umzugehen. Der Mistkerl lernte rasch.

Eine gute halbe Stunde verstrich, das Licht schwand. Der Himmel nahm eine tiefblau-schwarze Tönung an, eine mächtige Wolkenwand zog von Westen heran. Sie hatten Kinuachdrachd Harbour hinter sich gebracht und hielten jetzt genau nach Norden, wie auf dem Schiffskompass an der Steuerkonsole abzulesen war. Die Flut hatte tatsächlich eingesetzt. Für Hynch fühlte es sich so an, als würden sie von einem unsichtbaren Förderband vorangezerrt, einem tosenden, alles verschlingenden Ziel entgegen. Er war so hilflos wie noch nie. Und sein Körper gab ihm zu verstehen, dass die sich überall einstellenden Schmerzen nur noch zunehmen würden. Die linke Augenhöhle sengte ihm schier ein Loch ins Gehirn.

Gracie hatte lange geschwiegen, vollauf damit beschäftigt, das Boot durch die kabbeligen Wogen zu lavieren. »Allmählich wird's ernst.« Sie drehte am Steuerrad. »Flut trifft auf Flut. Halten Sie sich irgendwo fest, aber bloß nicht an mir! Wir fahren dicht unter der Küste.«

»Ich vertraue Ihnen. Sie machen das schon.«

»Sollte ich das überhaupt?«, fragte sie spitz. »Alle, die Ihnen bisher geholfen haben, sind entweder tot oder verletzt und schwer traumatisiert. Oder alles zusammen. Keine guten Aussichten.«

Wie zur Bekräftigung des Gesagten schlug eine Kugel im Steuerhaus ein und fraß eine gezackte Bahn ins Dach. Den Schall des Schusses hatte der Wind verweht.

»Preston kommt näher«, sagte Hynch.

»Tatsächlich?«

»Er ist in Schussweite!«

»Das war ein Glückstreffer. Bei dem Seegang, der gleich einsetzt, erledigt sich das von selbst. Er wird kaum mehr zum Schießen kommen.«

»Behaupten *Sie!*«

Gracie warf ihm einen kurzen Blick zu. Das Boot schaukelte hin und her, vor und zurück, weil sie den Motor dicht unter dem Carraig Mhòr, der nördlichsten Spitze Juras, drosselte. Hynch hatte Mühe, auf der Sitzbank das Gleichgewicht zu halten und nicht quer durch das Steuerhaus geschleudert zu werden.

Und da war dieses Rauschen, ein meilenweit hallendes Geräusch wie von einem riesigen Wasserfall, das der Corryvreckan über die bewegte See sandte. Mächtig schien der Meeresstrudel heute zu sein und laut, für Fischer ein untrügliches Zeichen, sich von ihm fernzuhalten und einen geschützten Hafen anzulaufen.

»Ich möchte wissen, wen ich vor der Polizei in Sicherheit bringe. Sagen Sie es mir! *Was* sind Sie, Hynch?«

»Aber Sie haben doch gesehen, was für eine Art Polizisten das sind! Korrupt! Machtgierig! Die gehen über Leichen!«

»Mag sein. Aber vielleicht sind die besser als Sie.«

»Als ich?«

»Sie, Mister Hynch, sind ein Mörder. Sie töten andere Menschen, nur um sie zu töten, vorsätzlich. Und jedes Mal haben Sie eine Begründung, die irgendwie plausibel erscheint.«

»Darüber haben wir doch schon geredet. Über die politischen Verflechtungen, Prestons Ambitionen …«

Man hörte, wie weitere Kugeln am Steuerhaus vorbeipfiffen, eine bohrte sich ins Schanzkleid an Backbord.

»Als Sie vorhin ins Cottage kamen«, fuhr Gracie fort, »da war etwas in ihrem verbliebenen Auge. Und es war nicht schön, was ich da sah. Ich glaube, Ihr Auge hat Sie verraten.«

»Und was war in meinem Auge?« Hynch wandte sich ihr zu. »Können Sie mir das sagen?«

Sie erwiderte seinen Blick. Dachte kurz nach. »Kampfeslust. Sie haben es genossen, diese Männer umzubringen.«

Die Einschläge häuften sich. Offenbar riskierte es Gracie, dass ihr Boot zusammengeschossen wurde, nur um ihn, Hynch, zur Rede zu stellen. Doch vielleicht wartete sie auch aus einem anderen Grund.

»Ihr Name war Mhairi«, sagte er. »Sie wurde auf Prestons Befehl umgebracht, vor langer Zeit. Das hab ich erst jetzt in diesem verdammten Stall erfahren, nach einem halben Leben. Mit dem Mord an Mhairi begann alles. Oder es begann erst so richtig.«

»Das Töten, um zu töten?«

»Töten, um zu vergessen. Beinahe ist es mir gelungen.«

»Mhairi.« Gracie zog den ersten Vokal in die Länge, ein bisschen sehnsuchtsvoll wie Hynch es getan hatte, und schaute zur Decke des Steuerhauses. Durch das Loch sah man den östlichen, viel helleren Himmel. »So ist das also.«

»So ist das, ja.«

»Meinen Sie, dass ich Ihnen verzeihe, was Sie alles getan haben?«

»Das ist wohl kaum möglich. Aber verstehen Sie es?«

»Es ist falsch. Nichts lässt sich wiedergutmachen, das haben Sie selbst gesagt.« Sie zögerte. »Aber ich verstehe es.«

»Das bedeutet mir viel.«

»Tatsächlich?«, wunderte sie sich. »Und wie ist Ihr wahrer Name?«

Er hielt inne. Zwei Maschinenpistolen ratterten, fast im Takt. »William.«

»Und?«

»Reicht Ihnen das nicht?«

»Nein, reicht mir nicht.«

Er neigte den Kopf und flüsterte ihr seinen Nachnamen ins Ohr, der so ähnlich wie Hynch klang, nur ein bisschen länger.

Sie stutzte. Dann lachte sie. »Bin ich jetzt die Einzige, die das alles weiß?«

»Die Einzige, Gracie. Für jetzt und für immer.« Er drückte sie an sich, nur ganz kurz. Es sollte nicht wie eine Umarmung wirken. Mehr wie eine Zusicherung, dass er etwas für sie empfand. Etwas Gutes, das in seinen Erinnerungen verschüttet gewesen war und jetzt zu etwas ganz anderem wurde.

Sie ließ es geschehen. Lächelte. Dann löste sie sich von ihm und schob den Gashebel auf »Full«.

Das Boot nahm sofort Fahrt auf, dem Corryvreckan entgegen. Die unsichtbaren Mächte der Gezeiten machten sich wieder bemerkbar, und zwar von allen Seiten. Der Rumpf schien wie in einem Schraubstock zu stecken und wurde dennoch vorangepresst. Eine weitere Geschosssalve ging ins Leere.

Kurz darauf kurbelte Gracie am Steuer. Sie ging von Nord- auf Westkurs.

Der Bug bäumte sich fast senkrecht auf, Gischt spritzte, ein Brecher kam über. Plötzlich erhob sich eine steile Welle vor ihnen.

Sie fuhren direkt in die Wasserwand hinein. Für einen Moment sah es so aus, als würden sie vom Gewicht der Welle regelrecht begraben, als setzten sie ihre Fahrt unter Wasser fort und bohrten sich in den Grund, der Albtraum jedes Seefahrers. Die Wände des Steuerhauses ächzten, die Scheiben drohten zu bersten.

Dann waren sie durch, das Boot kam langsam hoch und schwenkte herum. Die abrupte Wende gelang. Sie lagen am

Rande der Durchfahrt außerhalb des Strudels, in einem Bereich, wo die Wassermassen nach Westen zum Atlantik drängten, während in der Mitte der Durchfahrt die Flut in Gegenrichtung einströmte und auf die Flut des Jura-Sunds traf.

»Werden wir ertrinken?«, fragte Hynch.

Gracie stemmte sich gegen das Steuerrad. »Wenn wir ins Wasser fallen, sterben wir zuvor an Unterkühlung.«

70

Das rumpfverstärkte Schlauchboot holte jetzt schnell auf. Es schoss über die Wellenkämme wie eine Sportjacht, mit der Jungmanager bei einer Wochenendtour auf dem Clyde angeben wollten, aufgerichteter Bug und volle Leistung. Doch sobald es den Schutz des Carraig Mhòr verließ und an der Landspitze vorbeischoss, in die Mitte der Meerenge zwischen der Isle of Jura und der Isle of Scarba, sah sich Preston suchend um. Wo war dieses lächerliche Fischerboot abgeblieben?

Viel zu spät verlangsamte er die Fahrt und stellte den Motor auf Leerlauf.

Doch der enorme Schwung trug das Zodiac in die Ausläufer des Corryvreckan, die es an sich zogen wie eine treulose Geliebte.

Das Schlauchboot begann sich zu drehen. Es war kein kleines Boot, im Gegenteil, es bot zehn Leuten Platz, war fast acht Meter lang. Aber jetzt drehte es sich immer schneller und geriet in einen Strudel, der schon bedeutend größeren Schiffen zum Verhängnis geworden war. Wie ein Spielball wurde es herumgewirbelt.

Der Motor starb ab.

Sofort versuchte Preston, ihn wieder in Gang zu bringen. Er dachte wohl, dank des starken Antriebs kämen sie aus dieser schäumenden Suppe bestimmt wieder heraus.

Immer wieder presste er den Startknopf. Der Motor wollte nicht anspringen. Die Strömung drückte mit derart brutaler Macht gegen die unter Wasser liegende Schraube, dass nichts zu machen war. Sie kam nicht in Gang. Sie bewegte sich nicht.

Unter normalen Verhältnissen wäre Preston schon in genug Schwierigkeiten gewesen. Doch dann baute sich eine Kreuzsee vor dem Schlauchboot auf. Die hatte es in sich. Drei, vier Meter hoch, schätzte Gracie, während sie ihr Boot weiter an der Küste hielt.

Das Zodiac kenterte. Es wurde einfach umgeschmissen, und beim Aufprall der nachdrängenden Welle wurden die beiden Insassen herausgeschleudert.

Sie trugen keine Schwimmwesten, soweit Hynch es erkennen konnte. Keiner kam mehr hoch, weder Preston noch der SEK-Mann. Sie wurden einfach vom Meer verschluckt und in die Tiefe gesogen.

Weg.

Gracie hatte ihr Boot an eine Stelle manövriert, wo es ihr gelang, ihre Position zu halten. Sie verließ das Steuerhaus, brachte einen batteriebetriebenen Scheinwerfer am Dollbord an und richtete ihn auf das gekenterte Zodiac. Suchte die Wasseroberfläche ab.

Kochendes Weißwasser, aufgewühltes Meer. Kein Kopf, der aus den Wogen ragte. Sie hatte von Tauchern gehört, die am Corryvreckan unter Wasser die Orientierung verloren hatten. Die unbarmherzig nach unten gedrückt wurden und sich nur unter äußerster Kraftanstrengung, dank ihrer Flossen, aus dem Meeresstrudel befreien konnten.

Hynch hielt zusammen mit ihr Ausschau. Nach einer Weile gaben sie es auf und fanden, dass sie ihrer Pflicht Genüge getan hatten.

Gracie baute den Scheinwerfer ab und verstaute ihn wieder unter Deck. Sie fuhr weiter. Irgendwie schaffte sie es, an den gefährlichsten Stellen vorbeizusteuern, immer unter Land bleibend, obwohl auch das wegen der Riffe und vorgelagerten Felsen nicht gerade einfach war.

Der Wind drückte gegen die Scheiben des Steuerhauses, mit geradezu entfesselter Macht, jetzt, da Jura nicht mehr an Backbord lag und sich nichts mehr zwischen ihnen und Kanada befand außer dem Nordatlantik.

»Wissen Sie eine sichere Bucht?«, fragte Hynch.

»Ich denke schon. Nach Craobh Haven müssten wir es schaffen.«

Er tastete nach der Beretta und zog sie aus dem Hosenbund. In hohem Bogen warf er die Pistole ins Meer. Ließ die Kevlar-Weste mit den Schrotpatronen folgen.

Gracie schien diese symbolisch wirkende Geste zu gefallen. Ein Killer entwaffnete sich selbst.

Hynch ließ sie in diesem Glauben. Wir sind nie, was wir sind, sondern was die Menschen von uns befürchten.

Eine Stunde später erreichten sie das schottische Festland. Gracie verschönerte Hynch notdürftig, versah ihn mit einer Augenbinde, die sie aus einem in Streifen gerissenen Handtuch hergestellt hatte. Er machte jetzt einen verwegenen Eindruck wie ein Mann, der eine Kneipenschlägerei hinter sich hatte, nichts Ungewöhnliches auf dem Land.

Inzwischen war der Regen mit einer Heftigkeit losgebrochen, wie sie selbst für Schottland selten war. Die Tropfen klatschten schwer auf das Steuerhaus und verwandelten den Slipway, der vom Anleger hoch auf den Pier führte, in eine Rutschbahn.

»Was wird aus Ihren Forschungen?«, fragte Hynch. »Bleibt die Seeschlange in Betrieb?«

»Hoffentlich übersteht sie den Medienrummel – der wird bald einsetzen bei all den Leichen auf Jura.«

»Da bin ich mir nicht so sicher. Was Preston, Thorpe und Mallards Männer heute auf Jura veranstaltet haben, war hochgradig illegal. Wenn das alles aufgerollt wird, käme man um eine Reihe unangenehmer Erklärungen nicht herum. Und ob Thorpes Tod großartig betrauert wird, wage ich auch zu bezweifeln.«

»Was ist mit Laoise und Calum?«

»Die beiden werden nicht in Verdacht geraten, mir geholfen zu haben, dafür gibt es keinen Beweis.« Er strich ihr eine nasse Haarsträhne aus dem Gesicht. »Und Sie werden nicht als die Braut eines Terroristen Querstrich Schwerverbrechers gelten.«

»Braut? Wie wäre es mit *Freundin* eines Schwerverbrechers?«, korrigierte Gracie.

»Macht Ihnen ›Freundin‹ nichts aus?«

»Oh, *damit* kann ich gut leben.«

Sie umarmten sich, ziemlich lang, pressten ihre Körper aneinander.

Zu einem Kuss kam es nicht. Ihre Liebe gehörte den Toten, nicht den Lebenden. Sie spürten, dass die Liebe dort ganz gut aufgehoben war.

»Finde deinen Frieden«, sagte Gracie schließlich.

Er schaute ihr noch eine ganze Weile nach, während sie mit dem Boot im Regen verschwand. Dafür liebte er sie, für ihre letzten Worte. Niemand würde ihm diese Worte nehmen können.

EPILOG

Einatmen, ausatmen. Ein Gespür für den Rhythmus und die Sekundenbruchteile dazwischen bekommen. Sein Herzschlag verlangsamte sich.

Hynch lag auf einer Microfaserdecke. Nicht auf dem Dach eines Gebäudes, sondern auf einem Hügel im Unterholz eines Parks. Eines selten besuchten, verwilderten Teils des Parks in einer von der wirtschaftlichen Entwicklung vergessenen Stadt, deren Einwohner besonders empfänglich waren für die Hassbotschaften einer politischen Bewegung, die sich »Better for Scotland« nannte und an diesem sonnigen Juninachmittag eine Kundgebung abhielt. Weit entfernt von dem Park, etwa 500 Meter Luftlinie, mit einem Hauptredner, der einen Adelstitel besaß und als einer der schlimmsten Hetzer und unverschämtesten Lügner des Königreichs galt. Die Offenlegung seiner Geldquelle in den Medien hatte ihm nicht im Geringsten geschadet, im Gegenteil, belegte sie doch die internationale Verbreitung seiner Ideen. Um die ging es seinen Anhängern letztlich, um die Ideen und nicht so sehr um die Person, die sie propagierte. Abgesehen davon war die Geldquelle, Thorpe, tragisch verstorben und dadurch wohl versiegt. Wo lag also das Problem?

Hynch schaute durchs Zielfernrohr seiner neuen Waffe, einem deutschen Fabrikat, Ricks alten Kontakten zu Ehren. Das Gewehr war eher ein Geschütz, nur liegend zu bedienen. Nichts für die kämpfende Truppe, die plagte sich mit dem üblichen Schrott herum. Hynchs neues Gewehr war das Beste vom Besten, für zahlende Kunden aus aller Welt.

Auf der Decke lag eine Auswahl an Projektilen, panzerbrechende Geschosse, Explosivgeschosse, die wie Granaten wirkten, Phosphorpatronen, uranhaltige Patronen, Patronen mit Quecksilberspitze. Und ganz normale.

Entfernung 492 Meter, er hatte es mit einem Lasergerät ausgemessen.

Sein Finger krümmte sich um den Abzug.

Jura. Irgendwann war die reguläre Polizei aus Islay eingetroffen. Der Brand war gelöscht, die Leichen abtransportiert, Spuren gesichert worden. Zunächst war von einer Terrorzelle auf den Hebriden die Rede gewesen, was schon einen Widerspruch in sich darstellte. Dann hatte man von einem Sondereinsatz gehört, der katastrophal gescheitert war. Preston, Vizepräsident der Police Scotland, sei dabei spurlos verschwunden, vielleicht war er bei einem Unfall umgekommen. Ein gekentertes Schlauchboot, das an der Küste Kintyres gefunden wurde, wies darauf hin.

Eine offizielle Untersuchung wurde angestrengt. Im Abschlussbericht war von einer Kette verhängnisvoller Ereignisse die Rede, die ihren Anfang bei einer Gasexplosion in Jura House nahm, woraufhin Thorpes Sicherheitskräfte verrücktgespielt und nach einem Attentäter gesucht hatten, sogar in den eigenen Reihen. Dies habe Prestons Kommandounternehmen auf den Plan gerufen, das jedoch aufgrund falscher Informationen erfolgt und einem Hirngespinst entsprungen sei, denn es existiere überhaupt keine Terrorzelle auf Jura. Möglicherweise habe der Polizei-Vize, der als etwas obsessiv galt, Feinde gesehen, wo es keine gab.

Anscheinend wurde alles vertuscht. Hynch stellte fest, dass es genug Leute gab, die so einen Scheiß glaubten. Und Thorpes Bauarbeiter, die einzigen Zeugen, die ihn gesehen und in voller Aktion erlebt hatten, schwiegen, oder sie wurden nicht gehört, ebenso der Butler und Rose, das Zimmermädchen. Vielleicht hatte Mallard da seine Hände im Spiel. Das Anwesen bei Ardfin stand schon wieder zum Verkauf, ohne Herrenhaus, dafür mit der Gelegenheit, etwas Modernes auf diesem einmaligen Gelände zu errichten, vor grandioser Naturkulisse, einschließlich eines halb fertigen Golfplatzes.

Hynch hatte den Bus nach Glasgow genommen und sich mit

einer Hand vor dem Auge in die hinterste Reihe gesetzt. Der Bus war fast leer gewesen. Niemand hatte ihn beachtet.

In Glasgow war er von seinem Hausarzt, der ihm nie mehr Fragen als nötig stellte, behandelt worden. Das Auge hatte der Doc nicht retten können. Doch das Glasauge, für das sich Hynch entschied, sah ganz passabel aus. Die anderen Wunden waren verheilt. Die Narben machten ihn nicht hübscher.

Gracies Seeschlange bekam Nachwuchs, wie Hynch den Zeitungen entnahm. Doppelt und dreimal so große Wellenkraftwerke wurden gebaut, das Ganze wurde aufgrund von Gracies Forschungsergebnissen als rentabel angesehen. Sie übernahm die Leitung eines umfangreichen neuen Projekts in Nordirland.

Laoise und Calum waren nach Australien ausgewandert. Wir nennen dasjenige barbarisch, was stark von unseren eigenen Geschmack und Ansichten abweicht. David Hume. Die beiden hatten mehr als genug Gründe gefunden, um ihre Farm aufzugeben und am anderen Ende der Welt neu anzufangen. Einer davon war eine großzügige Entschädigungszahlung des Justizministeriums, die man auch als Schweigegeld interpretieren konnte.

So wie es aussah, war Hynch der Einzige von ihnen, der in Schottland blieb. Fürs Erste.

Es war ein Frühsommertag, wie man ihn sich vorstellte. Allerlei Vögel und Insekten schwirrten durch die Schusslinie. Hynch, der sogar die Erdkrümmung einberechnete, wartete.

Doch er drückte nicht ab.

Er bemerkte, wie etwas aufblitzte, von einem Wohnturm schräg gegenüber. Spiegelte sich ein Zielfernrohr in der Sonne?

Behutsam nahm er den Finger vom Abzug und richtete den Lauf neu aus. Jetzt hieß es schnell sein, schneller als der gegnerische Schütze, falls er sich nicht getäuscht hatte. Um Mallard konnte er sich später kümmern.

Irgendwann würde ihm eine Kugel ins Gehirn dringen.

Lang ersehnt.

Willkommen auf Korsika!
Malerische Strände, zerklüftete Berge
und letzte Heimstatt der Blutrache

VITU FALCONI

DAS KORSISCHE BEGRÄBNIS

KRIMINALROMAN

Ein Mann kommt bei der Wildschweinjagd zu Tode – allerdings nicht durch das Schwein. Ein Schriftsteller stellt Fragen zu seiner Familie – und gerät dabei in eine jahrhundertealte Blutfehde. Die Einzige, die ihn vor einem finsteren Schicksal bewahren kann, ist eine verschlossene junge Frau …

Willkommen auf Korsika, mit einer Landschaft so archaisch, so wild und ungezähmt wie seine Menschen. Wo abenteuerlustige Touristen ebenso zum Alltag gehören wie Vendetta, geheimnisvolle Rituale und Gewalt.

Das korsische Begräbnis ist der Beginn einer Urlaubs-Krimireihe mit Schauplatz Korsika – Nervenkitzel inklusive!

DROEMER

Der neue große Roman von Hannah Kent über den Widerstreit von Glauben und Vernunft, Wirklichkeit und Mythen – inspiriert von einem realen Fall.

HANNAH KENT

WO DREI FLÜSSE SICH KREUZEN

ROMAN

Irland 1825: Die 14-jährige Mary soll der verwitweten Bäuerin Nóra mit deren behindertem Enkel zur Hand gehen. Der kleine Junge, so munkelt man im Dorf, sei ein Wechselbalg, ein Feenkind, und mache die Kühe krank. Mary gibt nichts auf das Gerede, doch als Nóra davon hört, reift in der verzweifelten Frau eine Idee: Sie will mithilfe der kräuterkundigen Heilerin Nance den Wechselbalg vertreiben, um wieder ein gesundes Kind zu haben. Getrieben von Angst und Aberglauben, ist sie bald bereit, zum Äußersten zu gehen.

»Ein literarischer Roman mit dem Tempo und der Intensität eines Thrillers – ich erstarre in Ehrfurcht vor Hannah Kents erzählerischem Können.«

Paula Hawkins, Autorin von Girl on the Train

DROEMER